—Die—
Verlockung
eines Sommers

Die
Verlockung
eines Sommers

VI KEELAND

*Im Leben eines jeden Mädchens gibt es
einen Jungen, den sie niemals vergessen wird,
und einen Sommer, in dem alles begann.*

—— Kapitel 1 ——

Georgia

»Was kann ich Ihnen bringen?« Der Barkeeper legte eine Serviette vor mich hin.

»Ähhh … ich bin mit jemandem verabredet, ich sollte also vielleicht warten.«

Er klopfte mit den Fingerknöcheln auf den Tresen. »In Ordnung. Ich werde darauf achten und wiederkommen, wenn ich sehe, dass jemand sich zu Ihnen setzt.«

Aber gerade als er weggehen wollte, änderte ich meine Meinung. »Warten Sie!« Ich hob die Hand, als sei ich in der Schule.

Er drehte sich mit einem Lächeln um und zog eine Augenbraue hoch. »Haben Sie es sich anders überlegt?«

Ich nickte. »Ich habe ein Blind Date, deswegen wollte ich höflich sein, aber ich glaube, ich könnte etwas gebrauchen, das mir über die Nervosität hinweghilft.«

»Vermutlich eine gute Idee. Was möchten Sie trinken?«

»Ein Pinot Grigio wäre wunderbar. Vielen Dank.«

Einige Minuten später kam er mit einem vollen Glas zurück und stützte sich mit dem Ellbogen auf dem Tresen auf. »Also ein Blind Date, was?«

Ich nippte an meinem Wein und seufzte laut auf, während ich nickte. »Ich habe mich von Frannie, der vierundsiebzigjährigen Freundin meiner Mutter, dazu überreden lassen, mich mit ihrem Großneffen zu treffen, um meine Mutter glücklich zu machen. Sie hat ihn als ›ein klitzekleines bisschen gewöhnlich, aber nett‹ beschrieben. Wir sind hier um siebzehn Uhr dreißig verabredet. Ich bin fünf Minuten zu früh.«

»Ist es das erste Mal, dass jemand Sie verkuppeln will?«

»Das zweite Mal. Das erste Mal war vor sieben Jahren. Ich habe bis jetzt gebraucht, um mich davon zu erholen, wenn Sie verstehen, was ich damit sagen will.«

Der Barkeeper lachte. »So schlimm?«

»Mir wurde gesagt, er sei ein Komiker. Also dachte ich mir, wie schlimm kann es schon sein, mit jemandem auszugehen, der sein Geld damit verdient, Menschen zum Lachen zu bringen? Der Kerl tauchte *mit einer Handpuppe* auf. Offensichtlich war seine Komiker-Nummer die eines Bauchredners. Er weigerte sich, direkt mit mir zu sprechen – ich sollte mich ausschließlich mit seiner Puppe unterhalten. Die übrigens den Namen *Dirty Dave* trug und deren jede zweite Bemerkung, die aus ihrem Mund kam, obszön war. Ach, und der Mund meiner Verabredung bewegte sich die ganze Zeit, er war also nicht einmal ein guter Bauchredner.«

»Oh Mann.« Der Barkeeper lachte. »Ich bin mir nicht sicher, ob ich danach noch einmal einem Blind Date eine Chance geben würde, selbst nach mehreren Jahren.«

Ich seufzte. »In gewisser Weise bereue ich es jetzt schon.«

»Nun, wenn jemand mit einer Puppe reinkommt, helfe ich Ihnen.« Er deutete zu einem Flur hinter sich. »Ich weiß, wo die Notausgänge sind, und kann Sie ungesehen rausbringen.«

Ich lächelte. »Danke.«

Ein Paar nahm am anderen Ende des Tresens Platz und der Barkeeper ging zu ihnen, um ihre Bestellung aufzunehmen, während ich weiterhin auf den Eingang starrte. Ich hatte mich absichtlich in die hintere Ecke gesetzt, um die Tür im Auge zu behalten, weil ich hoffte, einen Blick auf meine Verabredung werfen zu können, bevor er mich sah. Nicht dass ich vorhatte, ihn sitzen zu lassen, sollte er nicht attraktiv sein, aber ich wollte nicht, dass er die Enttäuschung auf meinem Gesicht sieht, sollte ich sie empfinden. Ich konnte meine Gefühle immer schon schlecht verbergen.

Einige Minuten später wurde die Tür des Restaurants geöffnet und ein absolut umwerfend aussehender Mann trat ein. Er sah aus, als gehörte er in eine Parfümwerbung, in der er kristallblauem Karibikwasser entstieg. Ich wurde ganz aufgeregt, bis mir klar wurde, dass er nicht meine Verabredung sein konnte.

Frannie hatte Adam als einen Computerfreak bezeichnet. Und so ziemlich jede andere Frage, die ich über ihn stellte, beantwortete sie mit: »Durchschnittlich.«

Wie groß ist er? Durchschnittlich.

Ist er attraktiv? Durchschnittlich.

Körperbau? Durchschnittlich.

Dieser Kerl war groß, hatte breite Schultern, blaue

Schlafzimmeraugen, eine ausgeprägte Kieferpartie, dunkles Haar, das etwas zerzaust war, aber an ihm sehr gut aussah, und obwohl er ein gewöhnliches Anzughemd und eine normale Hose trug, erkannte ich, dass er darunter durchtrainiert war. Frannie musste verrückt sein, wenn sie irgendetwas an ihm für durchschnittlich hielt.

Oh.

Oh!

Nun, sie war ein wenig ... anders. Als ich das letzte Mal in Florida war, um Mom zu besuchen, gingen wir mit Frannie Mittagessen und sie leuchtete orange wegen des exzessiven Auftragens von Selbstbräunungslotion, die sie im Teleshopping-Kanal bestellt hatte. Sie verbrachte ebenfalls den gesamten Nachmittag damit, uns von ihrer letzten Autoreise nach New Mexico zu berichten, wo sie eine UFO-Tagung in Roswell besucht hatte.

Aber selbst wenn ich das berücksichtigte, sah dieser Typ nicht wie ein Computerfreak aus. Wie dem auch sei, er ließ den Blick suchend durch den Raum wandern und als er mich entdeckte, lächelte er.

Grübchen.

Tiefe Grübchen.

Oh Gott. Mein Herz schlug ein wenig schneller.

Könnte ich so viel Glück haben?

Anscheinend war es möglich. Denn der Typ kam direkt auf mich zu. Ich hätte vermutlich lässig tun und wegsehen sollen, aber es war unmöglich, ihn nicht anzustarren.

»Adam?«

Er zuckte mit den Schultern. »Sicher.«

Ich hielt das für eine etwas seltsame Antwort, aber

sein Lächeln wurde breiter und diese höhlenartigen Grübchen verwandelten meinen Verstand zu Brei.

»Schön, dich kennenzulernen. Ich bin Frannie. Meine Mutter ist mit Georgia befreundet.« Ich schüttelte den Kopf. »Tut mir leid. Ich meine, *ich* bin Georgia. Meine Mutter ist mit Frannie befreundet.«

»Freut mich, dich kennenzulernen, Georgia.«

Er streckte mir die Hand entgegen und als ich meine hineinlegte, fühlte sie sich richtig ... klein an.

»Ich muss sagen, so jemanden wie dich habe ich definitiv nicht erwartet. Frannie hat dich nicht besonders genau beschrieben.«

»Besser oder schlechter?«

Macht er Witze? »Es ist möglich, dass sie dich als Sonderling bezeichnet hat.«

Er setzte sich auf den Stuhl neben mich. »Ich gebe es für gewöhnlich nicht sofort zu, wenn ich eine Frau kennenlerne, aber ich habe eine Sammlung von *Star-Wars*-Actionfiguren.« Er griff in seine Tasche und nahm etwas heraus. »Genauer gesagt habe ich so gut wie immer eine bei mir. Ich bin etwas abergläubisch und sie bringen mir Glück.«

Adam öffnete seine große Hand und brachte einen winzigen Yoda zum Vorschein. Er beugte sich zu mir und stellte ihn vor mich auf den Tresen, wobei ein Hauch seines Parfüms durch die Luft wehte. *Er riecht so gut wie er aussieht.* Irgendetwas musste mit ihm einfach nicht stimmen.

»Aus irgendeinem Grund mögen Frauen *Star Wars* normalerweise nicht«, sagte er. »Oder einen erwachsenen Mann, der eine Actionfigur mit sich herumträgt.«

»Offen gestanden mag ich *Star Wars*.«

Er legte die Hand über sein Herz. »Eine hübsche Frau, die *Star Wars* mag? Sollen wir uns die Formalitäten sparen und einfach einen Flieger nach Vegas nehmen, um zu heiraten?«

Ich lachte. »Vielleicht, aber versprich mir zuerst, dass du nichts mit Bauchrednerei am Hut hast.«

Er legte zwei Finger auf sein Herz. »Schlimmer als *Star Wars* wird es nicht.«

Der Barkeeper kam zu uns, um Adams Getränkebestellung aufzunehmen. Ich war überrascht, als er um eine Cola light bat.

»Hast du keine Lust, mit mir einen Cocktail oder ein Glas Wein zu trinken?«

Er schüttelte den Kopf. »Ich wünschte, ich könnte, aber ich muss später arbeiten.«

»Heute Abend?«

Er nickte. »Ja, ich wünschte, es wäre anders. Aber ich muss schon bald wieder weg.«

Ich dachte, wir würden uns treffen, um etwas zu trinken *und* zu essen, aber vielleicht hatte Frannie es falsch verstanden.

»Oh, okay.« Ich zwang mich zu einem Lächeln.

Offenbar durchschaute Adam es sofort.

»Ich schwöre, ich denke mir das nicht aus. Ich muss wirklich arbeiten. Aber ich würde definitiv gern bleiben. Da es mir nicht möglich ist, ist es zu früh, um zu sagen, dass ich dich sehr gern wiedersehen würde?«

Ich nippte an meinem Wein. »Mhhh ... da bin ich mir nicht sicher. Normalerweise lerne ich jemanden bei einer ersten Verabredung kennen, damit ich die Serienmörder und Verrückten aussortieren kann. Wie soll ich wissen, dass du nicht der nächste Ted Bundy bist, wenn du wieder abhaust?«

Adam strich über die Stoppeln an seinem Kinn und sah auf die Uhr. »Ich habe etwa fünfzehn Minuten. Warum lassen wir den Small Talk nicht einfach und du fragst mich, was immer du willst.«

»Ich kann dich alles fragen?«

Er zuckte mit den Schultern. »Ich bin ein offenes Buch. Gib dein Bestes.«

Ich trank hastig meinen Wein und drehte mich auf meinem Stuhl zu ihm um. »In Ordnung. Aber ich will dir ins Gesicht sehen, während ich dich in die Zange nehme. Ich bin furchtbar schlecht darin, Lügen auf meinem zu verbergen, aber ich bin gut darin, die Gesichtsausdrücke anderer zu deuten.«

Er lächelte, wandte sich mir zu und schenkte mir seine volle Aufmerksamkeit. »Leg los.«

»Okay. Wohnst du bei deiner Mutter?«

»Nein, Ma'am. Sie lebt nicht einmal im selben Bundesstaat. Aber ich rufe jeden Sonntag zu Hause an.«

»Wurdest du schon mal verhaftet?«

»Unsittliches Verhalten in der Öffentlichkeit, als ich auf dem College war. Ich hatte mich für eine Studentenverbindung beworben und musste mit einer Gruppe anderer Jungs nackt durch die Innenstadt spazieren. Eine Gruppe Mädchen hielt uns an und fragte, ob einer von uns den Hula-Hoop-Reifen kreisen lassen könne. Alle anderen gingen weiter. Ich dachte mir, dass sie zu viel Schiss hätten, und hielt an. Anscheinend hatten die Jungs aber keine Angst, ich war bloß der Einzige, der den Polizisten nicht gesehen hatte, der zwei Läden weiter auf die Straße trat.«

Ich lachte. »Kannst du wirklich mit dem Hula-Hoop-Reifen umgehen?«

Er zwinkerte. »Nur nackt. Willst du es sehen?«

Das Lächeln auf meinem Gesicht wurde breiter. »Ich glaube es dir auch so.«

»Schade.«

»Wann hattest du zum letzten Mal Sex?«

Zum ersten Mal verschwand das Lächeln auf seinem Gesicht. »Vor zwei Wochen. Wirst du mir das vorhalten?«

Ich schüttelte den Kopf. »Nicht unbedingt. Ich weiß die Ehrlichkeit zu schätzen. Du hättest lügen und sagen können, dass es schon eine Weile her ist.«

»Okay, gut. Was willst du noch wissen?«

»Warst du schon einmal in einer Beziehung?«

»Zweimal. Einmal ein Jahr auf dem College und dann war ich achtzehn Monate mit einer Frau zusammen, aber das ging vor zwei Jahren zu Ende.«

»Warum gingen die Beziehungen zu Ende?«

»Auf dem College, weil ich zwanzig und es eine verrückte Zeit in meinem Leben war. Und mit der Frau, mit der ich vor einigen Jahren zusammen war, weil sie heiraten und eine Familie gründen wollte und ich dazu nicht bereit war.«

Ich tippte mit dem Zeigefinger an meine Unterlippe. »Mhh ... und trotzdem hast du mich gerade aufgefordert, mit dir nach Vegas zu fliegen und dich zu heiraten.«

Er grinste. »Sie mochte *Star Wars* nicht.«

Wir lachten beide zu sehr, um zu bemerken, wie ein Mann auf uns zukam. Weil ich mir dachte, dass er Adam kennen müsse, lächelte ich höflich und sah ihn an. Aber der Kerl sprach mit mir.

»Entschuldigung, dass ich euch unterbreche, aber bist du Georgia Delaney?«

»Ja?«

Er lächelte. »Ich bin Adam Foster. Frannie hat mir ein Bild von dir gezeigt, aber es war eins von einer Kostümparty.« Er machte mit der Hand eine kreisende Drehbewegung neben seinem Kopf. »Du warst als Prinzessin Leia verkleidet und dein Haar war an den Seiten hochgesteckt, deshalb sahst du etwas anders aus als jetzt.«

Ich runzelte die Stirn. »Du bist ... Adam?«

Der Kerl schien genauso verwirrt wie ich. »Ja.«

Also, *dieser Mann* sah aus wie der Typ, den ich erwartet hatte: braune, ausgetragene Tweedjacke, kurz geschnittenes Haar im Seitenscheitel – in gewisser Weise wie der Durchschnittsmann, der in jedem Büro in der IT-Abteilung arbeitet. Aber ...

Wenn er Adam war, wer war dann das hier?

Ich schaute den Typen neben mir in Erwartung einer Antwort an. Wenngleich es nicht das war, was ich bekam.

»Hast du dich bei einer Halloween-Party wirklich als Prinzessin Leia verkleidet?«

»Ja, aber ...«

Adam oder wer auch immer der Kerl war, der neben mir saß, legte mir den Finger auf die Lippen und wandte sich an den Mann, bei dem es sich anscheinend um meine Verabredung handelte. »Kannst du uns kurz allein lassen?«, fragte er.

»Ähh ... natürlich.«

Sobald Durchschnitts-Adam sich entfernt hatte, fuhr ich den scharfen Adam wütend an. »Wer zum Teufel bist du?«

»Tut mir leid. Mein Name ist Max.«

»Hast du es dir zur Gewohnheit gemacht, dich als jemand anderes auszugeben?«

Er schüttelte den Kopf. »Ich ... habe dich bloß durch das Fenster gesehen, als ich vorbeiging, und du hattest so ein hübsches Lächeln. Ich bin reingekommen, um mich vorzustellen, aber es war offensichtlich, dass du hier mit jemand anderem verabredet bist. Ich schätze, ich habe Panik bekommen, dass du nicht mit mir sprechen würdest, weil ich nicht Adam bin. Also habe ich einfach mitgespielt.«

»Und was, wenn meine Verabredung nicht gekommen wäre? Hättest du bei einer zweiten Verabredung auch so getan, als seist du Adam?«

Max fuhr sich mit der Hand durchs Haar. »So weit habe ich nicht gedacht.«

Normalerweise hätte es mich wütend gemacht, eine Verabredung bei einer Lüge zu erwischen, aber herauszufinden, dass Max nicht Adam war, enttäuschte mich über alle Maßen. Wir hatten eine tolle Chemie und ich erinnerte mich nicht daran, wann ich das letzte Mal so sehr gelacht hatte, als ich jemand Neues kennenlernte.

»War jede Antwort eine Lüge? Magst du *Star Wars* überhaupt?«

Er hielt beide Hände hoch. »Ich schwöre. Die einzige Sache, bei der ich nicht die Wahrheit gesagt habe, war mein Name.«

Ich seufzte. »Nun, *Max*, danke für die Unterhaltung. Aber ich will meine *echte Verabredung* nicht warten lassen.«

Er runzelte die Stirn, nickte aber und erhob sich. »Es war schön, dich kennenzulernen. Ich schätze, dich jetzt nach deiner Nummer zu fragen wäre ziemlich dumm, oder?«

Ich warf ihm einen verärgerten Blick zu. »Ja, das wäre es. Schönen Abend, Max.«

Er schaute mich einige Sekunden lang an, dann nahm er einen Hundertdollarschein aus seiner Geldbörse und warf ihn auf den Tresen. »Den wünsche ich dir auch, Georgia. Es hat mich wirklich gefreut, dich kennenzulernen.«

Max entfernte sich einige Schritte, hielt dann aber an und kam zurück. Wieder nahm er seine Geldbörse heraus, doch dieses Mal entnahm er ihr etwas, das aussah wie eine Eintrittskarte, und legte sie vor mich auf den Tresen. »Ich würde dich wirklich gern wiedersehen. Wenn deine echte Verabredung sich als Lusche herausstellt oder du es dir anders überlegst, verspreche ich dir, dass ich dich nie wieder anlügen werde.« Er deutete auf die Eintrittskarte. »Ich bin bei dem Eishockeyspiel im Garden um neunzehn Uhr dreißig, solltest du es in Erwägung ziehen, mir noch eine Chance zu geben.«

Was er sagte, schien von Herzen zu kommen und aufrichtig zu sein, aber ich war hier, um einen anderen Mann zu treffen. Ganz zu schweigen davon, dass ich wirklich enttäuscht war. Ich schüttelte den Kopf. »Ich denke nicht.«

Mit mürrischer Miene nickte Max ein letztes Mal, bevor er davonging. Mir blieb keine Zeit, alles zu verarbeiten, ich verspürte aber ein seltsames Gefühl des Verlusts, als ich ihm nachsah, wie er durch die Tür nach draußen trat. Doch sobald er aus meinem Blickfeld verschwunden war, stand meine echte Verabredung auch schon neben mir.

Ich musste mich zu einem Lächeln zwingen. »Entschuldige bitte. Wir, äh, mussten noch etwas Geschäftliches besprechen.«

»Kein Problem.« Er lächelte. »Ich bin nur froh, dass der Typ dich nicht angebaggert hat und ich nicht deine Ehre verteidigen musste. Er war ein Schrank.« Der echte Adam setzte sich. »Darf ich dir noch ein Glas Wein bestellen?«

»Das wäre toll. Danke.«

»Also ... ich nehme an, du bist ein großer *Star-Wars*-Fan?«

»Was? Oh, wegen des Kostüms.«

Adam zeigte auf den Tresen. »Und dem kleinen Yoda.«

Ich blickte nach unten. Max hatte seine Yoda-Figur vergessen. Ich schätzte, er hatte in Bezug darauf, ein *Star-Wars*-Fan zu sein, nicht gelogen, wenn man bedachte, dass er eine Actionfigur in seiner Tasche mit sich herumtrug. Zumindest hoffte ich, dass es nicht nur ein Utensil war, das er benutzte, wenn er fremden Frauen in Bars Lügengeschichten erzählte und einen falschen Namen angab.

• • •

Der echte Adam sprach über künstliche Intelligenz — *unheimlich viel.*

Ich versuchte, mich nach der Enttäuschung mit Max wieder auf die Verabredung zu konzentrieren, aber bevor ich noch mein erstes Getränk mit ihm zu mir genommen hatte, wusste ich bereits, dass es unsere einzige Verabredung sein würde. Adam war ein freundlicher Typ, doch wir hatten einfach keine Verbindung zueinander, weder körperlich noch geistig. Ich machte mir nichts aus Computern oder Bitcoin, was für ihn scheinbar große Sachen waren, und er interessierte sich für keins meiner Hobbys wie Wandern, Reisen und alte Schwarz-Weiß-Filme schauen. Er ging nicht einmal gern ins Kino. Wer findet denn keine Freude daran, sich mit Popcorn vollzustopfen und drei Liter Cola zu trinken, während er einen Film auf Großbildleinwand sieht? Ganz zu schweigen davon, dass er sagte, er sei allergisch gegen Blumen, als ich ihm von meiner Arbeit erzählte.

Als die Kellnerin sich also mit der Dessertkarte näherte, lehnte ich höflich ab.

»Bist du sicher, dass du keinen Kaffee möchtest?«, fragte Adam.

Ich schüttelte den Kopf. »Ich muss morgen früh arbeiten. Wenn ich nach zwölf Uhr mittags noch Koffein zu mir nehme, liege ich die ganze Nacht wach. Aber vielen Dank.«

Er nickte, doch ich konnte sehen, dass er enttäuscht war.

Vor dem Restaurant bot er an, sich ein Taxi mit mir zu teilen, aber ich wohnte nur acht Blocks entfernt, weshalb ich ihm die Hand entgegenstreckte, um das Ende des Abends einzuläuten.

»Es war sehr nett, dich kennenzulernen, Adam.«

»Ebenfalls. Vielleicht können wir ... das irgendwann wiederholen?«

Es war wesentlich einfacher, direkt zu sein und einem Kerl zu sagen, dass es keine zweite Verabredung geben würde, wenn dieser ein Idiot war. Aber bei den Netten fiel es mir immer schwer. Ich zuckte mit den Schultern. »Ja, vielleicht. Mach's gut, Adam.«

Es war Ende April, aber das kalte Wetter wollte einfach nicht weichen und erlaubte es dem Frühling in diesem Jahr nicht, zu beginnen. Es blies ein kühler Wind, während ich an der Kreuzung der Straßenecke wartete, an der sich das Restaurant befand. Ich schob meine Hände in die Taschen, um sie zu wärmen, und im Inneren bohrte sich etwas Spitzes in meine Finger. Ich nahm es heraus, um nachzusehen, was es war.

Yoda.

Seine Plastikohren waren spitz zulaufend und am linken war ein kleines Stück abgebrochen. Ich hatte vergessen, dass ich ihn in die Tasche gesteckt hatte, als Adam und ich vom Tresen an einen Tisch umgezogen waren. Ich blickte auf ihn hinab und seufzte. *Ach Gott, warum konnte dein Besitzer heute Abend nicht meine echte Verabredung sein?*

Es war schon sehr lange her, seit ein Mann dafür gesorgt hatte, dass ich in meinem Bauch ein warmes, wohliges Gefühl empfand – seit dem Tag, an dem ich Gabriel traf, war es nicht mehr passiert. Vielleicht war es also ein Zeichen, Yoda in meiner Tasche zu finden? Die Ampel sprang um und gedankenverloren ging ich einige weitere Blocks zu Fuß.

Spielte es wirklich eine Rolle, dass er vorgegeben hatte, Adam zu sein? Ich meine, wenn er die Wahrheit gesagt hatte, dann hatte er es nur getan, damit ich mit ihm rede. Seien wir doch ehrlich, wäre er zu mir gekommen und hätte sich als Max vorgestellt, hätte ich ihn nicht gebeten, sich zu mir zu setzen. Ich wäre höflich gewesen und hätte ihm gesagt, dass ich auf meine Verabredung warte, ganz egal, wie umwerfend der Mann war. Ich schätze, ich konnte ihm also wirklich keinen Vorwurf machen.

Auf dem Weg zur 2nd Avenue, wo ich wohnte, hielt ich an einer weiteren roten Fußgängerampel an der neunundzwanzigsten Straße an, dieses Mal an der Ecke mit der siebenten. Während ich wartete, blickte ich nach rechts und mir fielen die Neonlichter eines Schildes ins

Auge. *Madison Square Garden*. Also das war definitiv ein Zeichen – im wahrsten Sinn des Wortes. Ich hielt Yoda in meiner Hand und ging direkt an dem Ort vorbei, den der falsche Adam als den angegeben hatte, an dem er sich aufhalten würde ... vielleicht steckte doch mehr dahinter.

Ich überprüfte die Zeit auf meinem Telefon. Zwanzig nach acht. Er sagte, er sei um neunzehn Uhr dreißig dort, aber ich war mir sicher, dass das Spiel einige Stunden dauerte. *Soll ich es wagen?*

Ich knabberte an meiner Lippe, als die Ampel vor mir grün wurde. Menschen auf beiden Seiten setzten sich in Bewegung ... aber ich stand bloß da und starrte auf Yoda.

Scheiß drauf.

Warum nicht?

Was habe ich zu verlieren?

Das Schlimmste, das passieren konnte, war, dass unsere anfängliche Verbindung nicht mehr vorhanden war oder sich herausstellte, dass Lügen eins der Hobbys des falschen Adam war. Oder ... dass der Funke, den wir gespürt hatten, vielleicht genau zu der Ablenkung führte, nach der ich auf der Suche war. Solange ich es nicht versuchte, würde ich es nicht erfahren.

Ich war bei meiner Männerwahl größtenteils ziemlich konservativ. Und man schaue sich nur an, wo es mich hingebracht hat. Ich war achtundzwanzig Jahre alt, arbeitsbesessen und ging mit den Verwandten der Freundinnen meiner Mutter auf Blind Dates. Drauf geschissen – ich würde gehen.

Nachdem ich die Entscheidung getroffen hatte, konnte ich es nicht abwarten, dort anzukommen. Ich joggte fast schon zum Madison Square Garden, obwohl ich noch meine hohen Absätze von der Arbeit trug. Drinnen zeigte ich meine Eintrittskarte einem Platzanweiser, der am Eingang zu dem Bereich stand, der auf meiner Karte vermerkt war, und er wies mir den Weg zu meinem Sitz.

Als ich die Treppenstufen des Stadions hinunterging, blickte ich mich um und mir wurde klar, dass ich viel zu schick angezogen war. Die meisten Leute trugen Trikots und Jeans. Es gab sogar einige Typen ohne Hemd mit bemaltem Oberkörper und hier war ich und trug eine cremefarbene Seidenbluse, einen roten Bleistiftrock und meine Lieblingspumps von Valentino. Zumindest war Max ziemlich fein angezogen gewesen.

Ich hatte nicht auf die Reihennummer auf der Eintrittskarte geachtet, als ich sie dem Platzanweiser reichte, aber es musste sich um gute Sitzplätze handeln, denn wir gingen einfach weiter nach unten in Richtung Eis. Als wir bei der ersten Reihe ankamen, streckte der Platzanweiser die Hand aus. »Hier sind wir. Platz zwei ist der zweite von außen.«

»Wow, erste Reihe, direkt in der Mitte der Fünfzig-Yard-Linie.«

Der Mann lächelte. »Im Eishockey nennen wir es Mitteleis.«

»Oh ... okay.« Aber der Platz neben dem, den er mir zugewiesen hatte, war leer und Max war nirgends zu sehen. »Haben Sie zufällig die Person gesehen, die auf dem Platz am Ende sitzt?«, fragte ich.

Der Platzanweiser zuckte mit den Schultern. »Ich weiß nicht genau, aber ich glaube, sie ist noch nicht eingetroffen. Viel Vergnügen beim Spiel, Miss.«

Nachdem er sich entfernt hatte, stand ich da und schaute auf die beiden leeren Plätze. Über dieses

Szenario hatte ich nicht nachgedacht. *Vielleicht werde ich versetzt?* Genauer gesagt, hätte es überhaupt als versetzt werden gegolten, wenn die andere Person nicht wusste, dass man kommt? Ich war mir nicht sicher. Aber weil ich nun einmal hier war, konnte ich auch genauso gut Platz nehmen und warten, ob Max auftauchte. Er sagte, er müsse arbeiten, vielleicht war er einfach nur spät dran. Oder vielleicht war er auch schon hier und war nur in der Männertoilette oder stand in der Schlange, um ein Bier zu kaufen.

Auf meiner anderen Seite nahm eine Frau Platz. Sie lächelte, als ich mich zurücklehnte. »Hi. Bist du hier, um Yearwood zu sehen? Er ist heute Abend in Topform, hat bereits zwei Tore gemacht. Zu schade, dass sie vermutlich nicht in der Lage sein werden, ihn in der nächsten Saison zu halten.«

Ich schüttelte den Kopf. »Oh. Nein, ich bin mit jemandem verabredet. Ich war noch nie bei einem echten Eishockeyspiel.« Genau in dem Moment, in dem ich das sagte, knallten zwei Kerle in die Plexiglaswand, die sich direkt vor mir befand. Ich sprang auf und die Frau neben mir lachte, als sie davonfuhren.

»Das passiert sehr häufig. Du wirst dich daran gewöhnen.« Sie streckte mir die Hand hin. »Ich bin übrigens Jenna. Ich bin mit Tomasso verheiratet.« Sie deutete auf die Eisfläche. »Nummer zwölf.«

»Oh wow. Ich schätze, für mein erstes Spiel sitze ich neben genau der richtigen Person.« Ich legte mir die Hand auf die Brust. »Ich bin Georgia.«

»Wenn ich dir irgendetwas erklären soll, Georgia, lass es mich nur wissen.«

Während der nächsten zwanzig Minuten versuchte ich, das Spiel zu verfolgen. Aber ich blickte mich immer wiederum, um zu sehen, ob Max die Treppe hinunterkam. Leider tat er es nicht. Um einundzwanzig Uhr war mir ziemlich klar, dass ich meine Zeit verschwendete. Da ich am nächsten Morgen früh Besprechungen hatte, beschloss ich, nach Hause zu gehen. Die Uhr zeigte bis zum Ende des zweiten Drittels weniger als eine Minute Spielzeit an und ich wollte bis zum Abpfiff warten, damit ich die Sicht der Leute nicht behinderte, während ich die Stufen zum Ausgang hinaufstieg. Diese Eishockeyfans machten den Eindruck, als seien sie voll auf das Spiel fixiert.

Als auf der Uhr nur noch neun Sekunden angezeigt wurden, schoss einer der Kerle ein Tor und die Zuschauer rasteten wieder aus. Weil alle aufsprangen, tat ich das Gleiche, nutzte es aber einzig als Gelegenheit, meine Jacke anzuziehen. Ich beugte mich zu der Frau neben mir und brüllte: »Ich denke nicht, dass meine Verabredung noch kommt, ich werde mich also auf den Weg machen. Einen schönen Abend noch.«

Aber als ich mich zum Gehen wandte, erweckte etwas auf dem Großbildschirm meine Aufmerksamkeit. Der Spieler, der das Tor erzielt hatte, reckte jubelnd seinen Stock in die Luft und eine Gruppe der Spieler seiner Mannschaft klopfte ihm auf den Kopf. Sein Helm bedeckte den Großteil seines Gesichts, aber diese Augen ... *Ich kenne diese Augen.* Der Spieler nahm seinen Mundschutz heraus, winkte damit und lächelte direkt in die Kamera.

Grübchen.

Große Grübchen.

Ich bekam große Augen.

Nein ... das konnte nicht sein.

Ich starrte weiterhin mit offenem Mund auf den Bildschirm, bis das Gesicht des Mannes nicht mehr darauf zu sehen war.

Die Frau neben mir hatte aufgehört zu jubeln. »Siehst du? Ich habe dir doch gesagt, er ist in Topform. Wenn das dein erstes Spiel ist, hast du dir ein gutes ausgesucht. Man sieht nicht viele Hattricks in einem einzigen Drittel. Yearwood spielt seine bisher beste Saison. Zu schade, dass der Rest seiner Mannschaft das nicht tut.«

»Yearwood? Ist das der Name des Kerls, der gerade getroffen hat?«

Jenna lachte über meine Frage. »Ja. Mannschaftskapitän und der derzeit wohl beste Spieler in der NHL. Aus naheliegenden Gründen nennen sie ihn *Schönling*.«

»Wie heißt er mit Vornamen?«

»Max. Ich dachte, du kennst ihn, da es einer seiner Plätze ist, auf dem du sitzt.«

· · ·

»Hey, *Schönling*. Suchst du nach jemandem?«

Max trat aus der Umkleidekabine. Er sah sich nach rechts und links um, bemerkte aber nicht, dass ich auf der Bank gegenüber des Eingangs saß.

Als sein Blick auf mich fiel, lächelte er und sein gesamtes Gesicht erstrahlte, als er zu mir kam. Er wusste, dass ich beim Spiel war. Unmittelbar vor der zweiten Drittelpause war er dorthin gefahren, wo ich saß, und hatte an die Scheibe geklopft. Er wusste aber nicht, dass die Frau, die neben mir saß, mir ihren Zugangspass gegeben hatte, damit ich nach dem Spiel runter zur Umkleidekabine gehen konnte, um ihn zu treffen.

»Du hast gewartet ...«

Ich griff in meine Tasche, nahm Yoda heraus und streckte ihm die Figur auf der Handfläche entgegen. »Ich musste dir das hier zurückgeben. Du hast gesagt, du seist abergläubisch.«

Er nahm ihn mir aus der Hand und steckte ihn zurück in meine Jackentasche. Dann verwob er seine Finger mit meinen. »Das bin ich. Ich habe heute das beste Spiel meiner Karriere hingelegt. Du kannst also raten, wo Yoda von jetzt an bei jedem Spiel sein muss.«

»Wo denn?«

»In der Jackentasche meines Mädchens, während sie auf meinem Platz sitzt.«

»Oh, jetzt bin ich also dein Mädchen, was?«

Er schwang unsere Hände vor und zurück. »Jetzt vielleicht noch nicht. Aber der Abend ist noch jung.«

»Ähhh ... es ist fast dreiundzwanzig Uhr und ich muss morgen früh arbeiten.«

Max schaute mir tief in die Augen. Mein Inneres schlug einen Purzelbaum. Er hob unsere beiden Hände an seine Lippen und küsste meinen Handrücken.

»Ich bin froh, dass du da warst«, sagte er. »Ich war mir nicht sicher, ob du kommen würdest.«

»Wirklich?« Ich legte den Kopf zur Seite. »Denn aus irgendeinem Grund habe ich das Gefühl, dass du für gewöhnlich kriegst, was du willst.«

»Ist das etwas Schlechtes? Vielleicht ja, denn ich bin kein Mann, der sich leicht abschrecken lässt. Es macht mir nichts aus, für eine Sache zu arbeiten.«

»Verrate mir, musstest du für die Frau, mit der du vor ein paar Wochen geschlafen hast, hart arbeiten?«

Max lachte leise und schüttelte den Kopf. »Du bist nicht ganz einfach, was?«

»Was, wenn ich dir sage, dass ich nicht mit dir schlafe, nur weil du nette Sachen sagst?«

Er zog eine Augenbraue hoch. »Niemals?«

Ich lachte. »Du weißt, was ich meine.«

»Das ist in Ordnung. Ich habe es nicht eilig. Gehst du mit mir wenigstens etwas trinken?«

Ich lächelte. »*Ein Getränk*. Denn ich muss morgen früh aufstehen.«

»Einverstanden. Ich nehme alles, was ich kriegen kann.« Er legte den Arm um meine Schultern und wir setzten uns in Bewegung. »Aber ich sollte dich warnen. Es ist egal, durch welchen Ausgang ich die Halle verlasse, für gewöhnlich warten immer einige Fans und bitten um ein Autogramm. Es fühlt sich falsch an, einfach weiterzugehen, deshalb könnte es eine Weile dauern, bis wir hier rauskommen.«

Mir gefiel, dass er ein Mensch war, der für seine Fans anhielt. »Okay.«

Sobald wir nach draußen traten, fingen die Menschen an, seinen Namen zu schreien, und es waren mehr als nur *einige* von ihnen dort. Der Sicherheitsdienst ging links und rechts neben uns her, während Max immer und immer wieder seinen Namen kritzelte. Einige Fans baten um Selfies, woraufhin er sich zu ihnen beugte und für die Kamera überzogen lächelte. Diese Grübchen traten definitiv sehr häufig in Erscheinung. Einige Anhänger gestanden ihm ihre unsterbliche Liebe, während andere ihm Fragen über das Spiel heute Abend stellten. Max ging mit allem völlig locker um und antwortete gut gelaunt auf alles. Es dauerte fast eine halbe Stunde, bis die Schlange kürzer wurde. Als wir die letzten paar Fans erreichten, reckte ein Junge, der vermutlich etwa achtzehn war, sein Kinn in meine Richtung, als Max seinen Namen schrieb.

»Ist sie deine Freundin? Sie ist scharf.«

Max hielt mitten in der Schreibbewegung an und sah den Teenager mit einem warnenden Blick an. »Hey, pass bloß auf. Hab etwas Respekt für Frauen. Ganz besonders für diese hier. Vielleicht wird sie die zukünftige Mrs. Yearwood.« Er schaute mir in die Augen. »Sie weiß es nur noch nicht.«

— Kapitel 2 —

Georgia

»Und was macht mein Glücksbringer beruflich? Warte, lass mich raten ...«

Während Max sprach, griff er über den Tisch und wischte mir mit dem Daumen etwas aus dem Mundwinkel. Er zeigte es mir – Zucker von dem Rand meines Lemon Drop Martinis –, bevor er ihn mit einem teuflischen Grinsen ableckte, das zwischen meinen Beinen ein Kribbeln hervorrief.

Ich nippte noch einmal an meinem Getränk, um mich zu beruhigen, bevor ich antwortete: »Das kann interessant werden. Ich bin neugierig zu erfahren, was ich deiner Meinung nach tue.«

Er betrachtete mein Outfit. Mittlerweile war es fast ein Uhr morgens. Vom Garden aus hatten wir die Straße überquert, waren zur nächstbesten Bar gegangen und hatten in der privatesten Sitznische in der hinteren Ecke Platz genommen. Ich trug immer noch meine Arbeitskleidung, da ich direkt aus dem Büro gekommen war, um mein Blind Date zu treffen, und dann das Spiel besucht hatte.

»Stilvoll und trotzdem sexy«, sagte Max. Er beugte sich zur Seite und schaute hinunter auf meine Füße. »Diese absolut scharfen Absätze sehen nicht aus, als wären sie so bequem, dass du den ganzen Tag darin stehen könntest, deshalb rate ich, dass du in einem Büro arbeitest. Weil es dir möglich war, relativ früh zu gehen, um deine Verabredung wahrzunehmen, bist du vermutlich die Chefin und teilst dir deine Zeit selbst ein. Außerdem hast du dein Bind Date sitzen lassen, um einen Typen für ein Eishockeyspiel zu treffen – eine Sportart, von der du sagtest, du wüsstest nichts über sie –, ohne zu wissen, dass ich ein Spieler bin. Du bist entweder in einem Beruf tätig, in dem du Risiken eingehst oder Optimistin sein musst.«

Ich machte ein Gesicht, das zeigte, dass ich beeindruckt war. »Sprich weiter ...«

Er rieb sich über die Bartstoppeln am Kinn, die in den letzten Stunden, die wir getrennt waren, definitiv länger geworden waren. »Ich würde sagen, du bist Anwältin oder Werbefachfrau.«

Ich schüttelte den Kopf. »Und ich dachte, du bist auf so einem guten Weg.«

»War ich nahe dran?«

»In gewisser Weise. In letzter Zeit sitze ich den Großteil des Tages tatsächlich. Ich teile mir ebenfalls meine Zeit selbst ein und schätze, es war riskant, mein eigenes Unternehmen zu gründen. Mir gehört Eternity Roses.«

»Eternity Roses? Warum kommt mir das so bekannt vor?«

»Seltsamerweise habe ich zwar noch nie ein Eishockeyspiel besucht, aber meine Werbung hängt im Madison Square Garden. Mein Unternehmen verkauft Rosen, die ein Jahr oder länger halten. Vielleicht hast du eine Plakatwand von uns gesehen.«

»Die, auf denen ein Kerl zu sehen ist, der mit dem Kopf in einer Hundehütte schläft?«

Ich lächelte. »Genau die. Meine Freundin Maggie kümmert sich um das gesamte Marketing. Sie hatte den Einfall, weil ihr Demnächst-Ex-Mann immer mit Blumen nach Hause kam, wenn er Mist gebaut hatte, und es verdient hätte, beim Hund zu schlafen.«

»Ich habe meiner Schwägerin deine Blumen geschickt. Als ich sie das letzte Mal besucht habe, alberten mein Bruder und ich herum und machten einen Stuhl kaputt. Weil sie mich nicht dafür bezahlen lassen wollte, schickte ich ihr eins dieser großen, runden Blumengestecke, die in einer Hutschachtel kommen. Deine Webseite ist lustig, nicht wahr? Ich erinnere mich, dass es eine Seite mit Nachrichtenvorschlägen gab, sollte man Mist gebaut haben und in Ungnade gefallen sein. Ich habe eine für die Karte benutzt, die ich mit den Blumen geschickt habe.«

Ich nickte. »Ich habe mir alle selbst ausgedacht, als ich angefangen habe. Das war eins der Dinge, die mir am meisten Spaß gemacht haben. Aber wir aktualisieren sie jetzt so oft, dass ich dafür keine Zeit mehr habe.«

»Das ist wirklich toll. Aber ich muss sagen ... diese Dinger waren schweineteuer. Ich glaube, das große Gesteck, das ich versendet habe, hat um die sechshundert Dollar gekostet.«

»Liebt deine Schwägerin die Blumen?«

»Tut sie.«

»Nun, gewöhnliche Rosen halten etwa eine Woche. Wenn du vier Dutzend Rosen kaufst, die Anzahl, die in der großen Hutschachtel enthalten ist, die du verschickt hast, müsstest du mindestens zweihundertfünfzig Dollar zahlen. Das sind pro Jahr dreizehntausend Dollar für wöchentliche Rosen. Dagegen sind sechshundert ein wahres Schnäppchen.«

Max grinste. »Warum habe ich das Gefühl, dass du das schon einige Hundert Male gesagt hast?«

Ich lachte. »Das habe ich definitiv.«

»Wie bist du zu diesem Beruf gekommen?«

»Ich wusste schon immer, dass ich mein eigenes Unternahmen haben will. Ich wusste nur nicht was. Auf dem College und während des Studiums arbeitete ich bei einem Floristen. Einer meiner Lieblingskunden war Mr. Benson, ein achtzigjähriger Mann. Während des ersten Jahres, in dem ich dort arbeitete, kam er jeden Montag, um seiner Frau Blumen zu kaufen. Während seiner gesamten fünfzigjährigen Ehe hatte er ihr jede Woche frische Rosen geschenkt. Für den Großteil dieser Zeit pflanzte er die Rosen selbst in einem kleinen Gewächshaus in ihrem Garten an. Doch nachdem seine Frau einen Schlaganfall erlitten hatte, waren sie in ein Altersheim gezogen, weil sie mehr Hilfe benötigte, als er allein bewältigen konnte. Danach begann er, ihr wöchentlich Blumen im Laden zu kaufen. Einmal erwähnte er, dass er Geld sparen müsse und ihr nur einmal pro Monat Blumen bringen könne, weil die Zuzahlungen zu den neuen Medikamenten seiner Frau so hoch seien. Er sagte, es sei das erste Mal in mehr als einem halben Jahrhundert, dass sie keine frischen Rosen auf ihrem Nachttisch hätte. Also fing ich an zu recherchieren, wie ich die Lebensdauer von

Schnittblumen verlängern kann, in der Hoffnung, eine Methode zu finden, um die Rosen für Mr. Bensons Frau zwischen seinen Besuchen im Blumenladen länger haltbar zu machen. Ich lernte eine Menge über den Haltbarkeitsprozess und ab da ging es dann immer weiter vorwärts. Irgendwann eröffnete ich einen Online-Laden und begann, Blumenschmuck von zu Hause zu verkaufen. Es war ein mühsamer Start, bis eine Berühmtheit mit zwölf Millionen Followern auf Instagram eine Bestellung aufgab und darüber postete, wie sehr sie die Blumen liebte. Dadurch wurde eine wahre Lawine losgetreten. Innerhalb eines Monats produzierte ich nicht mehr in Wohnzimmer und Küche, sondern zog in einen kleinen Laden um. Und jetzt, einige Jahre später, haben wir drei Produktionsstätten und acht Boutique-Verkaufsräume. Wir haben außerdem gerade damit angefangen, die Marke in Europa zu konzessionieren.«

»Wow.« Max zog die Augenbrauen nach oben. »Hast du das alles allein gemacht?«

Ich nickte stolz. »Ja. Nun ja, mit meiner besten Freundin Maggie. Sie hat mir geholfen, das Ganze in Gang zu bringen. Jetzt gehört ihr ebenfalls ein Teil des Unternehmens. Ohne sie hätte ich es nicht geschafft.«

Er schaute nach hinten und blickte sich in der Bar um. »Schön und klug? Irgendwo hier muss eine Schlange von Männern sein, die mir in den Hintern treten wollen, weil ich im Moment die Gelegenheit habe, mit dir zusammenzusitzen.«

Er meinte es als Kompliment und es sollte lustig sein, trotzdem verschwand mein Lächeln zum ersten Mal. Die Realität dessen, warum ich heute Abend überhaupt eine Verabredung hatte, traf mich mitten ins Gesicht. Ich war vollkommen in der Aufregung des Abends gefangen gewesen und hatte nicht daran gedacht, dass ich Max von Gabriel erzählen musste. Frannie hatte mein Blind Date über meine Situation aufgeklärt, deshalb musste ich nicht darüber nachdenken, wie oder wann ich dieses Thema dort zur Sprache bringen muss. Aber da ich schätzte, dass das Wie oder Wann mit Max sich mir soeben auf einem Silbertablett präsentiert hatte, gab es keinen besseren Zeitpunkt als jetzt.

Ich lächelte gedankenverloren. »Nun ... um vollkommen ehrlich zu sein, ich bin in gewisser Weise mit jemandem zusammen.«

Max ließ den Kopf hängen und hob eine Hand, um sein Herz damit zu bedecken. »Und ich dachte, der Pfeil in meinem Herzen stammt von Amor. Du hast mich verletzt, Georgia.«

Ich lachte über seine Dramatik. »Tut mir leid. Es fühlt sich seltsam an, darüber zu sprechen, aber ich dachte, ich sollte in Bezug auf meine Situation ehrlich sein.«

Er seufzte. »Sag es mir. Was hat es mit diesem anderen Kerl auf sich, dessen Herz ich brechen werde?«

»Also, ich ... äh ...« Verdammt, es war nicht einfach zu erklären. »Ich denke, man könnte sagen, dass ich mich in einer offenen Beziehung befinde.«

Max zog die Augenbrauen nach oben. »Du denkst?«

»Entschuldige ... nein.« Ich nickte. »Ich bin sicher. Ich befinde mich in einer offenen Beziehung.«

»Warum klingt das, als stecke mehr dahinter als nur die Tatsache, dass du mit jemandem zusammen bist, ohne Verpflichtungen einzugehen?«

Ich biss mir auf die Unterlippe. »Wir waren verlobt.«

»Aber jetzt seid ihr es nicht mehr?«

Ich schüttelte den Kopf. »Es ist eine etwas komplizierte Geschichte, aber ich habe das Gefühl, ich sollte sie dir erzählen.«

»Okay ...«

»Gabriel und ich lernten uns kennen, als ich meinen Magister in Betriebswirtschaftslehre machte. Er war ein junger Englischprofessor an der Universität von New York und ich ging dort auf die Stern Business School. Zu jener Zeit hatte er gerade angefangen, an einem Roman zu schreiben. Gabriel unterrichtete, um seinen Lebensunterhalt zu verdienen, aber er wollte Schriftsteller sein. Irgendwann verkaufte er sein Buch an einen Verlag und erhielt einen Vertrag, irgendwann ein zweites zu schreiben, und wir verlobten uns. Alles lief gut, bis sein Buch vor etwa einem Jahr veröffentlicht wurde. Es verkaufte sich nicht gut. Genauer gesagt war es ein ziemlicher Flop – niedrige Verkaufszahlen und schlechte Rezensionen. Gabriel war darüber ziemlich niedergeschlagen. Kurze Zeit später fand er heraus, dass seine Eltern, die er für seine leiblichen Eltern hielt, in Wahrheit seine Adoptiveltern waren. Dann kam sein bester Freund seit der Kindheit bei einem Autounfall ums Leben.« Ich seufzte. »Wie dem auch sei ... lange Rede, kurzer Sinn, Gabriel fühlte sich sehr verloren und beschloss, eine sechzehnmonatige Gastprofessorenstelle in England anzunehmen. Er hatte nicht einmal mit mir darüber gesprochen, bevor er den Job akzeptierte. Er sagte, er müsse sich selbst finden. Bei allem, was er durchgemacht hatte, verstand ich es. Doch einige Tage bevor er abreiste, bekam ich eine weitere Überraschung. Er sagte mir, er wolle während seiner Abwesenheit eine offene Beziehung führen.«

»Und davor war zwischen euch alles in Ordnung?«

»Das dachte ich zumindest. Ich arbeite sehr viel – mehr als ich müsste oder vielmehr sollte –, und manchmal war Gabriel der Meinung, es sei zu viel, und beschwerte sich. Das war vermutlich unser größtes Problem. Aber wir waren kein Paar, das die ganze Zeit nur stritt, wenn es das ist, was du wissen willst.«

Max rieb sich mit dem Daumen über die Unterlippe. »Wie lange ist er schon weg?«

»Acht Monate.«

»Habt ihr euch während dieser Zeit gesehen?«

»Nur einmal. Vor etwa sechs Wochen. Meine Firma hat eine Franchise-Boutique in Paris eröffnet. Ich bin zur Eröffnung hingeflogen und er hat sich dort mit mir getroffen und das Wochenende mit mir verbracht.«

»Und ihr seid beide mit anderen ausgegangen, seit er abgereist ist?«

Ich schüttelte den Kopf. »Er anscheinend schon, ich jedoch nicht allzu häufig.« Ich biss mir erneut auf die Lippe. »Genauer gesagt war die Verabredung mit Adam erst die zweite seit vielen Jahren. Die erste war ein Kerl, den ich vor zwei Wochen über Tinder kennengelernt habe und die nicht über ein Treffen zum Kaffee hinausging. Um ehrlich zu sein, wollte ich heute Abend nicht einmal ausgehen. Aber jetzt, da ich allein bin, versuche ich wirklich, ein paar dringend benötigte Veränderungen in meinem Leben zu machen. Aus diesem Grund habe ich eine Liste von Dingen erstellt, die ich beiseitegeschoben habe, und da Dating auf dieser Liste an erster Stelle stand, habe ich mich in gewisser Weise dazu gezwungen, die Verabredung wahrzunehmen.«

Max schaute zwischen meinen Augen hin und her. »Musstest du dich zwingen, in den Garden zu gehen?«

»Nein, ganz im Gegenteil. Ich habe versucht, mich zu zwingen, *nicht* zu gehen.«

»Warum würdest du so etwas tun?«

Ich zuckte mit den Schultern. »Ich weiß nicht genau.«

Er sah mich noch etwas länger an. »Wann wirst du ihn wiedersehen?«

»Bis er seine Arbeit in London beendet hat und zurück nach New York kommt, haben wir nicht geplant, uns noch einmal persönlich zu sehen. Ich schätze also im Dezember, wenn er wieder da ist.«

»Willst du dich an diesem Kerl bloß revanchieren, weil er andere Frauen trifft? Oder willst du wirklich für dich herausfinden, welche Männer es da draußen gibt?«

Das war eine verdammt gute Frage und dazu noch eine, auf die ich keine Antwort hatte. Meine Beziehung mit Gabriel war eine Grauzone und ich war ein Mensch, bei dem eine Sache entweder schwarz oder weiß war. Ich habe weiß Gott genügend Zeit damit verbracht, mich mit Entscheidungen zu quälen, die diesen Mann betreffen, nur um jetzt jede Entscheidung, die ich jemals getroffen habe, infrage zu stellen.

Ich sah Max in die Augen. »Ich werde ehrlich sein. Ich bin mir nicht sicher, was ich will.« Ich legte den Kopf zur Seite. »Spielt das eine Rolle für dich?«

Auf seinem Gesicht breitete sich langsam ein Grinsen aus. »Ich will nur wissen, worauf ich mich einlasse.« Er streckte den Arm über den Tisch aus, ergriff meine Hand und verwob unsere Finger miteinander. Dann sah er mit einem Glitzern in den Augen auf. »Aber ich bin dabei.«

Ich lachte. »Du bist nicht abzuschütteln.«

»Ich kann nichts dafür. Ich will alles über dich erfahren.«

Ich kniff die Augen zusammen. »Warum?«

»Ich habe keinen blassen Schimmer. Es ist einfach so.«

»Was willst du wissen?«

»Alles. Irgendwas.«

»Was zum Beispiel?«

Er zuckte mit den Schultern. »Du hast gesagt, dass du manchmal mehr arbeitest als nötig. Warum arbeitest du weiter, wenn du es nicht tun musst?«

Ich lächelte traurig. »Über diese Frage habe ich schon sehr oft nachgedacht, da sie ein Streitpunkt in meiner Beziehung war. Ich glaube, ich arbeite so viel, weil ich es schon immer tun musste. Ich bin Legasthenikerin, deshalb musste ich schon seit der Grundschule immer zusätzliche Zeit investieren. Eine Leseaufgabe, für die meine Freundinnen vielleicht zwanzig Minuten brauchten, dauerte bei mir ein bis zwei Stunden, deshalb bin ich in gewisser Weise darauf trainiert, mehr zu tun. Ich neige ebenfalls dazu, alles bis zum Erbrechen zu analysieren, was zeitaufwendig sein kann, und ich liebe den Konkurrenzkampf mit anderen – manchmal werde ich dabei sogar richtig fies. Aber ich liebe mein Geschäft und es macht mir Spaß zuzusehen, wie es durch die Arbeit wächst, die ich darin investiere. Trotzdem habe ich vor vier Monaten eine Produktionsleiterin eingestellt, damit ich weniger arbeiten kann, wenn ich es will. Meine Mutter wird älter und lebt in Florida und ich will in der Lage sein, sie öfter zu besuchen. Und ich liebe es zu reisen. Ich dachte ebenfalls, es würde Gabriel glücklich machen, aber du weißt ja bereits, wie das gelaufen ist.«

»Nichts ist verwerflich daran, viel zu arbeiten, wenn du liebst, was du tust. Du wärst vermutlich nicht dort, wo du bist, wenn du die Zeit nicht investiert hättest. Ich wäre es definitiv nicht.«

»Danke.«

»Und es ist gut, wettbewerbsfähig zu sein. Es spornt dich an, besser zu werden.«

Ich schüttelte den Kopf. »Meine Freundinnen wollen nicht einmal mehr Brettspiele mit mir spielen, außerdem bin ich in der Gemeinschaft des Seniorenheims meiner Mutter von der Ostereiersuche ausgeschlossen, wegen ...«, ich hob die Hände und machte Anführungszeichen in der Luft, »... eines *Vorfalls* mit einem extrem sensiblen Neunjährigen, den ich aus Versehen zum Weinen gebracht habe.«

Max grinste. »So schlimm, was?«

Ich fuhr mit dem Finger über das Kondenswasser am Boden meines Glases. »Ich arbeite daran, die richtige Balance zu finden. Ich habe vor einigen Monaten sogar an vier meditativen Besinnungstagen teilgenommen, damit ich lerne, wie ich mich entspannen kann.«

»Wie war das?«

Meine Lippe zuckte. »Ich bin einen Tag früher abgereist.«

Max lachte. »Was ist mit deiner Familie? Hast du viele Geschwister?«

»Nein, ich bin Einzelkind. Meine Eltern haben mich spät bekommen. Sie haben mit dreißig geheiratet und sich vorher geeinigt, keine Kinder zu haben. Mein Vater hat sich kurz nach ihrer Hochzeit sterilisieren lassen. Dann wurde meine Mutter mit zweiundvierzig schwanger. Es stellte sich heraus, dass eine Vasektomie nicht hundertprozentig sicher ist. Die Samenleiter des Mannes werden durchtrennt, aber in seltenen Fällen können die beiden Teile wieder zusammenwachsen und sich neu verbinden. Das nennt man Rekanalisierung.«

»Heilige Scheiße.« Max bewegte sich auf seinem Platz.

Ich lachte. »Hast du gerade eben die Beine zusammengepresst?«

»Du hast absolut recht, das habe ich. Du brauchst nur zu erwähnen, dass irgendwas da unten durchtrennt wird, und mein Körper schaltet sofort in den Schutzmodus um. Wie haben deine Eltern diese Neuigkeit in ihren Vierzigern aufgenommen?«

»Meine Mutter sagte, es war ein Schock, aber als sie zu ihrem ersten Termin ging und den Herzschlag hörte, wusste sie, dass es so sein sollte. Mein Vater hingegen war nicht so beschwingt. Er hatte eine furchtbare Kindheit gehabt und besaß seine ganz eigenen Gründe dafür, keine Familie haben zu wollen. Er begann eine Affäre mit einer Frau, die sich hatte sterilisieren lassen, und meine Eltern ließen sich scheiden, als ich zwei war. Ich stehe meinem Vater nicht besonders nahe.«

»Tut mir leid.«

Ich lächelte. »Danke. Aber es gibt nichts, was dir leidtun müsste, selbst wenn es vielleicht so klingt, wenn ich die Kurzversion erzähle. Meine Mutter ist Super-Mom, deshalb hatte ich nie das Gefühl, besonders viel zu vermissen. Sie hat sich vor zwei Jahren in Florida zur Ruhe gesetzt. Und ich hatte Kontakt zu meinem Vater, während ich aufwuchs. Was ist mit dir? Große Familie?«

»Ich bin das jüngste von sechs Geschwistern. Alles Jungs.« Er schüttelte den Kopf. »Meine arme Mutter. Wir haben über die Jahre jedes Möbelstück im Haus mindestens einmal kaputt gemacht, weil wir so viel herumgetobt sind.«

»Ach ... wie den Stuhl deiner Schwägerin?«

»Genau.«

»Als ich dich vorhin gefragt habe, ob du bei deiner Mutter wohnst, sagtest du, dass ihr nicht einmal im selben Bundesstaat lebt. Dann stammst du also nicht aus New York?«

»Nein. Ich komme ursprünglich aus Washington, lebe dort aber schon lange nicht mehr. Ich habe mein Elternhaus verlassen, als ich siebzehn war, um bei einer Gastfamilie in Minnesota zu wohnen, damit ich Eishockey spielen kann. Dann bin ich an die Ostküste gezogen und habe für Boston University gespielt, danach ging es nach New York zu den Wolverines.«

»Wie ist das so? Ein Profisportler zu sein, meine ich.«

Max zuckte mit den Schultern. »Ich darf eine Sportart ausüben, die ich liebe, um damit meinen Lebensunterhalt zu verdienen. Die Menschen sagen, dass Disneyland der tollste Ort auf Erden ist. Ich würde die Umkleidekabine nach einem Sieg Disneyland jederzeit vorziehen.«

»Was ist der Nachteil? Selbst die besten Jobs haben ihre Schattenseiten.«

»Also, es ist definitiv scheiße zu verlieren. Mein Team hat in den letzten zwei Jahren viele Spiele verloren. Als ich verpflichtet wurde, war es eine aufsteigende Mannschaft. In meinem Anfangsjahr schafften wir es bis in die Playoffs, aber aufgrund von verletzten Spielern und schlechten Spielereinkäufen waren die letzten zwei Jahre schwierig. Es nennt sich *Team*, weil man mehr als nur ein paar Kerle braucht, um ein gutes Jahr zu haben. Abgesehen davon kann die Reisezeit sehr anstrengend sein. In einer Saison gibt es zweiundachtzig Spiele, und das schließt die Playoffs nicht mit ein. Fast die Hälfte davon sind Auswärtspartien. Ich glaube, ich sehe den Mannschaftszahnarzt häufiger als das Innere meiner Wohnung.«

»Wow, ja. Du bist wirklich sehr viel unterwegs.«

Max hatte einen Rum mit Cola und ein Wasser bestellt. Ich schätzte, er musste nach dem Spiel rehydrieren. Aber mir fiel auf, dass er den Alkohol bis jetzt noch nicht angerührt hatte, dabei saßen wir bereits lange genug zusammen, dass das Eis in seinem Getränk geschmolzen war. Ich deutete auf das kleinere Glas und sagte: »Du hast dein Getränk noch nicht angerührt.«

»Ich trinke keinen Alkohol, wenn ich am nächsten Tag Training oder ein Spiel habe.«

Ich zog die Augenbrauen zusammen. »Warum hast du dann Rum mit Cola bestellt?«

»Ich wollte nicht, dass du keinen Alkohol bestellst, weil ich nichts trinke.«

Ich lächelte. »Das ist aufmerksam. Danke.«

»Erzähl mir von deiner Verabredung heute Abend. War er eine totale Lusche oder ist er im Vergleich zu dem ersten Kerl, den du getroffen hast, einfach nur verblasst?« Er zwinkerte.

»Der echte Adam war sehr nett.«

»Nett?« Max' selbstsicheres Grinsen wurde breiter. »Dann war es also schlecht, was?«

Vor mir auf dem Tisch lag eine Serviette. Ich knüllte sie zusammen und bewarf ihn damit. Er fing sie auf.

»Ich denke, es wird Zeit, dass du auf dem heißen Stuhl Platz nimmst«, sagte ich. »Erzähl mir von der Frau, mir der du vor Kurzem geschlafen hast. Ist sie jemand, mit dem du zusammen warst?«

»Es war bloß eine lockere Affäre. Für uns beide.«

»Aha.« Ich nippte an meinem Getränk. »Unterhalten wir uns doch darüber. Passiert das häufig? Ich meine, du bist Profisportler und ein gut aussehender Kerl – ganz zu schweigen davon, dass du sehr viel unterwegs bist.«

Max sah mich nachdenklich an. »Ich habe dir gesagt, dass ich dich nicht noch einmal anlügen werde, wenn du mir eine zweite Chance gibst. Aber ich möchte ebenfalls kein Bild von etwas vermitteln, das dir nicht gefallen wird. Deshalb werde ich darauf nur antworten, dass es mir nicht schwerfällt, jemanden zu finden, mit dem ich Zeit verbringen kann, wenn ich das will. Aber nur, weil es einfach ist und ich mein Leben als Single genieße, bedeutet es nicht, dass es so sein muss. Ich bin mir sicher, dass du so ziemlich jede Bar in dieser Stadt betreten und sie mit einem Mann verlassen könntest, wenn du wolltest. Das heißt nicht, dass du es tun wirst, wenn du in einer Beziehung bist, richtig?«

»Nein, ich denke nicht.« Ich zuckte mit den Schultern. »Aber irgendetwas muss mit dir nicht stimmen. Erzähl mir von deinen schlimmsten Eigenschaften, Max.«

»Verdammt.« Er atmete hörbar aus. »Du suchst wirklich nach einem Grund, mich nicht zu heiraten, nicht wahr?«

»Wenn alles, was du sagst, aufrichtig ist, bist du zu gut, um wahr zu sein. Kannst du mir einen Vorwurf machen, dass ich auf die nächste Hiobsbotschaft warte?«

Er rieb mit dem Daumen über seine Unterlippe, dann setzte er sich aufrecht hin und stützte die Ellbogen auf dem Tisch auf. »Okay. Ich werde dir etwas Schlimmes erzählen. Aber danach will ich mehr schlimme Sachen von dir hören.«

Ich lachte. »Okay. Abgemacht.«

»Mit Handschlag.« Er streckte seine Hand aus und als ich meine hineinlegte, umschloss er sie mit den Fingern und ließ sie nicht mehr los. »Ohhh ... du willst meine Hand halten.«

Ich schüttelte den Kopf. »Schluss damit, Schönling. Was ist los mit dir?«

Max' Gesichtsausdruck wurde ernst. »Ich kann besessen und ein wenig zwanghaft sein. Was normale Menschen als *Ehrgeiz* bezeichnen, wird bei mir schnell krankhaft. Es ist mir möglich, den Blick für alles zu verlieren – inklusive meiner eigenen Gesundheit und allen Menschen um mich herum –, wenn ich etwas unbedingt will.«

»Gut ... also ich denke, unter Berücksichtigung deiner Karriere ergibt das Sinn. Ich habe noch nie zuvor einen Profisportler getroffen, aber ich kann mir vorstellen, dass unbedingter Ehrgeiz dir dabei geholfen hat, dich dorthin zu bringen, wo du heute bist.«

»Ich habe ebenfalls eine Persönlichkeit, die zu Süchten neigt. Eishockey ist die Droge meiner Wahl. Das ist der Grund, warum ich nicht viel trinke und mich von Drogen und Glücksspiel fernhalte. Auf dem College habe ich bei einem Buchmacher Schulden in Höhe von zwanzigtausend Dollar angehäuft. Mein ältester Bruder musste die Kaution für mich bezahlen, um meinen

Arsch aus dem Knast zu holen, aber zuerst ist er nach Boston geflogen und hat mir einen ordentlichen Tritt in selbigen verpasst.«

»Meine Güte. Wie groß ist dein Bruder?«

Max lachte. »Ich bin einer der kleineren Yearwood-Jungs.«

»Wow.«

»Und ... habe ich dich schon abgeschreckt? Bis jetzt hast du mich dazu gebracht zuzugeben, dass ich vor Kurzem eine Affäre hatte, nackt beim Hula-Hoop-Schwingen verhaftet wurde, eine zu Süchten neigende Persönlichkeit habe und manchmal vergesse, dass die Welt existiert, wenn ich auf Eishockey fokussiert bin. Was kommt als Nächstes? Soll ich dir erzählen, dass ich eine irrationale Angst vor Echsen habe und dass ich mir mit neun einmal in die Hose gepinkelt habe, weil meine Brüder sechs Chamäleons nach Hause gebracht und in meinem Bett versteckt haben?«

»Oh mein Gott. Ist das wahr?«

Max ließ den Kopf sinken. »Ja. Aber zu meiner Verteidigung muss ich sagen, dass man einen Vierjährigen nicht *Godzilla* sehen lassen sollte. Es kann Narben hinterlassen.«

Die Vorstellung, dass dieser Hüne von Mann vor einer kleinen Echse Angst haben könnte, war zum Schreien komisch. Aber er hatte mich mit seiner offenen Art, meine Fragen zu beantworten, für sich gewonnen. Da er meine Hand weiterhin fest in seiner hielt, beschloss ich, dass Ehrlichkeit auf Gegenseitigkeit beruhte.

»Du hattest recht. Ich habe nach einem Grund gesucht, damit ich dich nicht wiedersehen muss.«

»Und hast du einen gefunden?«

Ich schüttelte den Kopf. »Fehler machen mir keine Angst. Es wäre anders, wenn du nicht wüsstest, dass du sie hast, oder dich weigern würdest zuzugeben, dass sie existieren.«

»Bedeutet das, dass wir nach Vegas fliegen?«

»Nicht ganz.« Ich lachte. »Bin ich jetzt an der Reihe? Damit, dir meine schlechtesten Eigenschaften zu erzählen, meine ich? Denn ich bin mir nicht sicher, ob ich betont habe, wie nervig mein vorhin erwähnter Konkurrenzeifer sein kann. Zum Beispiel habe ich dich mit dieser Serviette beworfen und du hast sie gefangen, und es bringt mich um, dass du sie nicht zurückgeworfen hast, damit ich sie auch fangen konnte. Und jetzt will ich dir auch alle meine anderen schlechten Eigenschaften erzählen, um dir zu zeigen, dass meine schlimmer sind als deine. Aber ich glaube, ich sollte zuerst austrinken, bevor ich mit meiner langen Liste fortfahre, für den Fall, dass du abhauen willst.«

Max schüttelte den Kopf. »Nein. Du brauchst mir gar nichts zu erzählen. Ich kenne deine schlimmste Eigenschaft bereits.«

»Ach ja? Ich habe fast schon Angst zu fragen. Worum handelt es sich?«

Max sah mir in die Augen. Die Intensität in seinem Blick war nicht zu leugnen und löste tief in meinem Bauch ein Kribbeln aus.

»Deine schlimmste Eigenschaft? Das ist einfach. Ich glaube, du sagtest, sein Name sei Gabriel.«

— Kapitel 3 —

Georgia

»Wie war dein Blind Date?« Maggie streckte mir einen Kaffeebecher von Starbucks und ein Fläschchen mit Ibuprofen entgegen.

Es gab einen Grund, warum sie meine beste Freundin und Marketingchefin von Eternity Roses war. »Beides ist für mich?«

Sie nickte. »Ich weiß, dass du versuchst, deinen Konsum auf eine Tasse pro Tag zu beschränken. Aber ich hoffe, dass du ihn heute Morgen gebrauchen kannst, weil deine Verabredung dich die ganze Nacht wach gehalten hat.«

»Wofür sind die Ibuprofen?«

Maggie lächelte und führte ihren eigenen Kaffeebecher an die Lippen. »Für den Fall, dass dein Kopf gegen das Kopfteil vom Bett geknallt ist. Ich habe dir doch gesagt, du sollst dieses schicke Bettgestell aus Holz loswerden und dir ein gepolstertes zulegen.«

Ich lachte und winkte mit der Hand in Richtung Fläschchen ab. »Mir geht es gut. Letzte Nacht ist nichts gegen das Kopfteil geknallt. Aber den Kaffee nehme ich gern an. Danke.«

Sie öffnete den Verschluss der Ibuprofen und drehte das Fläschchen auf den Kopf. »Oh, gut. Denn es sind nur noch zwei übrig und mein Kopf bringt mich um. Diese Toilettenkabinen im Gerichtsgebäude sind nämlich definitiv nicht gepolstert.«

Ich erstarrte mit dem Kaffeebecher auf halbem Weg zu meinem Mund. »Du hast doch nicht ...«

Sie grinste. »Aber ja, ich habe ... *zweimal.*«

Ich kicherte. Maggie hatte eventuell ein wenig den Verstand verloren. Seit mittlerweile fast einem Jahr war sie in eine hässliche Scheidungsschlacht verwickelt. Vor einigen Monaten erschien ihr zukünftiger Ex-Mann Aaron nicht zu einer Vergleichsverhandlung in der Kanzlei seines Anwalts. Anstatt einen neuen Termin zu vereinbaren, beschloss sie, die Zeit sinnvoll zu nutzen, und verführte seinen Anwalt. Seitdem hatte sie einen Sport daraus gemacht, mit dem Kerl an allen möglichen unpassenden Orten Sex zu haben. Ich war mir ziemlich sicher, dass er seine Zulassung verlieren könnte, falls es irgendjemand herausfand.

»War Aaron im Gericht?«, fragte ich.

Ihre Augen funkelten. »Aber sicher.«

»Was, wenn er die Männertoilette betreten hätte?«

»Dann hätte er zusehen können – genau wie ich es tun musste, als ich ihn und unsere Nachbarin erwischt habe.« Sie ließ sich auf einen der Gästestühle auf der anderen Seite meines Schreibtisches fallen und nippte an ihrem Kaffee. »Deine Verabredung war also eine Lusche, was? Ich habe dich gewarnt, dass es keine gute Idee ist, dich von Frannie mit jemandem verkuppeln zu lassen. Hat er dich zu Tode gelangweilt, während ihr etwas trinken wart?«

»Ehrlich gesagt ... die Getränke waren das Aufregendste an meiner Verabredung.«

»Oh? Leckere Cocktails?«

Ich schüttelte den Kopf und grinste. »Nein. Ein leckerer Mann, der vorgab, meine Verabredung zu sein, bevor meine echte Verabredung aufgetaucht ist.«

Maggie bekam große Augen.

Ich lachte, weil es derzeit nahezu unmöglich war, sie zu schockieren.

»Erzähl mir alles«, sagte sie.

Während der nächsten zwanzig Minuten berichtete ich ihr von meinem Treffen mit Max und wie ich die Halle beinahe verlassen hätte, bevor ich ihn auf dem Großbildschirm entdeckte und mich bis zwei Uhr morgens mit ihm unterhielt. As ich fertig war, zog sie ihr Handy hervor.

»Wie heißt er mit Nachnamen?«

»Yearwood, warum?«

»Weil ich ihn googeln will, um zu sehen, worüber genau wir hier sprechen.«

Sie tippte den Namen in ihr Telefon und ihre Augen leuchteten auf. »Heilige Scheiße. Er ist umwerfend.«

»Ich weiß.«

»Wann gehen wir das nächste Mal mit ihm aus?«

Ich lachte, weil sie *wir* sagte. »Ich habe ihm meine Nummer gegeben, aber ich glaube eigentlich nicht, dass ich mit ihm ausgehen werde.«

»Bist du verrückt? Wieso nicht?«

Ich schüttelte den Kopf. »Ich weiß nicht. Es fühlt sich einfach ... falsch an.«

»Wegen Gabriel? Der nach Europa abgehauen ist, um andere Frauen zu vögeln?«

»Wie soll ich mich auf jemand anderen einlassen, wenn Gabriel am Ende des Jahres zurückkehrt?«

»Ihr lebt getrennt und er trifft sich mit anderen Frauen. Falls er zurückkommt und ihr beide zusammen sein wollt, dann soll es so sein. Alles, was vorher dafür sorgt, dass du deine Meinung änderst, beweist nur, dass ihr nicht zusammenbleiben solltet. Glaub mir, es ist einfacher, es jetzt herauszufinden, als nach der Hochzeit. Gabriel braucht diese Zeit aus welchem Grund auch immer und er nimmt sie sich ganz offensichtlich. Warum solltest du es nicht auch tun?« Sie schüttelte den Kopf. »Was hat sich verändert? Bevor du dich auf dieses Blind Date eingelassen hast, schienst du kein Problem damit zu haben.«

Ich zuckte mit den Schultern. »Ich schätze, es wirkte sicher und einfach. So wie Frannie den Kerl beschrieben hat, wusste ich in gewisser Weise schon vorher, dass daraus nichts wird.«

»Und jetzt?«

»Max wirkt ...« Ich schüttelte den Kopf und versuchte, mir darüber klar zu werden, was mich so sehr störte. Ich konnte es nicht konkret sagen. »Ich glaube, er scheint einfach das Gegenteil von sicher und einfach zu sein. Max wirkt riskant und kompliziert.«

Maggie lächelte. »Weil du ihn wirklich magst.«

»Vielleicht.« Ich zuckte mit den Schultern. »Ich weiß nicht, warum der Gedanke daran, mit ihm auszugehen, mich so nervös macht. Ich glaube, ich vertraue meinem eigenen Urteilsvermögen nicht mehr.«

»Vielleicht hat es einfacher gewirkt, als du wusstest, dass du dich für den Kerl nicht interessieren wirst. Du hast zwar gesagt, dass du dich hinauswagst, aber du hattest es eigentlich gar nicht vor. Du hast bloß so getan, als ob, und wartest die Zeit ab, bis Gabriel nach Hause kommt.«

Sie beugte sich nach vorn und legte die Hände auf meinen Schreibtisch. »Aber Liebes, was, wenn Gabriel nicht nach Hause kommt? Oder wenn er es tut, aber nicht dort weitermachen will, wo ihr aufgehört habt? Ich will nicht gemein sein. Das will ich wirklich nicht. Ich mag Gabriel oder zumindest mochte ich ihn, bis er diese Scheiße abgezogen hat, bevor er abgereist ist. Aber warum solltest du mehr als ein Jahr deines Lebens verschwenden, wenn er es nicht tut?«

Ich seufzte. »Kann sein. Aber die andere Sache ist, dass es der anderen Person gegenüber nicht fair ist. Ich weiß nicht, ob ich Max das Gleiche geben könnte, wie eine Frau es kann, die wirklich Single ist, weißt du?«

»Du hast gesagt, du hättest ihm von der Abmachung zwischen dir und Gabriel erzählt. Wie hat er reagiert?«

»Er hat mich gefragt, ob ich mich bloß revanchieren oder wirklich herausfinden will, welche anderen Männer es dort draußen gibt.«

»Und was hast du geantwortet?«

»Ich war ehrlich und habe gesagt, dass ich mir nicht sicher bin.«

»Damit war er einverstanden?«

Ich nickte. »Er sagte, er wolle nur wissen, worauf er sich einlässt.«

»Willst du wissen, was ich tun würde?«

Ich legte den Kopf zur Seite. »Vermutlich nicht. Du bist derzeit etwas durchgeknallt.«

»Stimmt. Aber ich werde es dir trotzdem sagen. Ich bin der Meinung, du solltest ihm den Verstand rausvögeln – eine Affäre haben oder wie auch immer du es nennen willst.«

Ich konnte nicht behaupten, dass mir die Vorstellung nicht gefiel, mit Max Yearwood in den körperlichen

Nahkampf zu gehen. Genauer gesagt verursachte mir der Gedanke daran sogar ein leichtes Kribbeln im Bauch. Heute war ich erschöpft, weil ich gestern nicht einschlafen konnte, als ich nach Hause kam. Ich war voller Verlangen gewesen, wenn ich mir nur vorstellte, wie er mich von oben aus diesen großen, blauen Augen ansah. Ich wette, dass seine Oberschenkel von dem ganzen Schlittschuhlaufen sehr muskulös waren. Er war so groß und breit – ganz anders als Gabriel, der einen mageren Läuferkörper hatte. Ich stellte mir noch einmal vor, wie Max wohl nackt aussähe. Aber dann blinzelte ich ein paarmal und zwang diesen Gedanken dazu, aus meinem Kopf zu verschwinden.

Als ich den Blick wieder scharf stellte, sah ich Maggie, die mich mit einem dreckigen Grinsen anschaute.

»Du hast es dir gerade vorgestellt, nicht wahr?«

»Nein.« Ich gab diese Antwort *viiiel* zu schnell.

Sie grinste. »Natürlich nicht. Weißt du, was ich tun werde?«

»Was?«

»Ich werde eine dieser elektronischen Anzeigetafeln besorgen und sie genau dort drüben aufhängen.« Sie deutete auf die Wand an der gegenüberliegenden Seite meines Schreibtisches. »Wenn ich zähle, wie oft Gabriel jemanden vögelt, und einen Wettbewerb daraus mache, bringe ich die Heimmannschaft vielleicht dazu, ihren Hintern zu bewegen und zurück ins Spiel zu finden. Du würdest es niemals verkraften zu verlieren.«

Sie hatte zwar recht damit, dass ich gern gewann, aber ich war mir nicht sicher, ob anwachsende Zahlen mir das Gefühl geben würden, dass ich gegen Gabriel irgendetwas gewinne.

Zum Glück wurde unser Gespräch vorzeitig beendet, bevor Maggie es vertiefen konnte. Meine Assistentin Ellie klopfte an die Tür meines Büros und öffnete sie.

»Mark Atkins ist für deine Besprechung um zehn Uhr eingetroffen. Er sagte, er sei schon eher gekommen, weil er eine Menge Prototypen aufbauen muss. Ich habe ihn in den Konferenzraum geführt und ihm gesagt, dass ich in einigen Minuten nach ihm sehen werde.«

»Okay, wunderbar. Danke, Ellie.«

Ich arbeitete mit dem Verkäufer, der meine Vasen herstellt, an einer neuen Produktlinie. Ich dachte, es sei schön, wenn den Menschen die Rosen ein Jahr lang erhalten blieben *und* sie dabei die Farbe ändern. Deshalb hatten wir eine Vase entworfen, die einen herausnehmbaren Boden hat. Man konnte verschiedene austauschbare Böden kaufen, die Farbquellen enthielten und so geschaffen waren, dass sie die Stiele der Rosen mit neuer Farbe durchtränken. Nach einigen Monaten mit weißen Rosen konnte man den Boden herausnehmen, eine rosafarbene Farbquelle einsetzen und *voilà*: vierundzwanzig Stunden später hatte man rosafarbene Rosen. Wenn man die Farben von hell nach dunkel änderte, konnte man diesen Prozess einige Male wiederholen.

Maggie rieb sich die Hände. »Der heutige Tag verspricht jetzt schon, großartig zu werden. Du wirst mit einem scharfen Eishockeyspieler vögeln und wir werden sehen, wie deine Idee zum Leben erweckt wird.«

»Ich habe nicht gesagt, dass ich Max wiedersehen werde.«

Sie zwinkerte und stand auf. »Das musstest du gar nicht. Ich werde nachsehen, ob Mark Hilfe braucht.

Träume du deine Fantasie zu Ende und ich hole dich, wenn er fertig ist.«

· · ·

Während der heutigen Besprechung verpasste ich zwei Anrufe. Der erste war von Gabriel, der eine Nachricht auf meiner Mailbox hinterließ. Der zweite war von Max, der das nicht tat. Ich ertappte mich dabei, wie ich etwas enttäuscht darüber war, dass es nicht andersherum war. Nichtsdestotrotz wartete ich, bis ich abends zu Hause war, bevor ich mir Gabriels Nachricht anhörte.

»Hey, Babe. Ich wollte nur hören, wie es dir geht. Ich habe heute mit meinem Verleger gesprochen und ihm hat der erste Entwurf des Buches gefallen, an dem ich angefangen habe zu arbeiten. Sicher, er mochte das erste so sehr, dass er zwei Bücher in Auftrag gegeben hat, und das erste war ein Flop, deshalb will es nicht viel heißen, wenn es ihm gefällt. Aber ich schätze, es ist besser, als wenn es ihm nicht gefallen würde. Wie dem auch sei, wir haben schon eine Weile nicht mehr miteinander gesprochen und ich vermisse dich. Du arbeitest sicherlich wieder lange und bist damit beschäftigt, anderen in den Arsch zu treten und dich beschimpfen zu lassen, aber ruf mich an, wenn du Zeit hast. Ich liebe dich.«

Ich runzelte die Stirn, öffnete den Reißverschluss an der Hinterseite meines Rocks und warf ihn aufs Bett. Nach meiner Reise nach Paris, bei der ich herausfand, dass Gabriel tatsächlich angefangen hatte, andere Frauen zu treffen und mit ihnen zu schlafen, hatte ich aufgehört, diejenige zu sein, die den Kontakt herstellt. Scheint, als hätte ich keine Lust mehr gehabt, mir die *ganze* Mühe zu machen. Aus diesem Grund hatten meine Telefonate mit Gabriel sich von alle zwei oder drei Tage auf einen Anruf pro Woche oder weniger reduziert. Ich war mir nicht einmal sicher, ob Gabriel diese Veränderung aufgefallen war. Aber an seiner heutigen Nachricht störte mich so vieles. Erstens: »Du arbeitest sicherlich wieder lange ...« Es musste schön sein, das anzunehmen und sich nicht vorzustellen, dass ich mit jemand anderem im Bett war. Denn das war ganz sicher der Gedanke, der mir in letzter Zeit durch den Kopf ging, wenn ich an ihn dachte. Und zweitens ärgerte es mich, dass er mich anrief, um mir gute Neuigkeiten über seinen Verleger mitzuteilen. Wir hatten uns verlobt, als er sein Buch verkaufte, und uns getrennt, als es floppte. Ich hatte das Gefühl, dass die Art, wie ich behandelt wurde, von äußeren Umständen abhing. Würde das immer so sein? Dass der Gesundheitszustand unserer Beziehung auf den Erfolgen und Misserfolgen seiner Karriere basierte? Wie konnte mir das erst im Nachhinein auffallen?

Egal. Es war zwanzig Uhr hier, was bedeutete, dass es dort ein Uhr morgens war und ich ihn sowieso nicht zurückrufen würde. Außerdem war mein Akku fast leer. Ich schloss das Telefon an mein Ladegerät an, legte es auf den Nachttisch im Schlafzimmer und ging duschen.

Anderthalb Stunden später kletterte ich ins Bett und sah auf mein Handy. Ich hatte einen weiteren verpassten Anruf von Max. Während ich an meiner Unterlippe kaute und grübelte, ob ich ihn zurückrufen sollte, vibrierte mein Telefon, weil eine SMS einging. Normalerweise ließ ich mir meine SMS von Siri vorlesen und schickte darüber auch die Antworten, um wegen der Trennung zwischen meinem Gehirn und den

Buchstaben Zeit zu sparen, aber als ich auf das Handy blickte und Max' Namen sah, fing ich an zu lesen.

Max: Meidest du mich oder bist du beschäftigt?

Ich lächelte und schrieb zurück.

Georgia: Ich hatte einen langen Tag.

Max: Bist du jetzt beschäftigt?

Georgia: Nein, ich habe mich gerade ins Bett gelegt.

Einige Sekunden später klingelte mein Telefon.

»Ich wollte dich so gern über Video anrufen, um zu sehen, was du im Bett trägst«, sagte Max, »aber ich dachte, ich verhalte mich lieber wie ein Gentleman.«

Ich kicherte. »Das weiß ich zu schätzen. Denn ich habe geduscht und hatte keine Lust, mir die Haare zu föhnen, deshalb trage ich einen geflochtenen Zopf und bin ungeschminkt.«

»Ein geflochtener Zopf, was? Ein bisschen wie Prinzessin Leia ...«

Ich lachte. »Bist du tatsächlich ein Fan von *Star Wars* oder hast du bloß einen Fetisch für Prinzessin Leia?«

»Ich würde es nicht als Fetisch bezeichnen. Aber welcher kleine Junge fand die Prinzessin nicht scharf? Sie war knallhart.«

Ich beugte mich zu meinem Nachttisch und nahm Yoda in die Hand. »Weißt du, ich habe immer noch deine Actionfigur. Ich habe vergessen, dass du sie mir wieder in die Tasche gesteckt hast, als ich versucht habe, sie dir zurückzugeben.«

»Pass gut auf meinen Glückbringer auf.«

Ich rollte Yoda zwischen meinen Fingern hin und her. »Wie ist dieser kleine Kerl überhaupt zu deinem

Glücksbringer geworden? Liegt es an deiner Vorliebe für Prinzessin Leia?«

»Nein. Alles begann mit einem Mädchen namens Amy Chase.«

»Ein Mädchen, was? Warum überrascht mich das nicht?«

»Du brauchst nicht eifersüchtig zu werden. Sie hasst mich.«

Ich lachte. »Ich beiße an. Was ist das für eine Geschichte mit Amy und Yoda?«

»Amy war in der neunten Klasse, als ich in der siebenten war. Sie war mit meinem Bruder Ethan befreundet, der im Kino um die Ecke arbeitete. Er hat immer heimlich Freunde eingeschleust, damit sie umsonst Filme gucken können. An einem Wochenende zeigte das Kino einen *Star-Wars*-Marathon. Ich glaube, damals waren es sechs Filme, das Ganze dauerte also zwölf oder vierzehn Stunden. Ich ging mit Amy und einigen von Ethans anderen Freunden, aber nach zwei oder drei Filmen gingen alle nach Hause. Nur Amy und ich blieben für die gesamte Vorstellung.« Er hielt inne. »Ich will nicht respektlos klingen, aber für eine Neuntklässlerin hatte sie tolle Brüste. Wie dem auch sei, wir saßen in der letzten Reihe des Oberrangs, während *Episode I – Die dunkle Bedrohung* lief – das ist übrigens der schlechteste –, und uns wurde etwas langweilig. Also fingen wir an, uns zu unterhalten, hauptsächlich über die Schule und solche Sachen. Dann fragte Amy mich plötzlich aus dem Nichts, ob ich schon einmal eine weibliche Brust berührt hätte. Ich sagte Nein und fragte sie, ob sie jemals einen Schwanz angefasst hätte. Als sie mit nein antwortete, schlug ich selbstverständlich sofort vor, dass wir das ändern sollten.«

»Bist du in der siebenten Klasse nicht erst dreizehn?«

»Ja. Und Amy war fünfzehn. Zu ihrer Verteidigung muss ich sagen, dass ich älter aussah. Und ich war so groß wie ein Neuntklässler. Wir gaben einander dreißig Sekunden, um die Ausstattung des anderen zu begutachten. Sie schob die Hand in meine Hose, umschloss meinen Schwanz mit ihren kleinen Fingern und drückte fest zu. Selbstverständlich war mein Schwanz steif und war es gewesen, seit sie das Wort *Brüste* gesagt hatte. Als sie fertig war, ließ sie mich eine halbe Minute lang an ihren Bürsten spielen, *unter dem BH*.«

Ich musste lachen, wie er die Worte *unter dem BH* betonte. »Und das ist also der Grund, warum ich Yoda habe? Weil du in der siebenten Klasse ein Mädchen im Kino anfassen durftest?«

»Wie viel mehr Glück kann man haben, als kostenlos sechs *Star-Wars*-Filme zu sehen und zum ersten Mal Brüste zu berühren?«

»Du bist ein wenig verrückt. Obwohl ich denke, dass du recht hast – zumindest in dem Alter.« Ich lachte. »Aber warum hasst Amy dich?«

»Oh, weil ich allen meinen Freunden davon erzählt habe und sie anfingen, sie *Fummel-Amy* zu nennen. Ich war dreizehn und dachte, ich sei cool. Es war nicht mein bester Moment. Mein Bruder hat mir in den Arsch getreten, als er herausfand, dass ich es rumerzählt hatte, und Amy revanchierte sich, indem sie log und allen erzählte, dass mein Schwanz schlaff war, als sie ihn angefasst hat. Aber dadurch lernte ich schon früh, dass man mit intimen Erfahrungen nicht hausieren geht.«

»Das kann ich mir vorstellen.«

»Also dann ... hattest du vor, mich zurückzurufen?«

»Ich ...« Ich wollte gerade entgegnen, dass ich es tatsächlich vorhatte, aber warum sollte ich nicht die Wahrheit sagen? »Ich bin mir nicht sicher.«

»Hattest du gestern Abend nach dem Spiel denn keinen Spaß?«

»Doch, hatte ich. Ich habe schon lange nicht mehr so viel gelacht.«

»Findest du mich nicht attraktiv?«

»Ist dein Spiegel kaputt? Ich schätze, dass die meisten Frauen zwischen acht und achtzig dich attraktiv finden.«

»Dann ist der Trottel also das Problem?«

»Trottel?«

»Wie sonst würde man einen Kerl nennen, der dir sagt, dass es okay sei, wenn du dich mit anderen Männern triffst, während er ein Jahr lang außer Landes ist? *Trottel*.«

Ich lächelte. »Danke.«

»Du hast nicht gesagt, dass du mich nicht zurückgerufen hättest. Du sagtest, du seist dir nicht sicher. Das bedeutet also, dass es einen Teil von dir gibt, der Interesse *hat*.«

»Den gibt es definitiv. Ich werde nicht leugnen, dass ich dich mag. Tatsächlich ist genau das das Problem. Ich glaube, es war einfacher, eine Verabredung einzugehen, als ich vorher wusste, dass der Mann niemand wäre, für den ich mich interessiere. Ich weiß nur nicht genau, ob ich mich auf zwei Dinge gleichzeitig einlassen kann, wenngleich es eigentlich nichts gibt, was mich davon abhält.«

Max sagte einen Moment lang nichts. Ich dachte, er hätte vielleicht aufgelegt.

»Bist du noch da?«, fragte ich.

»Ich bin hier. Kommst du morgen Abend dann wenigstens zu meinem Spiel? Es ist wieder ein Heimspiel. Du kannst mich nicht ohne meinen Glücksbringer auflaufen lassen. Du kannst ihn dem Sicherheitsdienst geben, wenn du hinterher nicht warten willst.«

Ich schaute auf Yoda in meiner Hand. »Sicher. Ich schätze, es ist harmlos, mir ein weiteres Spiel anzusehen.«

»Du kannst eine Freundin mitbringen, wenn du willst. Ich werde zwei Karten am Kassenschalter hinterlegen.«

»Okay.«

»Großartig. Es wird spät, ich lasse dich jetzt schlafen.«

»Gute Nacht, Max.«

»Süße Träume, Georgia.«

— Kapitel 4 —

Georgia

»Hi.« Ich trat nach vorn, als ich am Kassenschalter an der Reihe war. »Ich hole zwei Karten für das Spiel heute Abend ab.«

»Ihr Name und Ihren Ausweis bitte.«

Ich schob meinen Führerschein auf die andere Seite. »Georgia Delaney.«

Er hielt einen Finger hoch. »Sie sind Yearwoods Gast. Warten Sie kurz. Er hat Ihnen auch eine Tüte dagelassen.«

Ich sah zu Maggie und zuckte mit den Schultern.

Sie grinste. »Ich hoffe, darin befinden sich Knabbereien. Ich habe Hunger. Twizzlers wären schön.«

Ich kicherte. »Wir sind früh dran. Wir können uns drinnen etwas holen.«

Eine Minute später kam der Typ vom Kassenschalter zurück. Er schob zwei Eintrittskarten über den Tresen und reichte mir eine Tüte mit dem Wolverines-Logo. Da hinter mir eine Schlange war, trat ich zur Seite, bevor ich sie öffnete. »Danke.«

Im Inneren befand sich ein Umschlag, der obenauf lag. Ich öffnete ihn und nahm eine Karte heraus. Die Handschrift war hübsch und sehr schräg.

Trage heute Abend meinen Namen auf dem Rücken. Das ist vielleicht die einzige Chance, die ich bekomme.
Max x
PS: Hier drinnen ist noch ein Wolverines-Trikot für deine Freundin. Es sei denn, du bist mit einer männlichen Verabredung gekommen. Sollte das der Fall sein, kann er zum Teufel gehen. Er kriegt einen Scheiß.

Ich lachte und reichte Maggie die Karte.

Sie las sie und grinste. »Ich mag ihn jetzt schon. Er ist scharf, er will, dass du mit seinem Namen auf dem Rücken auf seinem Platz sitzt, und er hat an Geschenke für deine Freundin gedacht. Ich warne dich, wenn du nicht mit diesem Typen ausgehst, werde ich ihm meine Nummer geben.«

Ich schüttelte lächelnd den Kopf. »Los, ziehen wir uns um und besorgen wir dir etwas zum Knabbern, bevor das Spiel anfängt.«

Wir kamen mit zwei Hotdogs, riesigen Bechern voller Cola und einer großen Tüte Twizzlers bei unseren Sitzen an. Dieselbe Frau wie beim letzten Mal saß auf dem anliegenden Platz.

»Hi, Jenna.«

»Hey, Georgia. Ich habe gehört, du würdest heute Abend vielleicht hier sein.«

Ich nahm mit gerunzelter Stirn auf meinem Sitz Platz. »Du hast gehört?«

»Mein Mann hat Max gefragt, ob irgendjemand seine Plätze nutzt. Meine Schwiegermutter hat überlegt zu kommen. Max sagte, sein neuer grünäugiger Glücksbringer hätte seine Karten bekommen. Ich hatte so ein Gefühl, dass er dich damit meinte. Übrigens danke, dass du hier bist. Du ersparst mir drei Stunden mit meiner furchtbaren Schwiegermutter.«

Ich lachte und zeigte auf Maggie. »Das ist meine Freundin Maggie. Maggie, das ist Jenna. Sie ist mit einem der Spieler verheiratet.«

»Freut mich sehr, dich kennenzulernen.« Maggie beugte sich über mich hinweg. »Du kennst Max also ziemlich gut?«

»Nun ja, gut genug, um seinen Hintern mehr als einmal gesehen zu haben.« Jenna lächelte. »Wir haben ein Sommerhaus im Osten, dort gibt es eine Außendusche. Max liebt sie und ich kann ihn einfach nicht dazu bringen, seine Badehose anzubehalten, wenn er sie benutzt.«

»Nett.« Maggie lächelte. »Darf ich dir eine Frage über ihn stellen?«

Jenna zuckte mit den Schultern. »Klar.«

»Würdest du deiner kleinen Schwester erlauben, mit ihm auszugehen?«

»Ich habe keine. Aber ich habe versucht, ihn mit meiner besten Freundin zu verkuppeln, wenn das deine Frage beantwortet. Sie ist ein Model und fand ihn wirklich toll. Die beiden lernten sich bei einer Party bei mir zu Hause kennen und am Ende des Abends fragte sie ihn, ob er noch woanders hingehen wolle, um mehr Zeit miteinander zu verbringen. Er lehnte ab und sagte, er müsse am nächsten Tag früh aufstehen. Er hätte mit ihr definitiv seinen Spaß haben und sie danach sitzen lassen können. Aber stattdessen hat er sie freundlich abgewiesen. Als ich ihn am nächsten Tag nach seiner Meinung über sie fragte, sagte er, sie sei wirklich toll, aber dass er nicht auf diese Weise für sie empfände und die Situation nicht ausnutzen wollte. Es gibt nicht allzu viele alleinstehende Kerle, die sich so verhalten hätten, angesichts der Tatsache, dass Lana im Katalog von Victoria's Secret abgebildet war.«

Maggie bedachte mich mit einem schadenfrohen Lächeln. »Gut zu wissen. Danke.«

Das Spiel fing an und Maggie und ich ließen uns mitreißen. Jemanden zu haben, mit dem man jubeln konnte, machte einen riesigen Unterschied. Wir standen auf, wenn Max' Mannschaft ein Tor erzielte, buhten, wenn es der Auswärtsmannschaft gelang, und während der Pause führte Jenna uns zu einer geheimen Spielerfrauen-Lounge, wo wir Cocktails tranken und alle supernett waren. Irgendwann während des dritten Drittels erzielte Max ein Tor. Als die Kamera auf sein lachendes Gesicht zoomte, hätte ich schwören können, dass er mich direkt ansah und mir zuzwinkerte, was die Menge zum Ausrasten brachte. Ich war mir sicher, dass jede andere Frau in der Halle das Gleiche dachte.

Während des letzten Drittels kam der Platzanweiser zu uns, der uns zu unseren Sitzen geführt hatte. Er reichte mir einen Umschlag und zwei Schlüsselbänder. Ich erkannte den Pass, mit dem man Zugang zu allen Bereichen hatte, weil er genauso aussah wie der, den Jenna mir beim letzten Mal geliehen hatte. Die Frauen auf beiden Seiten grinsten, als ich die Karte aus dem Umschlag nahm.

Für den Fall, dass du meinen kleinen Freund persönlich zurückgeben willst, anstatt ihn beim Sicherheitsdienst zu lassen.

Ich hoffe, dich zu sehen.
Max x

...

»Kannst du mir sagen, wie wir hier gelandet sind?« Ich schüttelte den Kopf und sprach mit Maggie, während ich mich in der Bar umblickte.

»Nun, wir haben nach Spielende einen Fuß vor den anderen gesetzt und sind vom Garden etwa zwei Blocks gegangen.« Sie hob das Kinn in die Richtung, wo Max stand und mit dem Barkeeper sprach, während er auf unsere Getränke wartete. »Ehrlich gesagt erinnere ich mich an nicht besonders viel, seit dieses wundervolle Biest von einem Mann uns diese Grübchen gezeigt und uns aufgefordert hat, mit ihm auszugehen.«

Ich seufzte. »Ich kenne das Gefühl. In einer Minute stand ich wartend vor der Umkleidekabine und schwor mir, seinen Glücksbringer zurückzugeben und Danke und Tschüss zu sagen, und in der nächsten saß ich plötzlich hier. Ich glaube, diese Grübchen haben eine hypnotische Wirkung oder so was.«

Max kam mit zwei Gläsern Rotwein und einer Flasche Wasser zu unserer Sitznische zurück. Er rutschte auf den Sitz uns gegenüber und schaute abwechselnd zwischen Maggie und mir hin und her.

»Warum habe ich das Gefühl, es ist gefährlicher, dass ihr beide nebeneinandersitzt, als auf einer schmalen Kufe zu gleiten und auf einen hundertfünfzig Kilo schweren Verteidiger ohne Zähne zuzufahren?«

Maggie grinste. »Der Mann weiß, wie man eine Situation einschätzt.«

»Ich wünschte, ich wäre besser darin, deine Freundin einzuschätzen.« Er richtete den Blick auf mich und sah mich einen Moment lang an. »Verrate mir, wie ich deine Freundin dazu bringen kann, mit mir auszugehen.«

Sie wackelte mit dem Zeigefinger. »Nicht so schnell. Ich muss mich zuerst davon überzeugen, dass du richtig für sie bist. Ich habe einige Fragen an dich.«

Max lächelte. »Ich sehe jetzt schon, warum ihr beide so gut befreundet seid.« Er hob die Arme und streckte sie auf der Rückenlehne der Sitzbank aus. »Frag, was du willst, Maggie.«

»Hunde oder Katzen?«

»Hunde. Ich habe zwei.«

»Welche Rasse?«

»Eine Promenadenmischung und einen Zwergspitz.«

Ich lachte. »Du hast einen *Zwergspitz*?«

Max nickte. »Das war keine freiwillige Wahl. Mein Bruder hat ihn letztes Jahr zu Weihnachten für seine Kinder gekauft. Eine seiner Töchter hörte nicht auf zu niesen und die anderen beiden wollten nicht aufhören zu weinen, als er ihnen sagte, sie müssten den Hund weggeben. Die Jüngere bearbeitete mich so lange, bis ich zustimmte, ihn zu nehmen, damit sie ihn ab und zu sehen können.«

»Wie hat sie dich bearbeitet?«

Max grinste. »Sie hat mich angelächelt.«

Wir lachten beide. »Wie heißen die Hunde?«, fragte Maggie.

»Fred und Vier. Fred habe ich aus dem Tierheim adoptiert. Meine Nichten haben dem Zwergspitz seinen Namen gegeben. Ich habe die Mädchen immer Ding Eins, Ding Zwei und Ding Drei genannt, deshalb hat mein Bruder angefangen, den Hund Ding Vier zu rufen, während sie über einen Namen für ihn nachdachten. Dieser ist geblieben, aber ich habe ihn verkürzt.«

»Was machen die Hunde, wenn du unterwegs bist?«

»Ich habe jemanden, der zu mir kommt und in meinem Gästezimmer schläft. Sie kümmern sich um meine Wohnung und meine Jungs. Es sind zwei Schwestern, die sich damit selbstständig gemacht haben. Ich teile ihnen im Vorfeld die Tage mit, an denen ich nicht zu Hause bin, und sie teilen sich die Zeit während der Saison untereinander auf. Die beiden lieben Hunde. Es ist großartig, weil die Hunde in ihrem eigenen Zuhause bleiben können, damit sie nicht allzu traurig sind, wenn ich einige Tage wegfahre. Eine der Schwestern verkauft hausgemachte, organische Hundeleckerlis und nutzt meine Küche, wenn sie bei mir bleibt. Meine Hunde probieren also jede Charge, die sie zubereitet. Manchmal glaube ich, dass sie sauer sind, wenn ich zurückkomme.«

»Hast du Fotos von ihnen?« Maggie beugte sich zu ihm. »Wenn ja, sind das Bonuspunkte. Arschlöcher haben für gewöhnlich keine Fotos ihrer Hunde auf dem Telefon.«

Max zog sein Handy aus der Tasche. »Ich glaube, ich habe hier auch ein paar Videos von ihnen, wie sie schnarchen. Die beiden lieben es, im Bett zu liegen, und einer schnarcht lauter als der andere.«

Maggie zeigte auf mich. »Oh, genau wie Georgia.«

»Ich schnarche *nicht*.«

Maggie sah Max todernst an. »Sie schnarcht. *Laut*.«

Ich lachte. »Halt einfach die Klappe. Lass uns die Hunde sehen.«

Max gab einen Code in sein Handy ein und schob es über den Tisch.

Maggie nahm es in die Hand und blinzelte ein paarmal. »Du gibst mir einfach dein Telefon und lässt mich deine Fotos anschauen?«

Max zuckte mit den Schultern. »Sicher. Warum nicht?«

»Ich weiß nicht. Jeder Mann, den ich jemals getroffen habe, steht immer wachsam daneben und ist bereit, einem das Telefon aus der Hand zu reißen, wenn eine Frau nur Anstalten macht, ein einziges Foto anzusehen.«

Er lachte. »Es gibt darin nichts, was ich verstecken müsste.«

Maggie fing an, die Fotos durchzublättern.

Max deutete auf das Handy. »Irgendwo gibt es einen Ordner mit dem Namen *Hunde*. Meine älteste Nichte hat ihn angelegt. Darin befinden sich mehr Bilder, als du jemals sehen wolltest. Meinen Nichten zwingen mich dazu, ihnen die Fotos zu schicken. Ich habe einmal den Fehler gemacht, sie zu löschen, und die Kleinste hat deswegen geweint. Jetzt behalte ich sie alle.«

Als Maggie den Ordner öffnete und anfing, die Fotos anzusehen, schaute ich ihr dabei über die Schulter. Die meisten Bildern waren nur von den Hunden, aber auf einigen war auch Max zu sehen. Mir fiel auf, wie sie langsamer wischte, als wir bei einem ankamen, auf dem Max mit freiem Oberkörper und einer verkehrtherum aufgesetzten Baseballkappe zu sehen war. Der Mann hatte ein Achtpack, das in seine goldene Haut eingeritzt war. Sie bemerkte meinen Blick und grinste.

»Hast du Georgias Nummer hier gespeichert?«, fragte Maggie.

»Ja.«

Sie tippte einige Male auf dem Telefon herum, dann vibrierte mein Handy in der Handtasche. Sie zwinkerte. »Ich dachte, du willst dieses Bild vielleicht als sein Kontaktfoto nutzen. Nur für den Fall, dass du vergisst, wie er aussieht.«

Als wir damit fertig waren, uns die Fotos der Hunde anzusehen, schob Maggie das Telefon auf die andere Seite des Tisches. »Zurück zu meinen Fragen. Ich glaube, du hast versucht, mich abzulenken, indem du mir diese hinreißenden Fotos gezeigt hast.«

»Du warst diejenige, die von Hunden angefangen hat«, sagte Max.

»Trotzdem.« Maggie zuckte mit den Schultern. »Okay, nächste Frage. Wie lange hast du jemals etwas zu essen auf dem Boden liegen lassen, bevor du es aufgehoben und gegessen hast?«

Max zog eine Augenbraue hoch. »Meinst du nüchtern oder betrunken?«

»Beides.«

Er ließ den Kopf hängen. »Ich habe einen Oreo-Keks gegessen, der ungefähr fünf Minuten auf dem Boden gelegen hatte. Genauer gesagt habe ich ihn aus der Spüle gegessen. Es war der Letzte und mein Bruder und ich haben darum gestritten. Ich habe ihn vom Boden aufgehoben und hatte ihn fast im Mund, als er ihn mir aus der Hand schlug und er quer durchs Zimmer flog. Er landete in einer Schüssel mit fettigem Wasser, die meine Mutter nach dem Abendessen eingeweicht hatte. Der Keks schwamm vielleicht dreißig Sekunden darin herum, während wir miteinander rangen, um ihn als Erster zu erreichen.«

Maggie rümpfte die Nase. »Das ist ziemlich eklig. Aber ich werde es dir nicht vorhalten, weil du ein Kind warst.«

Max grinste. »Das war vor sechs Monaten. Wir waren bei meinem Bruder zum Abendessen.«

Ich konnte mich nicht beherrschen und fing an zu lachen.

»Du hast Glück, dass du Zusatzpunkte dafür bekommen hast, den Zwergspitz deiner Nichten aufgenommen und aus dem Tierheim adoptiert zu haben«, sagte Maggie. »Denn durch diese Nummer hast du gerade einen Punkt verloren. Widerlich.«

Max machte eine herausfordernde Handbewegung. »Stell mir noch eine Frage. Ich kann das hier gewinnen. Ich weiß es.«

»Also gut.« Maggie starrte einige Sekunden ins Leere und trommelte mit den Fingern auf den Tisch. Dann hob sie ihren Zeigefinger und ich stellte mir beinahe eine riesige Glühbirne in einer Sprechblase über ihrem Kopf vor. »Ich habe eine. Lebensmittel, die du regelmäßig zu dir nimmst.«

»Einfach. Cheerios.«

»Wirklich? Das ist seltsam. Nicht Brot oder Hühnchen oder Nudeln oder Reis. *Cheerios?*«

»Ja. Ich liebe die einfach.«

Maggie zuckte mit den Schultern. »Wenn du es sagst. Welches ist dein Lieblingsbuch?«

»Vermutlich *The Boys of Winter*.«

»Das kenne ich nicht.«

»Es geht um die olympische Eishockeymannschaft von neunzehnhundertachtzig.«

Maggie rümpfte die Nase und zeigte auf mich. »Klingt genauso langweilig wie der Scheiß, den sie liest. Vor ein paar Jahren habe ich sie erwischt, wie sie *Der große Gatsby* zum zweiten Mal gelesen hat. Wer liest bitte F. Scott Fitzgerald, es sei denn, es wird in der Highschool von dir verlangt? Und selbst dann überfliegt man es und liest die Lehrerversion mit Erklärungen und Interpretationen.« Sie schüttelte den Kopf. »Okay, nächste Frage. Bei dieser geht es um alles oder nichts, du beantwortest sie also besser richtig. Hast du oder hast du keine Pläne, in der nahen Zukunft in London zu leben?«

Max brachte ein Grübchen zum Vorschein und sah mich an. »Definitiv nicht. Ich bin kein Trottel.«

»Gute Antwort.« Maggie grinste. »Gibt es etwas, das du magst, aber das dir peinlich ist zuzugeben?«

Wieder ließ Max den Kopf hängen. »Manchmal schaue ich mir Wiederholungen von *Jersey Shore* an.«

»Interessant. Würdest du lieber mit Snooki oder JWoww abhängen?«

»Snooki. Ohne Zweifel.«

Maggie holte tief Luft und schüttelte den Kopf. »Das habe ich befürchtet.«

»Was? Wäre JWoww die richtige Antwort gewesen?«

»Nein ... ganz und gar nicht. Du bist perfekt für sie. Deshalb will sie mit dir nicht ausgehen.«

»Was muss ich tun? Vergessen, ihr die Tür aufzuhalten, und andere Frauen ansehen, während sie spricht?«

»Ich bin mir nicht sicher, ob das ausreicht.«

»Ähh ...« Ich schaute zwischen Max und Maggie hin und her und zeigte auf mich. »Ihr wisst schon, dass ich hier sitze, oder?«

Maggie zwinkerte mir zu. Dann nahm sie ihr Weinglas und stürzte den gesamten Inhalt in einem beeindruckend riesigen Schluck hinunter. Sie stellte das leere Glas mit einem lauten *Aahhh* auf den Tisch, bevor sie sich abrupt erhob.

»Es war wunderbar, Jungs und Mädchen.«

Ich verzog das Gesicht. »Wo gehst du hin?«

»Meine Arbeit hier ist getan. Ich glaube, ich werde für eine Runde Sex einen Abstecher zu Aarons Anwalt machen. Das ganze Testosteron in der Arena hat mich in Stimmung gebracht.« Sie beugte sich hinunter und gab mir einen Kuss auf die Wange. »Ihr zwei habt einen lustigen Abend.« Sie wackelte mit den Fingern in Max' Richtung. »Pass gut auf mein Mädchen auf, Schönling.«

Ohne ein weiteres Wort drehte sie sich um und stolzierte zur Tür. Ich blinzelte einige Male. »Also, das war ... interessant.«

»Wer ist Aaron?«

»Ihr Beinahe-Ex-Mann.«

Max zog überrascht die Augenbrauen hoch. »Sie geht für eine Sex-Verabredung zu *seinem* Anwalt, nicht zu ihrem eigenen?«

»Ja.« Ich schüttelte den Kopf. »Es gibt ein altes Sprichwort: Geh niemals wütend zu Bett; bleib wach und schmiede Rachepläne. Maggie hat es folgendermaßen angepasst: Geh niemals wütend zu Bett; bleib wach und hab Rachesex.«

Max lachte. »Ich mag sie. Sie scheint ein Mensch zu sein, der sich nicht verarschen lässt.«

»Das ist sie.«

»Außerdem ...« Er streckte den Arm über den Tisch aus und verwob seine Finger mit meinen. »Sie hat dich überzeugt hierherzukommen.«

»Das hat sie tatsächlich. Obwohl ich das Gefühl habe, reingelegt worden zu sein. Sie hat einzig deshalb darauf gedrängt, dass wir ausgehen, weil sie vorhatte, sich aus dem Staub zu machen, wie sie es soeben getan hat. Ich weiß nicht, wie ich das nicht von Anfang an habe kommen sehen.«

»Danke, dass du heute Abend zum Spiel gekommen bist.« Er drückte meine Finger und betrachtete mein Hemd. »Du gefällst mir in meinem Trikot wirklich gut.«

In meinem Magen flatterte es jedes Mal, wenn wir allein waren. Der Mann war einfach zu verdammt sexy, als dass es gut für ihn wäre. Wer zur Hölle sah um dreiundzwanzig Uhr so gut aus, nachdem er mehrere Stunden intensiven Sport betrieben hatte? Warum konnte er keine Prellungen und nässende Wunden im Gesicht haben, um zumindest ein bisschen hässlich zu sein?

Ich starrte auf unsere verschränkten Hände. »Es hat mir gefallen, es zu tragen. Aber ... ich halte es für keine gut Idee, miteinander auszugehen. Du scheinst ein wirklich netter Kerl zu sein, aber die Sache zwischen Gabriel und mir ... ich weiß einfach nicht, was daraus werden wird.«

»Aber es ist in Ordnung für dich, bei Tinder nach einer Affäre zu suchen oder dich mit einem Typen zu treffen, von dem du wusstest, dass du ihn nicht attraktiv finden würdest ...«

»Aus irgendeinem Grund schien das weniger kompliziert zu sein.«

Max sah zwischen meinen Augen hin und her. »Was, wenn ich dir sage, dass ich am Ende des Sommers wegziehe?«

Ein plötzliches und unerwartetes Gefühl der Enttäuschung drückte mein Herz zusammen. »Ist das wahr?«

Er nickte. »Es ist noch nicht offiziell. Mein Vertrag hier läuft aus. Mein Agent hat noch nicht alle Einzelheiten ausgearbeitet, aber Stand heute Morgen sieht es so aus, als würde ich zu den Blades nach Kalifornien wechseln. Bei dieser Mannschaft habe ich bessere Chancen auf die Nachsaison-Playoffs.«

»Oh, wow. Wann würdest du New York verlassen?«

»Das Trainingslager beginnt erst in der ersten Septemberwoche. Aber ich möchte bis spätestens Anfang August umgezogen sein, um mich einzuleben.«

Max beobachtete mich aufmerksam, als ich verarbeitete, was das bedeutete. Es war fast Ende April, er wäre also nur noch etwas länger als drei Monate hier. Ich biss mir auf die Unterlippe. »Ich weiß nicht ...«

»Genieße den Sommer mit mir. Ich bin nicht auf der Suche nach einer ernsthaften Beziehung und ich kann sehen, dass wir Spaß miteinander haben werden. Aber wir werden ebenfalls ein Ablaufdatum haben, was die Sache − wie du es genannt hast − weniger kompliziert machen wird.«

Es war ein wirklich verlockendes Angebot. Ich wollte mit jemandem zusammen sein. Zunächst dachte ich, es sei vielleicht nur, weil Gabriel mit anderen Frauen ausging. Aber je mehr ich darüber nachdachte, desto mehr wurde mir klar, dass ich vielleicht ebenfalls eine Lebensperspektive brauchte. Vor einem Jahr hatte ich mein ganzes Leben durchgeplant. Vielleicht musste ich aufhören, zu *planen* und zu analysieren, und stattdessen einfach ein bisschen leben und mich der

Spontaneität hingeben. Obwohl es toll klang, bekam ich bei der Vorstellung schweißnasse Hände.

»Kann ich ... darüber nachdenken?«

Max lächelte. »Selbstverständlich. Das ist eine um Längen bessere Antwort als nein.«

Danach blieben wir noch in der Bar und unterhielten uns mehrere Stunden lang. Dann winkte Max ein Taxi und wir steigen beide ein. Da meine Wohnung auf dem Weg zu seiner lag, bat er den Fahrer, mich zuerst abzusetzen. Als wir mein Gebäude erreichten, zog er seine Geldbörse hervor und hielt dem Fahrer über den Vordersitz einen Schein hin.

»Geben Sie mir ein paar Minuten, damit ich sie zur Tür bringen kann.«

Der Fahrer warf einen Blick auf den Schein und nickte. »Kein Problem, Boss.«

Max und ich gingen nebeneinander zur Eingangstür meines Gebäudes.

»Während der nächsten vier Tage bin ich unterwegs – ich habe Spiele in Seattle und danach in Philadelphia. Mein Spielplan ist bis zum Saisonende ein bisschen scheiße. Aber das ist schon bald. Und ich habe nächsten Samstag ein paar Leute zu Besuch, falls du Lust hast zu kommen. Kein Druck ... aber es ist mein Geburtstag.«

»Wirklich?«

Max nickte. »Du kannst Maggie oder jemand anderen mitbringen, wenn du willst. Auf diese Weise wirst du nicht das Gefühl haben, dass wir verabredet sind, wenn du in Bezug auf uns noch keine Entscheidung getroffen hast.«

»Das ist sehr nett von dir.«

Er öffnete die Eingangstür meines Gebäudes und ging mit mir zum Aufzug.

»Danke für die Drinks und das Taxi nach Hause«, sagte ich zu ihm.

Nachdem ich den Knopf mit dem Pfeil nach oben gedrückt hatte, ergriff Max meine Hand. Er starrte sehr lange auf unsere verbundenen Hände, bevor er den Blick langsam wieder hob. Er hielt an meinem Mund inne, dann schüttelte er den Kopf. »Das ist das zweite Mal, dass ich dich zurücklasse, und jedes Mal wird es schwerer, dich zum Abschied nicht zu küssen.« Er sah mir in die Augen. Die Intensität, die von ihm ausging, raubte mir den Atem. »Ich will dich so verdammt gern küssen.«

Ich konnte nichts erwidern, wenngleich es den Anschein hatte, als würde er auf eine Antwort warten. Mein Verstand war zu sehr damit beschäftigt, elektrische Stromstöße durch meinen Körper zu schicken.

Wir sahen uns weiterhin an, als Max einen vorsichtigen Schritt nach vorn machte.

Aus dem Augenwinkel sah ich, wie die Aufzugtür sich öffnete. Sie befand sich direkt neben uns, deshalb war es offensichtlich, dass wir es auch beide gehört hatten. Trotzdem hielten wir dem Blick des anderen stand. Max ging noch einen Schritt auf mich zu.

Ich glaube, an dieser Stelle hörte ich vielleicht auf zu atmen.

Dann machte er noch einen Schritt und unsere Zehenspitzen berührten sich. Langsam streckte Max die Hand aus und legte einen Finger an meinen Mund. Er fuhr von einer Seite zur anderen über meine Unterlippe, dann strich er mit dem Finger über mein Kinn nach unten, an meinem Hals entlang und hielt in meiner Halsbeuge an. Er sprach direkt zu dieser Stelle, während er einen Kreis zog. »Ich werde nicht einmal fragen, ob ich dich küssen darf. Denn ich werde mich nicht beherrschen können, wenn du es zulässt.« Er schüttelte den Kopf. »Ich will Spuren hinterlassen.«

Oh je.

Max schluckte. Seinem Adamsapfel bei der Arbeit zuzusehen ließ mir schwindelig werden. Aber es war nichts gegen das Gefühl, das er mir durch die Art gab, wie er mich ansah. Oder vielleicht kam das Schwindelgefühl auch von der Tatsache, dass ich mich immer noch nicht daran erinnerte, wieder zu atmen.

Mein Mund wurde trocken und ich streckte die Zunge heraus, um meine Lippen zu befeuchten. Max folgte ihr mit seinem Blick und stöhnte auf. Irgendwo in der Ferne hörte ich eine Glocke klingeln, aber die Bedeutung wurde mir erst klar, als Max die Hand ausstreckte, um die Aufzugtür am Schließen zu hindern. Er neigte den Kopf in Richtung der offenen Kabine.

»Du gehst besser«, knurrte er. »Ich werde meine Chance nicht zunichtemachen, bevor ich überhaupt eine bekomme. Aber ich hoffe, dass du über meinen Sommer-Vorschlag nachdenken wirst.«

»Das werde ich.« Ich musste mich zwingen, in den leeren Aufzug zu treten. »Gute Nacht, Max.«

»Träum was Schönes, Süße.« Er grinste. »Ich weiß, dass ich es tun werde.«

—— Kapitel 5 ——

Max

»Was ist los, alter Mann? Lässt du die Kinder wieder die ganze Arbeit für dich erledigen?«

Otto Wolfman drehte sich um. Er lächelte, versuchte aber, es zu verbergen, als er eine wegwerfende Handbewegung in meine Richtung machte. »Wen nennst du alt? Wenn du in den Spiegel schaust, wirst du nicht den Linksaußen sehen, der neulich Abend drei Tore erzielt hat. Ich glaube, dieser Mann lässt sich zu Hause im sonnigen Philadelphia ein Philly Cheesesteak schmecken.«

Uff. Das tat weh. Wir hatten neulich in Philadelphia eine bittere Niederlage kassiert. Aber diese Witze mit Otto waren nur Spaß. Das waren sie schon immer. Ich ging zur Strafbank, auf der er saß, und wir begrüßten uns mit einem Handschlag, bevor ich ihm einen Kaffee reichte. Während der letzten sieben Jahre, die ich im Garden spielte, hatte Otto Wolfman sich um das Eis gekümmert, er war aber ebenfalls schon einunddreißig Jahre vorher hier. Der störrische alte Mistkerl erinnerte

72

mich so sehr an meinen Vater, wenngleich ich es ihm nie gesagt hatte. Jeden Samstagmorgen erschien ich eine Stunde vor Trainingsbeginn und brachte ihm die Plörre von dem Straßenverkäufer, die er bevorzugte. Ich machte einmal den Fehler, ihm einen Kaffee bei Starbucks zu kaufen. *Einmal.*

Er zeigte auf den jungen Kerl, der seine Zamboni-Eisbearbeitungsmaschine fuhr. »Dieser Idiot hat zehntausend Dollar bezahlt, um das zu machen. Kannst du das glauben? Bei irgendeiner Auktion, wo ein Haufen reicher Wall-Street-Typen Gebote auf irgendeine Scheiße abgibt. Wie alt ist er, dreiundzwanzig?« Otto schüttelte den Kopf. »Zumindest ist es für einen guten Zweck.«

Ich sah zum Eis. Der Kerl, der die Zamboni über den Eisring steuerte, hatte ein breites Grinsen im Gesicht. Er hatte definitiv Spaß. Ich zuckte mit den Schultern. »Was auch immer ihm Freude macht.«

»Nach dem Training heute Vormittag hast du das Wochenende frei, nicht wahr?«

»Ja.« Ich nippte an meinem Kaffee.

»Irgendwelche großen Pläne?«

Ich schüttelte den Kopf und lachte. »Allem Anschein nach schmeiße ich mir selbst eine Geburtstagsparty.«

Otto zog seine buschigen Augenbrauen zusammen. »Allem Anschein nach? Du klingst, als seist du dir nicht sicher.«

»Also, ich hatte es nicht vor. Aber dann habe ich einer Frau erzählt, dass ich es tun würde, um sie dazu zu bringen, Zeit mit mir zu verbringen.«

»Es wäre einfacher, sie nach einer Verabredung zu fragen, oder nicht?«

Ich runzelte die Stirn. »Das habe ich getan. Mehrfach. Sie ist sich nicht sicher, ob sie mit mir ausgehen will. Also habe ich ihr dummerweise erzählt, dass ich heute Abend Gäste habe, um den Eindruck zu vermitteln, dass es eine lockere Sache ist. Ich dachte mir, sie würde eher Ja sagen, wenn es nicht nur wir beide wären.«

»Eine Frau hat dich abblitzen lassen?« Otto legte den Kopf nach hinten und lachte. »Das versüßt mir den Tag.«

»Meine Güte, danke.«

»Was ist so besonders an dieser Frau, dass sie dich dazu bringt, dich so seltsam aufzuführen?«

Das war eine verdammt gute Frage. Sie hatte große grüne Augen, glatte blasse Haut und einen langen, zierlichen Hals, der mir das Gefühl gab, ein verdammter Vampir zu sein. Aber bei Georgia fühlten sich diese Dinge wie Bonuspunkte an. Am besten gefiel mir, dass sie den Eindruck erweckte zu wissen, wer sie war, und dass sie Spaß machen konnte, aber ebenfalls stolz und ungeniert war. Zu viele Frauen wollten jemand anderes sein.

Ich zuckte mit den Schultern. »Sie ist einfach nur irgendwie echt.«

Otto nickte. »Echt ist gut. Aber hör zu, Schönling. Nichts, was gut ist, fliegt dir einfach so zu. Als ich meine Dorothy kennenlernte, arbeitete ich als Türsteher in einer Nacktbar in der Innenstadt. Damals war ich jung und gut aussehend und hatte viel Spaß mit den Damen, die dort arbeiteten. Ich musste mir einen neuen *Job* suchen, nur damit Dorothy mit mir ausgeht.«

»Den Teil mit jung und gut aussehend kaufe ich dir nicht ab. Aber ich verstehe, was du sagst.«

»Ihr Spieler habt keine Ahnung, was es heißt, sich für eine Frau anzustrengen. Ich sehe die halb nackten Weiber, die sich bei jeder sich bietenden Gelegenheit an dich ranschmeißen. Es würde dir guttun, wenn irgendjemand deinem Mammutbaum-Ego einen Dämpfer verpasst. Ich mag diese Frau jetzt schon. Ich wette, sie ist klug.«

»Vielleicht ist sie zu klug für mich. Sie hat ihren Abschluss an der Business School der Universität in New York gemacht und leitet ein erfolgreiches Unternehmen, das sie selbst gegründet hat.«

»Meine Dorothy war dreißig Jahre lang Bibliothekarin. Sie hat mehr Bücher gelesen, als ich Biere getrunken habe. Und du weißt, wie gern ich mein Coors Light trinke. Lass mich dir also einen Ratschlag geben.«

»Und der wäre?«

»Kluge Frauen glauben dir nicht, was du sagst. Sie glauben die Taten, die sie sehen.«

Ich nickte. »Ein guter Ratschlag ... zur Abwechslung mal.«

Wir saßen nebeneinander und beobachteten einen Moment lang die zehntausend Dollar teure Fahrt auf der Zamboni.

»Er macht ziemlich gute Arbeit.« Ich stieß Otto sanft mit dem Ellbogen an. »Du solltest besser aufpassen. Ich wette, er kann es sich leisten, fünfzig Riesen zu bezahlen, um dich zu ersetzen.«

Otto blickte finster drein.

Ich lachte. »Das ist die Rache für die Bemerkung über Philadelphia. Und jetzt erzähl mir, wie es mit deiner Therapie läuft.«

Er öffnete beide Hände, streckte die Finger und schloss sie wieder. »Gar nicht schlecht. Aber meine Hände und Füße kribbeln ständig. Der Arzt sagt, das ist eine Nervenschädigung, die von der Chemo kommt. Hoffentlich ist das nur vorübergehend.«

Bei Otto wurde im vergangenen Jahr Darmkrebs im vierten Stadium diagnostiziert. Er ließ sich behandeln, aber die Aussichten waren nicht besonders gut, ganz besonders weil der Krebs in den Monaten nach dem Ende des ersten Chemo-Zyklus gestreut hatte.

»Kannst du irgendetwas dagegen tun?«, fragte ich.

»Noch mehr Medikamente. Der Arzt sagt, dass Physiotherapie helfen könnte. Aber ich hasse diesen Mist.«

Ich lächelte. Eishockeyspieler wohnten quasi in der Praxis eines Physiotherapeuten. Mir graute auch immer davor, dorthin zu gehen. *Sag mir einfach nur die Übungen und dann kann ich mich schon wieder auf den Weg machen.* »Was ist mit Akkupunktur?«

»Nadeln in meinem Körper? Ich versuche doch, das Kribbeln loszuwerden, du Idiot. Aber weißt du, was vielleicht helfen könnte?«

»Was?«

»Wärmeres Wetter. Wenn du zufällig jemanden an der Westküste kennst, der auf der Suche nach einem Hausmeister ist, leg ein gutes Wort für mich ein.«

Ich schüttelte grinsend den Kopf. Otto hatte nicht die Absicht, irgendwohin zu gehen, und wir wussten es beide. Aber ich hatte ihm noch nicht erzählt, dass ich mich in Gesprächsverhandlungen mit der Mannschaft aus L. A. befand, obwohl er davon irgendwie Wind bekommen haben musste. »Ich würde sagen, dass diese

Wände sprechen müssen, aber ich hatte an diesem Ort noch nie ein Gespräch über ein anderes Team.«

Otto stand auf. Er formte mit den Händen einen Trichter vor seinem Mund und brüllte: »Keine verdammten Selfies, während du dieses Ding fährst!« Er brummte, als er sich wieder hinsetzte. »Ein Haufen Idioten mit diesen Telefonen.«

Ich lächelte. *Ja.* Es gab nichts Besseres, als Zeit mit Otto zu verbringen, um meinen Samstag zu beginnen.

...

»Danke für deine Hilfe.«

Jenna stellte ein Tablett mit Gemüse auf meinem Esszimmertisch ab. Sie klatschte in die Hände, säuberte sie und blickte sich um. »*Hilfe* würde voraussetzen, dass du etwas beigetragen hast.«

Ich streckte die Hand aus, um eine Möhre vom Tablett zu nehmen, aber sie gab mir einen Klaps auf die Finger. »Das ist für die Gäste.«

»Dann kann ich also nichts essen, bevor sie eintreffen?«

»Ich werde dich eine essen lassen. Aber tauche sie nicht in den Dip. Damit ruinierst du, wie hübsch alles aussieht.«

Jennas Mann Tomasso kam zu uns rüber. Er grinste. »Sie lässt dich nicht dippen, was? Als sie dir ihre Hilfe angeboten hat, habe ich dich gewarnt, dass sie bei diesem Mist vollkommen durchgeknallt ist.«

Jenna stemmte die Hände in die Hüften. »Hast du mich durchgeknallt genannt? Wenn du das nächste Mal Leute einladen willst, kannst du die Bestellungen aufgeben und dafür sorgen, dass alles schön aussieht.

Ich bin mir sicher, dass alle Kräcker und industriell hergestellte Käsesoße aus dem Glas lieben werden.« Sie war kaum einen Meter achtundfünfzig groß, ganze dreißig Zentimeter kleiner als ihr Baumstamm von Mann.

Trotzdem schob er schmollend die Hände in die Hosentaschen. »Tut mir leid, Babe.«

Ich lachte.

»Worüber lachst du?« Sie wackelte drohend mit dem Finger. »Sieh lieber zu, dass du wegen dieses kleinen Fellbündels dort drüben etwas unternimmst. Er versucht immer wieder, auf den Couchtisch zu klettern, wo die Wurst- und Käseplatte steht.«

Ich hob kapitulierend die Hände. »Ja, Ma'am.«

Ich brachte die Hunde in die Küche und fütterte sie, obwohl ich wusste, dass es sie nicht davon abhalten würde, etwas stibitzen zu wollen.

Etwas später trafen die ersten Gäste ein. Ich hatte zwölf Personen eingeladen – oder vielmehr hatte Jenna das getan. Sie sagte, es sei die perfekte Anzahl, um die Veranstaltung als Party zu qualifizieren, aber es waren ebenfalls nicht so viele, dass ich den ganzen Abend den Gastgeber spielen müsste, was von meiner Zeit mit Georgia abgehen würde. Da sie die ganze Arbeit machte, widersprach ich ihr nicht, aber die Leute, die kamen, waren meine Freunde – es wäre ihnen scheißegal, wenn ich sie ignorierte. Und genau das würde ich tun, wenn Georgia hier eintraf. Diese Frau hatte es mir angetan.

Gegen zwanzig Uhr waren fast alle da, mit Ausnahme der Person, für die ich diese fingierte Party veranstaltete. Da mein Handy in der Küche ans Ladegerät angeschlossen war, sah ich nach, ob sie mir vielleicht eine SMS geschrieben hatte.

Ich hatte einen verpassten Anruf gegen achtzehn Uhr dreißig und dann eine SMS gegen neunzehn Uhr.

Georgia: Hey. Ich wollte nur sichergehen, dass du meine Sprachnachricht bekommen hast. Tut mir leid, dass ich in letzter Minute absagen musste.

Scheiße.

Ich rief die Mailbox auf und tippte neben ihrem Namen auf *Abspielen*.

»Hey. Hier ist Georgia. Tut mir leid, dass ich dich in letzter Sekunde anrufe, aber ich werde heute Abend nicht kommen können. Mir ging es gestern nicht allzu gut und heute früh bin ich erschöpft und mit Schmerzen aufgewacht. Ich habe vor ein paar Stunden Ibuprofen genommen in der Hoffnung, dass ich mich besser fühlen würde. Ich habe mich etwas hingelegt und bin tatsächlich gerade erst aufgewacht. Ich mache tagsüber nie ein Nickerchen, deshalb hatte ich auch nicht erwartet, fast drei Stunden zu schlafen, sonst hätte ich schon früher angerufen. Jetzt habe ich Halsschmerzen und leichtes Fieber. Ich habe ein total schlechtes Gewissen, dir an deinem Geburtstag abzusagen, aber ich werde nicht kommen können. Es tut mir leid, Max. Ich hoffe, du hast eine tolle Party.«

Ich runzelte die Stirn. *Das ist scheiße.* Als ich die SMS las, ging ich davon aus, dass sie mich abblitzen lässt. Aber sie klang nicht besonders gut, und das sorgte für einen Schmerz in meiner Brust. Deshalb tippte ich auf *Rückruf*, lehnte mich gegen die Arbeitsplatte und wartete darauf, dass sie ranging.

Beim dritten Klingeln dachte ich bereits, dass die Mailbox anspringen würde, doch dann antwortete sie. Ihre Stimme klang schlimmer als in der Sprachnachricht.

»Hey«, krächzte sie.

»Du klingst nicht besonders gut.«

»Ja, ich fühle mich auch nicht besonders toll. Es tut weh, wenn ich schlucke, und mein Kopf wiegt fünfzig Kilo. Es tut mir wirklich leid, dass ich nicht kommen kann.«

»Schon gut. Tut mir leid, dass du dich nicht gut fühlst.«

»Ich glaube, ich war seit zehn Jahren nicht mehr krank. Ich hatte nicht einmal eine Erkältung. Ich bin wie ein großes Baby, wenn ich mich nicht gut fühle. Du musst mich für ein totales Weichei halten. Eishockeyspieler spielen ständig mit gebrochenen Knochen und anderen Verletzungen.«

»Nein. Das ist etwas anderes.«

Sie lachte. »Danke fürs Lügen. Wie ist deine Party?«

»Schön. Vier ist wie immer ein Gauner. Er hat das großäugige, mitleidvolle Starren perfektioniert, auf das die Frauen hereinfallen. Er sitzt neben ihren Füßen und schaut zu ihnen auf, bis sie ihn hochnehmen und ihm sagen, wie süß er ist. Dann beäugt er was auch immer sie essen, als sei er seit einem Jahr nicht mehr gefüttert worden. In neun von zehn Fällen werde ich angeschrien, dass ich ihm nicht ausreichend Futter gebe. Währenddessen ist sein Hundenapf in der Küche randvoll. Wäre er ein Mensch, dann wäre er einer dieser Kerle, die in der Nähe der Penn Station diese Kartenspiele veranstalten, bei denen die Touristen um ihr gesamtes Geld gebracht werden.«

Georgia lachte, aber aus dem Lachen wurde ein Hustenanfall. »Tut mir leid. Entschuldige bitte.«

»Kein Problem.«

Sie seufzte. »Ich habe mich darauf gefreut, Vier kennenzulernen.«

»Er hat sich ebenfalls darauf gefreut, dich kennenzulernen. Du wirst es bei ihm wiedergutmachen müssen.«

Ich hörte das Lächeln in ihrer Stimme. »Nur bei ihm? Nicht beim Geburtstagskind?«

»Also, wenn du es mir anbietest ...«

Jenna platzte in die Küche. »Der Partyservice ist hier mit den warmen Speisen für das Abendessen.«

»Warte eine Sekunde, okay?« Ich bedeckte das Telefon. »Tu mir bitte einen Gefallen und sag ihnen, sie sollen reinkommen. Ich bin in einer Minute bei dir.«

»Sicher. Und du musst noch mehr Rotwein öffnen.«

»Okay.«

Sobald Jenna die Küchentür geschlossen hatte, nahm ich die Hand vom Telefon. »Entschuldige bitte.«

»Klingt, als seist du beschäftigt. Ich werde dich nicht weiter stören.«

So sehr ich auch nicht auflegen wollte, wusste ich, dass ich es tun sollte. »In Ordnung, ja. Ich werde dich morgen anrufen und fragen, wie du dich fühlst.«

»Viel Spaß bei deiner Party und herzlichen Glückwunsch zum Geburtstag, Max.«

»Danke. Gute Besserung. Schlaf dich aus.«

Nachdem ich aufgelegt hatte, bezahlte ich den Partyservice und öffnete weitere Flaschen Wein. Ich versuchte, mich auf einige Gespräche zu konzentrieren, aber ich war mit dem Herzen einfach nicht dabei. Als mir auffiel, dass Jenna mit einem leeren Tablett in die Küche ging, folgte ich ihr.

»Was für ein Arschloch wäre ich, wenn ich meine eigene Party für ein oder zwei Stunden verlassen würde?«

»Wo zum Teufel willst du hin?«

»Zu Georgia. Sie fühlt sich nicht gut.«

»Ich habe mich schon gewundert, warum sie nicht hier ist. Glaubst du, sie lügt, und du willst zu ihr gehen, um nachzusehen, ob sie wirklich zu Hause ist?«

Ich schüttelte den Kopf. »Nein, ich glaube ihr. Ich dachte, ich könnte ihr vielleicht Suppe und Halstabletten bringen.«

Jenna lächelte. »Du magst sie wirklich, was?«

»Ich weiß, dass ich es bereuen werde, dir das zu erzählen, aber ... ich habe heute Abend nur Gäste, weil sie zugestimmt hat, zu einer Party zu kommen, aber nicht mit mir ausgehen will.«

Ihr Lächeln wurde breiter und sie sprach ihre Worte in einem Singsang. »Schön-ling hat 'nen Korb ge-kriegt.«

»Warum freuen sich die Leute so darüber, das zu hören?«

»Weil es unterhaltsam ist zuzusehen, wie du wie ein gewöhnlicher Sterblicher behandelt wirst – du weißt schon, wie der Rest von uns.«

Ich rollte mit den Augen. »Kannst du ein, zwei Stunden die Stellung halten? Du brauchst die Leute nur zu füttern und mit Alkohol abzufüllen.«

Jenna winkte ab. »Geh.«

Ich beugte mich hinunter und küsste sie auf die Wange. »Danke, Jen.«

Als ich an der Küchentür ankam, rief sie mir hinterher: »Warte!«

Ich drehte mich um.

»Nimm Vier mit. Frauen fahren voll auf diesen kleinen Kerl ab.«

. . .

Ich hatte es vielleicht übertrieben.

Ich hatte auf meinem Weg hierher so viel Mist gekauft, dass ich zwei der Tüten auf den Boden stellen musste, um an Georgias Wohnungstür zu klopfen. Ich hatte beschlossen, nicht vorher anzurufen, eine Sache, wegen der ich nun Zweifel hatte. Die Frau wollte nicht einmal mit mir ausgehen und ich tauchte in ihrem Gebäude auf und überprüfte wie ein Stalker die Briefkästen, um herauszufinden, in welchem Apartment sie wohnt. Was zunächst wie eine gute Idee schien, fühlte sich plötzlich verzweifelt an.

Aber scheiß drauf, weil ich jetzt eben hier war – und genügend rezeptfreie Medikamente dabeihatte, um eine kleine Apotheke zu eröffnen –, klopfte ich.

Nachdem ich es getan hatte, raste mein Herz, als sei ich dreizehn und mit Amy Chase allein in einem dunklen Kinosaal. Was zur Hölle war nur in mich gefahren? Ich war mir nicht sicher, aber als niemand sofort die Tür öffnete, grübelte ich, ob ich ein zweites Mal klopfen sollte. Was, wenn sie schlief? Ich wollte sie nicht aufwecken, wenn sie sich ausruhte. Gerade als ich beschloss, wieder nach Hause zu fahren, sollte sie in der nächsten Minute die Tür nicht öffnen, machte jemand die Tür der Wohnung neben ihr auf und Vier fing an, wie ein Wahnsinniger zu bellen. Sein schrilles Kläffen hallte durch den Flur und der alte Mann, der heraustrat, wich zurück. Er war so erschrocken, dass er beinahe hinfiel. Ich versuchte, meinen drei Kilo schweren Wachhund zu beruhigen, während ich mich entschuldigte.

Bevor ich Vier dazu bringen konnte, die Klappe zu halten, wurde Georgias Tür aufgerissen.

»Max?« Sie zog die Augenbrauen zusammen. »Was tust du hier?«

Ich bückte mich, hob die Tüten mit den Einkäufen auf und streckte sie ihr wie ein Friedensangebot entgegen. »Ich habe dir Suppe mitgebracht. Und Halstabletten. Und ... andere Sachen.«

Sie befühlte den großen Haarknoten auf ihrem Kopf. »Ich sehe furchtbar aus.«

Georgia trug einen weichen rosafarbenen Bademantel, keine Spur von Make-up und eine übergroße Brille mit dunklem Gestell, die ihr schief auf der Nase saß. Ihre Augen waren verquollen und ihre Nase gerötet, trotzdem sah sie hübsch aus.

Ich streckte die Hand aus und rückte ihr die Brille zurecht. »Du siehst hinreißend aus.«

»Du wirst dich anstecken.«

»Das Risiko gehe ich ein.« Weil sie verschwitzt aussah, fühlte ich ihre Stirn. »Du hast Fieber.«

»Ich habe keine Ibuprofen mehr.«

»Nun, wie gut, dass ich hier bin. Darf ich reinkommen?«

Sie richtete den Blick auf Vier. »Oh mein Gott, er ist der niedlichste Kerl, den ich je gesehen habe.«

Innerlich boxte ich mit der Faust in die Luft. *Super Idee, Jenna. Ich werde mich daran erinnern müssen, ihr Blumen zu schicken.*

Georgia öffnete vollständig die Tür und trat mit ausgestreckten Händen zur Seite. »Darf ich ihn auf den Arm nehmen? Oder vielleicht für immer behalten?«

Oder ein Auto. Vielleicht schulde ich Jenna auch ein Auto.

Innen war ihre Wohnung wirklich hübsch – freigelegte Backsteine im Wohnzimmer, eine geräumige

Küche mit Geräten aus Edelstahl, hohe Decken und es gab überall Blumengestecke, was nicht überraschend war. Darüber hinaus duftete es fantastisch. Ich ging zur Arbeitsplatte in der Küche und räumte die Tüten mit den Dingen aus, die ich in der Apotheke gekauft hatte. Ich fand die Ibuprofen, öffnete das Fläschchen und schüttelte zwei Tabletten heraus. Dann bediente ich mich am Kühlschrank, nahm eine Flasche Wasser und drehte auf dem Weg zum Wohnzimmer den Verschluss ab, wo Georgia bereits mit Vier auf dem Schoß auf dem Sofa saß.

»Nimm die hier«, sagte ich.

»Danke.« Sie nahm die Tabletten in den Mund und spülte sie mit Wasser herunter.

»Hast du Hunger? Ich habe dir Hühnersuppe mitgebracht.«

Georgia schüttelte den Kopf. »Ich hatte heute überhaupt keinen Appetit. Aber vielleicht werde ich mich nachher dazu zwingen, etwas zu essen, wenn ich damit fertig bin, diesen kleinen Kerl mit Liebe zu überschütten.«

Sie bohrte die Fingernägel in den Kopf von Vier und er kuschelte sich an ihre Brust. Mit seinem Kopf in ihrem Ausschnitt schaute das kleine Fellbündel in meine Richtung. Ich hätte schwören können, dass er schadenfroh war.

Ja, ich bin eifersüchtig, du kleiner Scheißer.

Ich nahm die andere Tüte, die ich mitgebracht hatte, und setzte mich zu Georgia aufs Sofa.

»Neben der Apotheke, an der ich angehalten habe, ist ein alter Plattenladen. Auf dem Schild im Fenster stand, dass sie ebenfalls Filme verkaufen, aber die Auswahl war relativ dürftig.« Ich griff in die Tüte und nahm zwei der drei Filme heraus, die ich gekauft hatte. »Das hier ist ein Stummfilm, der andere nicht. Ich wusste nicht, ob du einen dem anderen vorziehst.«

Georgia blieb der Mund offen stehen. »Schwarz-weiß? Woher wusstest du, dass ich alte Filme liebe?«

»Du hast es an dem Abend erwähnt, an dem wir uns zum ersten Mal trafen.«

»Habe ich das?«

Ich nickte. »Ich glaube, du erwähntest es, als du mir sagtest, wie wenige Gemeinsamkeiten du mit deinem Blind Date hast.«

»Daran erinnere ich mich nicht einmal.«

Ich zuckte mit den Schultern. »Ich habe auch noch diesen hier gekauft.«

Georgia nahm mir lachend den Film aus der Hand. »*Episode I – Die dunkle Bedrohung?* Hast du mir nicht gesagt, dass dieser der schlechteste aller *Star-Wars-*Filme ist?«

»Stimmt. Aber ich habe gehofft, dass er mir vielleicht noch einmal Glück bringt.« Ich wackelte mit den Augenbrauen.

Georgia lächelte. »Wirst du versuchen, mich zu begrapschen, wenn ich krank bin?«

Ich hielt die Hände hoch. »Ich hatte es nicht vor, aber wenn das Schicksal es so will ...«

Sie lachte, dann fasste sie sich an den Hals. »Aua ... Bring mich nicht zum Lachen. Das tut weh.«

Verdammt, durch ihr Lächeln bekam ich ein seltsames Gefühl in der Brust. Ich fragte mich, ob ich mir vielleicht auch etwas eingefangen hatte.

Georgia hielt Vier in die Luft und lächelte sein kleines Gesicht an. »Ich kann nicht glauben, dass dieser kleine Kerl dein Hund ist. Er ist so verdammt niedlich.

Wie du nur aussehen musst, wenn du mit ihm auf der Straße unterwegs bist. Fällt dir überhaupt auf, dass die Frauen ohnmächtig werden, wenn du mit ihm an ihnen vorbeigehst?«

Als ich lächelte, zeigte sie auf meine Wangen. »Lass diese Dinger verschwinden, Yearwood. Ich bin schwach. Mir diese Grübchen zu zeigen ist kein faires Verhalten.«

»Ja, Ma'am.« Ich lächelte noch mehr und sorgte dafür, ihr das zu zeigen, was ihr anscheinend gefiel.

Georgia streichelte Vier über den Kopf. »Es überrascht mich, dass deine Party so früh zu Ende war. Es ist kaum einundzwanzig Uhr.«

Ich schüttelte den Kopf. »Sie ist noch nicht vorbei. Ich bin nur für eine kleine Weile verschwunden.«

»Du hast deine eigene Geburtstagsparty verlassen?«

Ich zuckte mit den Schultern. »Es gibt reichlich zu essen und Alkohol. Den meisten wird überhaupt nicht auffallen, dass ich nicht da bin.«

»Ich kann nicht glauben, dass du deine eigene Geburtstagsfeier verlassen hast, um hierherzukommen und mich zu pflegen.«

Ich beugte mich zu ihr. »Kann ich dir ein Geheimnis verraten?«

»Was denn?«

»Ich habe die Party sowieso nur veranstaltet, damit du kommst.«

Georgia hörte auf, Vier zu streicheln. »Meinst du das ernst?«

Ich nickte. »Es hat aber nicht allzu gut funktioniert, was?«

»Ich verstehe dich nicht ganz, Max Yearwood.«

»Was meinst du?«

»Es muss dir möglich sein, einen Raum voller hübscher, alleinstehender Frauen zu betreten und dich so ziemlich jeder von ihnen anzunähern. Warum bist du also hier und riskierst, für jemanden krank zu werden, der einen Haufen Ballast mitbringt?«

Ich zuckte mit den Schultern. »Ich weiß es nicht. Ich schätze, wir haben keine Kontrolle über die Chemie. Kannst du ehrlich behaupten, dass du nichts empfindest, wenn wir zusammen sind?«

»Ich fühle mich von dir angezogen, das stimmt. Das habe ich zugegeben.«

»Chemie ist mehr als nur Anziehung. Ich will Zeit mit dir verbringen, selbst wenn ich derzeit nur mit dir hier sitze.«

Sie musterte mich. Sie schien immer noch zu versuchen herauszufinden, ob ich sie verarschen wollte. Ich war mir nicht sicher, ob sie dahingehend zu einem endgültigen Schluss gekommen war, denn plötzlich fing sie an zu niesen. Nicht einmal, nicht zweimal, sondern mindestens ein Dutzend Mal. Jedes Mal hüpfte der Haufen kastanienbraunes Haar auf ihrem Kopf herum und zuckte vor und zurück. Sie beugte sich zum Couchtisch, nahm eine Schachtel Taschentücher und vergrub ihr Gesicht darin, bis sie endlich aufhörte.

»Gesundheit«, sagte ich.

»Danke.« Sie hielt Nase und Mund weiterhin bedeckt, als sie mit wässrigen Augen über die Taschentücher blickte. »Spürst du die Chemie immer noch?«

Ich grinste. »Ich finde die Art, wie dein Dutt hin und her wackelt, irgendwie süß.«

Sie lachte und putzte sich die Nase. »Du hast zu oft mit dem Stock eins auf den Kopf gekriegt, Schönling.«

»Vielleicht.« Ich spürte den Ruf von Mutter Natur und sah mich im Zimmer um. »Ist es in Ordnung, wenn ich deine Toilette benutze?«

Georgia deutete zu einem Flur. »Selbstverständlich. Erste Tür auf der rechten Seite.«

Nachdem ich mich erleichtert und meine Hände gewaschen hatte, sah ich mich suchend nach einem Handtuch um. Aber die Stange, auf der normalerweise eins hing, diente als Halter für etwas anderes. *Stringtangas. Aus Spitze.* Zwei schwarze, zwei cremefarbene und ein roter. Ich starrte sie länger an, als vermutlich angemessen war. Einige Sekunden lang fragte ich mich sogar, ob es ihr auffallen würde, wenn einer fehlte. Aber dann trocknete ich meine Hände an meiner Hose ab und zwang mich dazu, das Badezimmer wie ein respektabler Mensch zu verlassen.

Georgia saß zusammengesunken auf dem Sofa und gähnte, als ich zurückkam.

»Warum isst du nicht etwas von der Suppe und ich werde einen der Filme anmachen, die ich mitgebracht habe, damit du dich ausruhen kannst. Dann werde ich verschwinden.«

»Möchtest du etwas Suppe mitessen?«

Weil ich nichts gegessen hatte, bevor ich die Party verließ, nickte ich. »Sicher.«

Georgia stand auf. Ich hob die Hand. »Bleib hier. Ich werde sie dir bringen.«

»Danke.«

In der Küche durchsuchte ich ihre Schränke, bis ich die Schüsseln fand. Dann suchte ich weiter, um zu sehen, ob sie Salzkräcker hatte. Hatte sie nicht und mir fiel außerdem auf, dass ihre Lebensmittelvorräte insgesamt eher spärlich waren.

»Ich nehme an, du kochst nicht besonders viel?«
Ich reichte ihr eine Schüssel mit Suppe und einen Löffel,
bevor ich mich mit meiner eigenen neben sie aufs Sofa
setzte. »In deinen Schränken sieht es ziemlich trostlos
aus.«

»Nein, nicht wirklich. Ich arbeite oft lange und
irgendwie ist es blöd, nur für eine Person zu kochen.«

»Willst du damit andeuten, dass du mir gern
Abendessen kochen würdest? Denn falls ja, nehme ich
das Angebot an.«

Sie lachte. »Was ist mit dir? Kochst du?«

»Jetzt willst du, dass ich für dich koche? Entscheide
dich, Weib.«

Ihr Lächeln wurde breiter. Ich hätte den ganzen
Abend hier sitzen und ihre Bazillen einatmen können,
wenn sie dieses Lächeln im Gesicht behielte. Selbst ihre
blasse Haut und die aufgequollenen Augen hielten mich
nicht davon ab, sie küssen zu wollen. Ich musste mich
zwingen, den Blick wieder auf meine Suppe zu richten.

Als wir fertig waren, brachte ich die Schüsseln zur
Spüle und wusch sie ab. Dann nahm ich einen der Filme
und sah mich um.

»Hast du einen DVD-Player?«

Sie deutete auf den Schrank unter dem Fernseher
und nickte. »Dort drinnen.«

»Ich bin froh, dass du einen hast. Ich bin mir nicht
sicher, warum ich davon ausgegangen bin, als ich die
Filme gekauft habe. Ich habe keinen. Ich leihe mir
immer nur Filme über den Fernseher aus, wenn ich
etwas sehen will.«

»Bei den Streamingdiensten findet man nicht viele
dieser alten Filme. Ich muss sie auf DVD bestellen.«

Der Schrank unter dem Fernseher war vollgestopft mit Videos und Büchern. Darauf standen einige gerahmte Fotos, die mir zuvor nicht aufgefallen waren. Ich beugte mich hinunter und nahm eins von ihr und Maggie in die Hand – ich nahm an, dass es von Maggies Hochzeit war, da sie ein Hochzeitskleid trug.

»Hier siehst du sehr hübsch aus.«

Georgia grinste. »Im Gegensatz dazu, wie ich derzeit aussehe?«

»Nein. Du siehst trotzdem gut aus. Du kannst Schnodder im Gesicht super tragen.«

Ihre Augen traten hervor und sie wischte sich an der Wange herum.

Ich grinste. »Nur Spaß.«

Sie kniff die Augen zusammen und schüttelte den Kopf.

Ich betrachtete die anderen gerahmten Fotos. Da war eins von ihr mit Hut und Robe zusammen mit ihrer Mutter bei ihrem College-Abschluss, eins, von dem sie mir sagte, es sei ihre Großmutter, und ein weiteres von Georgia, auf dem sie ein Schleifenband mit einer großen Schere durchschneidet und von dem sie mir sagte, es sei die Eröffnung ihres ersten Vertriebszentrums gewesen. Aber das eine ganz am Ende lag mit dem Gesicht nach unten auf dem Schrank. Ich schaute dorthin und dann zu Georgia.

»Ist das hier umgefallen?«

Sie schüttelte den Kopf. »Das ist von Gabriel und mir. Ich habe es mit dem Gesicht nach unten hingelegt, bevor er nach einem Streit gegangen war, und schätze, ich habe vergessen, dass es überhaupt dort ist.«

Angesichts der Tatsache, dass sie sagte, er sei vor acht Monaten gegangen, und der Rahmen in keiner

Weise verstaubt war, war ich mir sicher, dass sie es ganz und gar nicht vergessen hatte. Aber weil ich neugierig auf den Typen war, berührte ich das Foto und schaute Georgia an.

»Macht es dir etwas aus, wenn ich einen Blick darauf werfe?«

Da sie den Kopf schüttelte, drehte ich es um. Ich glaube, ich hatte keine Vorstellung von ihrem Ex in meinem Kopf, trotzdem sah er exakt so aus, wie ich es erwartet hätte. Groß, dünn, einigermaßen attraktiv ... Er trug eine Hornbrille, die ihm das Aussehen des Englischprofessors verlieh, der er war, sowie ein Hemd mit einer Strickjacke darüber und eine Stoffhose. Georgia war zur Seite gedreht und schaute mit einem verehrenden Lächeln im Gesicht zu ihm auf. In mir tobte die Eifersucht.

Als ich zu Georgia hinübersah, ertappte ich sie dabei, wie sie mich beobachtete. Anstatt den Rahmen wieder so dorthin zu legen, wo er gewesen war, verstaute ich ihn im Inneren des Schrankes zwischen einigen Büchern. Ich drehte mich um und zwinkerte: »Ich habe ihn für dich weggeräumt.«

Sie lächelte. »Du bist so hilfsbereit.«

Nachdem ich die DVD in den DVD-Player eingelegt hatte, nahm ich die Fernbedienung und ging zurück zum Sofa. Da Georgia besser aussah, befühlte ich ihre Stirn.

»Ich glaube, dein Fieber ist gesunken.«

»Ich fühle mich tatsächlich etwas besser. Das müssen die Suppe und die Ibuprofen gewesen sein. Danke.«

Vier lag ausgestreckt auf ihrem Schoß und schnarchte, während sie mit den Fingern durch sein

Fell fuhr. Ich schüttelte den Kopf. »Er ist solch ein Dramatiker.«

Während des Films saßen wir nebeneinander. Georgia legte den Kopf auf meine Schulter und irgendwann fiel mir auf, dass es nicht nur Vier war, der schnarchte. Auch sie war eingeschlafen. Ich schaltete den Fernseher aus und startete den Versuch, mich von ihr zu lösen, ohne sie aufzuwecken. Aber als ich aufstand, tanzte Vier auf ihrem Schoß herum und weckte sie auf.

Ich nahm ihn auf die Arme. »Schlaf weiter. Das Fellbündel und ich werden jetzt gehen.«

Sie rieb sich die Augen. »Oh, okay.«

»Möchtest du, dass ich dich in dein Schlafzimmer trage?«

»Ich denke, ich werde einfach hier schlafen.«

Ich hob ein Zierkissen auf, das auf den Boden gefallen war, und legte es an das eine Ende des Sofas. Dann hob ich ihre Beine an und half ihr, sich umzudrehen und hinzulegen.

Sie schob die Hände zwischen ihre Wange und das Kissen und zog die Beine in Embryohaltung an.

Ich beugte mich hinunter und küsste sie auf die Wange. »Gute Nacht, Süße. Gute Besserung.«

»Danke.« Sie schloss die Augen. »Und Max?«

»Ja?«

»Herzlichen Glückwunsch zum Geburtstag. Ich schulde dir eine Verabredung, um wiedergutzumachen, dass ich deine Party ruiniert habe.«

Ich lächelte. »Ich werde dich beim Wort nehmen.«

— Kapitel 6 —

Max

»Ich möchte heute gern zwei Dinge mit dir besprechen.« Mein Agent Don Goldmann lehnte sich auf seinem Stuhl zurück und verschränkte die Hände mit einem selbstsicheren Lächeln hinter dem Kopf. »Willst du zuerst die guten Nachrichten hören oder die sehr, sehr guten Nachrichten?«

»Überrasche mich.«

»Fangen wir mit den Sponsoren an und arbeiten wir uns von dort nach oben. ProVita will den Getränkevertrag mit Powerade verlängern. Ich habe ebenfalls Angebote von Nike, einer Firma für Sportuhren und Remington vorliegen, die deine hässliche Visage aus irgendeinem unbekannten Grund in ihren Anzeigen für Elektrorasierer sehen möchten. Alles in allem sprechen wir hier von fast drei Komma fünf Millionen.«

»Heiliger Strohsack.«

»Und du spielst für ein Team, das es nicht einmal in die Playoffs schafft. Stell dir nur vor, was du verdienen könntest, wenn du in einer erfolgreichen Mannschaft wärst.«

»Ja, das ist verrückt.«

»Ich weiß, dass du dir gern die Produkte ansiehst, bevor du eine Entscheidung triffst. Deshalb habe ich Samantha gebeten, dir ein hübsches kleines Carepaket zusammenzustellen, das du heute mitnehmen kannst, ich kann sie aber auch bitten, es zu dir nach Hause zu schicken, wenn du willst.«

»Klingt gut.«

Don setzte sich auf und faltete die Hände auf seinem Schreibtisch. »Kommen wir jetzt zum echten Geld. Wir haben über drei Zahlen gesprochen – das Minimum, das du zu akzeptieren bereit bist, die Summe, die du gern hättest, und dein finanzielles Luftschloss.« Er nahm einen Stift zur Hand, schrieb einige Zahlen auf eine Haftnotiz und schob sie mir über den Schreibtisch zu.

Ich hielt sie mir vors Gesicht, um sicherzugehen, dass ich die Zahlen richtig las. »Ist das dein Ernst?«

»Achtjahresvertrag. Herzlichen Glückwunsch, du wirst schon bald einer der zehn bestbezahlten Spieler in der National Hockey League sein.«

Ich hatte eine anständige Summe erwartet, aber nichts, was dieser Zahl auch nur nahe käme. Ich war kein dreiundzwanzigjähriger Jungspund mehr. Mit neunundzwanzig war es nicht einfach, solch einen langen Vertrag zu ergattern. »Wow. Das ist einfach fantastisch.«

Don lächelte. »Du meinst, dein *Agent* ist einfach fantastisch.«

»Mir egal. Du kannst den ganzen Ruhm einstreichen, wenn du willst. Für das Geld werde ich ein T-Shirt tragen, auf dem steht, dass mein Agent fantastisch ist.«

Don lachte. »Du weißt, dass ich dir eins drucken lasse.«

»Was ist mit dem Medizincheck? Muss ich für diese Riesensumme irgendetwas Spezielles einreichen?«

»Das Übliche. Bluttests, Belastungs-EKG und eine beim Orthopäden durchgeführte Untersuchung.« Don kniff die Augen zusammen. »Aber du fragst mich wegen des Medizinchecks nicht zum ersten Mal. Gibt es etwas, das du mir erzählen willst?«

Ich schüttelte den Kopf und schluckte. »Nein.«

Er sah mir in die Augen. »Bist du dir sicher?«

»Ja.«

»Gut, in Ordnung. Es wird eine Weile dauern, alle Einzelheiten auszuarbeiten, und der Klub muss ebenfalls dafür sorgen, dass einige Aktivitäten unterhalb der Gehaltsobergrenze bleiben. Aber sie wollen dich, und die Summe ist beschlossene Sache.«

Danach blieb ich noch ein wenig, um über all die Vertragsgerüchte zu sprechen, die angeblich mit anderen Agenten in Arbeit waren. Don liebte es, über das Geschäft zu sprechen, hauptsächlich deshalb, weil sein Kundenstamm aus sehr bekannten Spielern bestand und die meisten anderen Vertragsabschlüsse im Vergleich dazu verblassten. Aber er verdiente es, sich selbst auf die Schulter zu klopfen. Er riss sich den Arsch auf und war verdammt gut in seinem Job.

Später war ich auf dem Weg zum Training, als mein Bruder anrief.

»Was gibt's, Messdiener?«, fragte er.

Tate hatte mir diesen Spitznamen nach einem unglücklichen Vorfall gegeben, als ich sechs war und er elf. Als meine Eltern an einem Abend nicht zu Hause waren, überzeugte er mich, dass wir noch einen Bruder hätten, den ich noch nie getroffen hätte und der ein Jahr älter sei als er. Er erzählte mir, dass dieser Bruder verrückt geworden sei und in unserem Gartenschuppen lebte. Ich wusste nicht, dass *tatsächlich* jemand dort wohnte, oder vielmehr *etwas* – eine Waschbärenfamilie, die mein Vater an jenem Tag entdeckt hatte und noch nicht losgeworden war. An dem Abend ließ er die Schuppentür offen in der Hoffnung, dass die Tiere vielleicht selbst den Weg nach draußen finden würden.

Wie dem auch sei ... als es dunkel wurde, überzeugte Tate mich, raus in den Garten zu gehen, und sperrte mich dann aus. Ich fing an zu weinen und hämmerte an die Tür, weil ich Angst hatte, dass der Bruder, der verrückt geworden war, mich holen würde. Irgendwann hörte ich hinter mir ein lautes Scheppern und als ich mich umdrehte, konnte ich lediglich zwei leuchtende Augen sehen, die am Schuppen standen. Ich drehte durch, schrie und weinte, aber Tate ließ mich erst wieder ins Haus, nachdem ich auf Knien drei Ave-Marias gebetet hatte. Selbstverständlich nahm er es durchs Fenster auf Video auf. Als er es meinen anderen Brüdern zeigte, bekam ich den Spitznamen Messdiener.

»Was gibt's, Nervensäge?«

»Ich habe an deinem Geburtstag angerufen, aber du bist nicht rangegangen.«

»Tut mir leid. Ich habe einen Film geguckt und mein Telefon auf lautlos gestellt. Vier ist eingeschlafen und wenn er sich erschreckt und aufwacht, pinkelt er alles voll. Ich wollte nicht vollgepinkelt werden.«

»Ach ... dann ist dein Hund also so ähnlich wie du, als du klein warst.«

»Halts Maul.«

Wenn jemand unserem Gespräch zugehört hätte, hätte er vielleicht denken können, dass wir uns nicht leiden können. Aber Tate und ich standen uns sehr nahe.

»Du hast an deinem Geburtstag einen Film geguckt? Mann, du wirst alt. Ich dachte, du würdest nicht rangehen, weil du mit irgendeinem Puck-Häschen unterwegs warst. Egal, ich rufe nur an, um zu fragen, ob unsere Verabredung morgen zum Abendessen noch steht. Nicht dass ich deine hässliche Fratze sehen will, aber meine Mädels nerven mich zu Tode und fragen ständig, ob Vier auch kommt.«

»Wir werden dort sein.«

»Gut, in Ordnung. Bis morgen.«

Ich wischte nach rechts, um den Anruf zu beenden, als mein Telefon mich durch ein Vibrieren auf eine eingehende SMS hinwies.

Georgia: Hey. Ich wollte mich noch einmal für gestern Abend bedanken. Es war wirklich aufmerksam von dir, mir all die Sachen vorbeizubringen.

Ich schrieb zurück.

Max: Gern geschehen. Wie fühlst du dich heute?

Georgia: Viel besser. Ich habe kein Fieber mehr und mein Hals ist fast schon wieder normal. Ich komme auch wieder zu Kräften, deshalb überlege ich, ob ich zum Baumarkt gehen und eine Muschipistole und Silikon kaufen soll, um meine Badewanne zu reparieren.

Ich zog die Augenbrauen hoch. *Eine Muschipistole?* Bevor ich fragen konnte, erhielt ich eine weitere SMS.

Georgia: Oh mein Gott. Autokorrektur. Eine *Kartuschen*pistole. Ich meinte Kartuschenpistole. Hahaha.

Ich lachte und schrieb zurück.

Max: Wie schade. Ich wollte dir gerade anbieten, vorbeizukommen und meine *Muschi*pistole mitzubringen, um dir bei allem zu helfen, bei dem du Hilfe brauchst.

Georgia: Hahaha. Wie dem auch sei, ich fühle mich schon viel besser. Danke.

Max: Das freut mich zu hören.

Georgia: Ich habe ein schlechtes Gewissen, weil ich deinen Geburtstag ruiniert habe.

Plötzlich hatte ich eine Idee.

Max: Wie schlecht ist dein Gewissen? Willst du es wiedergutmachen?

Die Punkte hüpften herum, als sie tippte. Dann stoppten sie eine ganze Minute, bevor sie endlich wieder anfingen.

Georgia: Ich glaube, es wäre nicht klug, diese Frage mit ja zu beantworten, ohne zu wissen, was du im Sinn hast.

Ich lächelte. *Kluge Frau.*

Max: Nichts allzu Schlimmes. Aber ich könnte morgen Abend etwas Gesellschaft gebrauchen. Ich bin zu einem Geburtstagsessen bei meinem Bruder eingeladen. Wenn du mitkommst, wird es meine Schwägerin davon abhalten, mir den halben Abend von ihren Freundinnen zu erzählen in dem Versuch, mich zu verkuppeln.

Georgia: Hahaha. Geburtstagsessen bei deinem Bruder. Das klingt wirklich harmlos. Gut, ich komme mit. Das ist das Mindeste,

was ich tun kann, weil ich deinen Geburtstag ruiniert habe.

Max: Kannst du um sechzehn Uhr Feierabend machen? Wir brauchen etwa eine Stunde, um dorthin zu gelangen.

Georgia: Ich glaube, das lässt sich einrichten. Meine Chefin ist ziemlich locker.

**Max: Sie hat außerdem einen tollen Hintern. ;)
Bis morgen.**

Und ich dachte, mein Tag könnte nicht noch besser werden.

Kapitel 7

Georgia

»Wie ist es mit deiner Muschipistole gelaufen?« Max grinste, bevor er den Blick wieder auf die Straße richtete.

Ich lachte. »Es lief gut. Aber ich glaube, ich muss dir etwas gestehen. Meine Nachrichten sind manchmal etwas seltsam, weil ich Siri nutze, um sie mir vorzulesen, und meine Antworten mit Spracherkennung aufnehme. Wegen meiner Legasthenie geht es so schneller. Ich denke, ich sollte vorsichtiger sein.«

Max zuckte mit den Schultern. »Nein, bei mir nicht. Du kannst tun, was immer für dich am einfachsten ist. Ich dachte mir schon, es war die Autokorrektur. Aber falls du jemals eine Muschipistole brauchen solltest, bin ich dein Mann.«

Ich lächelte. »Ich werde es mir merken.«

»Aber wie ist das so, Legasthenikerin zu sein?«

»Manchmal ist es frustrierend. Warst du schon mal richtig betrunken und hast versucht, etwas zu lesen? Du kannst die Worte nicht richtig entziffern, deshalb kneifst du die Augen zusammen, aber du schaukelst auch vor und zurück und kannst die Buchstaben nicht scharf sehen? Es sieht in gewisser Weise wie ein Haufen Symbole aus, die nicht allzu viel Sinn ergeben.«

»Ist das eine Fangfrage, um meinen Charakter einzuschätzen?«

Ich zog die Augenbrauen zusammen. »Nein.«

»Dann lautet die Antwort ja.«

Ich lachte. »Also, so in etwa kann es sich für mich anfühlen, wenn ich lese.«

»Es scheint dich aber nicht davon abgehalten zu haben, Dinge zu tun.«

Ich schüttelte den Kopf. »In gewisser Weise glaube ich sogar, dass es mir geholfen hat. Die Legasthenie hat mir schon in sehr jungen Jahren eine Arbeitsmoral vermittelt.«

Max blinkte und nahm die nächste Ausfahrt – die Van-Wyck-Schnellstraße.

»Ähh ... wohin fahren wir?«

Er grinste. »Habe ich dir doch gesagt. Zu meinem Bruder zum Abendessen.«

Ich sah mich um. »Wohnt dein Bruder am *Flughafen*?«

Max war in einem schicken schwarzen Porsche Cabrio bei meiner Wohnung aufgetaucht, Vier saß in einer kleinen Reisetasche auf dem Rücksitz. Er sagte, es würde etwa eine Stunde dauern, um zu seinem Bruder zu gelangen, deshalb war ich davon ausgegangen, dass er in Westchester oder Long Island wohnt.

»Ich habe morgen früh um acht Uhr Training. Ich verspreche, ich werde mit dir nicht allzu lange ausbleiben.«

»Aber wohin fahren wir?«

»Du wirst schon sehen.«

Wir fuhren an einem Dutzend farblich gekennzeichneter Schilder für die verschiedenen Terminals des JFK-Flughafens vorbei, trotzdem drehte Max nicht um. Stattdessen fuhr er in einen industriell aussehenden Bereich, eine Mischung aus Flugzeughallen und Bürogebäuden. Nach einigen Blocks stellte er den Wagen auf einem Parkplatz ab.

»Sind wir da?« Ich schaute auf das Schild, das sich an dem Gebäude befand. »Was ist Empire?«

Er grinste. »Es macht dich verrückt, nicht wahr?«

Ein Kerl in Jeans und Polohemd verließ das Gebäude. Er schlenderte direkt auf Max' Wagen zu und öffnete die Fahrertür.

»Guten Tag, Mr. Yearwood. Alles ist bereit für Sie.«

Max schaltete den Motor aus und warf dem Kerl den Schlüssel zu. »Danke, Joe.« Er stieg aus, eilte zu meiner Seite, öffnete die Tür und streckte mir die Hand hin, um mir hinauszuhelfen. Dann nahm er den Hund vom Rücksitz.

»Habe ich vergessen zu erwähnen, dass mein Bruder in Boston wohnt? Empire ist ein Privatjet-Unternehmen.«

»Du hast einen Privatjet?«

Er schüttelte den Kopf. »Er gehört dem Besitzer meines Teams. Er stellt ihn uns zur Verfügung, wann immer wir ihn brauchen.«

Max hielt meine Hand fest, nachdem er mir aus dem Wagen geholfen hatte. Er verwob unsere Finger miteinander und wir gingen Hand in Hand zur Tür.

»Ich bin noch nie mit einem Privatjet geflogen. Ich bin beeindruckt«, sagte ich. »Aber ich schlafe trotzdem nicht mit dir.«

»Soll ich die Mitarbeiter bitten, die Rosenblüten vom Bett im hinteren Bereich zu entfernen?«

Ich hielt an. »Du machst Witze, oder?«

Max zwinkerte. »Natürlich. Der Flug nach Boston dauert nur vierzig Minuten. Ich brauche weitaus mehr Zeit als das, wenn ich es schaffe, dich unter mich zu bekommen.«

...

Eine schwarze Limousine wartete auf der Rollbahn auf uns, als wir landeten. Wir stiegen ein und die Fahrt in die Innenstadt von Boston begann. Eine halbe Stunde später hielten wir in einem Wohnviertel – einem wirklich hübschen nahe des Charles River in einem Außenbezirk namens Back Bay.

»Sind wir da?«

Max nickte und deutete auf ein schönes, altes Haus. »Erinnerst du dich, dass ich dir erzählte, wie mein ältester Bruder die Kaution für mich zahlen musste, als ich auf dem College etwas Ärger mit dem Glücksspiel hatte?«

»Ja?«

»Nun, ich glaube, ich habe nicht erwähnt, dass Tate danach noch einige Tage bei mir blieb. An seinem letzten Abend gingen wir in eine Kneipe und er lernte ein Mädchen namens Cassidy kennen. Die beiden verstanden sich so gut, dass er seinen Flug stornierte und drei Wochen länger blieb. Er ist Programmierer, kann also von überall arbeiten. Als er endlich nach Washington zurückkehrte, hielt er es dort zwei Wochen aus, bevor er seine Sachen packte und nach Boston zog. Die beiden sind seit sieben Jahren verheiratet und haben drei Töchter.«

»Und sie sind diejenigen, denen Vier gehörte?«

»Ja. Katie ist allergisch, aber ihre Mutter gibt ihr Antihistaminika, wenn ich komme, damit er die Mädchen zumindest ab und zu besuchen kann.«

Ich schüttelte den Kopf. »Ich kann immer noch nicht glauben, dass du mich in einem Privatflugzeug zum Abendessen nach Boston geflogen hast.«

Max lächelte. »Bist du sauer?«

»Nein. Mit dir werden Sachen zu einem Abenteuer. Aber es ist schon etwas seltsam, zu reisen, um die Familie eines Mannes kennenzulernen, wo wir uns doch selbst gerade erst kennengelernt haben.«

»Es wird dir nicht mehr allzu seltsam vorkommen, wenn du aufhörst, es als einen Besuch bei der Familie des Kerls zu sehen, den du gerade erst kennengelernt hast, und es als ein Treffen mit der Familie des Kerls betrachtest, mit dem du den ganzen Sommer zusammen sein wirst.«

Ich lachte. »Du bist ganz schön von dir überzeugt.«

»Du musst dem Universum die Dinge überlassen, wenn du eine Chance haben willst, dass sie Wirklichkeit werden.«

Aus dem Augenwinkel fiel mir eine Bewegung an der Haustür von Max' Bruder auf. Eine Frau trat nach draußen, lächelte und winkte. Ich erinnerte mich, dass Max gesagt hatte, sein Bruder sei älter, aber diese Frau sah alt genug aus, um seine Mutter zu sein. Aber wer war ich schon, um das beurteilen zu können?

»Ist das deine Schwägerin?«

»Nein. Es gibt noch eine Sache, die ich in Bezug auf heute Abend vergessen habe zu erwähnen.«

Max wirkte etwas nervös, was mich wiederum nervös machte. »Oh Gott. Was gibt es noch?«

Er hob den Blick über meine Schulter, sah zum Haus seines Bruders und fuhr dann die ganz schweren Geschütze auf – er brachte seine Grübchen wie ein kleiner Junge, der auf frischer Tat mit der Hand in der Keksdose ertappt wurde, zum Vorschein.

»Meine Mutter ist ebenfalls zu Besuch in der Stadt. Und alle meine Brüder und ihre Frauen.«

. . .

Etwas später waren Tates Frau Cassidy und ich allein in der Küche. »Möchtest du etwas trinken?«, fragte sie. »Ich bin mir sicher, du könntest etwas gebrauchen, nachdem du die ganze Familie kennengelernt hast.«

»Oh, Gott sei Dank«, sagte ich und meinte es nur halb im Scherz. »Ich bin dreißig Sekunden davon entfernt, dein Badezimmer nach Parfüm oder Mundwasser zu durchsuchen und den Flascheninhalt hinunterzustürzen.«

Sie kicherte und nahm zwei Weingläser aus dem Schrank. »Die Familie Yearwood ist ganz schön ... anstrengend.«

Ich seufzte. »Ich hatte keine Ahnung, dass ich die gesamte Familie treffen würde, bis wir draußen im Wagen saßen und es mir fünf Minuten vorher erzählt wurde.«

Cassidy lächelte. »Das klingt normal, wenngleich wir von dir wussten. Willst du wissen warum?« Sie goss zwei Gläser ein und reichte mir eins.

»Danke. Ich habe ein wenig Angst zu fragen, woher ihr es wusstet.«

»Weil Max uns eines Morgens um sechs Uhr anrief, um uns alles über dich zu erzählen.«

Ich trank gerade meinen Wein und bekam ihn aus Versehen in die Luftröhre, sodass ich husten musste. »Was?«

»Ja.« Sie nickte. »Viertel nach sechs, um genau zu sein. Versteh mich nicht falsch, er weiß, dass wir wach sind, aber er ruft normalerweise nicht um diese Uhrzeit an. Eigentlich ruft er für gewöhnlich gar nicht an. Tate muss seinem Bruder hinterherlaufen, um zu erfahren, wie es ihm geht.« Cassidy deutete mit dem Weinglas auf mich. »Du bist außerdem die einzige Frau, die er jemals mitgebracht hat.«

Ich war mir nicht sicher, was ich darauf erwidern sollte. Deshalb trank ich stattdessen mehr von meinem Wein.

»Die Yearwood-Männer sind in gewisser Weise wie große Bäume«, fuhr sie fort. »Sie sind nicht einfach zu fällen, aber wenn sie fallen, können sie nicht mehr bewegt werden.« Ihre Stimme wurde sanft. »Es sind gute Männer. Das kann ich bestätigen. Unheimlich loyal und durch und durch ehrlich. Es heißt, wenn du wissen willst, wie ein Mann seine Frau behandelt, sieh dir an, wie er mit seiner Mutter umgeht. Diese Jungs fluchen nicht einmal, wenn Rose in der Nähe ist, weil sie keine unflätigen Bemerkungen mag.«

Plötzlich wurde die Küchentür aufgestoßen und zwei riesige Männer rollten herein. Sie rollten im wahrsten Sinne des Wortes. Max und sein Bruder Tate lagen auf dem Boden und rangen wie zwei Teenager miteinander.

Cassidy deutete vollkommen unbeeindruckt von der Szene auf die beiden. »Der Bruder, dem es zuerst gelingt, alle seine anderen Brüder in den Schwitzkasten zu nehmen, muss nicht beim Abwasch helfen. Vor ein paar Jahren haben sie an Heiligabend meinen Weihnachtsbaum umgeworfen. Irgendwie ist das Ding in der Mitte zerbrochen, ganz zu schweigen davon, dass drei Viertel der Christbaumkugeln kaputtgegangen sind. Ich habe drei kleine Mädchen, die in aller Herrgottsfrühe aufstehen, um zu sehen, was der Weihnachtsmann unter den Baum gelegt hat. Also habe ich sie angewiesen, zum Weihnachtsbaumverkauf zu gehen, einen neuen Baum zu holen und Ersatzschmuck zu besorgen, damit die Kinder am nächsten Morgen nicht am Boden zerstört sind. Zu dem Zeitpunkt hatten die meisten Läden bereits geschlossen, mit Ausnahme von Lalique. Kennst du die Marke?«

»Lalique verkauft teure Kristallvasen und hübsche Schüsseln, richtig?«

Cassidy nickte. »Genau. Aber offensichtlich verkaufen sie auch Weihnachtsbaumkugeln für Sammler. Max hat ihren gesamten Restvorrat gekauft. Ich bin fast gestorben, als ich die Rechnung gesehen habe. Er hat siebenundzwanzigtausend Dollar für Baumschmuck ausgegeben, damit der Baum nicht kahl bleibt. Und er war nicht einmal derjenige, der ihn umgeworfen hat.«

Meine Augen wurden groß.

Cassidy nickte. »Ich habe es dir doch gesagt – sie sind *intensiv*.«

Einige Minuten später drehte Max seinen Bruder auf den Rücken und nahm ihn in den Schwitzkasten. Tate fing bereits an, rot anzulaufen, als Mrs. Yearwood hereinkam und die beiden anbrüllte. Sie hörten auf, keuchten und Max zeigte auf seinen Bruder.

»Das zählt. Du hättest aufgegeben, wenn *deine Mommy* nicht reingekommen wäre, um dich zu retten.«

»Auf keinen Fall, Messdiener.«

Mrs. Yearwood rollte mit den Augen. »Weil ihr Idioten seid, werdet ihr *zusammen* den Abwasch machen.«

Als ich in der Küche stand und das Treiben beobachtete, wurde mir etwas Seltsames bewusst. Ich hätte erschrocken sein sollen, dass ein Mann, mit dem ich nicht zusammen war, mich nach Boston geflogen hatte, damit ich seine gesamte Familie kennenlerne. Trotzdem war ich hier, befand mich erst fünfzehn Minuten in ihrem Haus, aber anstatt nervös und ängstlich zu sein, spürte ich eine Wärme in meiner Brust.

Max kam zu mir und schlang seinen dicken Arm um meinen Hals. Er beugte sich zu mir und flüsterte: »Geht es dir gut?«

Ich lächelte ihn an. »Ja, ich glaube schon.«

Abendessen mit den Yearwoods war eine der amüsantesten Mahlzeiten, die ich seit Langem hatte. Die Brüder stritten sich, ihre Mutter erzählte peinliche Geschichten und wir lachten öfter, als ich zählen konnte. Hinterher stand ich auf, um beim Tischabräumen zu helfen. Vor einem der Stühle befand sich ein Gedeck, das niemand benutzt hatte. Ich war davon ausgegangen, dass jemand zu spät zum Essen erscheinen würde.

»Soll ich dieses Gedeck liegen lassen?«, fragte ich Mrs. Yearwood. »Kommt noch jemand?«

Sie blickte kurz zu Max, bevor sie mich anlächelte. »Du kannst es abräumen, Liebes. Das ist Austins Platz, mein Jüngster. Er ist vor Jahren gestorben, aber ich beziehe ihn gern beim Familienessen mit ein, wenn wir alle zusammen sind. An Feiertagen, wenn das Essen bei mir zu Hause stattfindet, lade ich für gewöhnlich jemanden von meiner Kirche ein, der eine warme Mahlzeit braucht, um Austins Platz einzunehmen. Ansonsten lassen wir ihn für ihn frei.«

Ich schluckte. »Wow. Das ist ... wundervoll.«

Sie lächelte. »Es freut mich, dass du so denkst. Einige meiner Jungs fanden es sehr lange unheimlich. Aber nach all den Jahren haben sie sich daran gewöhnt. Jetzt ziehen sie mich einfach nur gern damit auf, dass ich nur einen Teller für meinen Sohn, aber nicht für ihren Vater hinstelle und es deshalb offensichtlich ist, dass ich ihn lieber mochte.«

Nachdem die Reste vom Abendessen beseitigt waren und die Geschirrspülmaschine vollgeladen war, schlug Cassidy vor, wir könnten draußen auf der Terrasse sitzen und ihren Tonofen entzünden. Es war ein wunderschöner Abend, einer, der einen daran erinnerte, dass das warme Wetter kurz bevorstand.

Tate kümmerte sich um das Feuer und die Frauen stellten sich in einem Halbkreis darum, während die anderen Brüder auf dem Gras mit einem Fußball herumbolzten. Aber das fröhliche Fangenspiel eskalierte schnell und endete in Zweikämpfen und Herumrollen auf dem Rasen.

Mrs. Yearwood schüttelte den Kopf. »Sie benehmen sich immer noch, als seien sie zwölf.«

»Nur tun sie sich jetzt weh und haben noch eine Woche später Schmerzen«, sagte Cassidy. »Tate würde es niemals zugeben, aber nach dem Blödsinn, den sie an Ostern gemacht haben, musste er zum Chiropraktiker gehen.«

Eine der anderen Frauen meldete sich zu Wort. »Lucas hat einen Monat eine Kniebandage getragen.«

Eine andere Frau lachte. »Will hat sich an Weihnachten den Ellbogen ausgekugelt. Max ist der Einzige, der nach einem Feiertag im Kreis der Familie nicht außer Gefecht ist. Er ist der Jüngste und verdient sein Geld damit, gegen Wände geknallt zu werden.«

»Wo wir gerade vom Geldverdienen sprechen«, sagte Cassidy. »Wusstet ihr Mädels, dass Georgia das Unternehmen gehört, das die hübschen Blumen produziert, die immer auf meinem Esszimmertisch stehen? Die, die Max mir vor einigen Monaten geschickt hat und die ein Jahr lang halten?«

»Wirklich? Habt ihr euch so kennengelernt?«

Ich schüttelte den Kopf. »Tatsächlich hat er sie geschickt, bevor wir uns getroffen haben.«

»Wie habt ihr beide euch denn kennengelernt?«, fragte Mrs. Yearwood.

»Nun ... ich schätze, es war bei einer Art Blind Date.«

Eine der Frauen schnaubte. »Wirklich? Max hatte ein Blind Date? Wir versuchen ständig, ihn zu verkuppeln, er weigert sich aber, unsere Angebote als Vermittlerinnen anzunehmen.«

»Also, Max war nicht derjenige, den ich treffen sollte. Er tat nur so, als sei er meine echte Verabredung, bis mein echtes Blind Date auftauchte und seine Tarnung aufflog.«

Alle lachten.

»Also, das klingt mehr nach unserem Max«, sagte Cassidy.

Das Geräusch von aufeinanderprallenden Körpern und grunzenden Männern ließ alle ihre Aufmerksamkeit wieder auf die Wiese lenken. Zwei der Brüder lagen auf dem Rasen, während Max und Tate sich abklatschten.

Sie spielten erst fünf oder zehn Minuten, waren aber bereits alle verschwitzt und ihre Kleidung hatte Grasflecke. Max hob den Saum seines T-Shirts und wischte sich den Schweiß von der Stirn, und ganz plötzlich fühlte es sich dort, wo ich saß, auch warm an.

Verdammt. Was für ein Körper. Ich war mir nicht sicher, ob ich an einem echten, lebendigen Menschen jemals solche Bauchmuskeln gesehen hatte. Die Männer, mit denen ich zusammen war, waren zum größten Teil körperlich fit gewesen. Aber es gab einen verdammt großen Unterschied zwischen fit und *ihm.* Jeder sichtbare Muskel an Max' Oberkörper war definiert, als sei er handgemeißelt. Ich ertappte mich dabei, wie es wohl wäre, wenn ich mit den Fingernägeln über jeden einzelnen kratze und sein Gesicht betrachte, um seine Reaktion zu beobachten. Bei diesem Gedanken bekam ich einen trockenen Mund. Ohne nachzudenken, leckte ich mir mit der Zunge über die Unterlippe und natürlich schaute Max genau in diesem Moment in meine Richtung. Auf seinem hübschen Gesicht breitete sich ein teuflisches Grinsen aus, bei dem ich mich fragte, ob er vielleicht ganz genau wusste, woran ich gedacht hatte. Ich versuchte, gelassen zu wirken, indem ich lächelte und wegsah. Aber irgendetwas sagte mir, dass ich dabei kläglich versagte.

Eine Stunde später machten wir uns schon wieder auf den Weg. Ich ging vor unserer Heimreise noch einmal zur Toilette und als ich wieder hinaustrat, waren Max und seine Mutter allein in der Küche. Sie hörten nicht, wie ich hereinkam.

»Ich mag sie wirklich. Bitte sag mir, dass sie es weiß.«

»Können wir ein anderes Mal darüber sprechen, Mom?«

Sie runzelte die Stirn. »Max ...«

Er blickte auf und sah mich. »Da ist sie ja. Es war schön, dich zu sehen, Mom. Ich rufe dich nächste Woche an.«

»Okay.« Sie lächelte und drehte sich zu mir um. »Du bist wie ein frischer Wind. Ich hoffe, dich schon sehr bald wiederzusehen.«

»Ich dich auch.«

Sie umarmte mich und dann dauerte es weitere fünfzehn Minuten, mich von allen anderen zu verabschieden. Der arme Max musste Vier den Händen seiner Nichten praktisch entreißen. Er verhinderte die aufsteigende Tränenflut der ältesten, indem er ihr versprach, den Hund zu seinem nächsten Auswärtsspiel in der Stadt mitzubringen.

Als wir wieder in der Limousine saßen, atmete ich tief ein und hörbar wieder aus.

Max lächelte. »So schlimm?«

»Nein, nein ... ich habe mich amüsiert. Es war nur ... ein bisschen überwältigend, mit so vielen Menschen zusammen zu sein. Da ich Einzelkind bin, bestehen unsere Familienzusammenkünfte für gewöhnlich nur aus meiner Mutter und mir. Sie hat eine Schwester, die in Arizona lebt, wir sehen sie aber vielleicht einmal alle zwei Jahre. Aber ich hatte Spaß. Wenngleich ich kurz dachte, dass wir in einem Feuerball aufgehen würden, als deine drei Nichten wegen Vier geweint haben. Es ist toll, dass du die Möglichkeit hast, ihn zum Spiel mitzubringen.«

»Ich werde eine Strafe kassieren, weil ich ihn wieder in das Mannschaftsflugzeug schmuggele. Aber das ist mir lieber als Tränen. Gott sei Dank habe ich nur Brüder, denn ich kann es nicht ertragen, Mädchen weinen zu sehen. Keri, die Frau, mit der ich vor einigen Jahren achtzehn Monate zusammen war, hat geweint, als ich ihr sagte, dass ich die Beziehung beenden will. Ich schenkte ihr mein Auto.«

Ich lachte, Max jedoch nicht. »Oh mein Gott. Du machst Witze, nicht wahr?«

Er schüttelte den Kopf und zuckte mit den Schultern. »Danach hat sie aufgehört zu weinen.«

»Wow. Okay ... also, ich werde das im Hinterkopf behalten, wenn es mir schwerfällt, meinen Kopf bei dir durchzusetzen.«

Max sah mich zärtlich an. Mit den Fingerknöcheln streichelte er über meine Wange. »Glaub mir, du wirst keine Schwierigkeiten haben, irgendetwas von mir zu bekommen.«

Wärme breitete sich in meinem Bauch aus. Weil ich das starke Bedürfnis verspürte, meinen Kopf an seine Schulter zu lehnen, gab ich nach und tat genau das. Den Großteil des Weges zurück zum Flughafen schwiegen wir, aber es war nicht unangenehm, und das war schön. Nachdem wir in das bereits wartende Flugzeug eingestiegen waren, nahmen Max und ich gegenüber voneinander Platz.

Er richtete den Blick nach unten auf meinen Knöchel, wo ich an der Innenseite meines Beins einen großen Bluterguss hatte.

»Wie ist das passiert?«

»Ich, äh, bin aus der Dusche gesprungen, um mir etwas zu notieren, das mir beim Haarewaschen eingefallen war, und bin auf dem Weg zurück ausgerutscht. Dabei bin ich mit dem Bein an die Seite der Duschwanne gestoßen. An der Hüfte habe ich den gleichen blauen Fleck.«

Max sah belustigt aus. »Stürmst du oft aus der Dusche?«

Ich seufzte. »Das tue ich tatsächlich. Ich weiß nicht wieso, aber wenn ich unter der Dusche stehe, fallen mir oft Dinge ein, die ich bei der Arbeit vergessen habe. Ich kann eine Stunde an meinem Schreibtisch sitzen und nichts passiert. Aber sobald ich eingeseift bin, kommen mir alle diese Gedanken. Passiert dir das denn nicht?«

»Nein. Ich mache Musik an und genieße die Auszeit.«

»Ja, darin bin ich nicht besonders gut.«

Max lächelte. »Haben meine Mutter und Schwägerinnen dir Geschichten erzählt, wie verdorben ich bin, als ihr auf der Terrasse gesessen habt?«

»Meinst du, so wie damals, als du und deine Brüder beim Ringen Cassidys Weihnachtsbaum zerbrochen habt?«

Max ließ den Kopf hängen. »Es war ein Unfall. Wir haben ihr einen neuen gekauft, auch wenn er ziemlich traurig aussah, weil er der einzige war, der an Heiligabend noch übrig war. Das Jahr war ein Reinfall. Hat sie dir auch von den gestohlenen Geschenken erzählt?«

Ich runzelte die Stirn. »Jemand hat die Geschenke gestohlen?«

Er nickte. »Seit meine Mutter sich richtig in der Kirche engagiert, bringt sie zu den Feiertagen Fremde mit nach Hause. Normalerweise tut sie das, wenn wir bei ihr in Washington zu Gast sind, und es handelt sich um Personen, die ihrer Kirche bekannt sind. Aber vor einigen Jahren haben wir angefangen, Weihnachten bei Tate und Cassidy zu feiern, weil sie die Einzigen sind, die Kinder haben. Mom ging am Vormittag von Heiligabend in die Kirche ihrer örtlichen Gemeinde und kam mit einer Frau zurück, die sie getroffen hatte. Ich will kein Arschloch sein, aber die Frau sah aus, als hätte sie ein Suchtproblem. Sie kratzte sich ständig an den Armen und sah einem nie in die Augen, wenn sie mit dir sprach. Aber weil Mom sie zum Abendessen eingeladen hatte, waren alle freundlich zu ihr. Nachdem wir mit dem Essen fertig waren, gingen meine Brüder und ich in die Garage, um einige Spielzeuge zusammenzubauen, die die Mädchen zu Weihnachten bekommen würden, und die Frauen räumten gemeinsam den Tisch ab und taten wer weiß was. Als wir fertig waren, kamen wir zurück ins Haus und ich fragte, wo die Frau sei. Sie war verschwunden, hatte sich aber von niemandem verabschiedet. Dann fiel Cassidy auf, dass auch die Hälfte der Geschenke, die unter dem Baum gelegen hatten, nicht mehr da war.«

»Neiiiin.«

Max nickte. »Mom ist manchmal etwas zu gutgläubig. Es ist toll, dass sie Menschen helfen will, die weniger wohlhabend sind, aber sie muss bei ihren Entscheidungen ein bisschen mehr Vorsicht walten lassen.«

»Ja, definitiv. Ist es neu, dass sie sich mehr in der Kirche engagiert?«

»Sie war immer schon religiös. Wir wurden katholisch erzogen, hatten als Kinder Religionsunterricht und gingen sonntags immer in die Kirche. Aber vor zehn Jahren fing sie an, jeden Tag zu gehen und bei sozialen Aktivitäten zu helfen.«

»Ist etwas passiert, das sie dazu bewogen hat, sich der Kirche zuzuwenden?« Nachdem ich die Frage gestellt hatte, wurde mir klar, dass sie vielleicht unhöflich war.

Max schaute aus dem Fenster und nickte. »Es fing an, als mein Bruder Austin starb. Er war erst einundzwanzig.«

»Oh Gott, das tut mir so leid.«

Max starrte weiter aus dem Fenster. »Er hatte ein abdominales Aortenaneurysma. Wir gingen beide zur Universität in Boston. Er war ein Jahr über mir. Der Altersunterschied zwischen uns betrug nur dreizehn Monate.«

Weil ich keine Ahnung hatte, was ich sagen sollte, nahm ich seine Hand und drückte sie. Ich dachte über das Gespräch nach, das Max und seine Mutter geführt hatten, als ich hereingekommen war. Ich schätze, ich verstand, worüber er jetzt nicht sprechen wollte. Den Rest des Fluges schwiegen wir, nur war die Stille dieses Mal nicht ganz so angenehm.

Im Wagen auf dem Weg zurück zu meiner Wohnung machten wir Small Talk. Doch irgendetwas war anders. Aus diesem Grund fühlte ich mich veranlasst, etwas zu sagen, als Max an meinem Gebäude anhielt und parkte.

»Max?«

Ich wartete, bis er mich ansah, bevor ich fortfuhr.

»Es tut mir leid, wenn ich eine Grenze überschritten und unser Gespräch in eine Richtung gelenkt habe, die dir den Abend verdorben hat.«

Er schüttelte den Kopf. »Das hast du nicht. Ich bitte um Entschuldigung, sollte ich dir das Gefühl gegeben haben. Manchmal bleibe ich einfach in meinem Kopf stecken.«

Das Geräusch meines Telefons, das in meiner Handtasche vibrierte, unterbrach unsere Unterhaltung. Ich hatte nicht vor zu antworten, kramte es aber aus der Tasche, um nachzusehen, wer es war, und den Anruf auf die Mailbox zu leiten. *Gabriel* leuchtete auf dem Display auf. Nachdem ich auf Ablehnen getippt hatte, blickte ich auf und sah auf Max' Gesicht, dass auch er den Namen gelesen hatte.

Er lächelte traurig. »Es ist schon spät. Ich werde dich mit Vier zur Tür begleiten.«

Im Gegensatz zum letzten Mal hielt Max nicht meine Hand, als er zu meinem Gebäude ging. Er hatte Vier auf dem Arm, ich hatte allerdings das Gefühl, dass das nicht der einzige Grund für den Abstand zwischen uns war. Als wir den Aufzug erreichten, drückte ich nicht auf den Knopf. Stattdessen drehte ich mich um und sah ihn an.

»Ich hatte wirklich Spaß. Danke, dass du mich heute Abend mitgenommen hast.«

Max bückte sich und setzte Vier auf dem Boden ab. Als er sich wieder aufrichtete, ergriff er meine Hand. »Hör zu, Georgia. Ich werde es nur noch einmal sagen. Ich fände es wunderbar, den Sommer mit dir zu verbringen. Ab übernächster Woche werde ich keine Spiele mehr haben und auch nicht mehr reisen müssen. Außer fit zu bleiben, habe ich so gut wie keine Pläne, ich muss nur bis August eine Wohnung finden. Wir könnten Spaß miteinander haben. Ohne Verpflichtungen. Ich verstehe, dass bei dir einige Dinge ungeklärt sind, aber du weißt, dass ich in einigen Monaten nicht mehr hier sein werde. Für mich macht es die Sache relativ einfach.« Er hielt die Hände hoch. »Aber ich werde nicht mehr darauf drängen. Für den Fall, dass du deine

Meinung änderst, hast du meine Nummer. Du brauchst es mir nur zu sagen.«

Ich machte ein langes Gesicht. »Wir können nicht einfach nur Freunde sein?«

Max ließ den Blick über meinen Körper wandern. Er ließ sich Zeit damit, über jede meiner Kurven nach oben zu streicheln. »Eine Freundschaft zwischen zwei Menschen unterschiedlichen Geschlechts funktioniert nicht, wenn einer von beiden den anderen nackt sehen will. Das klingt vielleicht arschlochmäßig, aber es ist die Wahrheit.« Er drückte den Knopf, um den Aufzug zu rufen. Er musste schon bereitgestanden haben, denn die Tür öffnete sich sofort. Max führte meine Hand an den Mund und küsste den Handrücken. »Ich hoffe, du rufst mich an.«

Ich schluckte und nickte. Aber als ich in den Aufzug trat, überkam mich Schwermut. Der Gedanke daran, Max nie wiederzusehen, ließ mich in Panik ausbrechen. Deshalb streckte ich meine Hand aus, als die Tür zufuhr, um sie in letzter Sekunde am Schließen zu hindern.

»Max, warte!«

Er sah zu mir hinunter und ich trat nach vorn, während ich die Tür aufhielt.

»Ich tue nie etwas, ohne ewig alle Vor- und Nachteile abzuwägen.« Ich schüttelte den Kopf. »Und ich weiß nicht, was das Richtige für uns ist, aber ich bin mir sicher, dass einander nie wiederzusehen es nicht ist. Könnten wir ... es langsam angehen lassen?«

Auf Max' Gesicht breitete sich ein fettes Grinsen aus. »Ich mag es langsam.«

Ich kicherte. »Du weißt, was ich meine.«

Er nickte und nahm meine Hand. »Wir können uns in jedem Tempo fortbewegen, mit dem du dich wohlfühlst.«

Ich atmete ein und überhastet wieder aus. »Okay.«

Er zog eine Augenbraue hoch. »Okay?«

Ich nickte. »Tun wir es – ich meine, verbringen wir den Sommer zusammen.«

Max zog an der Hand, die er festhielt, woraufhin ich stolperte und gegen seinen Körper stieß, der sich anfühlte wie eine Mauer aus Ziegelsteinen.

»Aua ...«, sagte ich lachend. Ich stützte mich mit den Handflächen an seiner Brust ab und klopfte zweimal dagegen. »Dieses Ding tut weh. Es ist richtig hart.«

»Oh, ich kann es nicht erwarten, dir *hart* zu zeigen. Und jetzt gib mir deinen Mund. Ich habe gesagt, ich bin damit einverstanden, es langsam angehen zu lassen, aber ich werde noch den Verstand verlieren, wenn ich nicht zumindest einen kleinen Vorgeschmack bekomme.«

Ich bekam keine Möglichkeit zu antworten, bevor er seine Lippen auf meine presste. Er drückte mich fest an seinen harten Körper und ließ mir die Knie weich werden. Schon in dem Moment, in dem Max und ich uns zum ersten Mal getroffen hatten, hatte er mich mit einer unglaublichen Intensität angesehen, aber dieser Kuss ... der war auf einem ganz anderen Niveau. Er leckte über meine Lippen und stupste sie, damit ich den Mund öffnete, während er mit einer seiner großen Hände an meinem Hals hinaufstrich und damit meine Kehle umschloss. Ich war von einem Mann noch nie so gehalten worden. Es fühlte sich verzweifelt und bedürftig an und war gerade das richtige Maß an dominant. Ich fuhr mit den Fingern durch sein Haar und er hob mich hoch und ging mit mir nach vorn, bis mein Rücken gegen eine Wand stieß. Ich verlor sämtliche Orientierung und wusste nicht, wo wir waren, als ich spürte, wie seine Erektion gegen meinen Bauch drückte.

Oh Gott.

Wir blieben lange eng umschlungen stehen, während wir uns wie zwei wilde Teenager berührten und befummelten. Er griff in mein Haar, um meinen Kopf nach hinten zu ziehen, und saugte an meiner Halsschlagader, die angefangen hatte, wie verrückt zu klopfen. Als wir nach Luft schnappten, lehnte er die Stirn an meine und wischte mit dem Daumen über meine Unterlippe.

»Ich wusste es.«

Ich konnte kaum Worte formulieren und war froh, dass er mich noch nicht abgesetzt hatte, weil meine Beine sich wie Wackelpudding anfühlten. »Was?«

»Magie, Süße«, sagte er. »Wir werden Magie vollbringen.«

Das Lächeln auf meinem Gesicht war so breit, dass ich dachte, meine Haut könnte aufreißen. »Möchtest du ... ein bisschen mit nach oben kommen?«

Max packte meine beiden Hände mit seiner einen und drehte sie mir auf den Rücken. »Ich würde dich zu gern mit nach oben begleiten. Aber du würdest mich vermutlich nicht dazu bringen, wieder zu gehen, und darüber hinaus habe ich morgen früh Training. Außerdem ...« Er drückte sich noch näher an mich und ich spürte, wie seine Erektion sich in meine Hüfte bohrte. »Mein Verstand versteht es, dass wir es langsam angehen, aber mein Körper hat die Nachricht noch nicht erhalten. Lass uns Freitagabend essen gehen. Ich werde dich zu einer echten Verabredung ausführen.«

Ich nickte. »Das wäre wundervoll.«

Max drückte erneut auf den Aufzugknopf und wieder öffnete sich die Tür sofort. Er beugte sich nach unten und berührte meine Lippen noch einmal mit seinen. »Ich bin noch nicht einmal weg und kann es schon nicht erwarten, dich wiederzusehen.«

Ich betrat den Aufzug mit einem stotternden Herzen und lächelte kopfschüttelnd. »Keine Verpflichtungen, richtig?«

Er zwinkerte. »Du verpflichtest dich vielleicht einzig dazu, dich von mir fesseln zu lassen.«

Alles klang perfekt. *Zu perfekt.* Als die Tür sich schloss, spürte ich den Schweiß, der auf meinen Handflächen kribbelte. Ich rieb sie zusammen und schloss einen Moment lang die Augen. Was hätte schon schiefgehen können?

—— Kapitel 8 ——

Max

Zehn Jahre zuvor

»Ähhh ... was machst du?«

Ohne mich umzudrehen, zuckte ich mit den Schultern. »Wonach sieht es denn aus?«

»Es sieht aus, als würdest du eine leere Zweiliterflasche Milch mit der Milch auffüllen, die für den Kaffee vorgesehen ist.«

»Es gibt kein Schild, auf dem steht, wie viel man entnehmen darf.« Ich hielt den leeren Kaffeebecher in meiner Hand hoch. »Ich habe für einen Kaffee bezahlt.«

Als die Milch den Flaschenhals erreichte, nahm ich die Flasche weg und schraubte den Verschluss zu. Ich drehte mich um in der Erwartung, eine der Frauen, die hier arbeiteten, in ihrer Cafeteria-Uniform zu sehen, aber stattdessen fiel mein Blick auf eine umwerfende Blondine, die ich noch nie zuvor gesehen hatte. Sie sah aus, als sei sie ein paar Jahre älter als ich. Ich schaute mich im Zimmer um, ob die Person, die mich wegen der

Milch angesprochen hatte, vielleicht weggegangen war, aber nein … Außer ihr war niemand anderes anwesend. Sie hatte die Füße auf den Stuhl vor sich gelegt und ich musste zweimal hinsehen, als mein Blick auf ihren Knöchel fiel.

»Was ist denn da los?« Ich deutete auf ihr Bein. Sie hatte etwa ein Dutzend Stangen buntes Wassereis mit schwarzem Isolierband um ihren Knöchel befestigt.

»Ich bin beim Volleyballspielen mit dem Fuß umgeknickt. Mein Knöchel fing an anzuschwellen, aber keiner hatte einen Eisbeutel. Ich dachte mir, dass Wassereisstangen kälter sind, und außerdem gestattet Andrea es mir, sie zurückzubringen, solange sie ungeöffnet sind.«

»Andrea?«

Sie deutete mit dem Kinn zu der Kassiererin. »Die Frau, der du einen Dollar für deinen leeren Kaffeebecher gegeben hast, um den Diebstahl von zwei Liter Milch zu rechtfertigen.«

Ich lachte. »Bei mir nimmst du es mit den Regeln ganz genau, stiehlst aber selbst Wassereis.«

»Ich stehle nicht. Ich habe dafür bezahlt. Ich werde es nur einfach unbeschädigt zurückgeben, wenn ich fertig bin.«

»Aber es wird nicht mehr gefroren sein, richtig?«

»Vermutlich nicht.«

»Gut. Dann stiehlst du das Eis. Die Schule wird die Stromrechnung dafür tragen müssen, die Stangen ein zweites Mal zu gefrieren.«

Sie rollte mit den Augen. »Wie du meinst.«

»Ich sage dir was, warum gibst du sie nicht zurück, während sie noch gefroren sind, um zu vermeiden, zu einer Diebin zu werden? In meinem Zimmer habe ich mehr als genügend Kühlverbände. Ich kann dir ein paar geben, damit du deinen Knöchel vernünftig kühlen kannst.«

»Warum hast du so viele Kühlverbände?«

»Ich bin in der Eishockeymannschaft. Ich kühle immer irgendwas.«

»Du versuchst nicht einfach nur, mich in dein Zimmer zu locken, oder?«

Ich lachte. »Ich werde sie für dich holen. Du kannst hier warten.«

Sie legte den Kopf zur Seite. »Warum willst du das tun?«

»Weil eine Schwellung gekühlt werden sollte und …« Ich zuckte mit den Schultern. »Du scharf bist.«

Sie lächelte und war plötzlich schüchterner. »Okay. Danke.«

Ich hob das Kinn. »Wie heißt du?«

»Teagan Kelly. Und du?«

»Max Yearwood. Ich bin in ein paar Minuten wieder da, Teagan Kelly.«

Ich joggte nach oben zu meinem Zimmer, nahm einige Kühlverbände und eine Packung mit Cheerios und kehrte in die Cafeteria zurück. Teagan saß immer noch an der gleichen Stelle, hatte aber das Wassereis von ihrem Knöchel entfernt und war nun im Begriff, das Klebeband von den Stangen zu befreien.

Sie warf einen Blick auf das Zeug, das ich in den Händen hielt. »Wofür sind die Cheerios?«

»Frühstück.«

»Aber wo ist deine Milch?«

Ich grinste und hielt den leeren Kaffeebecher hoch, den ich vorher gekauft hatte, und deutete auf die

Maschine. Meine schöne, volle Zweiliterflasche hatte ich im Kühlschrank in meinem Zimmer gelassen.

Teagan lachte. »Welches ist dein Hauptfach, Max?«

»Mathe.«

Sie zog die Augenbrauen hoch. »Wirklich?«

»Warum wirkst du so überrascht?«

»Ich weiß nicht. Es scheint einfach nicht zu Eishockey zu passen.«

»Ach so.« Ich nickte. »Das Stigma des dummen Sportlers.«

»So meinte ich das nicht.«

»Dann dachtest du also, ich sei dumm, weil ich so gut aussehe?«

Sie lachte. »Tut mir leid. Ich schätze, ich habe dir einfach einen Stempel aufgedrückt.«

Ich zuckte mit den Schultern. »Schon okay. Ich lasse es dir durchgehen. Was ist dein Hauptfach? Taktstock wirbeln? Ich meine, du siehst scharf aus.«

Ich legte alles außer einem Kühlverband zur Seite und schlug die Plastikhülle gegen den Tisch, um die Kälte zu aktivieren. Der innere Beutel gab einen leisen Knall von sich und schwoll an. Nachdem ich auch den zweiten einsatzbereit gemacht hatte, deutete ich auf ihren Fuß. »Darf ich mal einen Blick darauf werfen?«

»Ich studiere Medizin im dritten Jahr. Ich kann später ins Krankenhaus gehen und den Knöchel untersuchen lassen. Ich habe gerade angefangen, in der Notaufnahme zu arbeiten, wo ich stundenlang stehen muss. Ich wollte nur dafür sorgen, dass die Schwellung abklingt, bevor ich nachher dorthin muss.«

Ich zog die Augenbrauen hoch. »Du studierst Medizin im dritten Jahr und die Behandlungsmethode deiner Wahl war Wassereis und Isolierband?«

»Halt die Klappe. Etwas anderes hatte ich nicht zur Verfügung.«

»Kann ich mir die Verletzung trotzdem mal ansehen?«

Sie seufzte. »Sicher. Warum nicht?«

Nach fünfzehn Jahren des Eishockeyspielens, in denen Ärzte alle meine geschundenen Knochen abgetastet hatten, war ich ziemlich gut darin geworden, das Ausmaß einer Verletzung einzuschätzen. Ich legte die Hand auf ihren Knöchel und drückte zu. »Tut das weh?«

»Nicht wirklich.«

Ich schob die Hand auf den weichen Teil ihres Knöchels und drückte noch einmal zu. »Und was ist hiermit?«

»Aua – ja, genau da tut es weh.«

»Spürst du ein Taubheitsgefühl oder Kribbeln?«

Sie schüttelte den Kopf. »Nein. Es tut nur genau da weh, wo du angefasst hast.«

Ich nickte. »Gut. Vermutlich ist nichts gebrochen. Du würdest es im Knochen spüren, wenn es so wäre. Ich würde mein Geld wetten, dass es sich um eine Verstauchung handelt.«

»Dein Geld? Du hast gerade einen leeren Becher gekauft, um Milch zu klauen. Ich hoffe, du bist nicht beleidigt, wenn ich dir sage, dass diese Aussage nicht besonders glaubhaft klingt.«

»Ein gutes Argument.« Ich streckte ihr die Kühlverbände hin. »Wo ist deine Socke? Du solltest sie anziehen und die hier hineinstecken. Das funktioniert weitaus besser als Isolierband.«

Teagan beugte sich hinunter und griff nach ihrem Rucksack. Sie fand ihren Strumpf, zog ihn an und schob die Kühlverbände hinein. Während ich zusah, knurrte mein Magen, also riss ich die Packung mit den Cheerios auf, füllte meinen Kaffeebecher und gab etwas Milch aus dem Spender hinein, bevor ich einen großen Löffel aus der Gesäßtasche zog und ihr gegenüber Platz nahm.

Sie lachte. »Du hast dein eigenes Besteck mitgebracht, aber keine Milch?«

Ich schob einen gehäuften Löffel in den Mund und sprach mit vollen Backen. »Die Löffel hier unten sind zu klein.«

»Oh, ich verstehe.« Sie nickte. »Du ziehst eine Schaufel vor.«

»Ich habe beim Training gerade erst zweitausendfünfhundert Kalorien verbrannt. Ich verhungere.« Ich zeigte auf ihre bunte Sammlung Wassereisstangen auf dem Tisch. »Du räumst sie besser weg, sonst könnte ich sie als Nächstes essen.«

Nachdem ich den ersten Becher mit Cheerios aufgegessen hatte, schüttete ich mir einen zweiten voll.

»Hast du vor, die gesamte Packung aufzuessen?«

»Willst du welche?«

»Nein.«

Ich zuckte mit den Schultern. »Dann wahrscheinlich schon.«

Teagan lachte. Sie dachte, ich machte Witze, aber meistens aß ich tatsächlich die ganze Packung. Ich liebte Cheerios über alles.

»Bist du denn auch gut?«, fragte sie.

»Ich bin in so ziemlich allem gut, du musst also etwas genauer werden.«

Sie rollte mit den Augen. »Im Eishockey. Ich meine, wenn du dich so oft verletzt, dass du sagen kannst, ob

Knochen gebrochen sind, heißt das vermutlich, dass du es nicht bist, oder?«

Ich grinste. »Du weißt rein gar nichts über Eishockey, stimmt's?«

»Nicht wirklich.«

»Verletzungen gehören zum Spiel dazu. Wenn du nicht irgendetwas kühlst, bekommst du nicht viel Spielzeit. Ich bin der Mannschaftskapitän.«

»Bist du im vierten Jahr?«

»Erstsemester.«

»Ich hätte nicht gedacht, dass sie Erstsemester zum Kapitän ernennen.«

»Das tun sie auch nicht. Normalerweise.«

Teagan legte den Kopf schief. »Sollte ich beeindruckt sein?«

»Nein. Ich habe weitaus bessere Sachen, von denen du beeindruckt sein könntest.«

»Zum Beispiel?«

»Geh mit mir aus, dann zeige ich es dir.«

Sie lachte. »Lässig, Kapitän Yearwood.«

»Ist das ein Ja?«

»Wie alt bist du?«

»Neunzehn. Wieso?«

»Ich bin vierundzwanzig.«

Ich zuckte mit den Schultern. »Na und? Das stört mich nicht. Stört es dich?«

Sie tippte sich mit dem Finger gegen die Lippe. »Ich weiß nicht genau. Wenn wir miteinander ausgingen, wo würden wir hingehen? Ist *mit dir ausgehen* ein Code für Sex in deinem Zimmer? Oder willst du mich wirklich ausführen?«

»Ich gehe mit dir, wohin du willst.« Ich hielt meinen Becher mit Cheerios hoch. »Aber ich bin kein

Fan von Toasty O's, es muss also bitte in vernünftigem Rahmen sein.«

»Toasty O's?«

»Ja, du weißt schon, die Billigmarke. Ich esse Unmengen an Cheerios und wenn ich pleite bin, muss ich diese Dinger essen, und sie schmecken wie Pappe.«

Teagan grinste. »Zu schade, dass die Leute Cheerios nicht in ihren Kaffee tun und es keine Cheerios-Maschine gibt, die du ausrauben kannst, was?«

Ich war mit dem zweiten Becher Cheerios fertig und trank die Milch aus, bevor ich eine dritte Portion aus der Packung hineinschüttete. Ich sah mich in der menschenleeren Cafeteria um. »Keine Cheerios-Maschine, aber irgendwo hier muss es einen Sarkasmus-Spender geben, da du so voll davon bist.«

Teagan versuchte, ihr Lächeln zu verbergen. »Was hältst du von einer Party mit deinen Freunden?«

»Als Verabredung?«

Sie nickte. »Ich gehe nicht mehr sehr häufig auf Partys. Aber ich bin der Meinung, dass man sehr viel über einen Menschen erfahren kann, wenn man sich ansieht, mit wem er sich umgibt. Außerdem ist es billig – und wird es dir ermöglichen, weiterhin diese ach so wichtigen Marken-Cheerios zu erwerben. Warum also keine Party? Das wird mir helfen herauszufinden, ob unser Altersunterschied nur eine Zahl ist oder eine Reifelücke darstellt.«

Mist. Die meisten meiner Freunde waren unreife Idioten. Eine Party war keine gute Idee.

Teagan fiel mein wenig begeisterter Gesichtsausdruck auf. Sie zog eine Augenbraue hoch. »Es sei denn, du willst aus irgendeinem Grund nicht, dass ich deine Freunde kennenlerne.«

Es schien, als forderte sie mich heraus, Ja zu sagen. Ich war neunzehn und spielte Eishockey, was bedeutete, dass mir niemals eine Herausforderung gestellt wurde, die mir nicht gefiel. Ich lächelte. »Wie wäre es mit Samstagabend?«

— Kapitel 9 —

Georgia

Ich verbrachte den nächsten Morgen damit, Listen zu erstellen, während ich über die Entscheidung nachdachte, die ich Max gestern Abend bereits mitgeteilt hatte. Das zwanghafte Überanalysieren hörte nicht auf, nachdem ich zu einem Ergebnis gekommen war, es bedeutete nur, dass ich meinen Fokus von der Entscheidung, wie ich mit einer Situation umgehe, darauf verlagerte, darüber nachzudenken, ob ich die falsche Entscheidung getroffen hatte. Das war nichts, was ich unterbinden konnte. Das Problem war ... ich hatte Schwierigkeiten, ein anderes Resultat zu sehen, als am Ende des Sommers verletzt zu werden.

Wie dem auch sei, einer der vielen Vorteile, meine beste Freundin eingestellt zu haben, damit sie in meinem Büro arbeitet, war die Tatsache, dass ich eine Therapeutin vor Ort hatte, wann immer ich Bedarf danach verspürte. Maggie schlenderte um elf Uhr in mein Büro und ging davon aus, dass wir uns die neuesten Entwürfe für die bevorstehende Werbekampagne ansehen würden, an der sie gerade arbeitete, aber in diesem Augenblick würde sie nicht dazu kommen, mir auch nur eine einzige Seite dessen zu zeigen, was sie mitgebracht hatte.

Geschäftsbereit schob sie einen zehn Zentimeter dicken Stapel Papiere über meinen Schreibtisch und sah auf die Runzeln, die in meine Stirn schnitten. »Keine Sorge. Es wird nicht lange dauern. Es sind nur einige Konzepte, aber ich habe jedes in einer anderen Farbe gemacht, deshalb sind es so viele Seiten.«

»Ich habe Max gesagt, ich würde Sex mit ihm haben.«

Maggie blinzelte einige Male. »Kannst du das wiederholen?«

Ich rieb mir die Schläfen. »Er hat einen bezaubernden kleinen Hund, kniet sich hin, um mit seinen drei jungen Nichten zu spielen, und wischt sein dummes, verschwitztes Gesicht mit dem Saum seines T-Shirts ab und hat darunter steinharte Bauchmuskeln. Es ist furchtbar.«

Maggie runzelte die Stirn. »Ja, das klingt ganz danach. Ich mag Männer, die Welpen treten, gemein zu Kindern sind und weiche, schwabbelige Bierbäuche haben.«

Ich verbarg mein Gesicht in den Händen. »Darüber hinaus bringt er mich zum Lachen – ich meine ständig – und bringt mir Hühnersuppe, wenn ich krank bin. Hühnersuppe! *Und Drogen!*«

»Jetzt kann ich dir nicht mehr folgen, Liebes. Hat er dir Crack gebracht? Bist du deswegen so aufgebracht?«

Ich schüttelte den Kopf. »Was soll ich denn machen, wenn Gabriel nach Hause kommt, Mags?«

»Oh ...« Sie nickte, als würde zum ersten Mal alles einen Sinn ergeben. »Du hast Angst, du könntest Gefühle für Max entwickeln, und das wiederum würde die Dinge kompliziert machen, wenn Mr. Ich-will-eine-offene-Beziehung wieder in dein Leben schippert.«

»Ich liebe Gabriel, Maggie. Ich weiß, seit er diese Nummer abgezogen hat, hast du bei ihm deine Zweifel, aber ich habe Ja gesagt, als er mich fragte, ob ich den Rest meines Lebens mit ihm verbringen will. Du weißt, dass ich nichts überstürze, solange ich nicht sicher bin, in welche Richtung ich mich bewegen will. Letztes Jahr war ich vollkommen sicher, dass ich jeden Tag neben ihm aufwachen und mit ihm eine Familie gründen will. Ich habe mir den Kopf zerbrochen, ob es für mich der richtige Zeitpunkt ist, ob Gabriel bereit und ob er tatsächlich der Mann meines Lebens ist. Ich hatte keinen Zweifel.«

Maggie musterte mich einen Moment lang, bevor sie sich auf ihrem Stuhl nach vorn beugte. »Was macht dich wirklich so nervös? Die Tatsache, dass es schwer werden wird, dich von Max zu verabschieden, wenn der Zeitpunkt kommt, oder dass du die Sache mit ihm vielleicht nicht beenden *willst*, was heißen würde, dass die Entscheidung, Ja zu Gabriel gesagt zu haben, vielleicht nicht die richtige war?«

Ich rieb mir die Schläfen. »Ich habe Kopfschmerzen.«

»Weil du so angespannt bist.« Sie grinste. »Ich wette, Sex mit Max würde das beheben. Etwas sagt mir, dass du zu einer Schüssel mit Wackelpudding wirst, wenn der Mann mit dir fertig ist.«

Ich seufzte. »Ich hatte noch nie mit jemandem Sex, mit dem ich nicht in einer Beziehung war.«

»Ich weiß, Süße.« Maggie streckte über den Schreibtisch hinweg den Arm aus und tätschelte meine Hand. »Aber keine Sorge, ich habe das oft genug getan, es reicht für uns beide aus. Bei diesem Thema kann ich also behilflich sein.«

Ich lächelte traurig. »Wenn ich mit Max zusammen bin, bin ich so sehr darin vertieft, dass ich an nichts anderes denke. Aber sobald er geht, kommen Schuldgefühle und Fragen an die Oberfläche. Ich habe das Gefühl, Gabriel zu betrügen.«

»Okay, fangen wir mit den einfachen Sachen an. Du betrügst Gabriel *nicht*. Der Penner ist in England und vögelt Britinnen. Er ist darüber hinaus derjenige, der diese Situation erzwungen hat. Du kannst niemanden betrügen, wenn du dich nicht in einer Beziehung befindest.«

»Ich weiß, dass ich ihn genau genommen nicht betrügen würde, aber in meinem Herzen fühlt es sich weiterhin so an, als würde ich es tun.«

Maggie schüttelte den Kopf. »Meine Güte, ich spüre ja förmlich die Anspannung, die von dir ausgeht. Du verursachst Stress bei mir einzig dadurch, dass du dich im selben Raum aufhältst wie ich. Ich denke, du solltest die Meditation anwenden, die du vor einiger Zeit gelernt hast, damit du dich entspannen kannst, vielleicht wird dir dann einiges klarer.«

»Ich habe meditiert. Heute Morgen, eine Stunde lang. Deshalb bin ich auch erst später gekommen.«

Maggie zog eine Augenbraue hoch. »Dann ist das also die ruhige Georgia?«

Ich atmete tief ein und seufzte laut auf. »Ich weiß nicht, was ich machen soll.«

»Erinnerst du dich daran, als du von dieser Meditationseinkehr zurückgekommen bist? Du hast mir von diesen Sitzungen für Menschen, die zu viel nachdenken, erzählt, zu denen du gegangen bist, und gesagt, dass sie vorgeschlagen haben, einige Regeln einzuführen, um Entscheidungen weniger anstrengend zu machen.«

Ich nickte. »Sie nannten sie die Gelassenheits-Sechs.«

»Wie lauteten sie?«

»Ähh ... Es gab eine Abkürzung. Wie ging sie noch mal?« Ich tippte mir mit dem Finger an die Lippe. »Oh, ich weiß. STEP UP. S stand für Spontaneität, es ging darum, daran zu arbeiten, spontaner zu sein. T stand für Tempo. Sie schlugen vor, einen Zeitrahmen festzulegen, in dem Entscheidungen getroffen werden, und danach mit dem Leben weiterzumachen. Dreißig Sekunden für kleine Dinge, wie beispielsweise, was man zum Mittag essen soll. Dreißig Minuten für größere Entscheidungen und bis Tagesende für die größten Dinge. E stand für Ertüchtigung, das ist selbsterklärend, es geht um Sport. P stand für Präsenz, wir sollten daran arbeiten, in der Gegenwart zu sein und nicht auf Sachen zurückzublicken. U stand für Ubhaya Padangusthasana, wobei es sich um eine Gleichgewichtspose im Yoga handelt. Sie schlagen vor, diese Pose einzunehmen, wenn man unter sehr viel Stress steht, weil sie angeblich dein Zentrum ins Gleichgewicht bringt. Das letzte P stand für Personen. Sie schlagen vor, dass du dich, wenn du Schwierigkeiten hast, nur mit Menschen umgibst, die sich nicht ständig den Kopf zerbrechen.«

»Okay, gut ... ich erinnere mich an nichts davon und offen gestanden habe ich gerade halb abgeschaltet, als du es erklärt hast, aber die Teile, die ich gehört habe, klangen nützlich. Wie das Festsetzen eines Zeitrahmens – ich bin mir sicher, dass du diese Sache als eine große Entscheidung ansiehst, vielleicht gibst du dir also bis zum Ende des Tages und denkst dann nicht mehr darüber nach. Entweder bist du dabei oder nicht. Wenn du dabei bist – bleib in der Gegenwart. Denk nicht an Gabriel. Er ist nicht hier und er hat mit deinem Heute nichts zu tun. Und ich bin definitiv der Meinung, dass du etwas Spontaneität gebrauchen könntest. Wenn du dich für Max entscheidest, versprich dir, Spaß mit ihm zu haben und neue Sachen auszuprobieren. Wenn nicht, werden wir beide Pläne schmieden. Ich wollte immer schon mal aus einem Flugzeug springen.«

Ich lächelte. »Das mit dem Flugzeug kann ich nicht beurteilen, aber ich schätze, bei dem Rest handelt es sich um gute Ratschläge.«

»Du bist gut darin, Entscheidungen zu treffen, aber manchmal ändern sich die Umstände. Du musst dich locker machen und in der Lage sein, mit den unerwarteten Schlägen umzugehen. Es ist in Ordnung, sich nach draußen zu wagen und Spaß zu haben, ohne zu wissen, was morgen sein wird.«

Widerwillig nickte ich.

Maggie lehnte sich auf ihrem Stuhl zurück und streckte die Arme auf den Armlehnen aus. »Sieh mich mal an. Jetzt bin ich die Normale.«

Ich schnaubte. »So weit würde ich nicht gehen. Schläfst du immer noch mit Aarons Anwalt?«

»Wir haben es in einem Konferenzraum in seiner Kanzlei getan, unmittelbar bevor Aaron zu einem weiteren Vergleichsgespräch kam. Er setzte sich genau auf den Patz, auf dem mein nackter Hintern sich weniger als zehn Minuten zuvor befunden hatte. Ich bin mir ziemlich sicher, dass er den Abdruck meiner Arschbacken auf dem Glastisch hätte erkennen können, wenn er darauf geachtet hätte.«

»Meine Beweisführung ist abgeschlossen.«

Maggie atmete tief ein. »Gut. Bist du bereit anzufangen? Wir haben bei der Druckerei einen engen Zeitplan.«

»Ja, sicher.«

Zwei Stunden später hatten wir die neue Werbekampagne fertiggestellt und Maggie erhob sich, um zurück in ihr Büro zu gehen.

Als sie an der Tür war, rief ich ihr nach: »Mags?«

Sie drehte sich um. »Ja?«

»Danke, dass du mich beruhigt hast.«

»Gern geschehen.« Sie zwinkerte. »Jetzt schulde ich dir bloß noch eine Million mehr für all die Male, bei denen du mir geholfen hast. Ich komme heute Nachmittag zurück, um mir anzuhören, wie du dich entschieden hast.«

· · ·

Die Besprechung mit meinem Lieferanten dauerte länger als erwartet und als ich wieder im Büro ankam, machten meine Mitarbeiter bereits Feierabend. Meine Assistentin Ellie zog sich gerade die Jacke an, als ich an ihrem Schreibtisch vorbeiging.

»Hey, Georgia. Ich habe dir etwas in dein Büro gelegt, das für dich abgegeben wurde.«

»Oh, okay. Danke.«

»Und ich habe alle Nachrichten für dich in einer E-Mail zusammengefasst. Nichts davon klang dringend, aber ich bin mir sicher, du wirst selbst nachsehen.«

»Danke, Ellie. Hab einen schönen Abend.«

Ich erwartete, einen braunen Karton auf meinem Schreibtisch vorzufinden, die übliche Lieferung von Blumenmustern oder etwas von Amazon. Ich war überrascht, als ich eine weiße Geschenktüte sah, die mit Schleifen versehen war. Vor Neugier zog ich weder meine Jacke aus noch nahm ich Platz, bevor ich sie öffnete.

Im Inneren befand sich eine Geschenkschachtel aus Plastik mit einem Block-und-Stift-Set. Bei näherer Betrachtung fiel mir auf, dass beide mit Saugnäpfen versehen waren. Ich war mir nicht sicher, was ich da gerade ansah. Irgendein Muster, das von einem Lieferanten in einer hübschen Tüte verschickt worden war? Da ein Umschlag beilag, riss ich ihn auf und nahm die Karte heraus.

Georgia,
alles ist wasserfest. Kein Ausrutschen und
Hinfallen mehr.
Ich freue mich auf Freitagabend.
Max x

Verdammt, dieser Max. Musste er denn so toll sein? Während es den Anschein erweckte, als sollte ein Geschenk dieser Art in die Pro-Spalte eingetragen werden, gab es ebenfalls einen Grund, es in die Contra-Spalte zu schreiben. Jeder Mann, der sich Zeit nahm, einen wasserfesten Block mitsamt Stift für mich zu finden, war jemand, der mir ans Herz wachsen konnte. Aber wenn die Tüte einen schwarzen Spitzenbody enthalten hätte, hätte das tatsächlich sicherer gewirkt – diese Art von Geschenk schrie förmlich: *Nur eine Sommeraffäre.*

So saß ich also an meinem Schreibtisch, starrte während der nächsten halben Stunde ins Leere und tat, was ich am besten konnte – analysieren und überanalysieren. Irgendwann riss ein Klopfen an der Tür mich aus meinen Gedanken.

Maggie hielt zwei dieser kleinen Weinflaschen hoch, die man im Flugzeug bekommt.

»Zeit der Entscheidung. Ich gehe einfach mal davon aus, dass du noch keine getroffen hast – oder vielmehr, dass du dich nicht mit der abgefunden hast, von der du Max sagtest, du hättest sie bereits getroffen. Deshalb bin ich hier, um das Pflaster abzureißen. Der Wein wird helfen, das Brennen zu lindern.«

Sie ließ sich auf einen meiner Gästestühle fallen, drehte den Verschluss der einen Flasche auf und reichte sie mir. Dann hielt Maggie mir ihre Flasche zum Anstoßen hin. »Trinken wir darauf, genügend Glück zu haben, in einem hübschen Büro mit meiner besten Freundin zu sitzen, deren größter Stress derzeit darin besteht zu entscheiden, ob sie mit einem scharfen Eishockeyspieler schlafen soll.«

Ich lachte. »Danke. Wenn du es so formulierst, scheint es lächerlich zu wirken, wie viel Angst mir diese Sache bereitet. Ganz besonders nach dem hier ...« Ich schob die Geschenktüte zur anderen Seite des Schreibtisches und erklärte das Präsent, während sie es betrachtete.

Maggie legte sich die Hand auf den Unterbauch. »Ich bin mir ziemlich sicher, dass meine Eierstöcke gerade gezittert haben. Hast du noch dieses Foto von ihm, das ich dir von seinem Telefon geschickt habe und auf dem er kein T-Shirt trägt? Das könnte helfen, mir das Gefühl etwas weiter unten zu bescheren, *genau dort, wo ich es brauche.*«

Ich schnaubte. Selbst wenn ich mir Stress machte, machte es wenigstens Spaß, das alles mit Maggie gemeinsam zu durchleben.

»Also dann, mein Mädchen, wie wirst du dich entscheiden?« Sie sah auf die Uhr. »Es ist achtzehn Uhr dreißig. Ich würde sagen, dass wir das Ende des Arbeitstages bereits überschritten haben. Wirst du einen unvergesslichen Sommer haben oder dein Batterien-Abonnement bei Amazon verlängern?«

Ich schloss die Augen. Mein Verstand sagte mir weiterhin, ich solle Max Yearwood nicht zu nahe kommen. Wenngleich mein Körper mir sagte, dass mein Verstand mal überprüft werden müsste. Aber zum größten Teil hatte ich mich wacker geschlagen, meinen Verstand einzusetzen und logische Entscheidungen zu treffen, oder? Bei Gabriel allerdings nicht. Vielleicht war es also an der Zeit, zu tun, was Maggie gesagt hatte, und etwas Spaß zu haben, ohne zu wissen, was morgen bringen würde ...

Mein Telefon vibrierte auf meinem Schreibtisch und unterbrach meinen Gedankengang. Ich wischte über das Display, um zu sehen, wer mir eine Nachricht geschickt hatte.

Max.

Der perfekte Zeitpunkt.

Er hatte ein Selfie aus dem Flugzeug gesendet. Auf seinem Schoß befand sich eine kleine Reisetasche, aus der Viers winziger Kopf herausguckte, während er sich hinunterbeugte, einen Finger auf die Lippen legte und das universelle *Pssst*-Zeichen machte. Seine Grübchen waren deutlich zu sehen. Es war unmöglich, nicht zu lächeln.

Ich drehte das Telefon um und zeigte Maggie das Bild. »Er schmuggelt Vier im Mannschaftsflugzeug nach Boston, wo seine Nichten wohnen, damit sie ihn sehen können.«

Sie riss mir das Telefon aus der Hand und schaute kopfschüttelnd auf den Bildschirm. »Ich wollte, dass du allein zu einer Entscheidung kommst. Aber ich fürchte, dass du kneifen wirst. Aus diesem Grund werde ich dir nun meine Meinung mitteilen. Habe ich dich jemals in die falsche Richtung gelenkt?«

Ich schüttelte den Kopf.

»Tu es, Georgia. Er weiß, was Sache ist. Ihr begebt euch beide sehenden Auges in diese Situation. Ich habe keinen Zweifel, dass du die Zeit mit diesem Mann genießen wirst, aber es könnte sein, dass du dabei auch etwas über dich selbst erfährst.«

Ich holte tief Luft, griff nach meiner kleinen Weinflasche und trank den gesamten Inhalt in einem Zug aus. »Okay. Ich tue es. Das wird ein interessanter Sommer werden.«

Kapitel 10

Georgia

Ich war nervös. *Und spät dran.*

Nachmittags hatte Max mir geschrieben, er hänge bei einem Fototermin für einen Sponsor fest und müsse mich für unsere Verabredung im Restaurant treffen. Er hatte versucht, darauf zu bestehen, eine Limousine zu schicken, um mich abholen zu lassen, ich überzeugte ihn aber davon, dass es beim Feierabendverkehr am Freitag besser wäre, die U-Bahn zu nehmen. Der Fußweg von anderthalb Blocks in hohen Absätzen, den ich vom U-Bahnhof zurücklegen musste, erweckte in mir allerdings den Wunsch, nachgegeben zu haben. Aber Max' Gesichtsausdruck, als ich auf das Restaurant zuging, machte den Schmerz des Riemchens, der in meinen kleinen Zeh schnitt, wieder wett.

Oh Gott, er sieht so attraktiv aus. Max trug eine dunkle Stoffhose und ein weißes Hemd. Aber so, wie die Kleidung ihm passte, ging ich davon aus, dass sie maßgeschneidert war. Trotzdem waren es mehr als die perfekt geschneiderten Anziehsachen und seine große

Statur, die dafür sorgten, dass er hervorstach. Seine Haltung war einfach so dominant und selbstbewusst – die Beine gespreizt, die Schultern nach hinten gedrückt und eine Hand lässig in die Hosentasche geschoben. Im Gegensatz zu jedem anderen Menschen, der heutzutage auf irgendetwas wartet, hatte er weder sein Telefon in der Hand noch Ohrhörer in den Ohren. Er stand einfach nur da, wartete und sah sich um, und als er mich erblickte, verzog er die Lippen zu einem Lächeln. Er beobachtete aufmerksam jeden meiner Schritte.

»Hi«, sagte ich. »Tut mir leid, dass ich ein paar Minuten zu spät bin.«

Er sah mich von oben bis unten an. »Du siehst umwerfend aus. Während ich dir zugesehen habe, wie du die Straße entlanggehst, habe ich versucht, mich zu entscheiden, ob ich mit dir angeben oder dir mein Jackett umlegen soll, damit dich niemand anderes anschauen kann.«

Ich lächelte. »Und?«

»Ich will mit dir angeben. Aber es könnte sein, dass ich jeden anknurre, der mehr als nur einen höflichen Blick riskiert.«

Ich lachte. »Du siehst auch sehr gut aus. Aber ich bin mir sicher, dass mein Knurren nicht halb so Furcht einflößend ist wie deins.« Ich zeigte zur Tür. »Sollen wir reingehen?«

Max trat einen Schritt nach vorn und schlang einen Arm fest um meine Taille, während er mit der anderen Hand von vorn meinen Hals umschloss. »Nein. Zuerst will ich deinen Mund. Komm her.«

Bevor ich reagieren konnte, waren seine Lippen auf meinen. Er schob die Zunge in meinen Mund und ich spürte das wilde Klopfen meines Herzens an seiner harten Brust. Er küsste mich, als seien wir die einzigen Menschen auf der Welt, obwohl wir auf einer belebten Straße in Manhattan standen, als *müsste* er mich küssen, anstatt es zu wollen. Ich konnte mich nicht erinnern, wann ich das letzte Mal mit so viel Leidenschaft zur Begrüßung geküsst wurde. Zu meinem Leidwesen war ich mir nicht einmal sicher, dass ich überhaupt jemals so geküsst wurde. So kitschig es vielleicht klingt, der Mann ließ meine Knie weich werden.

Bevor Max mich losließ, fing er meine Unterlippe zwischen seinen Zähnen ein und zog auf eine Weise daran, die ich zwischen meinen Beinen spürte. Mit dem Daumen wischte er unter meiner Lippe entlang, als er sich räusperte. »Wir gehen besser rein, bevor ich dafür sorge, dass wir hier draußen verhaftet werden.«

Im Inneren des Restaurants herrschte schummriges Licht. Wir folgten der Hostess durch einen langen Flur und eine weitere Tür. Max streckte die Hand aus, damit ich zuerst hindurchtrete, und ich war überrascht, als wir plötzlich in einem kleinen Innenhof standen. In der Mitte stand ein großer Baum, der mit einer weiß blinkenden Lichterkette dekoriert war, die über uns hing und den Bereich erhellte. Hohe Bambuspflanzen in langen Gefäßen bildeten individuelle, abgeschlossene Essbereiche.

Die Hostess führte uns in einen hinein und streckte die Hand aus. »Auf dem Tisch finden Sie unsere Weinkarte und die Getränkespezialitäten.« Sie deutete auf eine große Laterne, die einige Meter vom Tisch entfernt stand. »Falls Ihnen kalt wird, sagen Sie einfach unserem Kellner Bescheid und wir können den Heizpilz anschalten. Ich werde Ihnen einige Minuten

Zeit geben und dann jemanden schicken, der Ihre Getränkebestellung aufnimmt.«

»Danke.«

Max zog einen Stuhl für mich heraus.

»Das ist so unerwartet«, sagte ich. »Als wir reinkamen, hatte ich keine Ahnung, dass es einen Außenbereich gibt. Es ist so hübsch hier. Ich bin froh, dass ich gekommen bin.«

»Hast du in Erwägung gezogen, nicht zu kommen?«

Ich hatte nicht vorgehabt, mir meine Zweifel anmerken zu lassen, deshalb versuchte ich, meine Bemerkung zu überspielen. Ich schüttelte den Kopf. »Ich hätte dich nicht versetzt.«

Er legte den Kopf schief. »Aber du *hast* in Erwägung gezogen, nicht zu kommen?«

Großartig. Die Verabredung dauerte kaum zwei Minuten und ich war bereits ins Fettnäpfchen getreten. »Ich zweifele alles an und wiege Vor- und Nachteile gegeneinander ab. Das ist meine Art. Es liegt nicht an dir.«

»Das klingt ziemlich anstrengend.«

Ich lächelte. »Das ist es auch. Ich versuche, daran zu arbeiten.«

»Ich bin das genaue Gegenteil. Ich neige dazu, auf mein Bauchgefühl zu hören, und denke nicht immer gründlich genug über eine Sache nach.« Er zwinkerte. »Ich versuche, daran zu arbeiten. Aber jetzt will ich deine Vor- und Nachteile hören. Ich bin neugierig zu erfahren, was den Ausschlag zu meinen Gunsten gegeben hat.«

Der Kellner kam zu uns, aber wir hatten die Weinkarte noch nicht einmal in die Hand genommen. Ich sah Max an. »Trinkst du etwas?«

Er nahm die Karte und hielt sie mir hin. »Ich habe morgen kein Training. Such du eine Flasche aus.«

Ich sah mir die Karte an und entschied mich für einen vollmundigen Rotwein. Als der Kellner verschwunden war, sah Max mich erwartungsvoll an.

»Was?«

»Du warst gerade dabei, mir von deiner Vor- und Nachteilsanalyse zu berichten.«

»Du willst bloß alle Vorteile hören, um dein Ego zu streicheln.«

Max grinste. »Normalerweise wäre das richtig. Aber in deinem Fall bin ich gespannter, die Nachteile zu erfahren. Wenn ich nicht weiß, was kaputt ist, kann ich es nicht reparieren.«

Der Kellner kam zurück und servierte unseren Wein. Nach dem Geschmackstest füllte er unsere beiden Gläser und ließ uns mit den Speisekarten allein.

»Ehrlich, keiner der Nachteile war auf dich bezogen. Bei den Nachteilen ging es vielmehr um mich. Ich hatte noch nie eine Beziehung ohne Verpflichtungen und bin mir nicht sicher, ob ich weiß, wie das funktioniert.« Ich trank meinen Wein. »Du sagtest, du hättest schon Affären gehabt. Wie schaffst du es, dass es eine ungezwungene Sache bleibt?«

Max zuckte mit den Schultern. »Ich schätze, wir sind beide einfach ehrlich in Bezug darauf, was wir wollen.«

»Okay.« Ich sah ihm in die Augen. »Sag mir, was du von mir willst.«

Max hob sein Glas und trank. Er richtete den Blick auf meine Lippen. »Es könnte sein, dass ich dafür eine Ohrfeige bekomme.«

Ich lachte. »Ich werde dich nicht schlagen, versprochen.«

Er beugte sich zu mir und senkte die Stimme. »Ich will dich mit nichts weiter als diesen Schuhen, die du heute Abend trägst, auf meinem Bett ausbreiten und dich so lange lecken, bis du bettelst.«

Ich schluckte. »Ich bettele nicht.«

Auf Max' Gesicht breitete sich ein sündhaftes Grinsen aus. »Dann wurdest du noch nie richtig ausgelutscht.«

Ich spürte, wie ich errötete, und griff erneut nach meinem Weinglas. Aber das Glitzern in Max' Augen sagte mir, dass er ganz genau wusste, was er tat.

Ich räusperte mich. »Das ist also alles? Ich meine, alles, was du von mir willst? Nur Sex?«

»Ich mag dich, Georgia. Ich genieße deine Gesellschaft.« Mit den Augen suchte er mein Gesicht ab. »Du bist diejenige, die den Anschein erweckt, eine Definition für gewisse Dinge haben zu müssen. Warum erzählst du mir nicht einfach, was *du* willst?«

Wieder wurde ich rot. »Was du gesagt hast, klang schon ziemlich gut.«

Max lachte. »Was willst du noch, Georgia? Denn ich bekomme das Gefühl, dass ich dich ziemlich einfach verschrecken könnte und nicht einmal wüsste wieso.«

»Ich will einfach nur Spaß haben. Mich frei fühlen, denke ich. Dinge tun, die ich vor mir hergeschoben habe, und diesen Sommer genießen.«

Er nickte. »Für Spaß bin ich zu haben. Aber erzähl mir, welche Sachen du vor dir hergeschoben hast.«

»Erinnerst du dich an den Abend, an dem wir uns getroffen haben? Ich erwähnte, dass ich eine Liste von Dingen habe, die ich vor mir hergeschoben habe, und dass Dating darauf ganz oben stand. Aus diesem Grund habe ich mich dazu gezwungen, mich auf ein Blind Date einzulassen, obwohl ich eigentlich gar nicht hingehen wollte.«

»Ja.«

»Nun, ich habe tatsächlich eine Liste. Es ist keine Liste mit verrückten Dingen wie aus einem Flugzeug springen oder ähnlichen aufregenden Sachen. Es geht mehr darum, Dingen, die ich immer schon machen wollte, Vorrang vor der Arbeit zu geben und nicht mehr so viel zu analysieren. In den letzten vier Jahren habe ich siebzig bis achtzig Stunden pro Woche gearbeitet und der Höhepunkt meiner Woche war es, am Freitag spätabends essen zu gehen. Vor einigen Monaten habe ich eine Produktionsleiterin eingestellt und kann nun mehr delegieren und weniger arbeiten. Ich will mehr abschalten, spontaner sein, die ganze Nacht lang ausgehen, den Sonnenaufgang beobachten, in einen Nachtklub gehen, irgendwo Freiwilligenarbeit leisten, Urlaub hier in der Stadt machen. Ich wohne schon mein gesamtes Leben hier, war aber noch kein einziges Mal bei der Freiheitsstatue oder habe die Brooklyn Bridge überquert. Auf dieser Liste steht ebenfalls, dass ich mir die Haare rot färben will.« Ich zuckte mit den Schultern. »Ich liebe rotes Haar und wollte es immer mal ausprobieren.«

»Ein Rotschopf, was?« Max lächelte. »Ich glaube, du würdest scharf aussehen.«

Ich lächelte zurück. »Danke.«

Er fuhr mit dem Finger über den Rand seines Weinglases. »Wie wäre es, wenn wir deine Liste gemeinsam abarbeiten?«

»Wirklich? Du willst mit mir die Freiheitsstatue besuchen?«

Max zuckte mit den Schultern. »Klar. Warum nicht?«

»Bist du tatsächlich so unbeschwert?«

Er lachte. »Ob ich unbeschwert bin, kann ich nicht sagen, aber ich habe Lust auf ein Abenteuer mit dir.«

»Ein Abenteuer, was?« *Meine Güte, warum kann ich die Dinge nicht so simpel betrachten?* Ich biss mir auf die Unterlippe.

Max beugte sich nach vorn und nahm seinen Daumen, um sie sanft von meinen Zähnen zu befreien. »Denk nicht zu viel darüber nach. Sag einfach Ja.«

Ich holte tief Luft. »Ich weiß, du hast mir vorgeschlagen, den Sommer miteinander zu verbringen. Aber können wir vielleicht einfach sehen, wie es läuft? Ich schätze, es ist weniger einschüchternd, wenn es … ich weiß nicht … *weniger* ist.«

»Was immer du willst.«

Ich nickte nervös. »Okay. Scheiß drauf. Arbeiten wir meine Liste ab.«

»Schön.« Er griff mir mit der Hand in den Nacken und zog mich zu sich, damit unsere Lippen sich für einen Kuss treffen konnten. »Seit meiner Kindheit bin ich vermutlich zum ersten Mal froh, dass die Eishockeysaison vorbei ist.«

Der Kellner unterbrach uns, um unsere Bestellung aufzunehmen, aber wieder hatten wir die Speisekarte nicht einmal geöffnet. Wir baten um eine weitere Minute und beschlossen rasch, zwei Gerichte zu bestellen und sie uns zu teilen. Nachdem wir bestellt hatten, lenkte ich das Gespräch auf ein Thema, das mich nicht so sehr aus der Fassung bringen würde wie das, auf das ich mich gerade eben *schon wieder* eingelassen hatte.

»Erzähl mir von dem Fototermin, den du heute hattest. War es für eine Sportillustrierte oder so was?«

»Unterwäschewerbung.« Max schüttelte den Kopf. »Auf dem Rückweg habe ich meinen Agenten angerufen und ihm gesagt, dass dies der letzte Termin dieser Art war.«

»Warum?«

»Sie wollten, dass ich einen Klettstreifen um mein Gehänge trage. Nicht nur um den Schwanz, auch um die Eier.«

Ich kicherte. »Was?«

»Anscheinend tragen Unterwäschemodels so etwas, um das Paket besser zur Geltung zu bringen.« Er schüttelte den Kopf. »Ich habe es nicht getan.«

Ich verbarg mein Lächeln hinter der Hand. »Oh mein Gott. Was haben sie gesagt, als du dich geweigert hast?«

Er zuckte mit den Schultern. »Sie haben die Fotos gemacht. Mein Gehänge sieht auch ohne alles sehr gut aus.«

»Wann erscheint die Anzeige? Jetzt bin ich neugierig und würde sie gern sehen.«

»Mir wurde gesagt, sie würden meinem Agenten die Entwürfe in einigen Tagen zuschicken. Er hat Genehmigungsrechte ausgehandelt. Aber wenn du dir mein Gehänge vorher anschauen möchtest ...«

Ich lachte. »Ich habe aus geschäftlichen Gründen gefragt. Wenn du gut aussiehst, können wir dich vielleicht Blumen in einer engen weißen Unterhose halten lassen. Ich müsste die Ware aber selbstverständlich erst begutachten, bevor ich mich entscheide.«

Max zwinkerte. »Jederzeit, Süße.«

Ich trank meinen Wein aus. »Wie lange dauert für gewöhnlich die professionelle Karriere eines Eishockeyspielers? Ich weiß, dass Footballspieler ziemlich schnell ihre Karriere beenden müssen, weil alle so einen Wirbel darum machen, dass Tom Brady mit über vierzig immer noch aktiv ist.«

»Das Durchschnittsalter für das Karriereende in der NHL beträgt etwa neunundzwanzig.«

»Neunundzwanzig? Aber du bist so alt.«

»Erinnere mich nicht daran.«

»Das ist so jung.«

»Es ist nicht gewollt. Eishockey ist hart für den Körper. Wegen Verletzungen und Gelenken und Bändern, die der Belastung nicht standhalten, werden viele Spieler gezwungen, sich früher als gewollt zurückzuziehen. Aber es gab einige Dutzend Spieler, die bis über vierzig gespielt haben. Gordie Howe hat bis zweiundfünfzig gespielt, aber das ist definitiv nicht die Norm.«

»Und was dann? Wenn der Durchschnittsspieler mit dreißig fertig ist, was macht er danach?«

»Einige Jungs arbeiten weiter in der Branche – als Trainer, Fernsehmoderator, im Fitnessbereich, so etwas in der Art. Einige gehen in den Verkauf. Wenn sie einen bekannten Namen haben, öffnet es für das Unternehmen, das sie repräsentieren, viele Türen. Viele von ihnen kaufen tatsächlich Firmen. Weil sie wissen, dass die Wahrscheinlichkeit auf ein frühes Karriereende sehr hoch ist, legen sie Geld beiseite und kaufen sich in ein Unternehmen ein, sobald sie die Schlittschuhe an den Nagel gehängt haben. Ich kenne Leute, denen

Fitnessstudios, Autohäuser und Restaurants gehören. Von jedem ein bisschen.«

»Was meinst du, wirst du tun?«

»Ich würde dem Sport gern in irgendeiner Art erhalten bleiben. Aber ich möchte auch eine kleine Firma eröffnen. Mein Bruder Austin war ein sehr talentierter Holzarbeiter, wie mein Vater, der Tischler war. Erinnerst du dich an Lincoln Logs?«

»Ich glaube schon. Sie wurden in einem Eimer geliefert und man konnte daraus kleine Blockhütten bauen, richtig?«

»Genau die. Mein Bruder hat sie als Kind geliebt. Er war besessen davon, Dinge zu bauen. Als er vielleicht zehn Jahre alt war, bauten er und mein Vater zusammen große Holzblöcke. Lebensgroße, die meine Brüder und ich damals benutzt haben, um im Garten Festungen zu bauen. Austin wollte ein Geschäft daraus machen. In den zwei Jahren, bevor er aufs College ging, perfektionierte er einen Satz großformatiger Teile und illustrierte ein Buch mit fünfzig verschiedenen Strukturen, die man mit nur einem Satz miteinander verbundener Holzblöcke bauen konnte – alles von einer Schaukel über eine Festung bis hin zu einem kleinen zweigeschossigen Haus. Die meisten Kinder lieben es zu bauen, und diese Klötze waren ein Weg, ihnen beizubringen, ihre eigenen Sachen zu konstruieren. Wenn sie fertig sind, haben sie ebenfalls etwas, womit sie spielen können. Und wenn ihnen mit dem, was sie gebaut haben, langweilig wird, können sie es zu etwas anderem umfunktionieren.«

»Das ist wirklich eine tolle Idee.«

Max nickte. »Austin war klug. Er hat zwei Hauptfächer belegt, Architektur und Bauingenieurwesen. Ich habe seine Prototypen und Zeichnungen. Er hat nie erlebt, wie aus seinen Ideen mehr wird, deshalb hoffe ich, dass ich die Dinge für ihn vielleicht beenden kann.«

»Wow. Ich finde es ziemlich toll, dass du seine Erinnerung würdigen willst, indem du seine Ideen zum Leben erweckst.«

Der Kellner kam mit unseren Speisen. Wir hatten uns für den pfannengebratenen Seebarsch und das Risotto Milanese mit Spargel und Krabben entschieden. Mir lief das Wasser im Mund zusammen, als die Teller auf dem Tisch angerichtet wurden. Max teilte die Gerichte auf und reichte mir einen Teller.

»Das sieht köstlich aus«, sagte ich, »aber es erinnert mich auch an eine weitere Sache auf meiner Liste. Ich muss irgendein Hobby finden, das körperliche Bewegung beinhaltet, die mir Spaß macht, denn ich hasse es, ins Fitnessstudio zu gehen. Ich jogge, damit ich fit bleibe und essen kann, was ich will, aber ich würde gern etwas finden, das mir tatsächlich Freude bereitet. Maggie hat das Klettern für sich entdeckt, hauptsächlich in der Halle, aber sie findet es großartig. Ich bin mir nicht sicher, ob mir das gefällt, aber es muss etwas geben, bei dem ich Kalorien verbrennen kann und das mehr Spaß macht, als zu laufen.«

»Mir fallen ein paar angenehme Tätigkeiten ein, um Kalorien zu verbrennen.« Max wackelte mit den Augenbrauen.

Ich lachte. »Die Bemerkung habe ich mir selbst zuzuschreiben, nicht wahr?«

»Richtig. Aber ernsthaft, das ist genau mein Ding. Ich bin immer dafür zu haben, neue Sportarten auszuprobieren. Ich werde dir etwas erzählen, aber du darfst nicht lachen.«

»Was?«

»In meinem Block gibt es eins dieser Aerial-Yoga-Studios – die, bei denen die Leute von Tüchern hängen, die an der Decke befestigt sind. Insgeheim denke ich immer darüber nach, es einmal auszuprobieren, wenn ich die Leute durch das Fenster dabei beobachte.«

»Warum tust du es dann nicht?«

Max zuckte mit den Schultern. »Weil ich mich vermutlich zum Affen machen werde. Ich bin zwar stark, aber ich bin nicht sehr gelenkig. Außerdem müsste nur einer der Jungs von meinem Team davon Wind bekommen. Das würde mich immer wieder einholen. Einer der Spieler hat eine Tochter, die zusammen mit ihrer Mutter Ballettstunden nimmt. Seine Frau bekam direkt vor der Generalprobe für ihre Aufführung die Grippe. Yuri hat seine Frau vertreten, damit seine Tochter auf der Bühne proben konnte. Davon gelangten einige Bilder an die Öffentlichkeit und am folgenden Montag erschien das gesamte Team in Tutus, ich eingeschlossen. Wir sind ein Haufen Arschlöcher, die einander ständig auf die Schippe nehmen. Bis heute ist Yuri Volkovs Spitzname *Glitzerschuh*.«

Ich lachte. »Ich schätze, Schönling ist besser als Glitzerschuh.«

Während der nächsten Stunden tranken wir die Flasche Wein aus und teilten uns einen Nachtisch. Max unterschrieb gerade die Kreditkartenrechnung, als mein Telefon in der Handtasche vibrierte. Ich hatte einen Anruf von Maggie verpasst, mir fielen aber auch einige SMS von ihr auf, deshalb sah ich nach, um sicherzugehen, dass alles in Ordnung war.

Die erste musste sie einige Minuten vor meiner Ankunft im Restaurant um neunzehn Uhr geschickt haben.

Maggie: Ich will nur dafür Sorge tragen, dass du nicht gekniffen hast.

Eine Stunde später erhielt ich eine weitere.

Maggie: Ich hoffe sehr, dass du bei deiner Verabredung Spaß hast und mich nicht nur ignorierst, während du irgendeinen dämlichen, alten Schwarz-Weiß-Film schaust und einen großen Becher Ben & Jerry's Eiscreme in der Geschmacksrichtung Chunky Monkey isst.

Maggie: Mhhhh ... jetzt habe ich richtig Lust auf Chunky Monkey. Vielen Dank.

In der nächsten SMS stand:

Maggie: Okay, jetzt fange ich an, mir Sorgen zu machen. Fast drei Stunden sind vergangen und ich habe noch keine Antwort bekommen. Du schaust eigentlich nur so lange nicht auf dein Telefon, wenn du schläfst. Ich hoffe, du schläfst nicht! Ich hatte solch große Hoffnungen für heute Abend. Sollte ich mir Sorgen machen? Was, wenn Mr. Heiße Kufen sich als Axtmörder entpuppt und du mit abgeschlagenem Kopf irgendwo herumliegst? Das wäre schlecht. Ich will keine neue Freundin finden müssen. Deshalb schreib mir zurück und lass mich wissen, dass du noch einen Puls hast, wenn du das hier liest.

Die letzte SMS kam vor zehn Minuten an.

Maggie: Erde an Georgia ... melde dich, Mädchen.

»Mist«, murmelte ich.

»Alles in Ordnung?«, fragte Max.

»Ja. Ich muss nur Maggie zurückschreiben. Sie hat sich nach mir erkundigt und weil ich nicht sofort geantwortet habe, hat sie angefangen, sich Sorgen zu machen.« Ich schüttelte den Kopf. »Ich hatte ja keine Ahnung, dass wir hier fast dreieinhalb Stunden sitzen würden. Es kommt selten vor, dass ich so lange nicht auf mein Telefon sehe.«

Max lächelte. »Das ist gut. Du hast gesagt, du willst öfter abschalten.«

»Ja. Ich schätze, es wird für einige Menschen eine Weile dauern, bis sie sich daran gewöhnt haben.«

Ich schrieb Maggie eine SMS, in der ich sie wissen ließ, dass es mir gut ging und ich immer noch bei meiner Verabredung mit Max war.

Sie antwortete zehn Sekunden, nachdem ich auf Senden getippt hatte.

Maggie: Oh gut. Erklettere diesen Mann wie einen Baum.

Ich lächelte und warf das Telefon in meine Handtasche.

»Was auch immer sie gesagt hat, du solltest auf sie hören.«

Ich ging nicht davon aus, dass er meinen Bildschirm sehen konnte. »Wie kommst du darauf?«

Er zeigte auf meinen Mund. »Dein Lächeln sah irgendwie schmutzig aus, als du die letzte SMS gelesen hast.«

Ich lachte. »Du hast eine scharfe Beobachtungsgabe und meine beste Freundin hat schmutzige Gedanken.«

»Ich wusste, dass ich sie mag. Bist du bereit, von hier zu verschwinden?«

»Sicher.«

Max stand auf und hielt mir seine Hand hin, um mir beim Aufstehen zu helfen. Als ich stand, ließ er sie nicht los. Stattdessen drehte er mir den Arm auf den

Rücken und zog mich an sich. »Ich bin noch nicht bereit, diesen Abend enden zu lassen. Aber ich muss bei meiner Wohnung anhalten, um die Jungs rauszulassen. Ich war spät dran und bin direkt von dem Fototermin hierhergekommen. Wir könnten dort bleiben oder ich gehe schnell mit ihnen Gassi und dann gehen wir noch irgendwo etwas trinken. Was immer du willst. Aber verlass mich bitte noch nicht.«

Auch ich war definitiv noch nicht bereit, diesen Abend enden zu lassen, und ich hatte genügend Zeit mit Max verbracht, um ihn guten Gewissens in seine Wohnung zu begleiten. Also nickte ich. »Deine Wohnung ist okay. Ich möchte es nur … weiterhin langsam angehen lassen.«

Er küsste meine Stirn. »Verstanden. Bis du bereit bist, werde ich mich wie der perfekte Gentleman verhalten. Danach garantiere ich für nichts mehr.«

. . .

Sollte ich die Vermutung gehabt haben, dass Max in Bezug darauf, dass die Hunde raus müssten, gelogen hatte, um mich in seine Wohnung zu locken, wurde dieser Gedanke in dem Moment widerlegt, in dem die Aufzugtür sich öffnete – direkt in seiner Wohnung. Sobald wir heraustraten, schoss Vier in die wartende Kabine. Und der größere Hund, von dem ich annahm, dass es sich um Fred handelte, lief vor dem Aufzug im Kreis herum.

»Willst du hier warten?« Max blickte auf meine Schuhe. »Dein Schuhwerk macht nicht den Eindruck, als sei es zum Hundespaziergang geeignet. Und ich muss einmal um den Block gehen, andernfalls werden sie sich die ganze Nacht wie Wahnsinnige aufführen. Ich werde nicht länger als fünfzehn Minuten brauchen.« Er ging zu einem runden Tisch im Flur, öffnete eine Schublade und nahm zwei Leinen heraus.

»Hast du keine Angst, dass ich herumschnüffele, wenn du mich hier ganz allein lässt?«

Max lächelte. »Tu dir keinen Zwang an. Die Peitschen und Ketten bewahre ich in der Schublade neben meinem Bett auf, für den Fall, dass du sie dir einmal ansehen willst.«

Er machte nur Spaß. Oder?

Max lachte. Er beugte sich nach unten, berührte meine Lippen mit seinen und sagte dann an ihnen: »Ich mache nur Spaß. Aber du kannst dich gern umsehen. Es macht mir nichts aus. Fühl dich wie zu Hause.«

»Danke.«

Nachdem die Tür sich hinter Max und den Hunden geschlossen hatte, drehte ich mich um, um mich in der Wohnung umzublicken. Einige Schritte von dem marmornen Eingangsbereich entfernt befand sich ein riesengroßes Wohnzimmer.

»Heilige Scheiße«, murmelte ich, als ich eintrat. Ich wohnte zwar in keiner typischen, klitzekleinen New Yorker Wohnung, trotzdem hätte mein gesamtes Apartment in dieses Wohnzimmer gepasst. Die bodentiefen Fenster dienten als Kunstwerk, da sie die erleuchtete Stadt draußen zur Schau stellten. Ich ging dorthin, um zuerst die Aussicht zu betrachten. Max wohnte im Westen in der siebenundfünfzigsten Straße, weshalb sich vor mir die glitzernde Stadt befand und links von mir der Fluss. Es war eine klare Nacht und der Vollmond reflektierte in einer geraden Linie über dem Wasser. Es sah absolut fantastisch aus. Ich hätte den ganzen Abend hierbleiben und hinausschauen können, aber ich riss mich los, damit ich einen Blick auf den Rest der Wohnung werfen konnte, bevor Max zurückkam. Selbstverständlich wollte ich ein wenig herumschnüffeln.

Das Wohnzimmer öffnete sich in die Küche, die mit modernen Geräten, einer eingebauten Kaffeemaschine und einem Weinkühlschrank mit Glasfront ausgestattet war. Auf der anderen Seite des Raumes befand sich ein langer Flur, über den man zu einigen Türen gelangte, hinter denen unter anderem ein großes Badezimmer und ein Arbeitszimmer zu finden waren. Ganz am Ende war das große Schlafzimmer. Ich schaltete das Licht an und erblickte ein sehr hübsches, maskulines Holzbett mit Schnitzereien, das auf einem Podest stand, um die Vorteile einer weiteren Fensterfront voll auszunutzen – dieses Mal mit Blick auf den Central Park. Ich stand im Türrahmen, denn ich wollte nicht in seine Privatsphäre eindringen, obwohl er es mir gestattet hatte, mich umzusehen. Aber mir fiel ein Stapel mit Büchern auf seinem Nachttisch auf. Im Großen und Ganzen hatte ich nicht erwartet, dass seine Wohnung so aussieht. Sie strahlte etwas Reifes aus und war nicht die Junggesellenbude, die ich mir vorgestellt hatte.

Als Max zurückkam, war ich wieder im Wohnzimmer und genoss die Aussicht. Die Hunde liefen sofort zu ihren Wassernäpfen, während er sich hinter mich stellte, die Arme um meine Taille schlang und meine Schulter küsste. »Hast du in meinem Nachttisch nachgesehen, um dich davon zu überzeugen, dass sich darin keine Peitschen befinden?«

Ich drehte mich in seinen Armen um und fuhr mit den Fingern durch sein Haar. »Wer sagt, dass ich nicht darauf stehe? Vielleicht bin ich enttäuscht, keine gefunden zu haben.«

Max' Augen glänzten. »Ich schätze, dann hast du nicht in meinen Schrank geschaut.«

Als ich große Augen machte, lachte er leise. »Nur Spaß.«

Vier und Fred waren fertig mit trinken und nahmen zu unseren Füßen Platz. Vier rieb sein nasses Gesicht wie eine Katze an meinem nackten Bein.

»Als wir reinkamen, haben sie sich nicht für mich interessiert, ich hatte also keine Gelegenheit, sie zu begrüßen.« Ich bückte mich, hob Vier hoch und kraulte seinen Kopf mit den Fingernägeln, während ich mit der anderen Hand Fred streichelte. »Hi, Fred. Ich bin Georgia. Freut mich, dich kennenzulernen.«

Fred rieb sich an mir und leckte mir über die Wange. Ich lachte. »Oh, wie ich sehe, kommst du bei den Frauen ganz nach deinem Vater.«

Max lächelte. »Was kann ich dir zu trinken bringen?«

»Ich hätte gern ein Glas Wein, wenn du auch eines trinkst.«

Während Max eine Flasche öffnete, verbrachte ich Zeit mit den Hunden. Nachdem er zwei Gläser eingeschenkt hatte, warf er einen Ball in den Flur und Fred rannte hinterher.

Ich stand mit Vier auf dem Arm da. »Oh Mann, und ich dachte, ich würde ihn gerade für mich gewinnen. Es braucht nur einen Ball und schon verliert er das Interesse.«

Ich ging in die Küche, wo Max die Arme ausbreitete. »Komm her, Fellkugel, du auch. Jetzt bin ich dran.« Er setzte Vier auf den Boden und bestach ihn mit einem Leckerli, bevor er mir den Wein reichte.

»Ich bin froh, dass ich dich auf dem Spaziergang nicht begleitet habe.« Ich hob meinen Fuß an, nahm eine Flamingo-Haltung ein und rieb mir die Zehen. »Der Riemen an diesem Schuh hat eine scharfe Kante und es fühlt sich an, als würde er mir in den Zeh schneiden.«

Max stellte sein Weinglas ab, nahm mir meins aus der Hand und stellte es ebenfalls auf die Arbeitsfläche. »Ich werde sie dir ausziehen.« Er packte mich an der Taille und hob mich auf den Tresen in der Küche, dann ergriff er meinen Fuß und löste die Schnalle meiner Sandale. »Diese Schuhe sind unfassbar sexy. Aber ich ziehe es vor, dass du dich hier wohlfühlst.«

Aus irgendeinem Grund gefiel es mir sehr, ihm dabei zuzusehen, wie er mir die Schuhe auszog. Es war eine süße Geste, aber vielleicht auch ein Auftakt dafür, dass er irgendwann in der näheren Zukunft andere Kleidungsstücke entfernte.

Ich holte tief Luft, um mich zu konzentrieren. »Deine Wohnung ist ganz anders, als ich sie mir vorgestellt habe.«

»Ach ja? Was hast du erwartet?«

Ich schüttelte den Kopf. »Ich weiß nicht genau. Du bist Sportler, ich schätze also einen Großbildfernseher und vielleicht einen Raum mit einer Hantelbank und Trainingsgeräten. Ich glaube, ich habe eher eine Junggesellenbude erwartet.«

Max hob den Fuß, den er von dem engen Riemchen befreit hatte, und küsste den roten Striemen, der über dem Fußrücken verlief, bevor er sich dem anderen widmete. »Vor zwei Jahren hättest du recht gehabt. Ich hatte eine Wohnung in Chelsea, die im Grunde genommen eine hübschere Version eines Verbindungshauses war. In dem Gebäude wohnten noch zwei andere Spieler und wenn ich die Tür nicht öffnete, traten sie sie ein. Ich musste meine Wohnungstür viermal austauschen lassen.«

Ich lachte. »Was hat dich zu dieser Änderung bewogen?«

Er zuckte mit den Schultern. »Ich weiß es nicht. Ich schätze, ich bin erwachsen geworden. Ich wollte nach Hause kommen und entspannen können. Ich arbeite den ganzen Tag hart. Es wurde mir wichtig, an einen friedlichen Ort nach Hause zu kommen. Obwohl ... den Großbildfernseher habe ich immer noch. Bleib, wo du bist. Ich werde ihn dir zeigen.«

Er zog auch meinen anderen Schuh aus, dann ging er ins Wohnzimmer und nahm die Fernbedienung. Als er auf einen Knopf drückte, verschwand die Fensterfront und ein großer Rollladen senkte sich ab. Danach drückte Max einen anderen Knopf und eine Klappe in der Wohnzimmerdecke, die mir bislang noch nicht aufgefallen war, öffnete sich und ein Projektor fuhr nach unten.

»Das ist ein Verdunkelungsrollo und eine Projektionsfläche in einem«, sagte er. »Das Teil ist fünfeinhalb Meter lang. Ich habe das Gefühl, mitten im Geschehen zu sein, wenn ich auf diesem Ding schaue.«

»Wow.« Ich lachte. »Das ist schon eher, wie ich es mir vorgestellt habe.«

Max kam zurück zur Arbeitsfläche, wo ich immer noch saß. Er öffnete meine Knie und stellte sich dazwischen. »Im Gebäude gibt es ein Fitnessstudio, deshalb habe ich mich von meinem Zimmer mit Gewichten verabschiedet. Außerdem habe ich eine

Reinigungskraft, die den Kühlschrank aufstockt und dafür sorgt, dass die Wohnung nicht aussieht wie eine Junggesellenbude. Du lagst also nicht falsch. Ich verstecke es im Alter nur besser.«

Als das Verdunkelungsrollo unten war, war es im Zimmer dunkel. Das einzige Licht kam aus dem Eingangsbereich und ließ den Moment intimer wirken. Max strich mir das Haar von der Schulter und beugte sich nach vorn, um meinen Hals zu küssen.

»Ist das okay?«, flüsterte er.

Ich nickte.

Er bewegte sich mit der Nase von meinem Kinn hinunter zu meinem Schlüsselbein, dann schnupperte er den ganzen Weg stöhnend wieder hinauf. »Du riechst so verdammt gut. Wir sollten besser im Wohnzimmer Platz nehmen, bevor ich mich noch in Schwierigkeiten bringe.«

Ich wollte wirklich genau hier bleiben und seine Lippen auf meiner Haut spüren, aber angesichts der Tatsache, dass ich diejenige war, die ihm gesagt hatte, sie wolle es langsam angehen lassen, schien es nicht fair, das zu tun. Also nickte ich und Max hob mich vom Tresen und stellte mich wieder auf dem Boden ab. Er hielt meine Hand und führte mich zum Sofa, wo er ein Zierkissen an das eine Ende warf und mir mit einer Handbewegung bedeutete, mich hinzusetzen und mit dem Rücken dort anzulehnen. Nachdem ich das getan hatte, hob er meine Beine an und legte die Füße auf seinen Schoß, bevor er anfing, meine Fußsohle mit seinen Daumen zu massieren.

Meine Augen rollten mir fast im Kopf nach hinten. »Oh mein Gott. Das fühlt sich so gut an.«

»Bei den ganzen Physiotherapeuten und Masseuren, die mich all die Jahre bearbeitet haben, könnte es sein, dass ich mir die eine oder andere Sache abgeschaut habe.«

Er drückte die Fingerknöchel in meinen Fußballen und ich ließ den Kopf für einige Minuten nach hinten fallen.

Als ich die Augen öffnete, sah Max mich an. »Was ist?«

Er schüttelte den Kopf. »Ich schaue dir nur gern ins Gesicht, wenn du entspannt bist.«

»Vielleicht solltest du ein Foto machen. Gerüchten zufolge kommt es nicht sehr häufig vor.«

»Diesen Sommer beheben wir das. Dafür werde ich Sorge tragen.«

Ich lächelte.

»Und diese Sache mit dem Langsam-angehen-Lassen. Wie langsam ist das genau?«

Ich lachte. »Fragst du, weil du genau an die Grenze stoßen willst, die ich ziehe?«

Er grinste. »Was, wenn wir so tun, als seien wir in der neunten Klasse und würden mit geöffneter Tür in deinem Zimmer lernen, weil deine Mutter zu Hause ist?«

Ich schnaubte. »Was soll das überhaupt bedeuten?«

»Es bedeutet, dass ich mit dir rummachen und dich ein bisschen befummeln kann, es aber nicht zu weit treiben darf, weil deine Mutter sich im Nebenzimmer aufhält.«

»Ich glaube nicht, dass unsere Erfahrungen in der neunten Klasse gleich waren.«

Max lockte mich mit dem Finger. »Komm her.«

»Wohin?«

Er klopfte sich auf den Schoß. »Genau hier. Trockensex ist ebenfalls ein Teil davon.«

Es war absolut unmöglich, dem Grinsen dieses Mannes zu widerstehen. Als er mir die Hand hinstreckte, nahm ich sie und folgte seinen Anweisungen, mich rittlings auf seinen Schoß zu setzen.

Er lächelte. »Rutsch mit dem Hintern ein wenig höher.«

Das tat ich und spürte, wie eine markante Beule zwischen meine Beine drückte.

Max schloss die Augen. »Oh ja. Viel besser.«

»Du bist verrückt.«

Er legte einen Finger auf seine Lippen. »Pssst. Deine Mutter könnte etwas hören.«

Während der nächsten halben Stunde saßen wir auf dem Sofa und knutschten herum wie zwei notgeile Teenager. Einmal fing er sogar an, meine Hüften über das, was zu einer ausgewachsenen Erektion geworden war, vor und zurück zu reiben. Weil ich so erregt war und die Reibung sich so gut anfühlte, hatte ich Sorge, dass ich kommen könnte, und trat auf die Bremse.

Max stöhnte. »Hörst du deine Mom kommen?«

»Nein, aber ich dachte, ich würde vielleicht ... du weißt schon.«

Er zog eine Augenbraue hoch. »Wäre das so schlimm gewesen?«

»Ich versuche bloß, fair zu sein.«

»Mach dir bei mir in Bezug auf Fairness keine Sorgen. Nimm dir einfach, was du willst. Wir werden es nicht gegeneinander aufrechnen.«

Danach beruhigte sich die Situation. Vermutlich deshalb, weil ich von seinem Schoß rutschte und mich nicht mehr an seinem Schwanz rieb. Wir unterhielten uns sehr lange, ohne eine unangenehme Pause in unserem Gespräch zu haben. Schließlich sagte ich, dass ich gehen müsse. Max rief mir ein Taxi und bestand darauf, mich nach unten zu bringen und dem Fahrer in die Augen zu sehen. Er drohte ihm allerdings nicht, ihm etwas anzutun, sollte er mich nicht sicher nach Hause bringen.

Max öffnete die Wagentür und küsste mich auf die Stirn. »Ich rufe dich morgen an.«

»Okay.«

»Und vergiss nicht, mir deine Liste zu schicken.«

»Meine Liste?«

»Die Sachen, die du aufgeschoben hast und die du diesen Sommer machen willst.«

»Oh, richtig. Ich werde sie dir schicken, aber dann solltest du auch einige Sachen hinzufügen.«

Er beugte sich zu mir und flüsterte mir ins Ohr: »Kein Problem. Aber meine Liste der Dinge für den Sommer ist kurz – ich will *nur dich*.«

—— Kapitel 11 ——

Max

Drei Tage nach unserer Verabredung schickte Georgia mir per SMS endlich die Liste der Dinge, die sie diesen Sommer machen wollte. Das meiste davon waren Sachen, über die sie gesprochen hatte.

Öfter abschalten
Spontaner sein
Rote Haare
Freiwilligenarbeit
Den Sonnenaufgang im High-Line-Park sehen
In einen Nachtklub gehen
Die ganze Nacht lang ausgehen
Urlaub in der Stadt machen und alle Sehenswürdigkeiten besuchen, die ich noch nie gesehen habe

Jeden Tag um siebzehn Uhr Feierabend machen
Zwei volle Wochen Urlaub nehmen

Dann gab es noch einige, über die wir nicht gesprochen hatten.

Meine Angst überwinden, öffentliche Vorträge zu halten

Mich bei 23andMe anmelden und mehr über meine Vorfahren lernen

Der Punkt mit der Angst vor öffentlichen Vorträgen überraschte mich. Aber alles andere war so ziemlich, was ich erwartet hatte. Anstatt zurückzuschreiben, tippte ich auf *Anrufen*.

Georgia antwortete nach dem ersten Klingeln.

»Also dann, wann fangen wir an?«

»Oh Mann, du klingst, als könntest du es nicht abwarten«, schalt sie. »Du musst dich sehr darauf freuen, die Freiheitsstatue zu sehen.«

Ich lachte. »Ja, genau das ist es.«

»Ich weiß nicht. Ich schätze, wir können jederzeit anfangen.«

»Okay. Dann heute in einer Woche. In dieser Woche geht es drunter und drüber, aber mein letztes Spiel ist am Samstagnachmittag und danach bin ich ein freier Mann. Kannst du dir Urlaub nehmen?«

»Montag?«

»Nein. Die nächsten zwei Wochen. Auf deiner Liste steht *Zwei Wochen Urlaub machen*. Warum fängst du nicht damit an?«

»Mhhh ... ich bin mir nicht sicher, ob das eine gute Idee ist, Max.«

»Warum nicht?«

»Nun, meine neue Produktionsleiterin ist erst wenige Monate hier und wir haben viel zu tun und –«

Ich unterbrach sie. »Gab es, seit du die Firma gegründet hast, eine Zeit, in der du nicht viel zu tun hattest?«

»Nein, aber –«

»Wir werden während deiner freien Tage hier in der Stadt bleiben. Sollte irgendetwas schiefgehen, hast du die Möglichkeit, sofort zurück ins Büro zu fahren.«

»Ich weiß nicht, Max ...«

»Ich werde sämtliche Pläne machen. Ich verspreche dir, dass du Spaß haben wirst.«

Sie seufzte. »In Ordnung. Aber du darfst nicht böse werden, wenn ich zurück ins Büro muss.«

»Einverstanden.«

»Ich kann nicht glauben, dass ich dieser Sache zustimme. Aber ich sollte wohl besser auflegen, da ich während der nächsten Tage bis Mitternacht im Büro sein muss, um in der Lage zu sein, mir zwei ganze Wochen freizunehmen.«

»Ich werde dich in Ruhe lassen, damit du tun kannst, was du tun musst. Aber Samstag ist mein letztes Spiel. Ein Heimspiel. Kommst du?«

»Ja, ich würde mich freuen.«

»Ich werde die Karten per Kurier in dein Büro schicken lassen.«

»Danke, Max.«

Nachdem wir aufgelegt hatten, dachte ich darüber nach, was ich für die nächsten zwei Wochen planen könnte. Ich war mir über die Details nicht sicher, aber eine Sache wusste ich: Für einen Urlaub in New York brauchte es ein Hotel.

...

Es schien eine Ewigkeit zu dauern, bis es endlich Montag war. Am Samstag kam Georgia wie versprochen zu meinem Spiel. Sie blieb jedoch nach Abpfiff nicht, weil sie zurück ins Büro musste, um noch einige Sachen zu erledigen, bevor sie heute ihren Urlaub begann. Ich hatte das Gefühl, dass sie ungefähr jetzt in Stress verfallen würde, hatte aber einige Pläne gemacht, um dieses Gefühl so gut wie möglich zu lindern.

Mittags fuhr ich zu ihr nach Hause und ging nach oben, um ihr mit ihrer Tasche zu helfen.

»Hey.« Ihre Stirn war in sorgenvolle Falten gelegt. »Ich bin noch nicht fertig mit Packen. Ich habe keine Ahnung, was ich mitnehmen soll, weil du mir nichts über unsere Pläne sagen und auch nicht verraten willst, wo wir übernachten werden.«

»Nimm einfach bequeme Kleidung mit. Vielleicht etwas Hübsches, damit wir abends ab und zu mal ausgehen können.«

»Du kannst zu einer Frau nicht einfach sagen: ›Etwas Hübsches, damit wir abends ausgehen können.‹ Wir brauchen mehr als nur das. Gehen wir an einen schicken Ort? Ungezwungen? Müssen wir zu Fuß gehen? Wir besitzen Schuhe mit Absätzen, die dafür gemacht sind, an der Tür abgesetzt zu werden, und Schuhe mit Absätzen, in denen wir einige Blocks gehen können. Aber sollte es eine längere Strecke sein, brauche ich vielleicht Ballerinas.« Sie schüttelte den Kopf. »Mist. Ich habe keine Ballerinas eingepackt. Nur Turnschuhe. Apropos – werden wir uns sportlich betätigen? Denn ich habe Leggings eingepackt und legere Kleidung, aber es sind nicht die Leggings, die ich im Fitnessstudio anziehe. Dafür trage ich gern synthetische Kleidung, die schnell trocknet. Ach, soll ich Handtücher mitnehmen? Was ist mit Regenkleidung? Hast du einen Regenschirm eingepackt? Mist. Ich habe vergessen, Haargummis mitzunehmen –«

Sie stand kurz davor durchzudrehen. Also fiel ich ihr ins Wort. »Georgia ...«

Sie sah mich an.

Ich legte ihr die Hände auf die Schultern. »Was auch immer dir fehlt, werden wir kaufen. Wir bleiben in der Stadt, wir fahren nicht in die Wildnis, wo wir verloren sind, wenn du das Bärenspray vergisst. Oder wenn du nicht einkaufen gehen willst, können wir auch wieder hierher zurückkommen und etwas holen, falls du es brauchst. Atme tief durch.«

Das tat sie, doch zwei Sekunden später stolzierte sie davon.

Ich folgte ihr in ihr Schlafzimmer. Als ich die Haufen von Klamotten auf ihrem Bett sah, wurde ich ein wenig besorgt. Es musste sich um einige Hundert Kleiderbügel mit Zeug handeln. »Du hast nicht vor, das alles mitzunehmen, oder?«

Sie schüttelte den Kopf. »Ich konnte den grünen Pullover nicht finden, den ich mitnehmen wollte. Also habe ich die Hälfte meiner Sachen aus dem Kleiderschrank genommen.«

Meine Güte, das ist nur die Hälfte? »Hast du den Pullover gefunden?«

»Ich glaube, ich habe ihn Maggie geliehen.«

»Sollen wir bei ihr anhalten, damit du ihn holen kannst?«

»Vielleicht ist das alles keine gute Idee.«

Ich zog die Augenbrauen hoch. »Weil du deinen Pullover nicht hast?«

Georgia wich meinem Blick aus und wühlte durch die Haufen auf ihrem Bett. Nachdem sie eine Weile gesucht hatte, seufzte sie laut und schaute zu mir auf. »Ich bin nervös.«

Selbst wenn ich es versucht hätte, hätte ich mir mein Lächeln nicht verkneifen können. »Wirklich? Das wäre mir niemals aufgefallen.«

Sie nahm einen Pullover von einem der Haufen und bewarf mich damit.

Ich fing ihn auf und legte ihn wieder aufs Bett. Dann nahm ich einen der Haufen, legte ihn auf den Boden und setzte mich aufs Bett, während ich ihr meine Hand hinstreckte. »Komm her.«

Sie zögerte, ergriff aber schließlich doch meine Hand und ich zog sie auf meinen Schoß. »Sprich mit mir.« Als Georgia zu Boden schaute, strich ich ihr eine Haarsträhne hinters Ohr. »Was macht dich so nervös?«

»Alles.«

Ich nickte. »Okay. Betrachten wir uns eine Sache nach der anderen. Erzähl mir alles, was dir das Gefühl gibt durchzudrehen.«

»Nicht im Büro zu sein.«

»Du nimmt deinen Laptop und dein Handy mit, richtig?«

»Ja.«

Ich zuckte mit den Schultern. »Wenn es ein Problem gibt, wissen deine Mitarbeiter, wie sie dich erreichen können. Und wir werden hier in der Stadt bleiben, du kannst also ins Büro fahren, wenn du dich um etwas Wichtiges kümmern musst. Du verlässt das Büro doch manchmal für Geschäftstermine, richtig?«

»Ja, aber das ist etwas anderes.«

»Warum?«

»Ich weiß es nicht. Es ist einfach so. Das hier sind zwei Wochen, nicht nur ein Nachmittag.«

»Okay. Dann stört dich also die Länge des Zeitraums. Warum verkürzen wir unsere Reise nicht von zwei Wochen auf zwei Tage? Nach zwei Tagen kannst du entscheiden, ob du zurück ins Büro musst oder unseren Stadturlaub fortführen willst.«

»Aber ... du hast gesagt, du hast Pläne gemacht.«

»Wenn es nötig ist, werde ich sie ändern.«

»Wirklich?«

Ich nickte. »Das ist kein Problem. Aber du solltest wissen, dass du nicht die Einzige bist, die gern wetteifert. Ich werde alles tun, was ich kann, damit du so viel Spaß hast, dass du nicht zurück zur Arbeit gehen willst.«

Zum ersten Mal erschien auf ihrem gestressten Gesicht ein kleines Lächeln. »Okay.«

»Sonst noch etwas?«

Sie sah nach unten und knetete ihre Finger. »Ich bin nervös wegen ... uns.«

Ich drückte ihr Kinn nach oben, sodass unsere Blicke sich trafen. »Ich habe uns zwei Zimmer gebucht. Sie liegen nebeneinander. Es gibt überhaupt keinen Druck.«

»Das hast du getan?«

Ich nickte. »Habe ich.«

Ihre Schultern entspannten sich und sie atmete überhastet aus. »Okay.«

Ich lächelte. »Wir machen das großartig. Was hast du noch?«

»Das sind eigentlich meine zwei größten Sorgen.«

»Das war gar nicht so schlimm.«

»Für dich ...« Sie lachte.

»Weißt du, was dir ein noch besseres Gefühl bereiten wird?«

»Was denn?«

Ich schob meine Hand von ihrem Rücken in ihren Nacken und zog sie an mich. »Mir einen Begrüßungskuss zu geben.«

Georgia lehnte sich an mich. Ich konnte spüren, wie der Seufzer ihren Körper durchfuhr und die Spannung mit sich nahm, als sie den Mund öffnete und meine Zunge hereinließ. Als wir uns endlich voneinander lösten, hatte ich beinahe meinen Namen vergessen. Wenn es nur halb so gut für sie gewesen war, hatte ich meinen Job getan und ihr würde es gut gehen.

Ich legte die Hand an ihre Wange. »Fühlst du dich besser?«

Sie nickte. »Ich hätte dich gestern Abend anrufen sollen, damit du kommst und das machst. Vielleicht hätte ich dann besser geschlafen.«

»Also, heute Abend werde ich mich genau eine Tür weiter aufhalten, falls du wieder in Panik ausbrichst.« Ich sah mich im Zimmer um. »Denkst du, du bist in der Lage, zu Ende zu packen?«

»Ja. Gib mir nur ein paar Minuten. Ich muss mich auch noch umziehen. Warum trinkst du nicht einen Kaffee, während ich mich fertig mache?«

Zwanzig Minuten später trat Georgia aus dem Schlafzimmer und zog einen Rollkoffer hinter sich her. Sie trug eine enge Jeans und ein Wolverines-T-Shirt.

»Was meinst du?« Sie strich das Haar nach hinten, damit ich das gesamte Logo sehen konnte, und streckte die Hände aus.

»Sehr hübsche Titten«, gelang es mir mit ernster Miene zu sagen.

Sie lachte und zeigte auf sich. »Ich zeige dir das Wolverines-T-Shirt. Ich habe es Samstag nach dem Spiel gekauft.«

»Ich mache nur Spaß. Ich finde es toll.«

Sie drehte sich um, hob ihr Haar an und zeigte mir die Rückseite. Also *das* hatte ich nicht erwartet. Ich wusste nicht einmal, dass T-Shirts mit dem Logo auf der Vorderseite und meinem Namen auf der Rückseite hergestellt wurden. Aber ich fand es an ihr einfach wundervoll.

»Hübsch.« Mein Verstand beschwor rasch ein Bild davon herauf, wie sie aussehen könnte, wenn sie nichts anderes trug – nur das T-Shirt mit meinem Namen auf dem Rücken und ihre langen, sexy, nackten Beine, die unten herausschauten.

Georgia drehte sich wieder um. Sie warf einen Blick auf mein Gesicht und kniff die Augen zusammen. »Was geht in deinem Kopf vor sich?«

Ich grinste und trat auf sie zu. »Das willst du nicht wissen. Wir haben dich gerade erst beruhigt.« Ich nahm ihr den Koffer ab. »Hast du noch mehr Gepäck?«

»Ich habe alles in diesen einen gestopft. Vielleicht bin ich in ein paar Tagen eh wieder da, richtig?«

»Klar.« *Aber nicht, wenn ich ein Wörtchen mitzureden habe.*

——Kapitel 12——

Georgia

Max überraschte mich mit einem Tag, der vollkommen durchgeplant war.

Als wir endlich meine Wohnung verließen, wartete ein Wagen am Straßenrand. Er brachte uns zum Hotel Vier Jahreszeiten in der Innenstadt, wo wir dem Concierge unsere Koffer übergaben und ihm mitteilten, dass wir später zurück wären, um einzuchecken. Dann machten wir uns auf den Weg zum Battery Park, um von dort die Fähre zur Freiheitsstatue zu nehmen. Wir blieben draußen auf dem Deck und genossen den wunderbaren Frühlingstag von der Reling aus, als wir den Hudson River überquerten.

»Warst du schon mal auf Liberty oder Ellis Island?«, fragte ich.

»Ja, mit meinem Bruder Austin, als wir auf dem College waren. Ich war in meinem ersten Jahr und hatte ein Freundschaftsspiel hier in der Stadt. Er begleitete mich und wir blieben noch ein paar Tage hier. Austin interessierte sich sehr für Gebäude und Geschichte, deshalb wollte er mitkommen, um es sich anzusehen.« Max schaute nachdenklich über das Wasser und lächelte. »Ich bekam eine Ohrfeige, während wir darauf warteten, zur Statue zu gehen.«

»Von Austin?«

Max schüttelte den Kopf. »Nein, von einer Frau, die einige Meter vor uns in der Schlange stand. Damals war ich ein Idiot – ich habe im Grunde genommen alles angeschaut, was Beine hatte. Ich deutete auf eine Frau, von der ich der Meinung war, dass sie einen hübschen Hintern hätte, und wollte, dass Austin sie sich ebenfalls ansieht. Als er es tat, war er nicht meiner Meinung, also diskutierten wir eine Weile darüber. Ich dachte, ich hätte leise gesprochen, aber anscheinend sprach Austin lauter als beabsichtigt, während er mir erklärte, dass ihr Arsch nicht symmetrisch sei.«

Ich schlug die Hand vor den Mund. »Oh mein Gott.«

Er nickte. »Genau. Sie überhörte es und ihr wurde klar, dass wir über sie sprachen, sie ließ sich aber nichts anmerken, bis wir am Fuß der Statue ankamen. Dann kam sie zu uns und fragte, wer von uns das Schwein sei. Als ich die Hand hob, holte sie aus und scheuerte mir eine. Ein Sicherheitsbeamter kam zu uns und die Frau erzählte ihm, dass wir sie belästigt hätten, woraufhin er uns bat zu gehen. Aus diesem Grund war es uns nicht möglich, bis in die Fackel hinaufzusteigen.«

Ich kicherte. »Na ja, hoffentlich kannst du heute deinen Blick dort behalten, wo er hingehört, damit wir nicht rausgeworfen werden. Drücke dir die Daumen, dass du es bis nach oben schaffst.«

Max schlang die Arme um meine Taille. »Ich habe kein Interesse, den Blick abschweifen zu lassen.«

»Ich wette, das sagst du zu allen Mädchen.« Ich lächelte.

Max' Gesicht nahm einen ernsten Ausdruck an. »Du weißt, dass ich mit niemand anderem ausgehe, nicht wahr?«

Darüber hatte ich noch gar nicht nachgedacht. Ich schätze, bei meiner vielen Arbeit und seinem Eishockeyspielplan war es mir gar nicht in den Sinn gekommen, dass einer von uns Zeit hätte, mit jemand anderem auszugehen. Aber Max hatte jetzt den Sommer über frei. Und genau genommen befand ich mich immer noch in einer Beziehung, es schien also nicht fair zu sein.

»Du könntest, wenn du wolltest ...«

Max runzelte die Stirn. »Ich will nicht.«

»Aber ich bin immer noch in einer Beziehung.«

»Das verstehe ich. Aber er ist nicht hier. Und weil du ihn frühestens am Ende des Sommers wiedersiehst, fällt es mir leicht, diesen Gedanken beiseitezuschieben.« Er zog die Augenbrauen zusammen. »Hast du in diesem Sommer vor, mit anderen Männern auszugehen?«

»Oh Gott, nein. Selbst bevor ich mit Gabriel zusammen kam und Single war, bin ich nie mit mehr als einer Person gleichzeitig ausgegangen. Ich habe Verabredungen immer wie das Anprobieren von Schuhen betrachtet. Du ziehst verschiedene Modelle an, um herauszufinden, was sich gut anfühlt und bequem ist, aber wenn du zwei verschiedene Schuhe gleichzeitig anprobierst, weißt du nie, ob einer von ihnen tatsächlich gut ist.«

Max lächelte. »Dann ist es also abgemacht. Unser Sommer wird genau das sein – *unser* Sommer.«

»Bist du dir sicher?«

Er hielt meinem Blick stand. »Sehr sicher.«

»Okay.«

Die Fähre legte am Dock von Liberty Island an. Nachdem wir ausgestiegen waren, bildete sich vor dem Eingang zur Statue eine lange Schlange, weshalb Max und ich etwas herumwanderten und über den gepflasterten Weg spazierten. Max hielt meine Hand und diese einfache Geste bedeutete mir sehr viel. Trotz aller selbstironischen Geschichten, die er mir erzählt hatte – den Hintern einer Frau zu kommentieren, seinen Freunden davon zu erzählen, dass er ein Mädchen im Kino befummelt hatte –, machte er den Eindruck, als könnte er ein guter Partner sein. Er war aufmerksam und fürsorglich. Die Tatsache, dass wir hier waren, war Beweis dafür. Ein Mann mit seinem Aussehen und seiner Berühmtheit brauchte sich nicht anzustrengen, um Sex zu haben. Als wir also an einem großen Baum vorbeigingen, zog ich ihn am Arm hinter den Stamm, legte ihm die Hände in den Nacken, stellte mich auf Zehenspitzen und drückte meine Lippen auf seine.

Max lächelte, als unser Kuss vorbei war. »Wofür war das denn?«

Ich zuckte mit den Schultern. »Einfach dafür, dass du du bist. Dafür, dass du mich dazu gebracht hast, mir freizunehmen, weil du in diesem Sommer nicht mit anderen Frauen zusammen sein willst und ...« Ich grinste. »Irgendwie bist du auch scharf und ich wollte dich einfach küssen.«

Max' Grübchen vertieften sich. »Sprich weiter. Mein Ego hat vor Kurzem einen Dämpfer erhalten. Eine gewisse Brünette musste erst dazu überredet werden, überhaupt mit mir auszugehen.«

Ich lachte. »Komm schon. Wir sollten besser gehen. Ich glaube, unsere Eintrittskarten sind nur in einem bestimmten Zeitraum gültig.«

Den restlichen Nachmittag hatten wir so viel Spaß. Wir stiegen dreihundertvierundfünfzig enge Stufen bis zur Krone hinauf – eine Erinnerung daran, wie dringend ich wieder anfangen musste, Sport zu treiben. Aber der Bick von ganz oben machte alles wieder wett. Danach fuhren wir nach Ellis Island, wo es mir gelang, den Namen meines Ururgroßvaters auf einer Passagierliste von vor hundert Jahren ausfindig zu machen. Bis wir die Fähre zurück und ein Taxi zum Hotel genommen hatten, war es bereits achtzehn Uhr.

Es war keine Überraschung, dass das junge Mädchen an der Rezeption Max erkannte und ihn mit klimpernden Wimpern ansah. Und dann nahm sie seine Kreditkarte erst an, als ich ihr auch meine hinhielt.

»Du musst mich wirklich für das Zimmer zahlen lassen«, sagte ich zu ihm. »Ich bin mir sicher, dass es ein Vermögen gekostet hat.«

»Bist du beleidigt, wenn ich darauf bestehe?«

»Beleidigt? Nein. Aber es ist nicht dein Job, für Sachen zu bezahlen.«

»Es fühlt sich nicht wie ein Job an. Es macht mir Freude, es zu tun. Kannst du mich einfach gewähren lassen?«

Ich zögerte. »Du weißt, dass ich es mir leisten kann, nicht wahr? Ich habe vielleicht keine große, schicke Wohnung wie du, aber ich komme gut zurecht.«

Max lächelte. »Ich finde es unheimlich sexy, dass du viel Geld verdienst. Aber ich will trotzdem bezahlen, okay?«

Wie konnte ich Nein sagen, wenn er es so formulierte? »In Ordnung.«

Nachdem wir eingecheckt hatten, brachte ein Hotelpage uns zu unseren Zimmern, die im obersten

Stockwerk lagen. Er entsperrte die Verbindungstür zwischen den Suiten und erklärte uns, dass in wenigen Minuten Champagner und Früchte auf Kosten des Hotels gebracht würden. Beide Zimmer hatten einen Balkon mit Blick über die Stadt, und Max und ich traten hinaus auf seinen, um die Aussicht zu genießen.

Jemand klopfte an die Tür meiner Suite.

»Ich gehe schon«, sagte Max. »Das ist vermutlich der Champagner. Er ist Teil eines Pakets, das im Zimmerpreis enthalten war.«

»Okay.«

Ich blieb auf dem Balkon und genoss den Rest des sonnigen Tages, während der Zimmerservice einen Tisch hineinschob. Als ich den Korken ploppen hörte, ging ich wieder nach drinnen.

»Dieses Geräusch ist für mich wie die Pawlowsche Glocke.«

Max goss zwei Gläser ein und reichte mir eins davon, bevor er mir seins zum Anstoßen hinstreckte. »Darauf, zwei passende Schuhe zu tragen.«

Es dauerte einige Sekunden, bis ich mich an unser Gespräch vorhin erinnerte. Als es mir einfiel, lächelte ich und stieß freudig darauf an. »Ich kann mich glücklich schätzen. Meine Schuhe sind nämlich wirklich süß.«

Max zwinkerte. »Bist du bereit für deine großen Abendpläne?«

»Große Pläne? Ich hoffe, du sprichst davon, dass ich in dieser gigantischen Wanne einweichen werde, die ich im Badezimmer gesehen habe.«

»Nein. Besser.«

»Ich bin mir nicht sicher, was nach einem langen Tag auf den Beinen noch besser sein könnte.«

Max sah auf die Uhr. »Nun, in etwa fünfzehn Minuten wirst du es herausfinden. Deshalb trink aus.«

»Fünfzehn Minuten? Ich muss duschen, bevor wir irgendwohin gehen.«

»Nein, für diese Sache ist das nicht nötig.«

»Was machen wir?«

Er küsste mich auf die Stirn. »Das wirst du schon früh genug erfahren. Ich werde für einige Minuten den Sportkanal anschalten, bevor wir gehen. Ich will hören, was über die Transfers gesagt wird, die derzeit vonstattengehen.«

»Okay.« Er ging durch unsere Verbindungstür und ich rief ihm hinterher: »Warte! Was soll ich anziehen?«

»Behalte einfach das an, was du trägst.«

»Wirklich?«

»Ja.« Er wackelte mit den Augenbrauen. »Für das, was ich geplant habe, wirst du deine Klamotten sowieso nicht lange brauchen.«

...

Ich hatte nicht darauf geachtet, welchen Knopf Max gedrückt hatte, aber als wir im zweiten Stockwerk anhielten und er die Hand in mein Kreuz legte, um mich sanft zu führen, schüttelte ich den Kopf. »Das ist nicht die Empfangshalle, Max.«

»Ich weiß.« Er schob mich ein wenig an, damit ich weiterging. »Wir gehen nicht in die Empfangshalle.«

»Wohin gehen wir denn dann?«

Die Antwort bekam ich, als wir am Aufzug um die Ecke bogen. *Der Wellnessbereich des Vier Jahreszeiten.*

»Oh mein Gott, hast du uns eine Massage gebucht?«

»Das habe ich. Und zusätzlich noch ein kleines Extra für dich.«

»Was denn?«

Er öffnete die Tür. »Du wirst schon sehen.«

Drinnen musste die hübsche Frau am Empfangstresen zweimal hingucken und errötete sofort, als sie den Mann neben mir erblickte. Sie legte die Hand über ihr Herz. »Mr. Yearwood, es tut mir leid. Wir sollen keine große Sache daraus machen, wenn Prominente hier erscheinen, aber ich bin ein riesiger Eishockeyfan. Ich bin in Minnesota aufgewachsen.«

»Ach ja? Ich bin in St. Paul zur Highschool gegangen, auf die Mounds Park Academy.«

»Ich weiß!«, quietschte sie. »Ich komme aus Bloomington. Das liegt nur zwanzig Minuten entfernt.«

Ich musste mich beherrschen, um nicht mit den Augen zu rollen. Ich war mir ziemlich sicher, sie hatte nicht einmal bemerkt, dass ich hier stand.

»Wir haben zwei Massagen gebucht.« Max deutete auf mich. »Ich war mir nicht sicher, welche Massage sie haben möchte. Hätten Sie vielleicht eine Liste mit den verschiedenen Arten, die Sie anbieten, damit sie einen Blick darauf werfen kann?«

»Selbstverständlich.« Die Frau brachte eine übergroße Karte zum Vorschein und streckte sie in meine Richtung aus, während sie Max weiterhin mit klimpernden Wimpern ansah.

»Und«, sagte er, »sie bekommt nach der Massage noch eine weitere Behandlung, aber sie weiß nicht, was es ist. Wenn Sie es also bitte vorerst geheim halten können.«

»Oh, was für ein Spaß! Natürlich.« Sie zeigte über ihre Schulter nach hinten. »Ich werde Ihren Masseuren sagen, dass Sie hier sind. Dann haben Sie einige Minuten Zeit, um Ihre Massage auszuwählen.«

»Danke.«

Die kleine Miss Verliebt verschwand in einem Flur und Max und ich nahmen im Wartebereich Platz, der einige Meter entfernt war.

»Sie war nett«, sagte er.

Dieses Mal konnte ich mein Augenrollen nicht unterdrücken. »Möchtest du wetten, dass sie dich um ein Autogramm bittet, wenn sie zurückkommt ... auf ihrer Brust?«

Max blickte amüsiert drein. »Höre ich da etwa einen Hauch von Eifersucht, Miss Delaney?«

»*Pfft*. Nein.«

Sein Lächeln wurde breiter. »Keine Sorge. Sie ist nicht mein Typ.«

Ich starrte auf die Serviceliste und murmelte: »Ich war nicht besorgt.«

Kurz darauf fragte Max: »Also dann, was denkst du?«

»Worüber?«

Er zeigte auf die Liste mit den Dienstleistungen der Wellnesseinrichtung, die ich angestarrt hatte. »Für welche Massage hast du dich entschieden? Ich habe darüber nachgedacht, uns eine Paarmassage zu buchen, aber ich wusste nicht, was du davon halten würdest. Aus diesem Grund habe ich zwei Einzelmassagen gebucht.«

Wieder machte seine Rücksichtnahme mich weich. »Danke. Ich glaube, ich werde die Tiefengewebsmassage nehmen. Und du?«

»Die habe ich mir bereits ausgesucht.«

Die junge Frau kam zurück. »Ihre Masseure werden in Kürze da sein.«

»Danke.«

»Übrigens ...« Ich legte den Kopf zur Seite und senkte die Stimme. »Du hast gesagt, sie sei nicht dein Typ. Was *ist* denn dein Typ?«

Max zuckte mit den Schultern. »Ich bin mir nicht sicher, ob ich einen Typ habe. Aber ich kann dir sagen, was an einer Frau mir wirklich gefällt.«

»Okay ...«

Er beugte sich nach vorn, schlang seine große Hand um meinem Nacken und zog mich an sich, sodass unsere Lippen sich berührten. »Du. *Du* bist es, was mir an einer Frau wirklich gefällt.«

Gute Antwort.

»Mr. Yearwood? Miss Delaney?«, rief die Frau vom Empfangstresen. Neben ihr stand eine weitere Frau, die ganz in Weiß gekleidet war. »Das ist Cynthia. Tut mir leid – ich habe nicht gefragt, ob einer von Ihnen eine Masseurin oder einen Masseur bevorzugt. Wir können Ihnen beides anbieten.«

Max zuckte mit den Schultern. »Was auch immer. Mir ist es egal.«

»Mir auch.«

Genau in diesem Moment kam ein Mann aus dem hinteren Bereich – ein *sehr* gut aussehender Mann. Er war auf eine andere Art attraktiv als Max, aber dennoch auf seine eigene Art umwerfend. Groß, schlank, aber muskulös, glatt rasiert – in gewisser Weise erinnerte er mich an eine jüngere Version von Gabriel. »Das ist Marcus«, sagte die Rezeptionistin. »Er ist heute ebenfalls Ihr Masseur.«

Marcus schob die Hände in die Taschen und wippte auf den Fußballen vor und zurück. »Wer von Ihnen ist mein Opfer?« Er lächelte und Grübchen kamen zum Vorschein.

Sie waren nicht Max-Niveau, aber trotzdem hinreißend.

Max runzelte die Stirn. Er sah zu mir hinüber und hob schnell die Hand. »Ich. Ich bin Ihr Opfer.«

»Hier entlang«, sagte Marcus. »Cynthia und ich werden Ihnen die Umkleidekabinen zeigen.«

Als wir den beiden folgten, beugte ich mich zu Max und flüsterte grinsend: »Was, wenn ich Marcus haben wollte?«

»Keine Chance, Süße.«

Ich zog eine Augenbraue hoch. »Wer ist jetzt eifersüchtig?«

»Ich. Aber zumindest gebe ich es zu. Wenn ich diesen Körper nicht mit meinen Händen berühren darf, wird dieser Kerl es definitiv auch nicht tun.« Er beugte sich hinunter, als wir die Umkleidekabinen erreichten, und gab mir einen sanften Kuss. »Genieß deine Massage. Danach hast du noch eine Behandlung. Wir treffen uns, wenn du fertig bist.«

»Okay.«

...

»Sie arbeiten wirklich lange«, sagte ich zu Kara, der Stylistin. Nach meiner großartigen Massage nahm ich in der Umkleidekabine eine Dusche und wurde dann in den Frisörsalon geführt, der mit Ausnahme von uns beiden menschenleer war.

»Eigentlich haben wir bereits seit zwanzig Minuten geschlossen.«

»Oh, tut mir leid. Das war mir nicht bewusst. Cynthia hat mich einfach hierhergebracht, nachdem wir fertig waren.« Ich wollte gerade aufstehen, doch Kara legte mir die Hand auf die Schulter.

»Ihr Freund hat eine spezielle Abmachung getroffen, damit ich länger bleibe.« Sie lächelte mich im Spiegel an. »Machen Sie sich darüber keine Gedanken.

Er hat dafür gesorgt, dass es durchaus lohnenswert für mich ist. Außerdem bin ich der Meinung, dass wir zu früh schließen. Die Leute in der Stadt gehen vor dreiundzwanzig Uhr gar nicht erst aus. Wenn wir länger geöffnet hätten, würden wir vielleicht jüngere Kunden wie Sie haben. Für gewöhnlich ist unsere Kundschaft eher älter.«

»Also, vielen Dank, dass Sie länger bleiben.«

Sie spielte mit meinem Haar, als sie hinter meinem Stuhl stand. »Gut, wie rot wollen Sie es denn haben?«

»Rot? Ich dachte, ich bin nur hier, damit die Haare geföhnt und frisiert werden.«

Die Frau runzelte die Stirn. »Ich bin Farbexpertin. Für Sie wurde ein Termin zum Färben und Föhnen gemacht. Auf meinen Notizen steht, dass Sie rote Haare möchten. Wurde das falsch übermittelt?«

»Nein.« Ich schüttelte den Kopf. »Nein, wurde es nicht. Es klingt nach etwas, das Max tun würde.«

»Wollten Sie sich die Haare gar nicht färben lassen?«

»Doch, ich möchte Rot gern einmal ausprobieren. Mir war nur nicht klar, dass es heute sein würde. Ich habe vor der Person, die den Termin gemacht hat, erwähnt, dass ich mir die Haare immer schon einmal rot färben wollte.«

Sie fuhr mit ihren Fingern weiter durch mein Haar. »Ich denke, Ihnen würde Rot fantastisch stehen. Was hatten Sie sich vorgestellt? Wie Lindsay Lohan, Nicole Kidman oder wie Amy Adams mit ein paar goldblonden Tönen?«

»Ich habe ein Foto auf meinem Handy. Mal sehen, ob ich es finden kann.« Es dauerte einige Minuten, bis ich das Bild gefunden hatte, weil es schon so alt war. Ich sah auf das Datum, bevor ich ihr das Telefon hinhielt. »Meine Güte, ich habe dieses Foto vor mehr als drei Jahren aufgenommen. Ich schätze, dieses Vorhaben existiert schon länger, als ich dachte.«

»Manchmal dauert es eine Weile, bei einer großen Veränderung wie dieser den entscheidenden Schritt zu wagen.« Sie zeigte auf das Telefon. »Aber das hier ist genau der Farbton, den ich Ihnen bei Ihrem Hautton empfohlen hätte. Dunkles Kastanienbraun. Mit Ihren grünen Augen wird es wunderbar aussehen – sehr natürlich.«

Kara sah mich an. Sie musste die Nervosität auf meinem Gesicht erkannt haben.

»Ich sage Ihnen was. Warum tragen wir nicht einfach eine Tönung auf? Ich werde kein Ammoniak verwenden, die Farbe wird also nicht in Ihren Haarschaft eindringen. Das gibt Ihnen die Möglichkeit zu sehen, ob es Ihnen gefällt, ohne sich die Mühe machen zu müssen, Ihre Naturhaarfarbe wiederherzustellen, wenn Sie es nicht mögen. Die Farbe wäscht sich in vier bis sechs Wochen wieder heraus. Wenn Sie es tatsächlich hassen, kann ich Ihnen die Namen einiger Shampoos nennen, mit denen Sie die Farbe durch zusätzliche Haarwäschen in den nächsten Tagen schneller entfernen können.«

Ich nickte. »Das klingt absolut perfekt.«

»Okay.« Sie lächelte. »Ich werde Sie nur schnell trocken föhnen, dann rühre ich die Farbe an und wir können loslegen.«

»Danke.«

Sie gab mir mein Telefon zurück und mir fiel auf, dass ich es zum ersten Mal in der Hand hielt, seit Max mich heute Morgen abgeholt hatte. Es war ihm gelungen, in nur einem Tag vier Sachen von meiner

Liste abzuarbeiten – meinen Stadturlaub zu beginnen, die Haare rot zu färben, die Freiheitsstatue zu besuchen und mehr abzuschalten. Mein natürlicher Instinkt war es, auf dem Handy zu scrollen, aber irgendwie gelang es mir, dem Drang zu widerstehen, und ich überprüfte lediglich meine verpassten Anrufe, um sicherzugehen, dass weder Maggie noch meine Produktionsleiterin angerufen hatten. Danach warf ich es zurück in meine Handtasche.

Als die Stylistin anfing, die Farbe aufzutragen, spürte ich, wie meine Aufregung größer wurde.

»Ihr Freund scheint ein wirklich toller Kerl zu sein«, sagte Kara. »Er hat Sie mit einer Massage überrascht und Ihnen einen Färbetermin gemacht, damit Sie die Farbe bekommen, die Sie erwähnten, haben zu wollen.«

»Das ist er.«

»Wie lange sind Sie schon zusammen?«

»Ganz frisch. Wir haben uns erst vor drei oder vier Wochen kennengelernt.«

»Ist das Ihr Ernst? Hat er einen Bruder? Ich glaube, das Netteste, das ein Mann für mich getan hat, den ich erst kürzlich getroffen hatte, war, mir Schokolade mitzubringen. Und von Schokolade bekomme ich Ausschlag.«

Ich lächelte. »Ja, Max ist ein toller Kerl.«

Vierzig Minuten später war meine Farbe fertig und Kara machte sich daran, mein Haar zu föhnen. Ich fand es jetzt schon toll und konnte nicht abwarten, bis es ganz trocken war. Max kam herein, als sie fast fertig war. Er stand einige Meter seitlich neben uns, doch ich konnte ihn trotzdem im Spiegel sehen.

Kara blickte mich im Spiegel an und deutete über die Schulter. »Ich nehme an, das ist Max?«

Ich nickte. Sie drehte sich zu ihm um. »Ich bin in fünf Minuten fertig.«

»Lassen Sie sich Zeit.«

Als die Stylistin mit Föhnen fertig war, nahm sie einen Lockenstab und zauberte einige lockere Wellen, dann drehte sie meinen Stuhl zu Max herum. »Nun, was meinen Sie?«

Er brachte seine Grübchen zum Vorschein. »Ich finde, es sieht fantastisch aus. Sie war vorher schon umwerfend, aber ... es gefällt mir wirklich.«

Kara lächelte mich an. »Er hat recht. Was ist mit Ihnen, Georgia?«

»Ich liebe es. Ich gebe zu, ich war sehr nervös, als Sie angefangen haben, aber ich bin so froh, dass ich es getan habe.« Ich lächelte beide an. »Vielen Dank euch beiden, dass ihr mich dazu gebracht habt, es endlich zu machen.«

Als wir nach oben zu unseren Zimmern zurückkehrten, hielt ich Max auf, bevor wir eintraten. »Ich hatte heute so viel Spaß wie schon lange nicht mehr. Du bist so fürsorglich und großzügig, Max.«

»Gern geschehen, aber ich habe tatsächlich nur einige Anrufe getätigt.«

»Vielleicht, aber du bist aufmerksam und es ist dir wichtig, mich glücklich zu machen, und das bedeutet mir sehr viel.«

Max sah mir in die Augen, bevor er nickte.

»Wie war deine Massage?«, erkundigte ich mich.

»Sie war toll. Ich bin danach noch kurz ins Dampfbad gegangen. Aber ich stehe kurz vorm Verhungern. Willst du zum Essen irgendwo hingehen oder sollen wir etwas bestellen?«

Wir hatten einen langen Tag gehabt und ich war nicht in der Stimmung, Max mit jemandem zu teilen. »Macht es dir etwas aus, wenn wir einfach nur Zimmerservice bestellen?«

Er lächelte. »Ganz und gar nicht. Ich hatte gehofft, du würdest das sagen.«

Er öffnete die Tür und wir betraten die Suite durch sein Zimmer. Wir saßen eine Weile faul herum, während wir die Speisekarte ansahen, dann rief Max beim Zimmerservice an und gab unsere Bestellung auf. Während er das tat, schenkte ich uns zwei Gläser Champagner ein und stellte eins neben ihn, bevor ich zurück in mein eigenes Zimmer ging, um mein neues Aussehen im hellen Badezimmerlicht zu betrachten.

Ich sah so anders aus, war mir aber nicht sicher, dass die Veränderung nur an meinen Haaren lag. Auf meinem Gesicht war ein breites Lächeln, meine Augen wirkten glänzender als normal und meine Haut strahlte. Die Fröhlichkeit, die ich in meiner Reflexion erkannte, kam nicht nur von meinen Lippen.

»Ich werde schnell unter die Dusche springen«, rief Max irgendwo hinter mir.

»Okay!«

»Der Zimmerservice hat gesagt, es dauert etwa eine halbe Stunde. Ich werde nicht länger als fünfzehn Minuten brauchen.« Er betrat das Badezimmer und neigte mit einem verspielten Grinsen den Kopf zur Seite. »Worüber lächelst du?«

»Nichts.« Ich lachte. »Ich schätze, ich bin einfach glücklich.«

»Das freut mich.«

Ich drehte mich zu ihm um. »Weißt du, dass ich weder meine Anrufe noch meine SMS überprüft habe, seit du heute früh zu meiner Wohnung gekommen bist?«

»Wirklich?«

Ich nickte. »Als ich beim Frisör war, habe ich mich davon überzeugt, dass ich keine Nachrichten von der Arbeit habe. Ich weiß, dass Maggie mich anrufen würde, wenn etwas Dringendes anstände. Aber es ist ein Arbeitstag und ich habe weder E-Mails noch SMS überprüft.«

»Wir waren den Großteil des Tages unterwegs, aber warum hast du es nicht gemacht, als dir die Haare gefärbt wurden?«

Ich zuckte mit den Schultern. »Ich weiß nicht genau. Ich fühle mich, als seien wir in einer Blase, und ich schätze, ich wollte sie einfach nicht zum Zerplatzen bringen.«

»Nur ... das hier ist die Realität. Wir sind nur wenige Kilometer von unseren Wohnungen entfernt und wir haben uns lediglich in der Stadt aufgehalten.«

Das stimmte, aber irgendetwas an dem Tag fühlte sich magisch an.

Max sah mir noch länger in die Augen, dann klopfte er an den Türrahmen. »Also, es freut mich, dass du es nicht getan hast. Ich werde mich in die Nasszelle begeben. Ich bin gleich zurück.«

Ich beschloss, mich umzuziehen, während Max unter der Dusche stand. Ich trug seit heute Morgen dieselben Klamotten und wollte etwas Bequemes anziehen, aber gleichzeitig hübsch aussehen. Ich nahm also meine Lieblingsleggings von Lululemon aus dem Koffer und kombinierte sie mit einem einfachen Oberteil, das weich war, aber gleichzeitig meine Kurven umschmeichelte. Es hatte einen tiefen

Rundhalsausschnitt und ein Push-up-BH mit halbem Körbchen ließ meine kleinen C-Cup-Brüste voll wirken. Die Verbindungstür unserer Zimmer war seit unserer Ankunft geöffnet, weshalb ich hörte, als jemand an Max' Tür klopfte. Es waren zwar erst zehn oder fünfzehn Minuten vergangen, seit wir das Essen bestellt hatten, ich ging trotzdem davon aus, dass es der Zimmerservice sein musste. Als ich die Tür öffnete, stand auf der anderen Seite ein Hotelmitarbeiter in Uniform, er hatte jedoch keinen Essenswagen dabei. Er hielt mir eine schwarze Geldbörse aus Leder entgegen.

»Mrs. Yearwood?«

»Nein, aber wenn Sie auf der Suche nach Max sind, er ist unter der Dusche.«

Der Mann nickte. »Das hier wurde im Wellnessbereich gefunden. Darin befinden sich Mr. Yearwoods Führerschein und Kreditkarte.«

»Oh. Ja, wir waren bis vor Kurzem im Wellnessbereich.« Ich nahm die Geldbörse an mich. »Vielen Dank. Ich werde dafür sorgen, dass er sie bekommt.«

Der Mann drehte sich um und wollte wegtreten, doch ich hielt ihn auf. »Oh, warten Sie kurz.«

Ich dachte mir, dass Max das Gleiche tun würde, deshalb öffnete ich seine Geldbörse und nahm ein paar Scheine heraus, die ich dem Mann reichte. »Danke.«

Max öffnete die Badezimmertür, als ich gerade auf dem Weg zurück zu meinem Zimmer war. Er trug nur ein weiches, weißes Handtuch um seine schmale Taille und hinter ihm drang eine Dampfwolke nach draußen. Ich richtete den Blick auf seine Brustmuskeln, die perfekt geformt waren, und sah, dass zwei glückliche Wassertropfen auf acht deutlich zu sehende

Bauchmuskeln zuliefen. Ich konnte den Blick nicht von ihnen abwenden, als sie auf die Ziellinie zurasten, die irgendwo zwischen den extrem sexy V-förmigen Muskeln seiner Hüfte lag.

Nach einem Zeitraum, der ganz sicher länger war, als er es hätte sein sollen, blinzelte ich mich aus meiner Benommenheit und räusperte mich. »Ähh ...« Aber ich konnte mich einfach nicht mehr daran erinnern, was ich sagen wollte oder warum ich überhaupt in seinem Zimmer war.

»Brauchst ... du mich?« Max zog mit einem leichten Grinsen im Gesicht eine Augenbraue nach oben.

Ich versuchte, auf etwas anderes als seinen wundervollen Körper zu schauen. Aber er war einfach nur *genau dort* und so lebhaft schön. Es schien Verschwendung zu sein, den Anblick nicht zu genießen. Außerdem dachte ich mir, es würde ihm nichts ausmachen. Wie dem auch sei, während ich versuchte, einen sicheren Landeplatz für meine Augen zu finden, fiel mein Blick auf die Geldbörse in meiner Hand.

»Oh!« Ich hielt sie hoch. »Das Spa hat dein Portemonnaie bringen lassen. Du musst es dort vergessen haben. Deshalb war ich in deinem Zimmer. Ich habe das Klopfen an der Tür gehört.«

»Mist, und ich dachte, dass du vielleicht gekommen wärst, um mir beim Abtrocknen zu helfen.«

»Ähh ... Unser Essen wird schon bald da sein.«

Max kam näher. Er fuhr mit den Fingerknöcheln über meine Kehle. »Wir könnten es ausfallen lassen und ich esse etwas anderes.«

Oh Gott.

Die große Suite wirkte plötzlich winzig, als Max mich ansah. Ich wollte dem Mann *wirklich* einfach nur das Handtuch runterreißen. Aber dann klopfte es wieder an der Tür.

Ich schüttelte den Kopf und räusperte mich. »Ich gehe schon. Das ist vermutlich das Abendessen.«

Max lächelte reumütig. »Schade. Meine Idee klang viel besser.«

—Kapitel 13—

Max

»Hätte ich gewusst, dass das Essen so schick sein würde, hätte ich mir etwas Besseres angezogen«, sagte ich, als ich in Jogginghose und T-Shirt aus dem Badezimmer trat.

»Mir hat dein Outfit von vorhin irgendwie gefallen.« Georgia lächelte.

»Ach ja?« Ich deutete mit dem Daumen aufs Badezimmer. »Ich ziehe mich gern wieder um.«

Sie lachte. »Da bin ich mir sicher. Aber komm schon, lass uns essen. Mir war nicht klar, wie hungrig ich war, bis ich das Essen gesehen habe. Es sieht köstlich aus und wie hübsch ist dieser Tisch? Feines Porzellan, Silberbesteck, Kristallgläser – edler als in vielen Restaurants.« Georgia zeigte auf die Tischmitte. »Sie haben sogar Kerzen gebracht.«

Daneben lag eine kleine Schachtel mit Streichhölzern. Ich ging dorthin und nahm sie in die Hand. »Hast du was dagegen, wenn ich sie anzünde und das Licht ausschalte?«

»Nein, das wäre perfekt.«

Georgia sah wundervoll aus, als sie nur von der Kerzenflamme erleuchtet wurde. Ich hatte zwei Flaschen Wein bestellt, goss uns beiden ein Glas ein und machte es mir bequem. Sie hatte sich für die Ravioli entschieden und ich für ein Steak, aber wieder teilten wir unsere Gerichte miteinander.

»Ich weiß, ich habe es vorhin schon erwähnt, aber ich hatte heute so viel Spaß«, sagte sie. »Vielen Dank noch mal, dass du alles geplant hast. Ich komme immer noch nicht darüber hinweg, dass ich jetzt rote Haare habe.«

»Ich habe mich auch amüsiert. Aber wenn man bedenkt, dass ich mich amüsiert habe, als du krank warst und ich dich besucht habe, bin ich mir ziemlich sicher, dass ich die Gesellschaft mag und nicht die Pläne.«

Sie lächelte. »Darf ich dich etwas fragen?«

Ich zuckte mit den Schultern. »Was immer du willst.«

Georgia schüttelte den Kopf. »Warum um alles in der Welt bist du Single? Ich meine, du bist aufmerksam, fürsorglich, lustig – und ein weißes Handtuch steht dir fantastisch.«

Ich lächelte. »Danke. Aber ich bin nicht immer so aufmerksam. Genauer gesagt wurde mir bei mehr als einer Gelegenheit vorgeworfen, das genaue Gegenteil zu sein. Meine letzte Freundin sagte mir, sie fühle sich von mir vernachlässigt und dass sie bei mir nie Priorität habe. Während unserer gemeinsamen Zeit war das vermutlich unser größtes Problem.«

»Wirklich?«

Ich nickte.

»Warst du ... von Anfang an so mit ihr? Oder sind die Dinge zwischen euch einfach irgendwie abgekühlt?«

»Ich bin mir nicht sicher. Ich glaube nicht, dass ich am Anfang anders war. Aber es könnte sein, dass sie eine andere Meinung hat, wenn du sie fragen würdest, was schiefgelaufen ist.«

Einen Moment lang war Georgia still.

Ich konnte sehen, dass sie etwas sagen wollte. »Woran denkst du gerade?«, fragte ich.

Sie schüttelte den Kopf. »Du bist wirklich gut darin, mich zu durchschauen. Ich habe mich gefragt, ob die Dinge zwischen euch sich verändert haben ... du weißt schon, nachdem ihr miteinander geschlafen hattet.«

Ich schüttelte den Kopf. »Wir haben bei unserer ersten Verabredung miteinander geschlafen, ich denke also nicht. Ich gehe davon aus, dass du dir Sorgen machst, am nächsten Tag neben einem anderen Kerl aufzuwachen.«

»Ich glaube, ich versuche bloß herauszufinden, wo der Haken an der Sache ist. Wie kannst du so toll und immer noch Single sein?«

Ich sah ihr in die Augen. »Vielleicht habe ich einfach noch nicht die richtige Frau gefunden.«

Georgia nagte an ihrer Unterlippe. Ich wollte so gern fest hineinbeißen. »Worüber denkst du gerade noch nach, Georgia?«

»Ganz ehrlich?«

»Natürlich.«

Sie hob ihr Weinglas und trank die Hälfte davon aus, dann atmete sie tief ein und lange wieder aus. »Ich will später nicht zurück in mein Zimmer gehen. Ich will wirklich mit dir zusammen sein, Max.«

»Bist du sicher?«

Sie nickte. »Sehr sicher.«

»Dann beweg deinen Hintern hierher.«

Georgia lächelte. »Aber du bist mit deinem Essen noch nicht fertig.«

»Du hast recht.« Ich warf meine Serviette auf den Tisch, lockte sie mit dem Finger und stand auf. »Ich habe noch nicht einmal angefangen.«

Ihre Worte waren kühn gewesen und trotzdem sah ich immer noch Zurückhaltung auf Georgias Gesicht, als sie zu meiner Seite des Tisches kam. Aus diesem Grund nahm ich mir vor, die Dinge etwas langsamer angehen zu lassen. »Möchtest du den Wein mit nach draußen auf den Balk-«

Georgia stieß mit mir zusammen, sprang an mir hoch und klammerte sich wie ein Koala an mich. Ich stolperte einige Schritte nach hinten.

Sie presste die Lippen auf meine. »Kein Wein«, keuchte sie. »Nur du.«

Ich hatte darauf gewartet, dass sie einen kleinen Schritt wagt, damit ich wüsste, dass sie bereit ist, aber das ... Das war so viel besser. Es gab nichts Erregenderes als eine Frau, die wusste, was sie will, und beschloss, es sich zu nehmen. Ich trug sie ins Schlafzimmer und setzte sie ab.

»Du hast dir so viel Mühe gemacht, hast Wein bestellt und den Tisch mit romantischen Kerzen decken lassen, und ich falle dich einfach an«, sagte sie. »Du konntest nicht einmal aufessen.«

»Kein Problem, Süße. Ich werde dich gern stattdessen voller Romantik vögeln.« Ich kniete mich hin. »Und ich werde essen, bis ich fertig bin ...«

Vor fünf Minuten war es mir absolut recht gewesen, die Sache langsam angehen zu lassen, aber jetzt konnte ich meinen Mund nicht schnell genug an ihren Körper bringen. Ich zog ihr die Leggings aus und riss ihr den Stringtanga förmlich herunter. Ich führte sie zum Bett und legte sie auf den Rücken, dann zog ich sie mit dem Hintern an die Kante, während mir beim Anblick ihrer wunderschönen Muschi das Wasser im Mund zusammenlief. Sie war größtenteils rasiert, bis auf eine dünne Linie von Haaren, und als ich ihre Beine spreizte, erweckte ihr weiblicher Geruch in mir das Verlangen, in sie einzutauchen und nie mehr herauszukommen.

Georgia bäumte sich auf, als ich sie zwischen den Beinen küsste. Ich machte meine Zunge flach und leckte sie von einem Ende zu anderen, bevor ich ihre Klitoris mit kleinen Kreisen stimulierte. Als sie stöhnte, ging jegliche Hoffnung, langsam zu machen, den Bach runter. Es reichte mir nicht aus, nur mit meiner Zunge an ihr zu sein, ich musste mein gesamtes Gesicht – Wangen, Kiefer, Nase und Zunge – in ihrer Süße vergraben. Weil sie anfing herumzuzappeln, während sie stöhnte, streckte ich einen Arm nach oben aus, um sie festzuhalten, und drang mit zwei Fingern der anderen Hand in sie ein.

»Oh ... Max ... *oh!*«

Sie war eng. Ihre Muskelwand umschloss meine Finger, während sie immer wieder meinen Namen sagte. Je mehr sie stöhnte, desto schneller fingerte ich sie. Georgia griff nach unten und packte mein Haar. Sie riss daran und bohrte die Fingernägel in meine Kopfhaut. Als ihre Stimme rau wurde und ich wusste, dass sie kurz vorm Höhepunkt stand, saugte ich fester an ihrer Knospe, bis ich spürte, wie ihre Muschi an meinen Fingern pulsierte. Danach erschlaffte ihr Körper und sie lockerte den Todesgriff an meinem Haar.

Ich wischte mit dem Handrücken über mein Gesicht und zog mich hoch und über sie. Ich hatte eine steinharte Erektion, war erregter, als ich es seit Jahren war, und sie hatte mich noch nicht einmal berührt.

»Wow.« Ein albernes Lächeln breitete sich auf ihrem Gesicht aus, als sie langsam die Augen öffnete. »Jetzt fühle ich mich wie eine Idiotin.«

Ich zog die Augenbrauen zusammen. »Warum?«

»Weil ich dich habe warten lassen, dabei hättest du *das* den ganzen letzten Monat tun können.«

Ich lachte. »Ich werde die verlorene Zeit einfach aufholen müssen.«

»Darf ich dir ein Geheimnis verraten?«

»Was denn?«

»Ich kann es nicht erwarten, dich ganz nackt zu sehen. Ich empfinde so seit dem Abend, an dem wir uns zum ersten Mal getroffen haben.«

Ich lachte. »Ich denke, das lässt sich einrichten.«

Sie schüttelte den Kopf. »Nein, ich meine ... ich möchte mindestens eine ganze Minute Zeit haben, um dich anzuschmachten.«

Ich küsste sie auf die Lippen. »Willst du für deine Show das Licht anhaben?«

Sie bekam große Augen und ein breites Lächeln erschien auf ihrem Gesicht. »Das wäre großartig.«

Ganz ehrlich, wenn diese Frau mir sagte, sie wolle, dass ich wie ein verdammtes Huhn gackere, dann hätte ich es getan. Also griff ich über ihren Kopf und arrangierte alle Kissen in einem großen Haufen, bevor ich sie über das Bett nach oben zog und daran positionierte. »Sitzt du bequem für deine Show?«

Sie grinste und nickte.

Ich streckte mich zum Nachttisch und schaltete das Licht an, bevor ich vom Bett kletterte. Wenn wir beide erst nackt wären, würde ich auf keinen Fall noch mehr Zeit verschwenden, deshalb ging ich zu meinem Koffer und nahm einige Kondome aus der Schachtel, die ich in hoffnungsvoller Erwartung gekauft hatte. Ich warf sie neben Georgia, stellte mich ans Fußende und begann meinen kleinen Striptease, indem ich mir das T-Shirt von hinten nach vorn über den Kopf auszog.

Georgia rieb sich die Hände. »Iiihhh. Ich wünschte, ich hätte Dollarscheine, um sie dir in die Unterhose zu stecken.«

»Das wäre Verschwendung. Sie würden dort nicht lange bleiben.« Ich schob meine Jogginghose nach unten, stieg heraus und schob sie mit dem Fuß zur Seite. Als ich nur in Boxershorts dastand, sah ich auf und entdeckte, dass Georgias verspieltes Lächeln verschwunden und durch etwas ersetzt worden war, das ich in diesem Moment sehr gut kannte – Verlangen. Sie schluckte und ich richtete den Blick auf ihre Kehle. Ich liebte es, meine Hände darum zu schließen, aber ich konnte ebenfalls nicht erwarten, in ihr zu sein. Sie schaute nach unten auf die Umrisse meines Schwanzes, den ich durch die Unterhose einige Male auf und ab streichelte. Als sie sich über die Lippen leckte, drückte ich einmal fest zu, bevor ich die Daumen unter den Gummizug schob und mich bückte, um das letzte Kleidungsstück auszuziehen.

Als ich mich aufrichtete, zuckte mein Schwanz aufrecht an meinem Bauch, stolz und vollkommen einsatzbereit. Selbst ich war von dieser Vorstellung beeindruckt. Aber der Blick auf Georgias Gesicht war unbezahlbar. Ihre Augen traten hervor, sie bedeckte den Mund mit ihrer Hand und sprach gedämpft: »Oh Gott. Das Ding sieht aus, als könnte es wehtun.«

Ich umschloss ihn mit meinen Händen und drückte ihn einmal. »Vielleicht musst du einen genaueren Blick draufwerfen.«

Sie atmete tief durch und nickte. »Ja bitte.«

Ich zog sie nach unten in die Mitte des Bettes und kletterte hinauf, um mich rittlings auf sie zu setzen. Dann beugte ich mich nach vorn und saugte eine ihrer harten Brustwarzen in meinen Mund. Als sie anfing, sich zu winden, wechselte ich zu der anderen und hörte erst auf, als sie die Fingernägel in meinen Rücken bohrte und wimmerte.

»Bitte ... Max, ich will dich.«

Ich nahm eins der Kondome, riss die Verpackung auf und stülpte es mir in Rekordzeit über. Dann legte ich mich auf sie und vereinnahmte ihren Mund mit einem Kuss, bevor ich mich zurückzog, um ihr Gesicht zu sehen, als ich in sie eindrang.

Einfach nur wunderschön. Unsere Blicke trafen sich und ich drückte meine Hüften nach vorn, Stück für Stück, wobei ich spürte, wie sie sich um mich herum ausdehnte. Sie war so verdammt eng und weil ich ihr nicht wehtun wollte, drang ich nur einige Zentimeter in sie ein, bevor ich mich wieder zurückzog. Beim nächsten Mal drückte ich mich ein wenig tiefer hinein. Es war eine Qual, so langsam zu machen, dennoch war es eine herrliche Art der Qual. Als ich endlich tief in ihr vergraben war, fingen meine Arme an zu zittern.

»Geht es dir gut?«, stöhnte ich.

Sie lächelte. »Sehr gut.«

Georgia hob die Beine an und schlang sie um meinen Rücken, was es mir ermöglichte, noch tiefer in sie einzudringen. Meine Augen rollten in meinem Kopf praktisch nach hinten, als meine Hoden gegen ihren Hintern klatschten.

»Scheiße«, stöhnte ich. »Du fühlst dich so gut an.«

Georgia zog meinen Kopf für einen Kuss an ihren Mund, bevor sie die Lippen an mein Ohr brachte. »Sei nicht zärtlich. Sorg dafür, dass ich morgen wund bin.«

Darum brauchte sie mich definitiv nicht zweimal zu bitten. Ich machte mich von ihr los und vögelte sie vollkommen hemmungslos fest und tief. Georgia hob die Hüften an, um jedem meiner Stöße zu begegnen, und wir machten so lange weiter, bis das Geräusch unserer schweißnassen Körper, die aneinanderklatschten, die Hintergrundkulisse für unser Stöhnen und Grunzen wurde.

»Max!«, schrie Georgia. Ihre Muschi zog sich fest um meinen Schwanz zusammen und begann zu pulsieren, was dafür sorgte, dass der letzte Rest Selbstbeherrschung aus meinem Körper gesaugt wurde. Ich hielt mich solange es ging zurück, weil ich wollte, dass sie solange wie möglich durchhielt. Als die Muskeln in ihrem Gesicht erschlafften und ihre Beine wie eine Schwerlast von meinen Hüften fielen, ließ ich mich endlich gehen.

Danach musste ich zusammensacken. Aber da einhundert Kilo Lebendgewicht sie eventuell zerquetscht hätten, rollte ich mich auf den Rücken und zog sie mit mir.

Sie schrie leise auf, als ich uns herumdrehte, aber auf ihrem Gesicht war ein Lächeln zu sehen, als sie sich in meine Halsbeuge kuschelte.

Ich schlang die Arme um sie und küsste ihren Kopf. »Ich fühle mich irgendwie schlecht.«

»Warum?«

»Weil ich dir von all diesen Plänen erzählt habe, die ich für uns gemacht habe, aber nach dieser Sache wirst du es nicht schaffen, mich dazu zu bringen, dieses Hotelzimmer zu verlassen.«

Georgia kicherte. »Ich glaube, das macht mir nicht im Geringsten etwas aus.«

...

Hiernach konnte ich definitiv süchtig werden.

Georgia lag gemütlich auf mir, den Kopf an meinem Herzen, während ich ihr Haar streichelte. Wir hatten soeben zum dritten Mal in zwölf Stunden Sex gehabt, wobei sie dieses Mal auf mir saß und mich langsam ritt, während die Sonne aufging und die goldenen Lichtstrahlen auf ihr hübsches Gesicht schienen.

»Ich muss pieseln«, sagte sie, »aber ich bin zu faul, um aufzustehen. Das ist eine meiner Superkräfte, weißt du? Ich kann es stundenlang einhalten, obwohl ich zur Toilette muss.«

»Warum würdest du das tun wollen?«

Sie zuckte mit den Schultern. »Manchmal bin ich bei der Arbeit so beschäftigt, dass ich nicht unterbrechen will, was ich gerade tue.«

»Kannst du es einhalten, wenn ich das hier mache?« Ich brachte meine Hand an ihre Taille und kitzelte sie.

»Oh mein Gott! Nein! Aufhören.« Sie kicherte. »Tu das nicht!«

Ich lachte. Aber nur für den Fall, dass Kitzeln das Kryptonit ihrer Superkraft war, hörte ich ebenfalls auf.

Georgia drehte sich und stützte ihren Kopf auf meiner Brust auf der Faust auf. »Was ist der meiste Sex, den du an einem Tag hattest?«

Ich zuckte mit den Schultern. »Keine Ahnung. Drei-, vielleicht höchstens viermal. Und du?«

Ihre Augen tanzten. »Traurigerweise zweimal. Mein lahmer Rekord ist also schon gebrochen. Aber deinen können wir immer noch brechen.«

Ich lachte. »Endlich hat dein unaufhörliches Bedürfnis, sich mit anderen zu messen, eine Herausforderung mit triftigem Grund gefunden. Um wie viel Uhr haben wir gestern Abend angefangen?«

»Ich weiß nicht genau ... gegen einundzwanzig Uhr?«

»Wie spät ist es jetzt?«

»Halb sieben. Dann bleiben uns etwa vierzehneinhalb Stunden, um es noch einmal zu tun. Meinst du, du schaffst das?«

»Einmal? Für was für einen Schlappschwanz hältst du mich? Wir müssen den Rekord um Längen brechen, nicht nur überschreiten.«

Sie lächelte breit. »Okay!«

»Und wo wir gerade dabei sind, ich glaube nicht, dass ich an einem Tag jemals mehr als sechs Blowjobs bekommen habe.«

Sie gab mir einen Klaps auf den Bauch und lachte. »Ich glaube, dieser Rekord wird bestehen bleiben. Ich sollte aber besser zur Toilette gehen, andernfalls fangen wir eine neue Herausforderung für dich an – wie oft du schon angepinkelt wurdest.« Georgia stand vom Bett auf und zog die Decke mit sich, die uns beide bedeckt hatte, um sie um sich zu wickeln.

Während sie im Bad war, nahm ich zwei Flaschen Wasser aus dem kleinen Kühlschrank und warf einen Blick auf die Speisekarte des Zimmerservice. Ich hatte so viel gearbeitet, dass ich riesigen Hunger hatte. Ich setzte mich aufs Bett und machte mir mentale Notizen über alles, das ich zu bestellen plante, als ein Telefon auf dem Nachttisch vibrierte. Aus Gewohnheit nahm ich es zur Hand. Aber der Bildschirm brauchte nur einmal mit dem Namen aufzuleuchten, um mir zu bestätigen, dass es nicht meins war. *Gabriel.*

Das war vielleicht das erste Mal seit gestern Abend, dass mein Schwanz vollständig erschlaffte. Als Georgia zurückkam, hielt ich ihr das Handy hin. »Das Telefon klingelt.«

Sie nahm es, las den Namen auf dem Display und runzelte die Stirn.

Ich legte den Kopf zur Seite. »Willst du nicht rangehen?«

»Nein.«

»Warum nicht?«

»Ähh ... weil das unhöflich wäre.«

»Wäre es unhöflich, weil wir beide nackt sind oder weil deine Muschi von deinem Ritt auf mir vor zehn Minuten noch wund ist? Ich bin mir nicht sicher, wie die Benimmregeln hier lauten.«

Georgia verzog den Mund. »Nun, du brauchst deswegen kein Idiot zu sein.«

In dem Moment verspürte ich allerdings das Bedürfnis, weshalb ich aufstand. »Ich werde duschen gehen. Du kannst den Anruf annehmen, wenn du willst.«

Ich brauchte nicht einmal zu Ende zu duschen, damit mir klar wurde, was für ein Arschloch ich war. Ich war schlicht und einfach eifersüchtig und hatte es an ihr ausgelassen, obwohl sie nichts falsch gemacht hatte. Sobald ich mich abgetrocknet hatte, ging ich zu ihr, um sie um Entschuldigung zu bitten.

Georgia war nicht mehr im Schlafzimmer, aber ihr Handy war immer noch am Ladegerät auf dem Nachttisch angeschlossen, genau so, wie ich es hinterlassen hatte. Ich ging in das angrenzende Zimmer und fand sie, wie sie aus dem Fenster starrte.

Ich trat von hinten an sie heran und küsste ihre Schulter. »Es tut mir leid. Ich war ein Arschloch.«

Sie drehte sich um und ihr Gesicht nahm einen sanfteren Ausdruck an. »In Bezug auf Gabriel war ich dir gegenüber offen und ehrlich.«

»Ich weiß.« Ich schüttelte den Kopf. »Ich war bloß eifersüchtig. Vielleicht hätte ich das nicht sein sollen, aber es ist passiert. Das ist meine Schuld. Aber ich habe dich dafür verantwortlich gemacht, und das war falsch. Aus diesem Grund bitte ich dich um Entschuldigung.« Ich ergriff ihre Hand. »Vergibst du mir, dass ich ein eifersüchtiger Idiot war?«

Sie lächelte traurig. »Ja.«

»Danke.« Ich grinste. »Denn ich will diesen Wettbewerb wirklich gewinnen. Ich habe gehört, es gibt einen Preis dafür.«

Sie konnte sich nicht mehr beherrschen und fing an zu lachen. »Du bist so ein Idiot.«

»Bin ich. Aber du magst mich trotzdem. Was sagt das über dich aus?«

Georgia rollte mit den Augen.

Ich hob ihre Hand an meine Lippen und küsste ihre Fingerknöchel. »Kann ich dich etwas fragen?«

»Was denn?«

»Willst du ihn zurückrufen?«

»Das habe ich nicht getan.«

»Das habe ich nicht gefragt. Ich frage dich, ob du ihn zurückrufen *willst*. Damit meine ich, ob du das Bedürfnis verspürst, mit ihm zu sprechen.«

Sie schüttelte den Kopf. »Nicht wirklich.«

»Sprichst du jeden Tag mit ihm?«

»Nein. Am Anfang haben wir alle zwei oder drei Tage miteinander gesprochen. Aber jetzt tun wir das vielleicht einmal pro Woche oder einmal alle anderthalb Wochen.«

Ich nickte. »Wirst du ihm sagen, dass du mit jemandem ausgehst?«

»Ich weiß nicht genau. Um ehrlich zu sein, hat er mich nie gefragt. Selbst als wir in Paris waren und ich ihn gefragt habe, hat er mich nicht gefragt. Ich glaube, er geht einfach davon aus, dass ich es nicht tue, oder vielleicht will er es auch nicht wissen, wenn es so wäre. Ich bin mir nicht sicher.« Als ich schwieg, fügte sie hinzu: »Würdest du dich besser fühlen, wenn ich es täte?«

Die Wahrheit war, dass es keinen Unterschied machen würde, wenn er es wüsste. Ich war eifersüchtig, weil er sie gehabt hatte und auf gewisse Weise immer noch hatte – und ich nicht. Zumindest nicht richtig. Außerdem wollte ich die Sache für sie nicht noch komplizierter machen. »Nein, ich bin nicht der Meinung, dass ich mich dann besser fühlen würde. Tu nichts meinetwegen. Tu das, von dem du denkst, dass es für dich am besten ist.«

Georgia nickte.

»Hast du Hunger?«, fragte ich.

»Ich verhungere.«

Ich zog sie an den Haaren. »Komm wieder in mein Zimmer und sieh dir die Speisekarte an. Ich werde uns etwas zu essen bestellen.«

Nachdem wir gefrühstückt hatten, sagte Georgia, sie müsse im Büro anrufen und duschen. Um ihr

Privatsphäre zu geben, ging ich nach unten ins Fitnessstudio. Als ich wiederkam, hörte ich sie im Nebenzimmer sprechen. Sie hatte die Verbindungstür nicht geschlossen.

»Oh mein Gott, Maggie«, lachte sie. »Tu das nicht. Wie alt ist er?«

Schweigen.

»Ich bin mir ziemlich sicher, dass du einen Mann finden kannst, der es öfter als einmal pro Nacht tun kann und der bei der letzten Wahl schon wahlberechtigt war.«

Schweigen.

Sie lachte erneut. »Das kann er definitiv. Ehrlich, es ist überhaupt nicht so wie mit Gabriel und ich kann Gabriel nicht einmal die ganze Schuld dafür geben. Selbst am Anfang wollte ich ihn nicht so, wie ich Max will. Ich kann es nicht erklären, aber zwischen uns herrscht einfach so viel mehr sexuelle Chemie, als ich sie mit Gabriel je hatte.«

Schweigen.

»In Ordnung. Ich danke dir, dass du die Stellung hältst. Ich bin froh, dass alles glatt läuft. Obwohl du weißt, dass ein Teil von mir traurig ist, dass ich nicht so gebraucht werde, wie ich dachte.«

Schweigen.

»Okay. Danke, Mags. Ich hab dich lieb.«

Ich wartete eine Minute, dann betrat ich ihr Zimmer. In der Empfangshalle hatte ich zwei weitere Becher mit Kaffee geholt. Ich hielt ihr einen mit spitzen Fingern hin. »Milchkaffee.«

»Ooh ... mein Lieblingskaffee. Habe ich dir das erzählt?«

Ich nickte.

Sie sah mich von oben bis unten an. »Hast du schon geduscht?«

»Unten, nachdem ich mit dem Training fertig war.«

Georgia schob schmollend die Unterlippe vor. »Ich habe mich darauf gefreut, dich erst verschwitzt und dann nach der Dusche in deinem Handtuch zu sehen.«

Ich zog sie an mich und schnupperte mit der Nase an ihrem Hals entlang. »Ich habe nichts dagegen, wieder verschwitzt zu werden.«

»Auf das Angebot werde ich definitiv zurückkommen. Nur etwas später. Ich habe Pläne für uns gemacht. Hattest du für heute etwas vor? Es wird nur eine oder zwei Stunden dauern, aber um dreizehn Uhr müssen wir an einem bestimmten Ort sein.«

»Sollten wir in der Nähe sein, würde ich gern kurz am Garden vorbeigehen und mich nach meinem Freund Otto erkundigen. Ihm geht es gesundheitlich nicht so gut und ich habe ihn seit ein paar Wochen nicht gesehen.«

»Oh, es tut mir leid zu hören, dass dein Freund krank ist. Das können wir definitiv tun.«

Ich nickte. »Wunderbar. Also dann, was hast du geplant?«

Sie lächelte. »Du wirst schon sehen.«

»In Ordnung. Im Gegensatz zu dir mag ich Überraschungen. Aus diesem Grund werde ich also nicht versuchen, es herauszufinden, und um Hinweise bitten.« Ich küsste sie. »Ist im Büro alles okay?«

»Ja. Nun, mit der Ausnahme, dass Maggie in Erwägung zieht, einen Neunzehnjährigen zu verführen.«

»Was ist mit dem Anwalt von ihrem Ex passiert?«

»Sie haben das letzte Treffen hinter sich gebracht und sich endlich auf alle Bedingungen der Scheidung geeinigt. Es besteht keine Chance mehr, dass Aaron sie beim Sex erwischt, deshalb denke ich, dass ihr langweilig geworden ist. Außerdem ist der Neunzehnjährige anscheinend der kleine Bruder ihrer Nachbarin – die Nachbarin, mit der sie befreundet war und die mit ihrem Mann geschlafen hat. Für sie ist das also eine neue und aufregende Sache, um sich an ihnen zu rächen.«

»Erinnere mich daran, es mir niemals mit Maggie zu verscherzen.«

»Das solltest du besser nicht.« Sie lachte. »Der Ort, den wir heute besuchen, ist einen langen Fußmarsch entfernt, aber draußen ist schönes Wetter und der Garden liegt auf dem Weg. Warum halten wir nicht dort an, um deinen Freund zu besuchen, und wenn wir danach noch Zeit haben, würde ich gern an meinem Blumenladen anhalten, der direkt dort in der Nähe ist. Es ist der erste Laden, den ich eröffnet habe. Ich schaue dort gern ab und zu mal vorbei. Würde es dir etwas ausmachen, wenn wir etwas früher losgehen und beides machen?«

»Ganz und gar nicht. Ich würde deinen Laden sehr gern sehen. Wir müssen nur um neunzehn Uhr wieder zurück sein.«

»Oh, okay. Haben wir heute Abend etwas vor?«

»Nur ich. Dich durchnehmen. Ich will dafür sorgen, dass wir diesen Rekord brechen.«

Georgia biss sich auf die Unterlippe. »Wir könnten ... jetzt noch eben einen Quickie einlegen, bevor wir gehen.«

»Ach ja?« Ich grinste. »Was ist der schnellste Orgasmus, den du je hattest?«

Georgias Augen leuchteten auf. »Ich weiß nicht. Aber ich bin mir sicher, wir können es übertreffen.«

Ich hob sie vom Boden an und warf sie mir über die Schulter. »Verdammt richtig, das können wir.«

Kapitel 14

Georgia

»Das hier diente als Präparationsraum, wo wir die Blumen eingetaucht und dem Konservierungsprozess unterzogen haben.« Ich deutete auf einen Bereich, in dem sich nun von einem Ende zum anderen Kühlschränke befanden. »Wir hatten Klapptische an dieser Wand, die ich auf dem Flohmarkt gekauft hatte, und darauf befanden sich dicke Plastiksäcke, die auf plattgefalteten Kartons lagen, um die heruntertropfenden Chemikalien aufzufangen. Jetzt habe ich große, schicke Maschinen, die extra gebaut wurden, um all das zu tun, was ich vorher von Hand erledigt habe.«

Ich führte Max durch einen meiner Präsentationsräume für die Blumen. Als wir angefangen hatten, war dies meine erste Vergrößerung – ich zog mit *Eternity Roses* von meiner Wohnung in diesen kleinen Laden um.

»Wo sind die Maschinen jetzt?«

»In unseren Produktionsstätten. Ich habe eine in Jersey City und eine andere an der Westküste. Keine der

Blumen wird mehr hier hergestellt. Diese Kühlschränke sorgen bloß dafür, dass die Feuchtigkeit draußen bleibt und die vorgefertigten Blumen bei optimaler Temperatur gelagert werden. Wir verkaufen Lagerware aus den Ausstellungsräumen und nehmen Bestellungen für alles an, das die Kunden speziell angefertigt haben wollen. Aus den Vertriebszentren kommen jeden Tag neue Lieferungen an und alle Bestellungen, die online aufgegeben werden, wobei es sich um den Großteil handelt, werden von dem Warenhaus versandt, das sich am nächsten befindet.«

»Wow. Du hast die Firma von einem Kleinstunternehmen tatsächlich in etwas Riesiges verwandelt.«

»Ja, das haben wir. Es war nicht nur ich. Maggie hat mir sehr viel geholfen. Als ich anfing, arbeitete sie als Vertriebsleiterin für ein Kosmetikunternehmen. Lange Zeit hatte ich nicht das Geld, um sie zu bezahlen, aber ich gab ihr als Ausgleich fünfundzwanzig Prozent der Firmenanteile. Das hätte natürlich auch auf nichts hinauslaufen können. Als ich es mir dann endlich leisten konnte, ihr ein Gehalt zu zahlen, kündigte sie ihren Job, um in Vollzeit für mich zu arbeiten. Aber sie ging ein Risiko ein und ich bin froh, dass es sich auch für sie ausgezahlt hat.« Ich sah mich um und lächelte. »Wir hatten eine gute Zeit hier, selbst als es anfing, besser zu laufen, und wir achtzehn Stunden pro Tag gearbeitet haben.« Ich lachte, als ich mich an den Mist erinnerte, den wir gebaut hatten. »Eines Nachmittags kam ein Kunde und gab zwei Blumenbestellungen auf. Ich fragte ihn, was er für die erste Bestellung ausgeben wolle, und er sagte, es gebe kein Limit – er wolle bloß, dass die Blumen sehr hübsch aussähen. Als ich ihn fragte, welche Farbe er wolle, entgegnete er, ich solle wählen, was immer mir am besten gefiele. Ich antwortete, dass ich eine Mischung aus kräftigen Farben bevorzuge, weil sie so lebendig sind und mir ein Lächeln ins Gesicht zaubern. Er sagte, genau das brauche er, weil die Frau, der er sie schickte, nicht unbedingt gelächelt hatte, als er sie vorhin verließ. Ich erinnere mich noch daran, dass die Frau Amanda hieß, doch er teilte uns mit, er hätte sie in einem unpassenden Moment Chloe genannt. Als wir zu der Karte kamen, sah ich, dass er schrieb: *Es tut mir leid, Amanda.* Für den Fall, dass er bei seiner Freundin den Eindruck erweckt hatte, er hätte an eine andere Frau gedacht, schlug ich vor, seine Nachricht solle übermitteln, dass es nicht der Fall gewesen war. Ich war der Meinung, dass vielleicht etwas Romantischeres angebracht wäre, aber der Typ änderte den Kartentext in etwa zu: *Es tut mir leid wegen heute, Amanda. Ich kann nicht aufhören, an dich in diesem roten Body zu denken.«* Ich schüttelte den Kopf, denn ich erinnerte mich immer noch daran, wie der Kerl ausgesehen hatte.

»Wie dem auch sei, er gab mir Amandas Adresse und als er fertig war, hatte ich fast vergessen, dass er gesagt hatte, er wolle zwei Gestecke verschicken. Es stellte sich heraus, dass das zweite für Chloe war. Er wählte die günstigste Variante, die wir verkauften, und nur eine Farbe. Weißt du, was auf der Karte stand?«

»Was?«

»Alles Gute zum zehnten Hochzeitstag, Chloe.«

»Verdammt.« Max lachte. »Ich dachte mir schon, dass es so etwas sein würde.«

»Dem Kerl war es nicht einmal peinlich, seiner Frau und seiner Geliebten Blumen aus demselben Laden zu schicken. Und es machte mich wirklich wütend, dass er bei dem, was er für seine Frau ausgesucht hatte, so geizig war, für die Blumen für seine Freundin aber keine Kosten scheute. Aus diesem Grund ... lieferte ich die Gestecke aus Versehen mit den falschen Karten.«

Max zog die Augenbrauen hoch. »Aus Versehen?«

Ich grinste. »Nun, soweit er wusste war es ein Versehen. Er war darüber *nicht* erfreut. Am nächsten Tag kam er in den Laden und forderte eine volle Rückerstattung. Ich war nicht da, aber er sprach mit Maggie. Sie sagte ihm, wir seien bereit, ihm das Geld zurückzuerstatten, wir würden den Scheck aber auf Chloes Namen ausstellen.«

Max lachte. »Ihr beide seid vielleicht ein Team.«

»Wir arbeiten wirklich gut zusammen. Sie nimmt meine Ideen, multipliziert sie um das Hundertfache und entwickelt daraus einzigartige Marketingstrategien. Als ich beispielweise meinen ersten Laden eröffnete, lagen an der Kasse Bücher mit Anmerkungen, die ich gut fand. Wenn jemand nicht wusste, was er auf die Karte schreiben sollte, die den Blumen beilag, zeigte ich demjenigen Passagen, die für den Anlass angebracht waren. F. Scott Fitzgerald war mein Lieblingsautor. In seinen Büchern fand ich immer eine Million simple Zitate. Als Maggie mit dem Designer an unserer Webseite arbeitete, überraschte sie mich, indem sie alle markierten Zitate aus diesen Büchern und zusätzlich noch Hunderte mehr von anderen Autoren zu unserer Webseite hinzufügte. Wenn Kunden die Karte aussuchen, fragen wir sie, ob sie Hilfe benötigen, und wenn sie es bejahen, wählt eine Datenbank Zitate basierend auf ihren Antworten aus. Weil schon so viele Menschen die Zitate genutzt haben, die ich ausgesucht habe, hat sie eine Funktion hinzugefügt, mit der die Kunden eine Spezialausgabe des Buches kaufen können, aus dem das Zitat stammt, um es mit ihrer Blumenbestellung liefern zu lassen. Das hat guten Anklang gefunden.«

Max lächelte. »Deine Augen strahlen, wenn du über deine Firma sprichst. Das ist sexy.«

Gabriel hatte immer ein Problem damit, dass ich zu viel arbeite. Genauer gesagt hatte ich angefangen, meine eigenen Prioritäten infrage zu stellen, weil er mir das Gefühl gab, mit mir stimmte etwas nicht, weil ich mich für meine Arbeit so sehr engagierte. Ich denke, Max verstand Engagement besser, da er für seine eigene Karriere so viel hatte aufgeben müssen.

Ich erwiderte sein Lächeln. »Bereust du manchmal die Dinge, die du wegen deiner Karriere verpasst hast?«

Er schüttelte den Kopf. »Bereuen? Nein. Sind mir Sachen entgangen, weil ich mein halbes Leben auf dem Eis verbringe? Ja, natürlich. Aber für mich ist es einfach, zu sagen, dass ich nichts bereue, weil die Dinge, die ich getan habe, und die Risiken, die ich eingegangen bin, sich ausgezahlt haben. Nicht jeder hat so viel Glück. Würde ich heute hier stehen und hätte die gleichen Opfer erbracht, nur um es nicht geschafft zu haben, wäre meine Antwort vielleicht eine andere. Aber ich musste es versuchen, denn auch wenn ich vielleicht Reue verspüren würde, wenn alles nicht so funktioniert hätte, wie es am Ende der Fall war, weiß ich doch mit Sicherheit, dass ich definitiv bereuen würde, das Risiko, es zu versuchen, nicht eingegangen zu sein.«

»Ja, das macht Sinn.« Ich trat näher an ihn heran und schlang die Arme um seinen Hals. »Übrigens, weißt du, was *ich* sexy finde?«

»Was?«

»Einen süßen Mann, und genau das bist du.«

»Ach ja? Und warum bin ich das?«

»Ich liebe deine Freundschaft mit Otto. Als du sagtest, du wollest kurz am Garden anhalten und nach einem Freund sehen, war mir nicht klar, dass es sich um einen älteren Mann handelt, der dort arbeitet.«

»Ich bin mir nicht sicher, ob du unsere Freundschaft immer noch süß fändest, wenn du hören würdest, wie wir für gewöhnlich miteinander reden. Heute Morgen hat er sich nur sehr gut benommen, weil du dabei warst.«

»Wie habt ihr beide euch angefreundet?«

Max zuckte mit den Schultern. »Er hat mich wegen meiner reizbaren Stimmung angesprochen, als ich neu zur Mannschaft gestoßen bin. Ich würde es ihm nie sagen, aber er erinnert mich sehr an meinen Vater. Er hat die Fähigkeit, das Chaos zu durchschauen und Dinge zu vereinfachen, wenn du weißt, was ich meine. Er ist bodenständig und gibt gute Ratschläge. Aber solltest du ihm jemals erzählen, dass ich das gesagt habe, werde ich es leugnen.«

Ich lächelte. »Dein Geheimnis ist bei mir sicher.«

Meine Filialleiterin Susanna kam nach hinten. »Tut mir leid, dass ich störe. Wir werden etwas zum Mittag bestellen. Sollen wir für euch mitbestellen?«

»Nein, ich denke, wir sind nicht hungrig. Aber danke.« Allerdings schaute ich bei der Erwähnung von Mittagessen auf die Uhrzeit auf meinem Handy. »Mir war nicht klar, dass es schon so spät ist.« Ich sah zu Max. »Wir sollten uns auf den Weg machen.«

Er streckte die Hand aus, um mir zu bedeuten vorzugehen. »Nach dir.«

Der Ort, an den ich mit Max ging, war nur einen Block entfernt. Als ich vor dem Laden anhielt, blickte er zu dem Schild auf. *Lift Aerial Yoga.*

»Scheiße«, schmunzelte er. »Das wird hässlich werden.«

Ich lachte. »Ich habe uns eine Privatstunde gebucht, damit du dir keine Sorgen machen musst, dass Bilder von dir an die Öffentlichkeit gelangen. Obwohl ich vielleicht einige Fotos machen und dich später damit erpressen werde, damit du mir als mein Sexsklave dienst.«

Max öffnete die Tür, aber als ich hindurchgehen wollte, schlang er einen Arm um meine Taille, zog mich an sich und drückte mir einen Kuss auf die Lippen. »Du brauchst mich nicht zu erpressen. Ich nehme die Stelle freiwillig an.«

. . .

Ich erinnerte mich nicht daran, wann ich das letzte Mal so sehr gelacht hatte. Max war beim Aerial Yoga eine totale Katastrophe. Derzeit hatte er sich zum dritten Mal in den Tüchern verfangen und hing an einem Bein in der Luft, während er sein Gewicht in einem Handstand hielt und die Lehrerin versuchte, ihn zu befreien. Ich hätte nicht lachen sollen. Ich bewegte mich in dieser Vorrichtung weiß Gott ebenfalls nicht elegant, aber ich konnte mich einfach nicht beherrschen. Es war nicht seine Unfähigkeit, die Positionen einzunehmen, die mich amüsierte, es war vielmehr, wie frustriert er wurde, wenn er etwas nicht hinbekam.

»Ich werde dir in den Hintern treten, wenn du nicht aufhörst zu lachen«, brummte er.

Seine Drohung ließ mich nur noch lauter gackern. Ich grunzte sogar. »Dafür müsstest du dich aus dem

Gewirr der Tücher befreien, in denen du derzeit gefangen bist.«

»Warum versuchst du dich nicht noch einmal an dem Schwan?«, sagte die Yogalehrerin zu Max, als sie ihn entwirrte. »Den kriegst du gut hin.« Angesichts der Tatsache, dass der Schwan eine der Grundpositionen war – man musste sich nur nach vorn beugen und in dem Tuch balancieren, ohne es um sich zu wickeln oder sich zu drehen –, hielt ich das für eine gute Idee.

»Ja«, sagte ich grinsend. »Dein Schwan ist echt großartig, Yearwood.«

Er zeigte auf mich. »Warte nur ab.«

Zum Ende der Stunde hin wurde Max tatsächlich etwas besser. Die Lehrerin sagte, er müsse sich mit den Tüchern *anfreunden*, anstatt gegen sie zu kämpfen. Und ich hatte keinen Zweifel, dass er nach ein bis zwei weiteren Stunden die Leute überholt hätte, die seit Jahren trainierten. Durch seine Entschlossenheit war er nicht aufzuhalten.

Ich wischte mir den Schweiß aus dem Nacken, als ich zu der Lehrerin ging, die gerade den vorderen Teil des Raumes aufräumte.

»Entschuldige bitte, Eden.«

»Ja?«

»Ich möchte nur gern bestätigt wissen«, ich sah zu Max hinüber, um sicherzugehen, dass er zuhörte, »ich habe mich besser als Max angestellt, richtig?«

Sie runzelte die Stirn. »Es geht wirklich nicht darum, wer besser war.«

»Oh, für uns tut es das. Wir lieben es zu … wetteifern.«

Eden sah weiterhin besorgt aus, als sie Max anschaute.

Er rollte mit den Augen, nickte aber. »Sag ihr einfach, dass sie gewonnen hat.«

»Nein«, erwiderte ich. »Sie sollte mir *nicht einfach sagen*, dass ich gewonnen habe. Sie soll ihre ehrliche Meinung kundtun.«

Eden schüttelte den Kopf. »Ihr habt es beide sehr gut gemacht. Max hatte am Anfang selbstverständlich Probleme, aber dann hatte er den Dreh raus. Er ist sehr stark, und das ist wichtig, wenn man sich an die komplizierteren Positionen heranwagt.«

»Aber heute – nur basierend darauf, wie wir uns heute angestellt haben –, wer war besser?«

Max kam zu mir. Er schlang den Arm um meinen Hals. »Wir werden daran arbeiten, ihr eine Psychologin zu suchen, weil sie so besessen ist. Aber nur, damit ich es mit ihr nicht den ganzen Tag ausdiskutieren muss, würdest du uns bitte sagen, wer besser war?«

Eden seufzte. »Georgia war in der Lage, die Positionen einfacher einzunehmen.«

Ich boxte mit der Faust in die Luft, was Max zum Lachen brachte.

Wir bedankten uns bei Eden und sagten ihr, wir würden definitiv wiederkommen, um weitere Stunden zu nehmen. Draußen auf der Straße hatte Max immer noch den Arm um meinen Hals gelegt.

»Du bist schadenfroh«, sagte er. »Niemand mag schadenfrohe Leute.«

»Wirklich, *sagt* man das so? Denn ich dachte, es hieße niemand mag *Verlierer*.«

Wir lachten beide und ich vergaß fast vollkommen, dass wir auf einer belebten Straße in New York unterwegs waren, bis ...

»Georgia?«

Die Stimme kam mir bekannt vor. Ich blickte auf und sah einen Mann, der in die entgegengesetzte Richtung gegangen war und angehalten hatte. Er schaute zwischen Max und mir hin und her.

»Josh Zelman«, sagte er. »Ich bin Professor für Englisch zusammen mit ...«, er warf einen Blick auf Max' Arm um meine Schultern und änderte den Kurs, »... drüben an der New Yorker Universität.«

Mist. Richtig. Ich hatte ihn einige Male auf Partys getroffen. Ich konnte ihn ohne Zusammenhang nur nicht einordnen. Ich zwang mich zu einem Lächeln. »Ja, natürlich. Hallo Josh. Schön, dich zu sehen.«

»Ebenfalls.« Er richtete die Aufmerksamkeit auf Max. »Sie kommen mir sehr bekannt vor. Sind wir uns schon einmal begegnet?«

Max' Gesicht war starr. »Nein.«

Josh starrte ihn weiter an. Es sah aus, als würde er seine mentale Kontaktdatei durchgehen und versuchen herauszufinden, woher er Max kannte. Irgendwann richtete er den Blick wieder auf mich. »Ellen hat erst vor ein paar Tagen von dir gesprochen. Wir waren bei der Kennenlernparty zum Frühjahrssemester und sie sagte, sie langweile sich ohne dich.«

Ich lächelte gezwungen. »Bitte richte ihr liebe Grüße von mir aus.«

Er nickte. »Werde ich tun. Ich bin spät dran für meinen Kurs. Ich war mir nicht sicher, ob du es bist, aber ich dachte, ich spreche dich an und sage Hallo.«

»Es war schön, dich zu sehen.«

Max nahm die Hand von meiner Schulter und schwieg, als wir weitergingen.

»Das war ... Josh ist Englischprofessor an der Universität von New York.«

»Das sagte er bereits.«

»Er arbeitet mit Gabriel zusammen. Die beiden sind gute Freunde.«

»Okay.«

Ich war mir nicht sicher, was Gabriel seinen Freunden erzählt oder ob er ihnen überhaupt etwas gesagt hatte. Das war vielleicht eine Erklärung für die unangenehme Situation. Da ich darüber hinaus aber nicht wusste, was sonst noch gesagt werden musste, schob ich es beiseite und hoffte, dass Max das ebenfalls tun würde.

»Also ... ich bin der Meinung, dass das späte Mittagessen auf deine Kosten geht, weil ich dich beim Aerial Yoga besiegt habe.«

Max lächelte, wenngleich seine Verschmitztheit von vor einigen Minuten nun verschwunden war. »Alles klar.«

Wir hielten an einem Sushi-Restaurant an. Die Kellnerin kam mit einem kleinen Mädchen, das vermutlich etwa fünf Jahre alt war, und stellte Wassergläser auf den Tisch. Beide trugen schwarze Schürzen mit Taschen um die Hüften und als die Frau einen kleinen Block und einen Stift herausnahm, sah das kleine Mädchen ihr zu und tat das Gleiche.

»Heute ist der Tag, an dem meine Tochter mit mir zur Arbeit kommen darf. Ich hoffe, es stört Sie nicht.«

»Natürlich nicht.« Ich beugte mich zu dem kleinen Mädchen. »Wie heißt du?«

»Grace.«

»Freut mich, dich kennenzulernen, Grace. Ich mag deine Schürze.«

Das Mädchen griff erneut in ihre Tasche. Dieses Mal nahm sie zwei kleine Actionfiguren heraus. Ich dachte, sie seien vielleicht aus einem Disneyfilm. Sie streckte mir die von einem Mädchen mit langen, braunen, welligen Haaren entgegen.

Ich nahm sie in die Hand. »Wer ist das?«

»Moana.«

»Oh. Ist sie eine Prinzessin?«

Das kleine Mädchen nickte und zeigte mir die andere Figur. Bei dieser handelte es sich um eine Krabbe. »Tamatoa.«

»Tamatoa, was?« Ich warf Max einen Blick zu. »Sind das Glücksbringer? Trägst du sie deshalb mit dir herum?«

Sie schüttelte den Kopf.

Ich grinste. »Natürlich nicht, du bist ja schon ein großes Mädchen.« Ich beugte mich noch näher zu ihr. »Willst du ein Geheimnis wissen?«

Sie nickte.

Ich nahm Max' Plastik-Yoda aus meiner Handtasche. »Dieser kleine Kerl.« Ich zeigte auf Max. »Gehört diesem großen Kerl.«

Das kleine Mädchen bedeckte den Mund und kicherte.

Ich nickte. »Komisch, nicht wahr?«

Die Kellnerin lachte. »Was kann ich Ihnen bringen?«

Ich bestellte Suppe und eine Portion Sushi, Max bestellte *vier* Portionen Sushi. Das kleine Mädchen winkte mir zu, bevor sie zusammen mit ihrer Mutter verschwand.

Ich stellte Yoda in die Mitte des Tisches.

»Ich wusste nicht, dass du ihn dabeihast«, sagte Max.

»Er ist vermutlich der Grund, warum ich beim Aerial Yoga so gut war und du, na ja, so *schlecht* warst.«

Max lachte. »Sie war süß.«

»Möchtest du mal Kinder haben?«

Max trank sein Wasser und zuckte mit den Schultern. »Ich weiß nicht genau. Hättest du mich vor fünf oder zehn Jahren gefragt, hätte ich Nein gesagt. Aber jetzt bin ich mir nicht sicher.«

»Wieso hättest du Nein gesagt?«

»Ich habe gesehen, was meine Mutter durchgemacht hat, als Austin starb.«

»Richtig. Tut mir leid. Ich habe nicht nachgedacht. Natürlich hatte das Auswirkungen auf dich.«

Er zuckte mit den Schultern. »Ich schätze, seit meine Nichten geboren wurden, bin ich etwas offener geworden. Oder vielleicht liegt es daran, dass ich älter werde. Was ist mit dir?«

»Ich möchte definitiv Kinder haben. Mehrere, um genau zu sein. Ich hatte eine schöne Kindheit, aber es waren immer bloß meine Mutter und ich, und ich war immer ein wenig neidisch auf meine Freundinnen, die große Familien hatten.« Ich hielt inne. »Maggie und ich haben immer gesagt, dass wir unsere Kinder zur gleichen Zeit bekommen wollen, damit sie gemeinsam aufwachsen können. Ich erinnere mich, als wir dreizehn waren, haben wir gesagt, dass wir bis zu unserem dreißigsten Lebensjahr drei Kinder haben wollen, damit wir junge Mütter sein können. Ich denke, das wird wohl nicht passieren, angesichts der Tatsache, dass sie mitten in der Scheidung steckt und ich ... nicht mehr verlobt bin.«

Max wandte den Blick ab. »Das Leben verläuft nicht immer nach Plan.«

—— Kapitel 15 ——

Max

Zehn Jahre zuvor

»Das ist anders, als ich erwartet habe.«

»Was hast du erwartet, eine Szene wie in dem Film *Ich glaub', mich tritt ein Pferd*?«

Ich hatte Teagan heute Abend zu einer Party mitgenommen, es war nur keine, die ich normalerweise besucht hätte. Alle meine Freunde waren einige Blocks entfernt und sorgten vermutlich dafür, dass *Ich glaub', mich tritt ein Pferd* langweilig erschien. Ich war mit ihr stattdessen zu einer Party gegangen, die von dem Architektur-Klub veranstaltet wurde, dem mein Bruder angehörte. Er hatte gesagt, er würde dort sein, wenngleich ich ihn bis jetzt noch nicht gefunden hatte.

Teagan trank ihr Bier und musterte mich. Es fühlte sich an, als wollte sie etwas ausmachen, das nicht richtig war, also hob ich mein Kinn in Richtung eines Kerls, der vorbeiging. »Hey, was geht ab? Wie geht es dir?«

Der Typ schaute über die Schulter nach hinten, um nachzusehen, wen ich wohl angesprochen haben könnte. Teagan bemerkte den Austausch und kniff die Augen zusammen.

»Kennst du überhaupt jemanden hier?«

»Klar.« Ich zeigte auf einen xbeliebigen Kerl auf der anderen Seite des Raumes. »Das dort drüben ist Chandler.« Ich sah mich um und deutete auf einen anderen. »Das ist Joey.« Eine Frau, die ich noch niemals gesehen hatte, ging an mir vorbei und lächelte mich an. Ich winkte ihr freundlich zu. »Hey, Monica.«

»Ernsthaft, Max?«

»Was?«

Sie zeigte auf ein blondes Mädchen. »Ist das Phoebe? Ich habe *Friends* gesehen, weißt du?«

Ich grinste. »Tut mir leid. Bekomme ich wenigstens Punkte für meinen Einsatz?«

Sie schüttelte den Kopf. »Du bekommst Punkte für deine Grübchen und sie sind der einzige Grund, warum ich immer noch hier stehe. Was ist los? Warum hast du mich zu einer langweiligen Party mitgenommen, bei der du niemanden kennst?«

»Willst du die Wahrheit hören?«

Sie rollte mit den Augen. »Max ...«

»Okay, okay ...«, schnaubte ich. »Das sind die Freunde meines Bruders. Meine Freunde sind bei einer anderen Party.«

»Wolltest du einfach nur mit deinem Bruder abhängen?«

»Ich dachte, seine Freunde würden einen besseren Eindruck machen.«

»Warum?«

»Weil das Abhängen mit meinen Freunden an einem Samstagabend auf zwei Weisen enden kann. Entweder wird jemand verhaftet und manchmal bin ich das, oder jemand fängt eine Schlägerei an, wobei ich das ebenfalls manchmal bin, und dann mischt das ganze Eishockeyteam mit. Du hast gesagt, du könntest anhand der Menschen, mit denen eine Person sich umgibt, sehr viel erfahren. Ich dachte mir, es sei sicherer, wenn du dich in mich verliebst, *bevor* ich dich zu diesen Clowns mitnehme.«

Sie zog eine Augenbraue hoch. »Ach, das ist der Plan? Erzähl mir doch, wie genau willst du es anstellen, dass ich mich in dich verliebe?«

Ich lächelte und zeigte auf meine Wangen.

Teagan lachte. »Sie sind hinreißend. Das lasse ich dir. Obwohl ich glaube, dass du mehr brauchen wirst als ein tolles Lächeln. Wie wäre es, wenn wir zu der anderen Party gehen und ich dir verspreche, dir deine Freunde nicht zur Last zu legen? Ob du es glaubst oder nicht, ich war Mitglied einer Schwesternschaft und war schon bei einer oder zwei Studentenpartys.«

»Zum Glück.« Ich senkte den Kopf. »Diese Party ist scheiße.«

Wir lachten beide, als wir uns auf den Weg zur Tür machten. Ich winkte den beiden Kerlen zu, die ich vorgegeben hatte zu kennen. »Bis dann, Joey. Bis dann, Chandler.«

Beide sahen mich an, als sei ich verrückt.

Draußen auf der Veranda sah ich, wie mein Bruder den Weg hinaufkam.

»Hey, da ist er ja. Das wird verdammt noch mal auch Zeit.« Ich deutete mit dem Daumen nach hinten.

»Wir sind vor Langeweile fast gestorben, als wir da drinnen gewartet haben.«

Austin lächelte und schüttelte den Kopf. Er sah zu Teagan und streckte ihr die Hand entgegen. »Ich bin Austin, der Bruder von diesem Trottel.«

»Teagan. Freut mich, dich kennenzulernen.« Sie legte den Kopf schief. »Haben wir uns schon mal getroffen?«

Mein Bruder zuckte mit den Schultern. »Nicht dass ich wüsste.«

»Ich habe dich vermutlich nur auf dem Campus gesehen. Ich wohne schon so lange hier, dass mir mittlerweile alle bekannt vorkommen.« Sie blickte zwischen uns hin und her. »Ihr beide seht euch gar nicht ähnlich.«

Ich wippte grinsend auf den Fußballen vor und zurück. »Was für ein Pech ... für ihn.«

Austin lachte. »Er hat vielleicht das gute Aussehen bekommen, aber ich bin schlau. Irgendwann wird er eine Glatze haben und fett sein, und dann bin ich immer noch schlau. Bist du dir sicher, dass du nicht doch mit mir ausgehen willst?«

Teagan lachte. »Also, ihr habt den gleichen Humor.«

»Wollt ihr schon wieder gehen?«, fragte Austin.

»Ja. Nimm es mir nicht übel, aber diese Party ist scheiße. Willst du mit uns kommen? Wir gehen rüber zur Party der Eishockeymannschaft.«

Austin schüttelte den Kopf. »Nein danke. Abseits des Eises sind sie mir etwas zu viel. Außerdem habe ich schon den ganzen Tag Rückenschmerzen. Ich werde bloß rumsitzen, ein paar Bier trinken und dann ins Bett gehen.«

»Du hast schon wieder Rückenschmerzen? Was könnte dafür verantwortlich sein, dass dein Rücken dir wehtut? In deiner Sportart gibt es nicht einmal Zusammenstöße.«

Austin sah Teagan an und schüttelte den Kopf. »Ich bin Mittelstreckenläufer. Dieser Idiot denkt, man kann sich nur verletzen, wenn man einen Kontaktsport betreibt.«

»Weißt du, wenn es erlaubt wäre, dass die Zuschauer die Läufer beim Laufen angreifen, würde es weitaus mehr Spaß machen.«

Austin lachte. »Viel Spaß euch beiden.«

Ich gab meinem Bruder einen Klaps auf die Schulter. »Tu nichts, was ich nicht auch tun würde.«

»Nun, damit es ein Ratschlag wäre, müsste es etwas *geben*, das du nicht tun würdest.«

Ich ergriff Teagans Hand. »Bist du so weit?«

»Sicher.« Sie drehte sich zu meinem Bruder um. »Tschüss, Austin. Hat mich gefreut, dich kennenzulernen.«

»Mich auch.«

Als wir weggingen, drehte Teagan sich noch einmal um und blickte zurück.

»Hast du etwas vergessen?«

»Nein. Es ist bloß ... ich habe das Gefühl, deinen Bruder von irgendwoher zu kennen, aber es fällt mir nicht ein.«

»Solange du nicht vor mir mit ihm ausgegangen bist. Denn das wäre einfach nur komisch.«

Sie lächelte. »Ich glaube, ich würde mich daran erinnern, wenn ich mit einem Typen ausgegangen bin.«

»Keine Ahnung. Man sagt, dass Erinnerungen eins der ersten Dinge sind, die schwinden. Du bist ziemlich alt.«

Sie stieß mich mit der Schulter an, als wir nebeneinander hergingen. »Meine Güte, du hast Glück, dass du süß bist, denn du kannst etwas fies sein.«

Ich grinste. »Ach ja, du findest mich also süß?«

Sie richtete den Blick auf meine Lippen und seufzte. »Ja, ich schätze, da sind wir schon zwei, die wissen, dass du süß bist.«

•••

»Ich kann meinen Ohrring nicht finden. Hast du ihn gesehen?«

Ich rollte mich auf den Rücken und legte den Arm über meine Augen, um die Sonne abzuschirmen. »Mir ist nicht einmal aufgefallen, dass du Ohren hast.«

Ein Kissen traf auf meine Bauchmuskeln. »Blödmann.« Teagan schmollte. »Du wusstest nicht, dass ich Ohren habe? Erinnerst du dich an meinen Namen?«

Ich blinzelte mit einem Auge. »Brandy, richtig?«

Sie tat, als sei sie sauer, konnte ihr Lächeln aber nicht verbergen. »Das mit dem Ohrring meine ich ernst. Meine Großmutter hat sie mir geschenkt. Sie ist letztes Jahr gestorben.«

»Okay, tut mir leid.« Ich rieb mir den Schlaf aus den Augen und kletterte einzig mit Boxershorts bekleidet aus dem Bett. »Wo hast du bisher gesucht?«

»Nur im Schlafzimmer. Mir ist gerade erst aufgefallen, dass er nicht mehr da ist. Er muss irgendwo im Bett sein.«

Ich grinste, als ich mich daran erinnerte, wie wir gestern Abend nach der Party zurück in mein Zimmer gestolpert waren. »Oder in der Nähe der Tür. Oder dort drüben auf dem Stuhl.«

Sie versetzte mir einen weiteren Schlag mit dem Kissen, dieses Mal versteckte sie ihr Lächeln aber nicht. »Such einfach.«

»Ja, Ma'am.«

Während sie den Boden absuchte, schüttelte ich die Kissen und Decken aus, schob die Matratze zur Seite, um nachzusehen, ob der Ohrring dahinter gefallen war, und sah meine Kleidungsstücke von gestern Abend durch, um zu gucken, ob etwas herausfiel. Aber wir beide fanden nichts.

»Verdammt. Vielleicht habe ich ihn gestern Abend bei der Party verloren. Meinst du, sie haben schon aufgeräumt?«

Ich sah sie an. »Bis Semesterende sind es immer noch sechs Wochen.«

Sie lachte, als sie die Reißverschlüsse ihrer Lederstiefel hochzog. »In Ordnung. Ich muss mich beeilen, denn ich habe heute eine Schicht im Krankenhaus. Wird irgendwer wach sein, wenn ich auf dem Weg dorthin vorbeigehe, um nachzusehen, ob ich ihn dort verloren habe?«

Ich griff nach einer Packung Cheerios, nahm eine Handvoll heraus und stopfte sie mir trocken in den Mund. »An der Tür gibt es nicht einmal ein Schloss. Geh einfach rein, wenn keiner aufmacht.«

»Okay.«

Sie stellte sich auf Zehenspitzen und küsste mich, während ich kaute. »Ich hatte gestern Abend Spaß.«

»Ich auch.«

»Willst du nächstes Wochenende abhängen?«

»Ich kann nicht«, sagte ich. »Ich habe Spiele am Freitag- und Samstagabend und Sonntag fahre ich nach New York, um mit ein paar der Jungs aus dem Team Eislaufen zu gehen.«

»Ihr fahrt zum Schlittschuhlaufen bis nach New York?«

»Ja, es ist eine Art Tradition. Das Eishockeyteam geht zur Wollman-Eisbahn, wo der große Weihnachtsbaum im Central Park steht, um am letzten Tag Schlittschuh zu laufen, und danach zum Irish Pub, das einige Blocks entfernt ist.«

»Also, ich habe von Dienstag bis Freitag dieser Woche entweder Vorlesungen oder Wechselschichten.«

Ich zuckte mit den Schultern. »Willst du dich später treffen, wenn deine Schicht zu Ende ist?«

Teagan lächelte und steckte die Hand in die Cheerios-Packung. »Ja, vielleicht. Schreib mir.« Sie drehte sich an der Tür um und aß einige Cheerios aus ihrer Hand. »Und das zählt nicht als Einladung zum Frühstück. Deshalb kaufst du mir beim nächsten Mal etwas zu essen.«

»Kein Problem.« Ich hielt die Cheerios hoch. »Ich werde die Packung mitbringen. Die kann man zu jeder Tageszeit essen.«

Sie kicherte. »Bis nachher.«

Am Nachmittag schrieb Teagan eine SMS, um mir zu sagen, dass sie den Ohrring in dem Haus, in dem die Party gestern Abend stattfand, nicht gefunden hatte. Sie fragte mich, ob ich dort vorbeifahren könnte, wo die Party meines Bruders war. Da ich Training hatte, sagte ich ihr, ich würde hinterher dort hingehen und sie danach in der Bibliothek abholen, wo sie sich nach ihrer Schicht im Krankenhaus mit jemandem traf, um Aufzeichnungen auszutauschen.

Sie wartete in blauer Krankenhausuniform vor der Bibliothek, als ich dort vorfuhr.

»Hast du meinen Ohrring gefunden?« Sie kletterte auf den Beifahrersitz und schloss die Tür.

Ich schüttelte den Kopf. »Ich habe selbst nachgesehen und zwei der Jungs gefragt, ob jemand ihn gefunden hat. Übrigens, Chandler heißt in Wirklichkeit Rene. Ich finde aber, dass Chandler besser zu ihm passt.«

Teagan seufzte. »Ich kann es nicht fassen, dass ich diesen Ohrring verloren habe. Es war erst das zweite Mal, dass ich sie getragen habe, als ich ausgegangen bin. Würde es dir etwas ausmachen, bevor es dunkel wird zu dem Haus der ersten Party zu fahren und mit mir den Weg abzugehen, den wir zur zweiten Party gegangen sind? Vielleicht haben wir ja Glück.«

»Kein Problem.«

Weil die Parkplatzsuche in Boston manchmal verzwickt war, musste ich den Wagen einen Block entfernt stehen lassen, bevor wir unseren Weg zum anderen Haus und wieder zurück verfolgen konnten. Den Ohrring fanden wir nicht, aber als wir fast wieder am Auto waren, zeigte Teagan auf einen Kerl, der einem Wagen entstieg. »Ist das dein Bruder?«

Ich kniff die Augen zusammen. »Ja, ich glaube, das ist er … Austin!«

Er drehte sich um und wartete. »Arbeitest du in einem Krankenhaus?«, fragte er Teagan, als wir uns näherten.

»Ich bin Medizinstudentin.« Teagan schnippte mit den Fingern. »Daher kenne ich dich. Du warst ein Patient.«

»Du warst im Krankenhaus?«, fragte ich.

Austin schüttelte den Kopf. »Nein, war ich nicht.«

Teagan runzelte die Stirn. »Doch, du bist vor einer Woche ins Boston-Klinikum gekommen, richtig?«

Austin sah zu mir und dann wieder zu Teagan. Seine Stimme war ernst. »Nein, bin ich nicht. Aber wenn es so gewesen wäre, hättest du dann keine ärztliche Schweigepflicht oder so was?«

Teagan machte ein langes Gesicht. »Äh ... ja ... Tut mir leid.«

»Meine Güte, mach dich locker, Bro. Sie ist Studentin.«

Austin runzelte die Stirn und stemmte die Hände in die Hüften. »Was macht ihr überhaupt hier?«

Ich zeigte auf Teagan. »Sie hat gestern Abend irgendwo einen Ohrring verloren. Also gehen wir noch einmal den Weg ab, den wir von hier zu der Party genommen haben, bei der wir danach waren.«

Er nickte. »Schon was gefunden?«

»Nein, aber wir werden etwas essen gehen. Willst du das fünfte Rad am Wagen sein?«

Austin schüttelte den Kopf. »Ich muss lernen.«

»Okay, bis dann. Aber schau dich im Wohnzimmer nach ihrem Ohrring um, wenn du zu Hause bist. Ich habe vorhin nachgesehen, aber es kann nicht schaden, noch mal zu gucken.«

»Alles klar. Viel Spaß.«

Vielleicht kam es mir nur so vor, aber ich hatte das Gefühl, als könnte mein Bruder sich nicht schnell genug aus dem Staub machen. Er war bereits an der Eingangstür, bevor Teagan und ich damit fertig waren, uns zu verabschieden.

Ich sah sie an. »Tut mir leid. Keine Ahnung, was ihm quer sitzt.«

Sie blickte zurück zum Haus, als Austin hineinging. »Vielleicht drückt ihm nur irgendwo der Schuh.«

——Kapitel 16——

Max

Immer noch lachend stolperten wir zurück in meine Suite.

Das Eislaufen heute war für Georgia ungefähr so gut gelaufen wie das Aerial Yoga gestern für mich. Ich war mir sicher, dass ihr der Hintern jetzt ziemlich wehtat, weil sie so oft darauf gefallen war. Es war keine Überraschung, dass sie ihre Niederlage nicht gut aufnahm. Seitdem es nach Punkten aus den letzten zwei Tagen zwischen uns eins zu eins stand, bestand sie auf einem Entscheidungswettbewerb. Da ich wegen meines Könnens auf dem Eis immer noch einen Höhenflug hatte, stimmte ich zu und überließ ihr die Wahl.

Im Taxi auf dem Weg zum Hotel entschied sie sich für schnelles Kopfrechnen und bat den Fahrer, uns Zahlen zu nennen, die wir addieren mussten, bevor sie sie mit dem Taschenrechner auf dem Handy überprüfte. Natürlich hatte sie einen Master in Betriebswirtschaftslehre und ich war Eishockeyspieler, deshalb ging sie davon aus, dass der Gewinn für sie eine todsichere Sache wäre. Aber sie hatte mich nie gefragt, was mein Hauptfach auf dem College gewesen war – *Mathematik*. Es geschah ihr recht, da sie annahm, ich hätte Beer-Pong studiert. Deshalb erhöhte ich den Einsatz – der Gewinner bekommt Oralsex.

Nachdem ich ihr in den Hintern getreten hatte, verriet ich ihr mein Hauptfach auf dem College. Als wir wieder im Hotelzimmer waren, lachten und stritten wir immer noch darüber, ob ich fair gespielt hatte.

»Ich hätte dich nicht für einen Hasenfuß gehalten, Delaney.«

Sie packte mein T-Shirt, ballte es in ihrer Faust zusammen und drückte mich mit dem Rücken gegen die Wand.

»Ich bin kein Hasenfuß. Aber du bist ein *Betrüger*.«

Lächelnd legte ich die Hände auf ihre Schultern und drückte sie sanft nach unten. »Auf die Knie, Süße.«

Georgias Augen blitzten auf und sie grinste mich verrucht an. »Wir sind quitt, wenn ich es schaffe, dich in weniger als drei Minuten zum Orgasmus zu bringen.«

Ich kann definitiv drei Minuten durchhalten.

Bevor ich überhaupt antworten konnte, kniete sie sich hin. Georgia sah unter ihren dichten Wimpern zu mir auf und leckte sich mit der Zunge über die Oberlippe. Und verdammt, es war das Erregendste, das ich je gesehen hatte. Ich schaute zu, wie sie meine Hose aufknöpfte, wobei das Geräusch des Reißverschlusses, der nach unten geschoben wurde, die Haare an meinen Armen aufrecht stehen ließ. Sie zog meine Jeans mitsamt meinen Boxershorts auf einmal aus und sah mit dem sündhaftesten Grinsen, das ich je gesehen hatte, zu mir auf.

»Drei Minuten – abgemacht?«

Ich antwortete, indem ich eine Hand in ihr Haar schob und es um meine Faust wickelte, während ich mit der anderen meinen Schwanz ergriff.

»Abgemacht. Und jetzt hör auf zu reden und mach den Mund weit auf.«

Sie teilte ihre wunderbaren, vollen Lippen und ich führte meinen Schwanz in ihren heißen Mund ein. Sie saugte, als ich mich hineinschob. Ich tat es langsam, gab ihr einige Zentimeter, dann zog ich mich wieder etwas zurück, bevor ich tiefer in ihren Mund eindrang. Nach einigen Malen des Vor und Zurück traf ich auf den empfindlichen Punkt – die Stelle, an der die meisten Frauen würgten, wenn man den Schwanz tiefer einführte – und ich wollte mich gerade zurückziehen, als sie zu mir aufblickte. Ich musste sämtliche Beherrschung aufbringen, um nicht tief in ihre Kehle zu stoßen.

»*Scheiße*, Georgia. *Scheiiiße*. Nimm ihn noch tiefer.«

Ihre Augen glänzten und in diesem Moment wurde mir klar, dass ich mich auf eine Herausforderung eingelassen hatte, die ich verlieren würde. Georgia entspannte ihre Kiefermuskeln, machte den Mund noch weiter auf und drückte sich nach vorn, um meinen Schwanz in ihre Kehle aufzunehmen.

Meine Augen rollten mir im Kopf nach hinten.

Ihre Kehle drückte meinen Schwanz wie eine Schraubzwinge zusammen, warm und eng. Ich war nicht einmal dreißig Sekunden in ihrem Mund und konnte mir schon jetzt vorstellen, wie mein Schwanz aussehen würde, wenn er in ihrer Kehle explodierte.

Ich stöhnte.

Sie stöhnte.

Und irgendetwas in mir schaltete von verspielt zu verdammt *wild* um. Es wurde für mich zu einem hitzigen Rennen, das Ergebnis zu spüren, das ich mir soeben vorgestellt hatte. Ohne es bemerkt zu haben, gehörte ich nun *ihrer* verdammten Mannschaft an und wollte mehr als alles andere, dass sie diesen Wettbewerb gewinnt. Ich fing an, schneller zu stoßen. Mit den Händen in ihrem Haar hielt ich ihren Kopf fest und übernahm die Kontrolle. Sie hatte gewettet, dass ich es keine drei Minuten durchhalten würde, während sie mir einen bläst, aber sie hatte nichts davon erwähnt, dass ich nicht ihr Gesicht ficken könne. Das war eine völlig neue Situation und mein Höhepunkt raste wie ein verdammter Güterzug auf mich zu. *Scheiß auf ihre Herausforderung. Auf diese Art zu verlieren ist weitaus besser, als irgendwas anderes zu gewinnen.*

»Georgia ...« Ich wurde langsamer. Obwohl sie einen Kehlenfick besser beherrschte als ein verdammter Pornostar, würde ich keine voreiligen Schlüsse ziehen. »Babe ...« Ich lockerte den Griff an ihrem Haar. »Ich komme.«

Georgia sah zu mir auf, um mich wissen zu lassen, dass sie meine Warnung gehört hatte, dann saugte sie mich wieder tiefer ein.

»Scheiße. Scheiße. *Scheiiiiße.*«

Ich vergrub meine Hände erneut in ihrem Haar, stieß so tief ich konnte in ihren Mund und kam. Der pulsierende Strahl schien endlos anzudauern. Selbst auf das Risiko hin, dass ich mich wie ein Weichei anhöre, danach war ich vollkommen außer Atem und mir war ein wenig schwindelig.

Georgia wischte sich den Mund ab, als sie aufstand und grinste. »Ich habe gewonnen.«

Ich atmete zischend aus. »Wenn Verlieren so ist, dann bin ich ein verdammter Idiot, mein ganzes Leben damit verbracht zu haben, gewinnen zu wollen.«

. . .

Am nächsten Morgen schliefen wir ziemlich lange und lagen um elf Uhr immer noch verspielt im Bett, als Georgias Handy klingelte. Da Maggies Name auf dem Display erschien, nahm sie den Anruf an, während ich an ihrem Hals saugte.

»Hey.«

»Ich glaube, Gabriel dreht durch.«

Ich hatte nicht beabsichtigt zu lauschen, aber ich hörte die Worte laut und deutlich, da ich gerade auf ihr lag und unsere Köpfe so nahe beieinander waren. Ich zog mich zurück und sah Georgia in die Augen. Sie runzelte die Stirn.

Ich stand auf. »Ich werde duschen gehen.«

Ich hörte die Hälfte des Gesprächs, als ich ins Badezimmer ging.

»Was meinst du?« Und dann eine Pause, bevor sie fragte: »Warum sollte die Rezeptionistin ihm das erzählen?«

Vermutlich hätte ich den Rest vom Badezimmer aus hören können, aber anstatt zu lauschen und mir meine Laune noch mehr verderben zu lassen, nahm ich eine extra lange, heiße Dusche. Als Georgia mir erstmals von ihrer offenen Beziehung erzählte, hatte ich es für die perfekte Abmachung gehalten. Wir konnten unser Zusammensein einige Monate lang genießen und dann, wenn es sich zwischen uns sowieso abkühlen würde, hätte ich kein schlechtes Gewissen, sie sitzen zu lassen, wenn ich nach Kalifornien zog. Davon abgesehen war der andere Kerl nicht einmal im Land, was es einfach machen würde, mich nicht an seine Existenz zu erinnern. Aber je besser ich Georgia kennenlernte, desto mehr bekam ich das Gefühl, dass der Kerl, der sich nicht einmal im Land aufhielt, auf eine Weise immer noch zu nahe war. Ich verstand langsam, wie die Frauen sich gefühlt hatten, mit denen ich die letzten paar Jahre zusammen war. Zwei Personen stimmten einer rein körperlichen Beziehung zu, lockerer Spaß ohne Verpflichtungen, und trotzdem wollte einer von ihnen am Ende doch mehr. Nur war ich es dieses Mal, der den Kürzeren gezogen hatte. Und es war richtig scheiße.

Als ich endlich aus dem Badezimmer kam, waren meine Finger verschrumpelt. Georgia hatte ein T-Shirt angezogen und sah verloren aus, wie sie am Fenster stand und auf die Stadt hinunterblickte.

Als sie mich hörte, drehte sie sich um. »Tut mir leid wegen vorhin.«

Ich rubbelte mein nasses Haar mit einem Handtuch. »Es gibt nichts, was dir leidtun müsste.«

»Theoretisch vielleicht nicht, aber es fühlt sich trotzdem falsch an, am Telefon über einen anderen Mann zu sprechen, während ich mit dir hier bin.«

Ich sagte nichts.

Sie runzelte die Stirn. »Gabriel hat mir gestern einige SMS geschrieben. Als ich nicht antwortete und auch nicht an mein Bürotelefon ging, rief er bei uns in der Zentrale an. Anscheinend sagte die Rezeptionistin ihm, dass ich für zwei Wochen im Urlaub sei, und fragte, ob er mit Maggie sprechen wolle. Nachdem sie ihn durchgestellt hatte, nahm er Maggie ins Verhör. Sie sagte ihm, sie würde seine Nachricht ausrichten, mehr erzählte sie ihm aber nicht.«

Ich nickte.

»Soll ich ihn anrufen und ihm sagen, dass ich mit jemandem zusammen bin?«, fragte sie.

»Ich weiß es nicht, Georgia. Ich glaube, ich bin nicht die richtige Person, um dir Ratschläge zu geben, wie du die Sache mit deinem Ex-Verlobten regeln sollst. Ich würde dem Kerl vermutlich sagen, er solle sich verpissen. Du versuchst ja auch nicht, ihn ausfindig zu machen, während er damit beschäftigt ist, andere Frauen zu vögeln, oder?«

Georgia runzelte noch einmal die Stirn.

»Ja, wie ich schon sagte, ich weiß nicht, ob ich die Person bin, die du fragen solltest.«

Ich ging zurück ins Badezimmer, um mir die Zähne zu putzen. Als ich wieder herauskam, stand sie noch immer am Fenster. Ich trat hinter sie und rieb ihre Schultern.

»Ich will mich nicht wie ein Arschloch aufführen, Georgia. Es ist nur ... ich weiß, dass es eigentlich nur ein Sommer voller Spaß sein soll, trotzdem kann ich nichts dafür, dass ich bei dir ein besitzergreifendes Gefühl bekomme, sei es nun richtig oder falsch. Außerdem bist du mir wichtig und mir gefällt die Vorstellung nicht, dass irgendein Vollidiot dich hinhält und dann plötzlich Interesse zeigt, wenn du anfängst, ihm weniger Aufmerksamkeit zu schenken. Er klingt, als würde er nur Spielchen spielen.«

Sie drehte sich um. »Ich verstehe, dass es seltsam ist, mit dir darüber zu sprechen. Meinst du, wir können so tun, als hätte Maggie nie angerufen, und unseren Tag genießen? Ich will unserem Spaß wirklich keinen

Dämpfer verpassen. Ich kann mich nicht daran erinnern, wann ich das letzte Mal nicht zur Arbeit gehen oder überhaupt im Büro anrufen wollte, um zu hören, ob alles in Ordnung ist. Ich liebe es, mit dir in dieser kleinen Blase zu sein, und ich will nicht, dass es vorbei ist.«

Ich zwang mich zu einem Lächeln und beugte mich zu ihr, um sie zu küssen. »Welcher Anruf?«

Das Lächeln, das sich auf ihrem Gesicht ausbreitete, sorgte für einen Schmerz in meiner Brust. »Danke. Eigentlich möchte ich dir richtig danken.« Sie griff nach dem Handtuch, das ich um die Hüften geschlungen hatte, und zog einmal ruckartig daran. Es fiel zu Boden und ganz plötzlich konnte ich mich tatsächlich an keinen Anruf mehr erinnern.

Kapitel 17

Georgia

Die nächste Woche verging viel zu schnell. Max und ich unternahmen so ziemlich jede touristische Aktivität in New York, die es gab. Es machte mich traurig, wenn ich darüber nachdachte, dass ich in nur wenigen Tagen wieder zurück zur Arbeit gehen würde. Heute Abend verließen wir die Stadt – nicht allzu weit, nur nach New Jersey –, um zusammen mit seinem Mannschaftskameraden Tomasso und dessen Frau Jenna, neben der ich einige Male während ihrer Spiele gesessen hatte, ein Eishockey-Playoffspiel zu sehen.

»Hey!« Jenna stand auf, als wir zu unseren Plätzen kamen. Sie waren nicht so gut wie die im Garden, aber nahe dran. Sie umarmte mich, während Tomasso und Max zur Begrüßung eine einarmige Schulterumarmung hinlegten. Das Spiel hatte noch nicht begonnen und um uns herum fingen die Menschen an zu flüstern. Einige nahmen ihre Telefone und machten Fotos. Während unseres Stadturlaubs war Max nur wenige Male erkannt worden, aber ich schätze, es war unmöglich, es zu verhindern, wenn wir uns in einer Arena voller Eishockeyfans aufhielten. Ein Mädchen aus der Reihe hinter uns bat ihn, ihr Trikot zu unterschreiben.

»Du willst, dass ich ein Trikot von einem Team unterschreibe, für das ich gar nicht spiele?«

Sie drehte ein Armband an ihrem Handgelenk. »Tut mir leid. Das ist alles, was ich habe.«

»Ich mache nur Spaß.« Max grinste. »Mir ist es scheißegal. Ich unterschreibe es.«

Sie reichte ihm einen schwarzen Filzstift und er beugte sich nach vorn, um ihr Trikot zu signieren. Bevor er jedoch fertig war, hielt er inne und hielt vor ihrer Freundin seine Hand nach oben.

»Nein, sie ist tabu«, sagte er.

Erst da wurde mir klar, dass ihre Freundin ihre Kamera auf mich gerichtet hatte. Sie bat um Entschuldigung und ließ das Telefon sinken.

»Setz dich hierhin«, sagte Jenna. »Ich muss nicht neben meinem Mann sitzen. Er ist seit zwei Wochen zu Hause und ich will schon wieder, dass er zurück zum Training geht. Neulich habe ich ihm gesagt, er solle selbst die Initiative ergreifen, denn solange ich ihm nicht sage, was er tun soll, verbringt er den ganzen Tag wie ein Brocken auf dem Sofa. Ich dachte dabei eigentlich daran, dass er vielleicht die Spülmaschine einräumen oder eine Ladung Wäsche anstellen soll. Als ich an jenem Abend nach Hause kam, hatte er unser Schlafzimmer entkernt – zwei Fenster entfernt und an zwei Wänden fehlten die Rigipsplatten. Er sagte, ich hätte mich letzten Winter darüber beklagt, dass das Fenster nicht richtig schließe und Wasser hineinkäme. Ähh ... versiegele das Fenster mit Silikon, aber entkerne nicht das gesamte Zimmer.« Sie schüttelte den Kopf.

»Als ich ihn fragte, was zum Teufel er da tue, sagte er, er ergreife die Initiative. Der Mann hat einen An- und Ausschalter und dazwischen gar nichts.«

Ich lachte.

»Aber egal ... genug von mir. Wie läuft es zwischen dir und Max? Ich habe mich so gefreut, als ich gehört habe, dass ihr beide immer noch zusammen seid. Weißt du, wie das ist, wenn du bei zwei Menschen ein gewisses Gefühl hast? Wenn dein Bauch dir einfach sagt, dass sie füreinander bestimmt sind?«

Ich lächelte. »Es läuft gut. Ich habe mir Urlaub genommen und wir haben Sachen in der Stadt gemacht.«

»Das freut mich für dich. Wenngleich die Endsumme meiner Auktion ohne den Schönling in der Aufstellung wesentlich niedriger sein wird.«

»Auktion?«

»Jeden Herbst veranstalte ich eine Wohltätigkeitsauktion. Wir sammeln Geld für Kinder im ganzen Land, die es sich nicht leisten können, in Eishockey-Trainingslager zu fahren. Leute spenden uns Sachen, die wir versteigern können, aber der Höhepunkt des Abends kommt immer dann, wenn wir Verabredungen mit einigen der Spieler versteigern, die Single sind. Letztes Jahr haben wir für Max fünfunddreißigtausend bekommen – die höchste Summe, die wir je für einen Gegenstand eingenommen haben.«

Max war fertig damit, Autogramme zu schreiben, und setzte sich neben mich. Er nahm meine Hand und verwob meine Finger mit seinen.

»Du wurdest versteigert?«, fragte ich.

Er stöhnte. »Sie haben mich dazu gezwungen.«

Jenna lachte. »Ja, wir haben ihn dazu *gezwungen*. Aber wir haben ihn nicht dazu gezwungen, sein T-Shirt auszuziehen und die Muskeln spielen zu lassen, als die Gebotsabgabe begann.«

Max ließ den Kopf hängen. »Ich habe mich mitreißen lassen. Ich wollte die Gebote nach oben treiben.«

Ich grinste. »Du wolltest dafür sorgen, das höchste Gebot überhaupt zu bekommen, nicht wahr?«

Er zog eine Augenbraue hoch. »Als hättest du das nicht auch versucht.«

»Fünfunddreißigtausend, was? Du musst heiße Ware sein. Ich hoffe, ich bekomme später keine fette Rechnung.«

Max beugte sich zu mir und senkte die Stimme. »Ich akzeptiere einen Tausch.«

Das Spiel fing an und innerhalb der ersten fünf Minuten sah ich eine Seite von Max, die ich vorher noch nicht zu Gesicht bekommen hatte. Er und Tomasso brüllten und schrien. Sie sprangen hundertmal von ihren Sitzen auf und wenn sie saßen, hockten sie auf der Kante. Sie waren vollkommen auf das Spiel konzentriert. Max hatte anfangs noch seine Hand auf meinem Bein, aber ich musste ihn bitten, sie wegzunehmen, weil er jedes Mal, wenn im Spiel etwas Aufregendes passierte, so fest zudrückte, dass ich definitiv blaue Flecke von seinen Fingern haben würde. Er hatte keine Ahnung, dass er es überhaupt tat. Aber ich fand seine Intensität und Leidenschaft irgendwie sexy.

Als die beiden während des zweiten Drittels aufsprangen, um den Schiedsrichter anzubrüllen, beugte ich mich zu Jenna. »Diese zwei sind hysterisch. Ich habe Max noch nie so erlebt.«

»Ist das das erste Spiel, das du mit ihm besuchst?«

Ich nickte. »Warum finde ich das irgendwie scharf?«

Jenna wackelte mit den Augenbrauen. »Warte, bis du später zu Hause bist. Sie brauchen ein Ventil für das ganze Adrenalin, das ihnen durch die Adern rauscht. Im Gegensatz zu ihren eigenen Spielen ist es egal, ob ihre Mannschaft gewinnt oder verliert. Aus diesem Grund ist es eine Win-win-Situation für uns.«

Als die Sirene am Ende des Drittels ertönte, ließen die Jungs sich erschöpft zurück auf ihre Sitze fallen. Ganz plötzlich schien auch Max sich daran zu erinnern, dass ich da war.

Er beugte sich zu mir. »Geht es dir gut?«

Ich lächelte. »Es geht mir fantastisch.«

»Oh mein Gott!« Jenna tippte mir auf die Schulter. Als ich sie ansah, deutete sie auf den Großbildschirm. Ich bekam große Augen, als ich mein eigenes Gesicht darauf erkannte. Die Kamera zoomte auf Max und mich. Während ich noch versuchte zu verstehen, was hier eigentlich los war, leuchtete am unteren Bildschirmrand *Kiss Cam – Kusskamera* auf.

»Ihr müsst euch küssen!«, lachte Jenna.

Ich wandte mich Max zu, der mit den Schultern zuckte. »Für mich geht das in Ordnung.«

Anstatt sich zu mir zu beugen und kurz meine Lippen zu berühren, stand er auf und riss mich aus meinem Sitz. Er schlang einen Arm um meine Taille und neigte mich dramatisch nach unten, bevor er mir einen sensationellen Kuss gab. Die Menschen um uns herum jubelten und brüllten und als er mich wieder nach oben zog, lachten wir beide und grinsten von einem Ohr zum anderen.

»Was bist du doch für ein Angeber«, sagte ich.

»Ich kann nicht anders. Derzeit habe ich etwas, mit dem es sich lohnt anzugeben.« Er zwinkerte.

. . .

Der nächste Tag war der letzte volle Tag unseres Stadturlaubs. Morgen früh würden wir auschecken und in unsere eigenen Wohnungen zurückkehren, und am Montag musste ich wieder bei der Arbeit erscheinen. Auch wenn uns der restliche Sommer blieb, um Spaß miteinander zu haben, schlich sich ein melancholisches Gefühl ein. Max' Agent hatte ihm gestern Abend eine SMS geschrieben und gesagt, er wolle sich mit ihm treffen, um die Vertragsbedingungen durchzugehen, die er ausgehandelt hatte. Max hatte versucht, es bis zur nächsten Woche hinauszuschieben, doch sein Agent sagte, es müsse an diesem Wochenende erledigt werden, weil der Klubbesitzer am kommenden Montag irgendein Treffen hätte. Max teilte ihm mit, er könne ihm nur eine Stunde zusagen, und bat ihn, sich mit ihm zum Frühstück in der Eingangshalle des Hotels zu treffen.

»Bist du sicher, dass du nicht mitkommen willst?«, fragte er. »Du könntest zumindest essen, während wir uns unterhalten.«

Ich lag immer noch nackt im Bett unter der Decke und genoss Max' Anblick, während dieser sich anzog. »Nein danke. Ich werde einige E-Mails beantworten, während du bei deinem Treffen bist.«

Max kam zu mir und zog mir die Decke weg, dann gab er mir einen Klaps auf den Po, bevor er die Lippen auf meine drückte. »In Ordnung, aber bleib nackt.«

»Ich werde darüber nachdenken.«

Nachdem er das Zimmer verlassen hatte, stopfte ich mir einige Kissen in den Rücken und sah meine Nachrichten durch. Nach zehn Minuten klingelte mein Handy. Der Name, den ich sah, bescherte mir ein bedrückendes Gefühl in der Brust.

Gabriel.

Ich seufzte. Während der letzten Woche hatte ich nicht allzu viel an ihn gedacht. Wenn Max in der Nähe war, war es schwer, an irgendetwas anderes zu denken, ganz besonders an einen anderen Mann. An jenem Vormittag, an dem Gabriel im Büro angerufen hatte, schrieb ich ihm eine lange Nachricht, in der ich ihm mitteilte, dass es mir gut ginge, ich aber eine dringend benötigte Pause von der Arbeit einlegte und ihn anrufen würde, wenn ich Zeit dazu hätte. Aber obwohl ich seitdem jeden Morgen und Abend mehrere Stunden damit verbracht hatte, faul herumzuliegen, schien diese *Zeit* nie gekommen zu sein.

Jetzt gab es wirklich keinen Grund, den Anruf nicht anzunehmen, da Max eine Weile weg sein würde. Also setzte ich mich etwas aufrechter hin und wischte nach rechts.

»Hallo?«

»Oh Gott, wie sehr ich deine Stimme vermisst habe«, sagte er.

Ich seufzte schwer. »Es ist schon eine Weile her, nicht wahr?«

»Länger, als wir es hätten zulassen sollen.«

»Wie läuft es bei dir?«

»Alles gleich. Unterrichten, schreiben ... ein Tag geht nahtlos in den anderen über.«

»Wie geht es mit dem Buch voran?«

»Ich schreibe vier oder fünf Seiten, dann verwerfe ich drei davon wieder. Ich denke, es ist ein Fortschritt.«

»Ich schätze, es ist besser, als nicht zu schreiben«, sagte ich.

»Was ist mit dir? Erzähl mir von der Pause, die du dir von der Arbeit genommen hast. Ich hätte nie gedacht, dass ich diesen Tag noch erlebe. Als mir von deiner Empfangsdame gesagt wurde, du seist für zwei Wochen im Urlaub, habe ich mir Sorgen gemacht. Ich erinnere mich nicht daran, dass du dir seit Gründung deiner Firma jemals *zwei Tage* freigenommen hast.«

»Ja, ich weiß. Ich schätze, es war an der Zeit.«

»Und was hast du so gemacht?«

»Hauptsächlich Sachen in der Stadt, die ich immer schon machen wollte, mir dafür aber nie die Zeit genommen habe, wie die Freiheitsstatue und das Empire State Building besuchen.«

»Allein?«

Ich schloss die Augen. Das war der Moment der Wahrheit, den ich bisher vermieden hatte. Ich könnte lügen und Ja sagen, aber wieso? Ich tat nichts Verbotenes und Gabriel war ehrlich zu mir gewesen, als ich ihn gefragt hatte. Außerdem fühlte es sich falsch an, Max zu verstecken.

Also holte ich tief Luft und sagte die Wahrheit. »Nein, nicht allein.«

Wieder war Gabriel still. Seine Stimme war leiser, als er fragte: »Mit dem Typen, mit dem Josh dich gesehen hat?«

Ich blinzelte ein paarmal. Selbstverständlich hatte Josh Gabriel angerufen, um ihm zu erzählen, dass er mich getroffen hatte und ich mit einem anderen Mann zusammen war. Hätte ich Maggies Ex mit jemandem gesehen, wäre ich mit dieser Information auch direkt zu ihr gegangen. Ich schätze allerdings, dass ich überrascht war, wie Gabriel diese Neuigkeiten aufnahm.

»Ja, sein Name ist Max.«

»War es bloß eine Verabredung oder ... mehr?«

»Wir gehen miteinander aus.«

Es folgte eine weitere lange Pause. »Wie lange schon?«

»Wir haben uns vor etwa einem Monat kennengelernt.«

»Magst du ihn?«

»Ja.«

Ich hörte, wie schwer ins Telefon geatmet wurde. Ich stellte mir vor, dass Gabriel sich mit der Hand durch sein ordentlich frisiertes Haar fuhr. »Ich weiß, ich habe kein Recht dazu, irgendetwas zu sagen, da alles meine Idee war, aber ich muss dir mitteilen, dass es wehtut. Ich schätze, als ich mir ausgemalt habe, wie die Dinge sein würden, stellte ich mir vor, wie es für mich laufen würde – ab und zu eine Affäre, etwas Gesellschaft beim Abendessen oder so. Aber das war dumm von mir. Ich kenne dich besser. Du hättest dich nicht auf eine zufällige Affäre eingelassen.«

»Ich habe es versucht. Ich habe mich sogar bei Tinder angemeldet. Aber es hat sich nicht richtig angefühlt.«

»Meine Schwester hat mir einen Link zu einem Artikel geschickt – ein Kuss bei einem Eishockeyspiel. Darin stand, dass er ein Spieler ist.«

Oh Gott. Ich war entsetzt, als Gabriel mir *erzählt* hatte, dass er mit anderen Frauen zusammen war. Ich konnte mir nicht vorstellen, wie es sein müsste, hätte ich es auf einem Großbildschirm sehen müssen.

Dieser Kuss war in allen Klatschspalten gewesen. Ich spürte einen Schmerz in meiner Brust. »Ich kann nicht glauben, dass du das gesehen hast.«

»Victoria wusste nicht, dass die Dinge zwischen uns sich verändert haben ... Deshalb dachte sie ...«

»Oh mein Gott. Sie dachte, sie würde mich dabei erwischen, wie ich dich betrüge?«

»Ja. Ich hatte meiner Familie nichts erzählt.«

»Ich hoffe, du hast das richtiggestellt, damit deine Familie nicht denkt, ich sei ein schrecklicher Mensch.«

»Ja, natürlich habe ich das getan.«

»Warum hast du es ihnen nicht vorher gesagt?«

»Ich weiß es nicht. Ich habe mir wohl einfach gedacht, es sei schwer, es ihnen zu erklären. Meine Familie verehrt dich. Außerdem dachte ich, es würde keinen Unterschied machen, wenn ich erst zu Hause wäre und wir beide wieder zusammen wären.« Er schwieg kurz. »Ist es etwas Ernstes? Die Sache zwischen dir und diesem Kerl?«

Wenn er erst zu Hause wäre und wir wieder zusammen wären – als hätte das von vornherein festgestanden. Wenngleich ich denke, dass ich verzweifelt versucht hatte, dafür zu sorgen, dass genau das passieren würde. Aber in diesem Moment war ich mir nicht sicher, was ich darauf antworten sollte. Die Sache zwischen Max und mir fühlte sich wie etwas Ernstes an. Während der letzten zwei Wochen hatten wir jede wache Minute miteinander verbracht. Und ich hatte Gefühle für ihn, sehr starke sogar. Aber wir hatten auch ein Ablaufdatum, wie ernst konnte es zwischen uns also tatsächlich sein?

»Er zieht am Ende des Sommers weg.«

»Oh.«

»Kann ich dich etwas fragen, Gabriel?«

»Natürlich.«

»Wie würdest du dich fühlen, wenn ich einfach bejaht hätte, dass es zwischen Max und mir etwas Ernstes ist?«

»Was denkst du, wie ich mich fühlen würde? Ich habe seit einer Woche nicht geschlafen, seit ich erfahren habe, dass du mit jemandem ausgehst. Es ist verdammt scheiße. Ich liebe dich und du bist mit einem anderen Mann zusammen.«

»Aber du liebst mich nicht genug, um mir während deiner Abwesenheit treu zu sein. Du weißt sehr gut, wir hätten uns besuchen und eine funktionierende Fernbeziehung haben können.« Ich spürte einen Kloß im Hals. »Wenn du mich liebst, wie konntest du mich dann gehen lassen?«

»Es ging nie darum, dass ich dich nicht liebe, Georgia. Das habe ich dir gesagt. Es ging darum, dass ich mich selbst nicht mochte. Ich habe mich wie ein Versager gefühlt – meine Karriere, mein Leben, alles. Und zur gleichen Zeit lief bei dir alles wie am Schnürchen – mit deiner Karriere ging es steil bergauf, du warst bereit, die nächste Phase deines Lebens zu beginnen ... Du bist einfach herausragend. Ich wusste, dass sich etwas ändern musste, als ich anfing, dir deinen Erfolg zu missgönnen.« Seine Stimme wurde brüchig. »Ich hatte das Gefühl, deiner Liebe nicht würdig zu sein.«

Tränen liefen mir die Wangen hinunter. Ich hatte von Gabriel zuvor schon eine ähnliche Version dieser Worte gehört, doch dies war das erste Mal, dass sie sehr viel Sinn ergaben. Unsere Trennung war ein solcher Schock für mich gewesen. Bis jetzt hatte ich einzig meinen eigenen Schmerz gespürt. Jetzt konnte ich Gabriels Bedürfnis besser verstehen, Freiraum zu haben, um ein besserer Mensch zu werden, aber ich verstand weiterhin nicht, wie man jemanden lieben und *trotzdem* mit jemand anderem zusammen sein wollte.

Ich atmete tief ein. »Es tut mir leid, dass du dich nicht würdig gefühlt hast. Und es tut mir leid, dass ich nicht bemerkt habe, welchen Schmerz du empfunden hast.«

»Nichts davon ist deine Schuld, Georgia. Ich versuche nicht, dir ein schlechtes Gewissen zu machen. Aber du hast mich gefragt, wie ich dich gehen lassen konnte, und es lag nie daran, dass ich dich nicht genug geliebt habe, sondern *weil* ich dich genug liebe, um dich gehen zu lassen, damit ich versuchen konnte, mich zu heilen. Ich will der Mann sein, den du verdienst.«

Ich wollte ihn gerade daran erinnern, dass er keine anderen Frauen treffen musste, um sich selbst zu heilen, aber als ich hörte, wie er am anderen Ende der Leitung weinte, brach es mir das Herz. Meine Tränen fielen schneller. Ich weiß nicht, was ich erwartet hatte, als ich zugab, dass ich ebenfalls mit jemand anderem ausging, aber das war es ganz sicher nicht. Es wäre einfacher gewesen, wenn er wütend reagiert und mich beschimpft hätte – wenn er mich angeschrien und einen Streit vom Zaun gebrochen hätte. Aber das hier ... Sein Zusammenbruch sorgte einfach nur dafür, dass mir schwer ums Herz wurde. Wir hatten Jahre miteinander verbracht und selbst wenn er mir wehgetan hatte, wünschte ich ihm nicht den gleichen Schmerz.

Ich wischte mir die Tränen von den Wangen und holte tief Luft. Wir sprachen danach noch einige Minuten miteinander, schafften es aber nicht, die Schwere des Gesprächs zu überwinden, das wir soeben miteinander geführt hatten. Wir verabschiedeten uns und sagten, wir würden bald wieder miteinander sprechen, aber keiner von uns legte sich fest, wann das sein würde. Danach ging ich duschen in der Hoffnung, meinen Kopf freizubekommen und meine Laune zu verbessern. Aber ich konnte das melancholische Gefühl nicht abschütteln, das sich in mir festgesetzt hatte.

Gerade als ich mich anzog, kam Max zurück. Ich stand mit dem Rücken zur Tür, als ich meinen BH zumachte, und er stellte sich hinter mich und schlang die Arme um meine Taille.

»Du hast sehr aufreizende BHs und Slips, weißt du das?«

Ich lächelte. »Es gibt mir ein gutes Gefühl, etwas mit Spitze zu tragen, selbst wenn es zu Hause unter einer Jogginghose versteckt ist. Wie war dein Treffen?«

Max drehte mich um und sein Gesichtsausdruck wurde traurig. »Was ist los?«

»Nichts.«

Er zog die Augenbrauen zusammen. »Dummes Zeug. Du siehst aus, als hättest du geweint.«

Ich war so verdammt emotional und wusste, dass ich zusammenbrechen würde, wenn ich darüber redete. Und ich wollte vor Max nicht wegen Gabriel weinen. Also atmete ich tief durch und beruhigte mich in der Hoffnung, dass er mich in Ruhe lässt, wenn ich ihm etwas erzählte. »Ich habe mit Gabriel gesprochen.«

Max spannte die Kiefermuskeln an. »Hat er dich durcheinandergebracht?«

»Nein.« Ich schüttelte den Kopf. »Also, ja. Aber er hat nichts gemacht. Es war bloß ... ein schweres Gespräch. Er weiß, dass ich mit jemandem zusammen bin.«

Max sah mir in die Augen. »Möchtest du darüber reden?«

Ich lächelte traurig. »Nein. Aber danke, dass du fragst. Ich würde lieber einfach nur unseren letzten Tag hier genießen.«

Er sah lange zu Boden, bevor er nickte.

»Erzähl mir von dem Treffen mit deinem Agenten«, bohrte ich nach. »Warst du zufrieden mit dem, was er zu sagen hatte?«

Er nickte. »Es lief gut. Bei Vertragsverhandlungen im Eishockey geht es nicht nur darum, sich auf eine Zahl zu einigen. Wegen der Gehaltsobergrenze des Teams kann es länger dauern, die Zahlungsstruktur auszuarbeiten als die Endsumme.«

»Mir war nicht klar, dass man den Spielern nicht einfach das zahlen kann, was sie haben wollen.«

»Sie wollen mich nächste Woche außerdem nach Kalifornien fliegen – für ein Treffen mit dem Besitzer und dem Geschäftsführer.«

»Wirst du zusagen?«

Er strich mit der Hand über mein Haar. »Warum begleitest du mich nicht?«

»Ich wünschte, ich könnte«, seufzte ich, »aber ich muss zurück zur Arbeit. Es gibt viele Dinge, die auf mich warten.«

Max legte den Kopf schief. »Bist du dir sicher, dass es nicht bloß an dem Gespräch liegt, das du vorhin hattest?«

Ich schüttelte den Kopf. »Nein, das ist es wirklich nicht.«

Er nickte. »Was willst du an unserem letzten Tag unternehmen?«

»Ehrlich gesagt würde ich gern einfach nur ein wenig in den Park gehen und dann hierher zurückkommen, um zu kuscheln.«

Max lächelte. »Einverstanden.«

• • •

Am nächsten Morgen wachte ich auf und sah, dass Max mich anstarrte.

»Was tust du?«, fragte ich verschlafen.

Er streichelte mir mit den Fingerknöcheln über die Wange. »Ich sehe dich an.«

»Während ich schlafe? Das ist gruselig, Schönling.«

»Du hast ziemlich laut geschnarcht.«

»Ich schnarche nicht.«

»Ach so, das hatte ich vergessen.« Er lächelte. »Darf ich dich etwas fragen ... über ihn?«

»Gabriel?«

Max nickte.

»Natürlich.«

»Was, wenn er sich nicht von dir getrennt hätte, aber trotzdem nach London gegangen wäre, um ein Jahr dort zu unterrichten oder wie lange auch immer er sich dafür verpflichtet hat?«

»Was meinst du?«

»Denkst du, es hätte funktioniert? Er in London und du in New York, für diese lange Zeit?«

»Und er würde mit niemand anderem schlafen? Er wäre mir treu?«

»Ja.«

Ich zuckte mit den Schultern. »Ich denke schon. Ich kann mir keinen Grund vorstellen, warum es nicht funktioniert hätte. Aber bis er mir wenige Tage vor der Trennung sagte, dass er nach London gehen würde, hatte ich keine Ahnung von seinen Plänen. Ich schätze, wir hätten einen Reiseplan erarbeiten und uns abwechselnd am Wochenende besuchen können. Ich meine, wir haben uns unter der Woche sowieso meist nicht gesehen, weil ich so lange gearbeitet habe.«

Max nickte.

»Warum fragst du?«

»Ich weiß nicht.« Er schüttelte den Kopf. »Ich habe bloß darüber nachgedacht.«

Er sprach über Gabriel, aber ich spürte eine kleines hoffnungsvolles Kribbeln im Bauch, dass er fragte, weil die Flugzeit nach London etwa genauso lang war wie eine Reise nach Kalifornien.

»Wie spät ist es?«, fragte ich.

»Kurz vor zehn.«

»Oh, wow. Checkout ist um elf?«

Max nickte.

»Ich denke, dann sollte ich meinen faulen Hintern aus dem Bett bewegen und duschen gehen.«

»Ich habe eine bessere Idee.«

»Und die wäre?«

Er fuhr mit seiner Hand an meinem Körper hinunter und schob sie grinsend zwischen meine Beine. »Machen wir dich nass. Aber duschen kannst du später.«

—Kapitel 18—

Georgia

»Okay, das war's. Wir gehen.« Maggie erhob sich von dem Gästestuhl auf der anderen Seite meines Schreibtisches.

Ich runzelte die Stirn. »Was? Wohin gehen wir?«

»Wir holen uns Antworten.«

Ich lachte. »Wovon sprichst du, verrückte Frau?«

»Wir gehen in diese nette Weinbar, die zwei Blocks entfernt ist, die, die neben der fragwürdigen Fußmassagepraxis liegt, die immer nur von Männern besucht wird und in der die Massagen in Privatzimmern abgehalten werden.«

»Ich habe noch zu arbeiten.«

Ich war seit vier Tagen wieder im Büro, hatte es aber kaum geschafft, den Rückstand an zu beantwortenden E-Mails, durchzusehenden Berichten und wartenden Rückrufen aufzuarbeiten.

»Das alles wird morgen immer noch hier sein. Ich will hören, wie deine Zeit mit Max war.«

»Ich habe dir Montagmorgen schon alles über meine Zeit mit Max erzählt. Erinnerst du dich, wie du um halb sieben in meinem Büro auf mich gewartet hast und Kaffee mit RumChata dabeihattest?«

»Ja, aber du hast mir nur erzählt, was du mir erzählen *wolltest*. Jetzt will ich das hören, worüber du nicht sprechen willst. Und erzähl mir bloß nicht, dass dir nichts mehr auf der Seele brennt. Denn auf der Georgia-Skala der Dinge, die dich umtreiben, bist du bei einer Drei von Drei. Du trägst dein Haar bereits um neun Uhr in einem Dutt auf dem Kopf. Das tust du nur, wenn du ein Problem hast, das du nicht lösen kannst. Du schaust ständig auf die Uhr, als würdest du darauf warten, dass jemand den Schalter am elektrischen Stuhl umlegt, und außerdem hast du diesen ansteigenden Tonfall, wenn du sprichst.«

»Welchen ansteigenden Tonfall?«

»Am Ende jedes Satzes gehst du mit der Stimme nach oben, als würdest du eine Frage stellen, dabei tust du es nicht.«

»Es ist unmöglich, dass *ich das tue*?« Ich schlug die Hand vor den Mund. »Oh mein Gott, ich habe es soeben getan.«

Maggie lachte. »Du tust diese Dinge nur, wenn du ein Problem hast, das du nicht lösen kannst.«

»Vielleicht habe ich ein Arbeitsproblem, das mich bedrückt.«

Maggie verschränkte die Arme vor der Brust. »Okay. Was ist los?«

»Ich, äh ...« Da ich absolut nicht wusste, was ich sagen sollte, schüttelte ich den Kopf, öffnete meine Schreibtischschublade und nahm meine Handtasche heraus. »Also gut. Aber wir dürfen es nicht übertreiben.

Ich muss morgen besonders früh aufstehen, um all das aufzuarbeiten, was ich jetzt tun sollte.«

Maggie grinste. »Natürlich.«

. . .

»Es war nicht vorgesehen, dass ich Gefühle für Max entwickele. Er sollte nur als meine Ablenkung dienen.« *Hicks.*

Maggie grinste. »Ich wusste, dass du lügst, als ich dich am Montag fragte, ob du dabei bist, dich in ihn zu verlieben. Du hast es übertrieben mit dem: ›*Nein, wir haben nur Spaß miteinander.*‹ Hättest du sechsunddreißig Stunden über meine Frage nachgedacht und dann geantwortet, hätte ich es vielleicht geglaubt.«

»Aber ich liebe Gabriel. Ich habe mich entschieden, ihn zu heiraten.«

»Du kannst jemanden lieben, ohne in ihn *verliebt* zu sein. Ich liebe dich, aber ich will nicht jeden Morgen neben dir aufwachen.«

»Das ist etwas anderes.«

Sie zuckte mit den Schultern. »Nicht wirklich. Willst du wissen, was ich glaube?«

Ich schmollte. »Nein.«

»Was für ein Pech. Denn du wirst es trotzdem hören. Ich glaube, du verbringst zu viel Zeit damit, jede Entscheidung zu analysieren, und vergisst dabei, auf dein Herz zu hören. Die Dinge in deinem Leben haben sich verändert – und diese Veränderungen hat Gabriel angestoßen. Das sollten wir nicht vergessen.«

Ich legte den Kopf in die Hände. »Ich bin so verwirrt. Und Max zieht am Ende des Sommers weg.«

»Und? Er ist Profisportler. Er ist den Großteil der Eishockeysaison vermutlich sowieso unterwegs. Er muss in der Nähe seiner Mannschaft wohnen, um zu trainieren und zur Arbeit zu gehen, aber warum kann er nicht an beiden Küsten wohnen und die Spielpause hier verbringen, wenn es zwischen euch klappt? Du hast einen Laden in Long Beach, Kalifornien. Du könntest von dort aus arbeiten, wenn du wolltest, zumindest für einen Teil der Saison. Du bist selbstständig, Georgia. Mann, du könntest sogar den gesamten Betrieb dorthin verlagern, wo er sich aufhält.«

»Mir wird gleich schwindelig.«

Maggie lächelte. »Ich sage nicht, dass du irgendwas davon tun *musst*. Ich meine nur, dass es nicht das Ende sein muss, wenn er wegzieht.«

»Aber wir haben uns darauf geeinigt.«

»Und Aaron hat zugestimmt, mich für immer zu lieben und nicht seine Nachbarin zu begehren.« Sie zuckte mit den Schultern. »Die Dinge ändern sich.«

»Ich weiß nicht einmal, ob Max mehr will.«

»Er hat in keiner Weise angedeutet, dass er an mehr als einer Sommeraffäre interessiert sein könnte?«

»Na ja ... am letzten Morgen unseres Kurzurlaubs fragte er mich, ob ich der Meinung sei, dass die Beziehung zwischen Gabriel und mir über die lange Distanz funktioniert hätte, wenn er sich vor seiner Abreise nicht von mir getrennt hätte. Aus irgendeinem Grund dachte ich, er würde vielleicht fragen, weil er nach Kalifornien zieht. Aber kann sein, dass das bloß Wunschdenken war.«

»Mhhh ...« Maggie trank ihren Wein. »Ich wette, das war tatsächlich der Grund. Bei Männern liegen wir für gewöhnlich mit unserem ersten Instinkt richtig.

Ich weiß, dass es jemandem wie dir schwerfällt, das zu glauben, weil du ein Problem aus fünfzig verschiedenen Blickwinkeln analysierst, aber normalerweise sieht unsere Intuition die Dinge, die direkt vor uns liegen, sehr klar.«

»Selbst wenn ich recht hatte und wir es irgendwie schaffen würden, eine funktionierende Fernbeziehung zu versuchen. Was ist mit Gabriel?«

»Was ist mit ihm?«

»Er kommt in sechs Monaten nach Hause. Was, wenn er zurückkommt und sagt, dass er mit mir zusammen sein will? Dass er in der Zeit, in der er von mir getrennt war, begriffen hat, was er im Leben wirklich will?«

»Was ist mit den Dingen, die *du* im Leben wirklich willst? Du wachst morgen früh auf und siehst, dass du im Lotto gewonnen hast. Du nimmst dein Handy und … Wen rufst du an? Nach mir meine ich natürlich.«

»Ich spiele kein Lotto.«

Maggie schüttelte den Kopf. »Spiel einfach mit. *Tu so*, als würdest du Lotto spielen. Mach mal eine Minute lang die Augen zu.«

Ich atmete tief durch, bevor ich sie schloss.

»Okay … Du stehst aus dem Bett auf. Du schaltest die Nachrichten an, während du dich fertig machst, und hörst, wie der Nachrichtensprecher sagt, dass es für die Milliarden-Dollar-Lotterie – die größte in der Geschichte – nur ein einziges Gewinnerlos gab. Und dass es in dem Laden gekauft wurde, in dem du deins gekauft hast. Dann liest er die Zahlen vor: vierzehn, fünf, einunddreißig, eins, fünfundzwanzig, drei. Du läufst los und holst dein Los, um nachzusehen, aber du weißt, dass es die Nummern sind, die du angekreuzt hast, weil es sich um meinen Geburtstag, deinen Geburtstag und den Geburtstag deiner Mutter handelt. Deine Hand zittert, während du bestätigst, dass du die Gewinnerin bist. Du nimmst dein Handy und rufst an bei …«

Ich presste die Augen fest zusammen und versuchte, mir das alles vorzustellen. Ich sah ganz genau, was sie beschrieben hatte – der angeschaltete Fernseher, wie ich zu meiner Handtasche eilte, um mein Los herauszunehmen, selbst wie ich mein Telefon in die Hand nahm, um jemanden anzurufen. Aber dann … starrte ich auf mein Handy. Ich war mir nicht sicher, wen ich zuerst anrufen sollte.

Ich öffnete die Augen. »Ich weiß es nicht. Ich weiß nicht, wen ich anrufen würde!«

»Tja, genau das solltest du herausfinden. Weißt du, was wir dafür brauchen?«

»Eine Pro-und-Kontra-Liste?«

Maggie trank den Rest ihres Weins aus. »Nein. Mehr Wein. Ich bin gleich zurück.« Sie zeigte auf mein Glas, das noch immer halb voll war. »Trink aus, bevor ich wiederkomme.«

Während sie an der Bar war, fing mein Telefon an, auf dem Tisch zu vibrieren. Ich nahm es in die Hand und lächelte, als ich Max' Namen sah. Da Maggie sich gerade mit dem süßen Barkeeper unterhielt, der unsere Gläser noch nicht gefüllt hatte, ging ich davon aus, ein paar Minuten Zeit zu haben. Also wischte ich nach rechts, um den Anruf anzunehmen.

»Hey.«

»Wie geht es dir, meine Schöne? Weißt du, woran ich vorhin gedacht habe?«

»Woran?« Ich nippte an meinem Wein.

»Dich auszulecken, während du an deinem Schreibtisch sitzt.«

Ich atmete hörbar ein. Leider hatte ich den Wein noch nicht vollständig heruntergeschluckt, sodass er aus Versehen in die Luftröhre geriet. Ich fing an zu husten.

»Bist du okay?«

Ich klopfte mir auf die Brust und sprach mit angestrengter Stimme: »Nein! Du bist schuld, dass ich an meinem Wein ersticke.«

»Ich wünschte, ich wäre bei dir, um dafür zu sorgen, dass du an etwas anderem erstickst.«

Ich spürte, wie meine Wangen sich aufheizten, und das hatte nichts damit zu tun, dass mir der Wein in die Luftröhre geraten war. »Da ist aber jemand in Stimmung heute.«

»Ich kann nichts dafür. Ich hatte dieses Treffen mit dem Geschäftsführer. Weil er einige Minuten zu spät dran war, wurde ich in sein Büro gebeten. Er hatte diesen riesigen Schreibtisch und an den Wänden hingen unzählige Auszeichnungen und Urkunden. Es wirkte einfach wie das Büro von jemandem, der etwas zu sagen hat. Dann dachte ich daran, wie du wohl aussiehst, wenn du hinter deinem Schreibtisch sitzt – so einflussreich und sexy. Das erweckte in mir den Wunsch, dich zum Betteln zu bringen.«

»Nur damit ich es richtig verstehe. Du stellst dir mich als einflussreich vor, und das törnt dich an und erweckt in dir den Wunsch ... mich betteln zu lassen?«

Ich konnte ihn natürlich nicht sehen, aber ich hörte sein Lächeln in nur zwei Worten. »Verdammt, ja.«

Ich lachte. »Du bist schlimm.«

»Warum schließt du nicht die Tür deines Büros

ab und lässt mich dir die Dinge erzählen, die ich mit dir anstellen will, während du mit deiner Hand in den Spitzenslip gleitest, von dem ich weiß, dass du ihn trägst.«

Verdammt, irgendwie wünschte ich mir jetzt, dass ich noch im Büro wäre. »Verlockend ... aber das geht nicht. Ich bin nicht im Büro.«

»Wo bist du denn?«

»Mit Maggie in einer Bar, die ein paar Blocks entfernt ist. Sie versucht, mich betrunken zu machen.«

»Wunderbar. Es freut mich, dass du das Büro heute Abend zu einer angemessenen Uhrzeit verlassen hast.«

»Ich habe immer noch viel aufzuarbeiten.«

»Also dann, sieh zu, dass du es erledigt kriegst. Denn wenn ich wieder da bin, werde ich deinen Hintern nach draußen tragen, wenn du zu spät noch arbeitest. Du hast mir einen Sommer versprochen und ich werde mich nicht nur mit Wochenenden zufriedengeben.«

Ich lächelte. »Ich werde es versuchen.«

»Gut. Ich werde auflegen, damit du die Zeit mit deiner Freundin genießen kannst.«

»Du fliegst morgen nach Hause, oder?«

»Scheiße – nein. Deshalb rufe ich an. Weil du mir erzählt hast, dass du dich von mir auslutschen lassen willst, während du am Schreibtisch sitzt, habe ich es vergessen.«

Ich lachte. »Das habe ich nicht gesagt.«

»Ich habe es in deiner Stimme gehört. Aber wie dem auch sei, ich rufe an, um dir zu sagen, dass mein Abendessen mit dem Besitzer auf Samstagabend verlegt wurde. Seine Tochter hat ihr Baby einige Wochen zu früh bekommen, also ist er dorthin geflogen, wo sie lebt. Weil er erst am Samstag zurückkommt, musste ich meinen Flug auf Sonntag umbuchen. Ich muss deshalb unsere Pläne für Samstag absagen. Tut mir leid.«

»Oh, okay.«

»Es sei denn, du hast Lust, deinen Hintern morgen nach der Arbeit in ein Flugzeug zu bewegen. In meiner Suite gibt es einen Schreibtisch. Ich kann mich der Situation anpassen.«

»Verlockend. Aber ich kann wirklich nicht.«

Maggie kam zurück, zwei Weingläser und eine Serviette mit einer darauf gekritzelten Telefonnummer in der Hand. Ich schüttelte den Kopf, zeigte auf mein Handy und flüsterte lautlos: *Max.*

Er schwieg kurz. »Ich vermisse es, neben dir aufzuwachen.«

Mein Herz zog sich zusammen. »Ich vermisse es auch, neben dir aufzuwachen.«

»Es gibt eine einfache Lösung, die uns beide aus unserer misslichen Lage ...«

Ich lächelte. »Ich weiß. Ich habe einfach nur zu viel Arbeit nachzuholen, um spontan morgen Nachmittag in ein Flugzeug zu springen.«

»Okay. Aber falls du deine Meinung änderst, lass es mich wissen. Dann werde ich dir einen Flug buchen.«

»Danke, Max.«

»Hab einen schönen Abend. Pass auf dich auf.«

»Du auch.«

Ich nahm das Handy vom Ohr, um den Anruf zu beenden, doch Maggie riss es mir aus der Hand.

»Max? Bist du noch da? Hier ist Maggie.« Sie grinste mich an. »Oh, hey. Hör zu, kauf das Flugticket. Ich werde dafür sorgen, dass sie ihren Hintern in dieses Flugzeug bewegt.«

»Gib mir das Telefon«, sagte ich.

Sie lehnte sich zurück, als hätte mich das davon abgehalten, danach zu greifen.

»Das ist eine gute Idee. Danke, Max.« Sie wackelte mit den Fingern vor dem Handy herum, obwohl er sie selbstverständlich nicht sehen konnte. »Tschüssi.«

Maggie beendete den Anruf und drückte sich mit verträumtem Blick mein Telefon an die Brust. »Er hat dir gesagt, dass er es vermisst, neben dir aufzuwachen. Du musst fliegen.«

Ich schüttelte den Kopf. »Ich wünschte, ich könnte, aber ich kann nicht. Ich habe so viel im Büro zu tun.«

»Lass mich dir eine Frage stellen ... Ist dieser Mann so süß, wie er von der wenigen Zeit, die ich in seiner Nähe war, den Anschein erweckt?«

Ich seufzte. »Das ist er tatsächlich. Unter dem knallharten Kerl, dem Eishockeyspieler-der-andere-mit-einem-Stock-schlägt-Äußeren, befindet sich ein echter Softie.«

»Und wie ist der Sex?«

Ich lächelte, wenn ich bloß daran dachte. »Er gibt dieses Süße an der Schlafzimmertür ab. Und wenn er mich küsst, packt er mich mit seiner großen Hand am Hals. Es ist sehr dominant und sollte mir vermutlich etwas Angst machen, aber irgendwie liebe ich es.«

»Wie lange ist er weg?«

»Er sollte eigentlich morgen Nachmittag wieder da sein. Aber es kam etwas dazwischen und jetzt fliegt er erst am Sonntag zurück.«

Mein Telefon gab in Maggies Hand einen Signalton von sich. Sie streckte es aus, um den Bildschirm zu überprüfen, und sah dann zu den zwei Weingläsern, die vor mir auf dem Tisch standen. »Du solltest dich besser beeilen, dieses Glas auszutrinken, damit du mit dem nächsten anfangen kannst.«

Ich runzelte die Stirn. »Warum?«

Sie drehte mein Handy herum und zeigte mir das Display. »Weil Max dir soeben ein Flugticket geschickt hat. Ich muss betrunken genug werden, um dich dazu zu überreden, morgen Nachmittag in das Flugzeug zu steigen.«

...

»Ich werde schnell unter die Dusche springen«, sagte Max zu meiner Reflexion im Badezimmerspiegel. »Das Frühstück sollte in wenigen Minuten hier sein.«

Ich legte den Haartrockner beiseite. »Okay. Ich bin fertig. Das Badezimmer gehört dir.«

Er zeigte seine Grübchen und zog seine Boxershorts nach unten. »Oder du bleibst hier und schaust zu.« Er küsste meine Schulter. »Oder noch besser, komm mit mir duschen.«

Genau in dem Moment klopfte jemand an die Tür der Suite.

»Sieht so aus, als müsstest du allein duschen.« Ich grinste.

Max schob die Unterlippe vor.

Zurück im Schafzimmer nahm ich meine Handtasche, um Trinkgeld herauszunehmen, bevor ich die Tür öffnete. Ich hatte jedoch nur einen Hundertdollarschein und steckte den Kopf noch einmal ins Badezimmer.

»Hey. Hast du kleine Scheine fürs Trinkgeld? Ich habe bloß einen Hunderter.«

Max war bereits unter der Dusche. »Ja, sollte ich

haben. Ich glaube, meine Geldbörse ist noch in meiner Hosentasche. Bedien dich.«

»Danke.«

Ich sah mich im Schafzimmer nach seiner Hose um, fand sie dort aber nicht. Dann erinnerte ich mich, dass sie vermutlich immer noch neben der Tür lag – wo er sie etwa zwei Sekunden, nachdem wir gestern Abend angekommen waren, ausgezogen und mich gegen die Wand gedrückt hatte. Bei dieser Erinnerung lächelte ich, als ich sie aufhob und sein Portemonnaie fand. Er hatte einen Zehner, den ich herausnahm, und dann öffnete ich die Tür.

Der Zimmerservice schob einen Speisewagen hinein und ich kicherte leise beim Anblick der Packung Cheerios und einer großen Glaskaraffe mit Milch. Ich reichte dem Pagen das Trinkgeld und ging mit ihm zur Tür.

Kurz bevor ich sie hinter ihm geschlossen hatte, drehte er sich um. »Miss?«

»Ja?«

Er hielt mir eine Visitenkarte hin. »Das hier war in dem Schein, den Sie mir gerade gegeben haben.«

»Oh. Entschuldigen Sie.« Ich nahm die Karte. »Danke.«

Zurück im Zimmer steckte ich die Karte zurück in Max' Geldbörse. Doch als ich das tat, fiel mein Blick auf die Worte, die auf der Vorderseite gedruckt waren: *Cedars Sinai Neurologie & Neurochirurgie*. Darunter stand eine Adresse und auf der Terminzeile ein handgeschriebenes Datum sowie eine Uhrzeit für vorgestern. Anstatt sie zurück in seine Geldbörse zu stecken, legte ich sie auf das Tablett des Zimmerservice, damit ich nicht vergaß, ihn danach zu fragen.

Dann rief Maggie an und gerade als Max aus der Dusche kam, klingelte sein Telefon. Erst als wir mit der Hälfte des Frühstücks fertig waren, fiel die Karte mir wieder ins Auge.

Ich nahm sie in die Hand. »Das hier war in dem Geldschein, den ich aus deiner Geldbörse genommen habe, um ihn dem Zimmerservice zu geben. Sie war mir nicht aufgefallen, aber der Page hat sie mir zurückgegeben, als er ging.«

Max sah nach unten auf die Visitenkarte und dann wieder zu mir auf. Er sagte nichts.

»Warst du neulich beim Neurologen?«, fragte ich.

Er nahm die Karte und steckte sie in die Tasche. »Ja. Nur eine Kontrolluntersuchung.«

»Eine Kontrolluntersuchung? Ich war noch nie beim Neurologen.«

Max schob sich einen vollen Löffel mit Cheerios in den Mund und zuckte mit den Schultern.

»Gibt es einen Grund, dass du dich untersuchen lässt?«

Ich glaube, mir war nie bewusst, dass Max den Menschen für gewöhnlich in die Augen sah, wenn er sprach – bis zu diesem Moment, in dem er es komplett vermied, mich anzuschauen. Er schob die Cheerios mit dem Löffel in seiner Schüssel herum. »Ich bekomme Migräne. Deshalb lasse ich mich ab und zu durchchecken.«

»Oh. Du hast nie erwähnt, dass du Migräne hast.«

Wieder zuckte er mit den Schultern. »Ich schätze, es ist nie zur Sprache gekommen.«

»Ist dein Arzt hier in Kalifornien?« Ich runzelte die Stirn. »Du kommst den ganzen Weg hierher, um dich untersuchen zu lassen?«

»Er ist ein guter Arzt.«

Irgendetwas an diesem Gespräch war seltsam ... »War bei dieser letzten Untersuchung alles in Ordnung?«

»Ja. Willst du seine Nummer haben, um dich selbst zu überzeugen?«

Ich schüttelte den Kopf. »Tut mir leid. Ich bin neugierig.«

»Kein Problem.« Sein Telefon vibrierte auf dem Tisch. Er nahm es in die Hand und las die SMS. »Hast du heute etwas Bestimmtes vor?«

Ich zuckte mit den Schultern. »Nicht wirklich.«

»Würdest du dir gern einige Häuser mit mir ansehen?«

»Häuser?«

»Ja. Der Mannschaftsleiter hat mir die Nummer einer Immobilienmaklerin gegeben und sie hat gefragt, ob ich mir heute Nachmittag ein paar Häuser anschauen möchte.«

»Oh ... mir war nicht klar, dass du vorhast, ein Haus zu kaufen.«

»Das hatte ich nicht. Aber mein Vermögensberater drängt mich seit einem Jahr, in eine Immobilie zu investieren. Er sagt, jetzt sei der richtige Zeitpunkt zum Kaufen. Ich dachte mir, es könnte nicht schaden zu sehen, was man in verschiedenen Gegenden für sein Geld bekommt. Ich habe zugestimmt, bevor ich wusste, dass du kommst, aber wenn du keine Lust dazu hast, ist es keine große Sache. Ich kann absagen.«

»Nein, das ist in Ordnung. Klingt, als könnte es Spaß machen.«

»Okay. Ich werde ihr sagen, sie soll uns eine Stunde geben.«

• • •

»Was ist los mit dir?« Max stellte sich hinter mich, als ich vom Schlafzimmerbalkon im zweiten Stock eines der Häuser, die wir besichtigten, auf die Innenstadt von Los Angeles hinunterblickte. Er stützte sich mit den Händen links und rechts neben mir auf dem Geländer ab.

»Was meinst du?«

Er strich mein Haar zur Seite und küsste mich zärtlich auf den Hals. »Du bist viel zu still.«

»Ich glaube, ich muss das alles erst einmal sacken lassen.« Dies war das vierte Haus, das wir heute Nachmittag besichtigt hatten, und es war sogar noch schöner als das letzte. Aber bei den Preisen, die die Immobilienmaklerin genannt hatte, sollten sie das auch sein. Ich drehte mich zu Max um. Er machte keine Anstalten zurückzutreten und hielt mich zwischen seinen dicken Armen fest. »Diese Häuser sind wunderschön, aber etwas überwältigend.«

»Ja.«

Jedes der Häuser, die wir uns angesehen hatten, hatte mindestens vier Schlafzimmer. Doch der Gesamtwohnraum war einfach so ausladend und groß. »Warum zeigt sie dir so große Häuser? Hast du darum gebeten?«

»Ich habe ihr gesagt, dass ich mindestens ein paar Schafzimmer haben will. Meine Familie kommt gern zu Besuch. Und mein Vermögensberater meinte, ich solle darauf vorbereitet sein, alles, was ich kaufe, für mindestens sieben bis zehn Jahre zu behalten. Also dachte ich mir ...« Max zuckte mit den Schultern. »Du weiß schon ... irgendwann könnte ich vielleicht mehr Platz benötigen.«

Irgendwann. Er meinte in ein paar Jahren, wenn er vermutlich eine Familie hätte, um all diese leeren Räume zu füllen. Natürlich machte es Sinn, ein Haus zu kaufen, in das man hineinwachsen konnte, aber die Vorstellung, dass er es mit jemand anderem tun würde, schmerzte. Es war ein Unterschied, ob er eine Junggesellenwohnung mit einem oder zwei Schlafzimmern mietete, so wie er es derzeit tat, oder ob er ein Haus im Wert von mehreren Millionen Dollar kaufte. Das bedeutete, dauerhaft dort zu leben und *viertausend Kilometer entfernt* Wurzeln zu schlagen.

Die Immobilienmaklerin betrat das Schlafzimmer. »Wie finden Sie es?«

»Es ist toll«, sagte Max. »Könnten Sie uns vielleicht zehn Minuten geben, damit wir uns unter vier Augen unterhalten können?«

»Selbstverständlich.« Sie deutete mit dem Daumen über die Schulter. »Ich muss einige Anrufe tätigen. Ich werde nach draußen gehen und Ihnen Zeit zum Reden geben. Ich bin im vorderen Bereich, wenn Sie so weit sind.«

»Danke.«

Als die Immobilienmaklerin außer Hörweite war, fragte ich: »Hast du Interesse an diesem Haus?«

Max schüttelte den Kopf. »Nein. Es ist hübsch, aber ich habe das Gefühl, als sei ich in einer Arztpraxis. Zu modern und steril.«

Ich lachte. »Warum hast du ihr dann gesagt, wir müssten uns unter vier Augen unterhalten?«

»Weil du nicht mehr lächelst.« Er glitt mit einer Hand zum Saum meines Sommerkleides, schob sie darunter und zwischen meine Oberschenkel. »Ich werde dir dieses Lächeln wieder ins Gesicht zaubern.«

Ich bekam große Augen. »Ich werde mit dir keinen Sex auf dem Balkon fremder Leute haben.«

»Natürlich nicht.« Er packte mich an der Taille und drehte mich herum, bevor er den Mund an mein Ohr brachte. »Ich werde dich nur mit meiner Hand zum Orgasmus bringen. Wenn wir wieder im Hotel sind, vögele ich dich anständig. Wir werden nur ein wenig spielen.«

»Max ...«

Ich fing an zu protestieren, doch er packte mein Haar mit der Hand und zog meinen Kopf nach hinten. »Ich werde dafür sorgen, dass niemand dich sieht«, stöhnte er mir ins Ohr. »Von hinten bist du vollständig bedeckt und keiner kann meine Hand unter deinem Kleid sehen.« Ohne mir Zeit zum Antworten zu geben, schob er die Hand nach oben, zog meinen Slip zur Seite und umkreiste sanft meine Klitoris. »Mach die Beine etwas breiter.«

Als ich nicht sofort reagierte, zog er fester an meinem Haar und mein Körper erwachte zum Leben. »Öffne die Beine und halte dich mit beiden Händen am Geländer fest. Lass nicht los.«

Jegliche Angst, die ich empfunden hatte, verschwand zusammen mit meiner Scham. Ich spreizte die Beine und packte das Geländer.

Max' Stimme war rau, als er mit den Fingern auf und ab durch meine Spalte fuhr. »Du bist jetzt schon so feucht für mich.« Er drang mit einem Finger in mich ein und bewegte sich einige Male in mir, bevor er einen zweiten hinzunahm. »Schon bald will ich dir dabei zusehen, wie du es dir selbst machst. Wie du mit weit gespreizten Beinen auf meinem Bett liegst und deine Finger in dich einführst. Wirst du das für mich tun?«

Ich nickte. In diesem Moment hätte ich zu allem Ja gesagt, worum er mich bat. Die Erregung meines Körpers stieg schnell und wild an, ich brauchte nur noch eine weitere Minute. Max zog seine Finger ganz aus mir heraus und drang mit drei Fingern wieder in mich ein. Und ganz plötzlich brauchte ich diese sechzig Sekunden nicht mehr. Er stieß einmal in mich hinein, dann ein zweites Mal und dann stürzte ich bereits in den Abgrund. Mir war nicht einmal klar gewesen, dass ich einen Laut von mir gegeben hatte, bis eine Hand meinen Mund bedeckte.

Ich war noch nicht wieder zu Atem gekommen, als Max mich umdrehte.

Er lächelte. »Besser?«

Als ich nicht antwortete, lachte er leise. »Komm mit. Ich werde dich im Bad sauber machen, bevor die Maklerin nach uns sucht.«

Zwei Stunden später waren wir zurück in Max' Hotelsuite und hatten zum zweiten Mal heute Sex. Ich lag mit dem Kopf auf seiner Brust, während er mein Haar streichelte.

»Kommst du nächsten Monat zurück und hilfst mir, eine Wohnung zu finden?«, fragte er.

»Wenn es mir möglich ist. Kann ich dir noch Bescheid sagen?«

Er lachte. »Klar.«

»Worüber lachst du?«

»Du hättest ein Mann sein sollten. Du hast die Art perfektioniert, dich zu nichts zu verpflichten.«

Ich seufzte. »Tut mir leid.«

»Schon gut. Ich werde weiter an dir arbeiten. Gefällt dir Kalifornien?«

Ich stützte das Kinn auf meinen Handrücken auf, um zu antworten. »Ja. Das Wetter ist toll und ich liebe die Schluchten und unterschiedlichen Landschaften. Aber ich liebe auch die vier Jahreszeiten in New York und die Energie der Stadt. Und ich hasse Autofahren. Was ist mit dir? Wirst du New York vermissen?«

Max strich mir über das Haar. »Ich werde drei der vier Jahreszeiten vermissen. Und die Pizza. Aber ich fahre lieber mit dem Auto, als öffentliche Verkehrsmittel zu benutzen. Wie oft kommst du geschäftlich hierher?«

»Zwei- oder dreimal im Jahr.«

Max nickte. Er sah mir sehr lange in die Augen. »Und *dich* werde ich auch vermissen.«

Hier zu sein war eine deutliche Erinnerung an das, was am Ende des Sommers geschehen würde. Wenn ich deswegen jetzt schon emotional war, wie würde ich mich dann erst fühlen? Ich weigerte mich, traurig zu werden, drehte den Kopf und küsste ihn auf sein Herz. »Ich werde dich auch vermissen.«

──Kapitel 19──

Max

»Was kann ich dir zu trinken bringen, Max?« Celia Gibson ging zu der Bar auf der überdachten Terrasse in ihrem Garten. »Möchtest du noch etwas Wein oder hättest du lieber einen Digestif?«

»Mehr Wein wäre wunderbar.« Ich betrachtete das weitläufige Gelände, zu dem auch ein großes gläsernes Gewächshaus gehörte, das sich in der hintersten Ecke befand. Das Licht war angeschaltet und ich sah, dass ihr Mann und Georgia sich im Inneren unterhielten.

Celia stellte sich neben mich und reichte mir ein Glas Wein. »Ich weiß, du stehst noch nicht offiziell auf unserer Spielerliste, kann ich dich aber trotzdem für eine Wohltätigkeitsveranstaltung begeistern, die mir sehr am Herzen liegt?«

»Selbstverständlich.«

»Anfang August, bevor das Training beginnt, veranstalte ich ein Benefiz-Eishockeyspiel. Das wird mein achtes Jahr sein. Da wir die Mannschaft im Promi-Mekka des Universums sind, werden Hollywood-Stars gegen Profis antreten. Die Leute finden das großartig und du wirst überrascht sein, wie viele Promis eingefleischte Eishockeyfans sind und dabei mitmachen. Der gesamte Erlös der Kartenverkäufe und Werbeeinnahmen geht an die Nationale Alzheimerstiftung. Sowohl meine Mutter als auch Miles' Vater litten an dieser schrecklichen Krankheit.«

»Tut mir leid, das zu hören. Ich wäre sehr gern dabei.«

»Gut. Ich werde meine Assistentin bitten, dir die Daten zu senden und dir Freikarten für Georgia und alle anderen zukommen zu lassen, die du einladen willst.«

»Klingt gut.«

Wir schauten hinüber zum Gewächshaus. Celia trank einen Schluck von ihrem Wein und lächelte. »Ich fürchte, du wirst deine Georgia eine Zeit lang nicht sehen. Die Leute denken immer, dass der Blumengarten mir gehört, nicht meinem Mann. Ich denke, es ist eine seltsame Kombination. Zu seinen Leidenschaften zählen sein geliebtes Eishockeyteam und Blumen. Sobald Miles jemanden in sein Gewächshaus lockt, kaut er ihm mindestens eine halbe Stunde das Ohr ab.«

Ich lächelte. »Rosen sind Georgias Leidenschaft. Es wird ihr nichts ausmachen.«

Celia deutete auf die Sitzgruppe hinter uns. »Warum setzen wir uns nicht?« Nachdem wir es uns bequem gemacht hatten, lächelte sie. »Ich hoffe, es stört dich nicht, dass ich das sage, aber es ist toll, dass Georgia etwas hat, das ihr Freude bereitet. Ich habe viele Ehefrauen und Freundinnen gesehen, die mit ihren Partnern hierherziehen. Einige geben ihre Karriere auf und einige sind sehr jung und haben noch keine eigene Karriere aufgebaut, bevor sie sich mit ihrem Partner in den Eishockey-Lebensstil stürzen. Aber die Beziehungen, die halten, zumindest nach dem zu urteilen, was ich gesehen habe, sind die, bei denen die Partnerin etwas eigenes Wichtiges zu tun hat. Wie du weißt, sind die Spieler die Hälfte des Jahres unterwegs. Viele beginnen damit, ihre Partnerin in jede Stadt mitzunehmen, und eine Zeit lang macht das auch Spaß. Aber es verliert irgendwann seinen Reiz oder Kinder kommen ins Spiel und dann ist das dauerhafte Reisen nicht mehr möglich. Versteh mich nicht falsch, Kinder sind ein Vollzeitjob. Aber eine Frau, die ihre Vorliebe hat, etwas, das sie mit Leidenschaft verfolgt, das ist es, was ihr dabei hilft, ihre Identität zu bewahren. Glaub mir, es ist sehr einfach, eine Mrs. Gibson oder Mrs. Yearwood zu werden und zu vergessen, dass man ebenfalls eine Celia oder eine Georgia ist.«

Ich nickte. »Das verstehe ich.«

»Georgias Geschäftssitz ist an der Ostküste, richtig?«

»New York.«

»Hat sie vor, mit dir nach Kalifornien zu ziehen?«

»Nein.«

»Als Miles und ich uns kennenlernten, hatte ich gerade meine eigene Immobilienmaklerfirma in Chicago gegründet. Ich hatte sechs Jahre lang für ein Unternehmen gearbeitet und wollte in meine eigene Immobilienverwaltung expandieren, was meine alte Firma nicht tat. Ich habe drei meiner Immobilienmaklerfreundinnen mitgenommen und gründete mein Unternehmen mit gerade ausreichend Geld, um drei Monate lang meine Miete und ihre Gehälter bezahlen zu können. Für mich bedeutete es, dass ich schwimmen musste, um nicht zu ertrinken, aber ich habe jede Minute dieser Anstrengung genossen.« Sie lächelte. »Ich habe Miles auf einer Party getroffen. Wir gingen einige Male miteinander aus, wenn er sich in der Stadt aufhielt, aber weil er ein viel beschäftigter Mann war, kam das nicht allzu häufig vor. Irgendwann fragte er mich, ob ich mir vorstellen könne, nach Kalifornien zu ziehen, wo er sein Unternehmen hatte, um unserer Beziehung eine echte Chance zu geben. Ich fragte ihn, ob er nach Chicago ziehen würde, wo meine Firma war. Ich brauche wohl nicht zu sagen, dass wir in einer Pattsituation waren.«

»Wie habt ihr euch geeinigt?«

»Zunächst gab es keine Einigung. Wir haben uns für sechs Monate getrennt. Irgendwann tauchte er in meinem Büro auf und fragte mich, wo ich meine Verhandlungen abhalte. Ich führte ihn in den Konferenzraum und wir handelten eine Abmachung aus. Er kaufte eine Wohnung in Chicago und wir teilten unsere Zeit auf – vier Tage in der Woche in einer Stadt und drei in der anderen. Es war möglich, weil ich meine Besichtigungen und Termine, bei denen ich persönlich anwesend sein musste, auf die Tage legen konnte, in denen ich in Chicago war, und mir meine Büroarbeit für die Tage in Kalifornien aufhob.«

»Wie lange habt ihr das so gehandhabt?«

Sie trank ihren Wein. »Ein paar Jahre. Ich habe mich tatsächlich in Südkalifornien verliebt. Im Dezember gibt es keinen Vergleich, so viel ist sicher. Deshalb beschloss ich umzuziehen, gab aber mein Büro in Chicago nicht auf. Ich beförderte bloß eine Maklerin, um sich um das Tagesgeschäft zu kümmern, und expandierte mit meiner Firma nach Kalifornien.

Ich habe das Maklerbüro erst vor wenigen Jahren verkauft.« Sie lächelte. »Das war meine Leidenschaft.«

Zu schade, dass eine Fernbeziehung das kleinste Problem zwischen Georgia und mir war. Ich mochte Celia, würde aber nicht ins Detail gehen und ihr den Rest der Scheiße erklären, die zwischen uns stand. In gewisser Weise erinnerte sie mich an Georgia und aus dem Grund wusste ich, dass ich dieses Gespräch am besten führte, indem ich ihr zustimmte und jeglicher Diskussion aus dem Weg ging.

Also nickte ich. »In den kommenden Monaten müssen wir beide über sehr vieles nachdenken.«

. . .

»Siebenundfünfzigste Straße?« Der Fahrer sah in den Rückspiegel.

Georgia und ich hatten nicht über unsere Pläne gesprochen, seit wir wieder in New York gelandet waren. Aber ich wollte sie in meinem Bett – das stand für mich außer Frage. Deshalb schaute ich sie an. »Meine Wohnung?«

»Ich glaube, ich muss nach Hause. Ich habe morgen früh eine Besprechung, auf die ich mich vorbereiten muss, und habe nicht einmal meinen Laptop dabei. Du kannst gern bei mir schlafen.«

»Das geht nicht. Ich habe die Hundesitter für heute Abend nicht gebucht. Außerdem habe ich die Jungs vernachlässigt.«

Georgia nickte. »Wir könnten tatsächlich beide etwas Schlaf vertragen. Keiner von uns bekommt viel davon, wenn wir uns ein Bett teilen.«

Ich grinste. »Ich ziehe es jederzeit vor, dich zu vögeln und müde zu sein, als allein zu schlafen.«

Der Fahrer schwieg und wartete auf eine Antwort. Georgia machte mich darauf aufmerksam, indem sie mir still einen warnenden, großäugigen Blick zuwarf, der mir sagte, ich solle die Klappe halten. Ich lachte und beugte mich nach vorn, um ihm die Adresse mitzuteilen.

»Danke, dass du dieses Wochenende gekommen bist.« Ich lehnte mich zurück und nahm ihre Hand.

»Ich bin froh, dass ich gekommen bin. Ich hatte Spaß. Und ich kann *spontan sein* von meiner Liste der Dinge, an denen ich arbeiten muss, streichen.«

»Maggie musste dich betrunken machen und dich überreden.« Ich zuckte mit den Schultern. »Aber in Ordnung, nennen wir es spontan.«

Sie lachte. »Also, für mich war es spontan. Was hast du in dieser Woche vor?«

»Ich glaube, ich habe morgen ein Treffen mit meinem Geschäftsleiter. Dienstag muss ich für einen Fototermin nach Providence, Rhode Island reisen.«

»Noch mehr Unterwäsche, bei der du deine Beule mit einer Vorrichtung größer machen musst?« Sie grinste.

»Gott sei Dank nicht. Es ist eine Parfümwerbung. Je nachdem, wie lange es dauert, statte ich danach vielleicht meinem Bruder einen Kurzbesuch in Boston ab. Ich habe noch nicht entschieden, ob ich fliege oder fahre. Was ist mit dir?«

»Das Übliche ... unzählige Besprechungen, E-Mails, Produktionsplanung. Außerdem muss ich in dieser Woche zu unserem Vertriebszentrum nach Jersey City fahren. Wir bekommen unsere erste Warenbestandslieferung von neuen Produkten und ich will dafür sorgen, dass alles in der Qualität geliefert wird, in der es bestellt wurde. Darüber hinaus werden am darauffolgenden Tag einige Webeplakate an der Jersey Turnpike aufgehängt, deshalb werde ich vielleicht Maggie bitten, mitzukommen und die Strecke mit mir abzufahren, um zu schauen, wie sie aussehen.«

»Hast du an einem Abend Zeit, mit mir essen zu gehen?«

Ihre Gesichtszüge wurden sanft. »Ich werde mir Zeit nehmen.«

Als wir bei ihrer Wohnung vorfuhren, bat ich den Fahrer, fünfzehn Minuten zu warten, damit ich sie nach oben bringen konnte. Ich nahm unsere beiden Taschen aus dem Kofferraum und folgte ihr, aber nachdem ich ihren Hintern in dieser Yogahose gesehen hatte, sagte ich ihr, sie solle mir eine Minute geben, und joggte zurück zum Fahrer.

»Müssen Sie heute noch jemanden abholen?«

Er schüttelte den Kopf. »Sie sind heute meine letzte Fahrt.«

»Gut.« Ich zog meine Geldbörse aus der Tasche, nahm einige Scheine heraus und hielt sie ihm hin. »Ist es ein Problem, wenn ich länger als fünfzehn Minuten brauche?«

Der Fahrer schaute auf die Hundertdollarscheine und schüttelte den Kopf. »Überhaupt kein Problem.«

»Danke.« Ich joggte zurück zu Georgia.

»Was war das denn?«

»Habe ich erwähnt, dass dein Hintern in dieser Hose spektakulär aussieht? Sie bringt mich fast dazu, diese dämliche Yogastunde mit dir zu wiederholen. *Fast.*«

Sie lachte. »Was hat mein Hintern mit dem Fahrer zu tun?«

»Ich habe ihn bezahlt, für den Fall, dass du mich hereinlässt, um ihn zu perkutieren.«

Georgia rümpfte die Nase. »Perkutieren?«

»Was? Ist dir das nicht eloquent genug? Wie wäre es mit: für den Fall, dass du dich von mir durchnehmen lässt?«

»Igitt.«

»Das Brot in den Ofen schieben?«

Sie lachte.

Ich öffnete die Tür zu ihrem Gebäude. »Eintunken?«

Sie schüttelte den Kopf.

»Haut aneinanderklatschen? Bumsen? Hühnern? Rammeln? Was hältst du von sexeln?«

»Sprich weiter.« Sie drückte den Aufzugknopf, lächelte aber. »Das Einzige, das du rammeln wirst, ist deine Hand.«

»Ach so. Du hättest gern etwas, das reifer klingt. Geschlechtsverkehr vollziehen? Kopulieren? Unzucht treiben? Rumfummeln?«

Wir traten aus dem Aufzug heraus und sie lachte, als sie ihren Schlüssel hervorkramte. »Ich glaube, du hast das Geld verschwendet, als du den Fahrer gebeten hast zu warten.«

Ich packte ihren Hintern mit einer Hand, als sie die Tür aufschloss. Sie öffnete nach innen und wir fielen lachend in die Wohnung. »Wie wäre es mit *ficken*? Das ist ein Klassiker. Ich würde dich gern ficken, Georgia.«

Ich ließ ihre Tasche zu Boden fallen und schlang die Arme um ihre Taille, bereit, ihren Körper aus dieser absolut sexy Yogahose zu schälen.

Aber Georgia erstarrte. Ihr Lachen verstummte abrupt.

»Gabriel? Was machst du denn hier?«

...

»Tut mir leid.« Der Wichser rieb sich den Nacken. »Ich habe dir eine SMS geschrieben, aber du hast nicht geantwortet.«

Georgia schüttelte den Kopf. »Mein Telefon war im Flugmodus. Ich muss vergessen haben, ihn auszuschalten. Aber warum bist du hier?«

»Ich bin gekommen, um mit dir zu reden. Du warst nicht zu Hause und ich habe noch meinen Schlüssel. Ich wusste nicht, wohin ich sonst gehen sollte.«

Mein Blick fiel auf einen Koffer. Ich verschränkte die Arme vor der Brust. »Das hier ist New York City. Es gibt Hotels an jeder Ecke.«

Er sah Georgia an. »Ich will nur mit dir reden. Danach gehe ich in ein Hotel, wenn es das ist, was du willst.«

Wenn es das ist, was du willst. Dieses Arschloch hatte sie vor Monaten verlassen und besaß den Mut, sich selbst hereinzulassen? Er hatte sich entschuldigt, aber seine territoriale Haltung sagte mir, dass er glaubte, jedes Recht zu haben zurückzukommen.

Er war größer, als ich von dem Foto, das ich gesehen hatte, angenommen hatte, und in besserer körperlicher Verfassung. Aber ich würde ihn zerquetschen, ohne in Schweiß auszubrechen, wenn es dazu käme. Momentan hoffte ich, dass es bald so weit wäre.

Aber stattdessen ging der Typ einen Schritt auf

mich zu und streckte mir die Hand hin. »Ich bin Gabriel Alessi. Tut mir leid, wenn ich euren Abend störe.«

Ich machte keine Anstalten, mich zu bewegen.

Georgia begutachtete die Situation und legte mir die Hand auf den Arm. »Max, meinst du, wir können uns kurz unterhalten?«

Ich sah sie an, sagte aber nichts. Sie nickte in Richtung ihres Schlafzimmers. »In meinem Zimmer. Meinst du, wir können dort reden?«

Ich warf dem Kerl einen langen, bösen Blick zu, bevor ich nickte. Ich war sauer. Ich hatte das Gefühl, aus meiner Nase sollte Dampf entweichen. Aber als ich Georgia ins Schlafzimmer folgte und sie mit Tränen in den Augen zu mir aufsah, ließ der Schmerz in meiner Brust mich einknicken. Ich konnte es nicht ertragen, wenn eine Frau weinte, aber ganz besonders nicht, wenn Georgia es tat, denn sie hatte nichts falsch gemacht.

»Ich weiß nicht, was ich machen soll«, sagte sie.

Ich atmete hörbar aus und nickte. »Was willst du denn machen?«

»Ehrlich gesagt will ich mich einfach nur ins Bett legen und schlafen.«

»Willst du mit ihm reden?«

Sie sah sehr lange zu Boden. »Ich würde gern wissen, warum er hier ist.«

Für mich war es offensichtlich. Der Wichser wollte sie für mehr als ein Jahr auf Eis legen und seinen Spaß haben. Aber sobald er herausgefunden hatte, dass sie rausging und nicht weinend zu Hause saß, war er in den ersten Flieger nach New York gestiegen. »Willst du, dass ich gehe?«

Wieder schwieg sie. »Ich glaube, ich bin nicht in der richtigen mentalen Verfassung, um mit irgendeinem von euch beiden zusammen zu sein. Seit wir uns getroffen haben, warst du ausschließlich gut zu mir, und ich werde mich dir gegenüber nicht respektlos verhalten, indem ich dich dazu auffordere, meine Wohnung zu verlassen, während ein anderer Mann in meinem Wohnzimmer sitzt, ein Mann, von dem du weißt, dass ich eine Vergangenheit mit ihm habe. Ich möchte aber auch keine Zeit mit dir verbringen, während meine Gedanken sich überschlagen und ich emotional bin, weil Gabriel zurückgekommen ist. Deshalb halte ich es für das Beste, wenn ich Gabriel sage, dass ich mich morgen irgendwo mit ihm treffe, damit er und ich miteinander reden können.«

Wenngleich ich es vorgezogen hätte, dass sie mir sagt, ich solle den Kerl vor die Tür setzen, war ihre Lösung fair. Ich hatte mich auf diese Sache eingelassen, wohlwissend, dass er am Rand stand und irgendwann zurückkommen würde. Ich hatte nur nicht damit gerechnet, dass es heute sein würde, so viel war sicher. Aber ich respektierte Georgias Entscheidung und hasste es ebenfalls, dass sie aussah, als würde sie einen Zusammenbruch erleiden, wenn ich irgendetwas anderes täte, als zuzustimmen.

Also nickte ich und breitete die Arme aus. »Okay. Komm her.«

Sie verschmolz mit mir. Ich hielt sie fest, solange ich konnte, dann gab ich ihr einen Kuss auf den Kopf. »Ruf mich an, wenn du reden willst, okay?«

Sie rang sich ein Lächeln ab und nickte. »Danke, Max.«

»Ich werde als Erstes gehen. Aber bevor ich nach Hause fahre, werde ich unten warten, um mich davon zu überzeugen, dass er dir keine Probleme bereitet.«

»Das wird er nicht. Aber ich weiß, dass du dich damit besser fühlst. Danke, dass du so gut auf mich aufpasst.«

Georgia atmete tief durch, bevor wir das Schlafzimmer verließen. Ich wartete, bis ich bei der Wohnungstür war, bevor ich mich umdrehte und auf Gabriel zeigte. »Sorge dafür, dass ich es nicht bereue, zuerst durch diese Tür gegangen zu sein. Sei respektvoll.«

Mein Herz hämmerte, als ich ging. Ich wusste, dass es das Richtige war, zu gehen, ohne eine Szene zu machen, das machte die Sache aber nicht weniger beschissen. Draußen teilte ich dem Fahrer mit, dass wir noch eine Weile bleiben müssten, dann lehnte ich mich gegen den Wagen und wartete. Keine fünf Minuten vergingen, bevor die Tür zu ihrem Gebäude erneut geöffnet wurde und Gabriel, seinen Koffer hinter sich herziehend, heraustrat. Er ging einige Schritte und blieb stehen, als er mich am Wagen lehnend entdeckte. Unsere Blicke trafen sich und wir starrten einander an, bis er am Bürgersteig angelangt war. Dann drehte er sich wortlos um und ging den Block entlang. Ich schätze, er war klüger als er aussah.

—— Kapitel 20 ——

Georgia

Nervosität war eine Art Durchgangsstadium für mich.

Ich hasste das ungute Gefühl im Magen, das ich immer dann bekam, wenn ich wegen einer Sache ängstlich war. Ich hasste es, dass ich nicht in der Lage war, mich auf etwas anderes als das zu konzentrieren, was mir Kopfzerbrechen bereitete, und am meisten hasste ich, dass mir keine Lösung einfiel, ganz egal, wie sehr ich die Dinge analysierte. Das alles machte mich wütend – und das war der Zustand, in dem ich soeben das Restaurant betreten hatte, in dem ich am nächsten Tag um elf Uhr achtundfünfzig saß und zusah, wie Gabriel für unser Mittagessen zu meinem Tisch kam.

Er lächelte, doch ich erwiderte es nicht.

»Ich hoffe, ich habe dich nicht lange warten lassen«, sagte er und zog den Stuhl mir gegenüber heraus. »Ich habe mein Zimmer ohne mein Portemonnaie verlassen und dann bemerkt, dass der Schlüssel sich darin befand, und an der Rezeption wollten sie mir keine neue Karte ausstellen, weil ich keinen Ausweis dabeihatte.«

»Schon in Ordnung.«

Gabriel setzte sich und faltete die Hände. »Du siehst gut aus. Das Licht hier drinnen lässt dein Haar rötlich erscheinen.«

»Es ist rot. Ich habe es gefärbt. Ich habe endlich beschlossen, es auszuprobieren.«

»Mir war nicht klar, dass das etwas ist, das du machen wolltest.«

Ich seufzte. »Was tust du hier, Gabriel?«

Er nahm die Serviette vom Tisch und legte sie sich auf den Schoß. »Ich bin gekommen, um mit dir zu reden.«

»Du hättest mir sagen sollen, dass du kommst. Und du hättest gestern Abend definitiv nicht einfach so in meine Wohnung eindringen sollen.«

»Ich weiß.« Er sah nach unten. »Ich bin das alles vollkommen falsch angegangen und es tut mir sehr leid.«

Die Kellnerin kam zu uns und schenkte uns Wasser ein, dann fragte sie, ob wir bereit seien zu bestellen. Ich hatte weder einen Blick auf die Karte geworfen, noch hatte ich großen Appetit. »Haben sie Caesar Salad?«

Sie nickte. »Haben wir. Möchten Sie das Hühnchen mit unserer speziellen Gewürzmischung in dem Salat? Es ist wirklich gut. Ich esse es ständig.«

Ich streckte ihr die Speisekarte hin. »Sicher. Danke.«

Sie sah Gabriel an, der ihr ebenfalls die Karte reichte. »Ich nehme das Gleiche.«

Nachdem sie gegangen war, schüttelte Gabriel den Kopf. »Auf dem Flug hierher habe ich ein Dutzend Mal geübt, was ich zu dir sagen werde. Aber jetzt kann ich mich nicht erinnern, wo ich anfangen soll.«

»Wie wäre es, wenn du damit anfängst, was du hier machst? Ich dachte, du hattest nicht geplant, vor dem Ende deines Sabbatjahres zurückzukommen.«

»Hatte ich auch nicht. Ich bin zurückgekommen, um mit dir zu reden.« Er nahm sein Wasser und trank große Schlucke. Dann atmete er tief ein. »Ich habe so einen großen Fehler gemacht, Georgia.«

»Weil du hergekommen bist?«

Er schüttelte den Kopf. »Nein, ganz und gar nicht. Ich habe einen Fehler gemacht, weil ich gegangen bin.«

Ich trug ein enges, langärmeliges Hemd und hatte plötzlich das Gefühl, dass die Ärmel sich zu eng anfühlten. Mir war, als sei meine Kleidung um zwei Größen geschrumpft und würde versuchen, mich zu ersticken. Als ich nichts erwiderte, griff Gabriel über den Tisch und bedeckte meine Hand mit seiner.

Ich zog meine weg.

Er runzelte die Stirn. »Du bist das Beste, das mir je passiert ist, Georgia. Und ich bin weggelaufen, als es schwierig wurde. Ich liebe dich und ich war ein absoluter Vollidiot. Ich habe einen Fehler begangen und ich bin hier, um zu versuchen, ihn wiedergutzumachen.«

»Du hast einen Fehler begangen?« Ich wusste nicht wieso, aber seine Wortwahl machte mich wütend. *Fehler.* Es klang einfach so lässig. Ich schüttelte den Kopf. »Nein. Es ist ein Fehler, wenn du den Lachs isst, obwohl er etwas komisch aussieht, und du dich am nächsten Tag übergeben musst. Es ist ein Fehler, wenn du die Lehrerversion anstatt des richtigen Buches liest und dann beim Test keine einzige Frage beantworten kannst. Es ist *kein* Fehler, wenn du der Frau, der du einen Heiratsantrag gemacht hast, sagst, dass du nach

Europa ziehst und mit anderen Frauen schlafen willst. Das ist eine *Entscheidung*.«

Gabriel hob die Hände. »Okay, okay. Ich verstehe schon. Es war eine schlechte Wortwahl. Ich habe einige schlechte Entscheidungen getroffen. Aber ich bin hier und will alle meine Fehler wiedergutmachen.«

»Warum?«

»Weil ich dich liebe.«

Ich schüttelte den Kopf. »Nein, warum *jetzt*?«

Gabriel fuhr sich mit der Hand durchs Haar. »Ich weiß nicht. Weil ich stur bin und es so lange gedauert hat, bis ich endlich den Arsch hochgekriegt habe.«

Ich spürte, wie mein Gesicht sich aufheizte. »Dummes Zeug, Gabriel. Du bist wegen Max hier. Es war okay für dich, mit anderen Frauen zu schlafen und mit ihnen auszugehen. Aber sobald du herausgefunden hattest, dass ich mit jemandem zusammen bin, hast du plötzlich deine Meinung geändert.«

Zumindest hatte er den Anstand, beschämt auszusehen.

Gabriel schüttelte den Kopf und sah nach unten. »Vielleicht. Vielleicht war es das, was mich letztlich aufgeweckt hat. Aber spielt der Grund wirklich eine Rolle?« Er blickte auf. »Manchmal muss man verlieren, was man hat, um zu begreifen, wie viel es einem bedeutet.«

»Ich glaube, es ist wahrscheinlicher, dass du ganz genau wusstest, was du hattest, aber nicht dachtest, dass du es tatsächlich verlieren könntest.«

Gabriel schluckte. »Habe ich das? Habe ich dich schon verloren?«

Ich war mir der Antwort auf diese Frage nicht mehr sicher. »Bist du endgültig aus London zurück?«

Er schüttelte den Kopf. »Ich habe einen Vertrag für das gesamte Jahr unterschrieben. Vor Dezember kann ich nicht einfach aufstehen und gehen.«

»Dann sag mir, was hat sich verändert?«

»Ich habe mich verändert. Ich habe mich dir verschrieben.«

»Was bedeutet das?«

»Es bedeutet, dass du alles bist, was ich will. Alles, was ich brauche. Du hast mein Wort, dass ich dir treu sein werde.«

»Selbst wenn ich weiterhin mit anderen Männern ausgehe?«

Gabriel setzte sich kerzengerade hin. Er blinzelte ein paarmal. »Ist es das, was du willst?«

Ich wusste in dem Moment nicht, wo oben oder unten war, aber ich wollte nicht einfach so nachgeben. Ich schüttelte den Kopf. »Ich weiß nicht, was ich will, Gabriel.«

Er atmete zitternd aus. »Oh Gott, ich habe es wirklich versaut.«

Die Kellnerin kam mit unseren Salaten. Nachdem sie gegangen war, schwiegen wir sehr lange und keiner von uns rührte sein Essen an. In meinem Kopf herrschte ein viel zu großes Durcheinander, als dass ich essen, geschweige denn verstehen konnte, was das für mich bedeutete.

Gabriels Stimme war leise, als er erneut das Wort ergriff. »Bist du in ihn verliebt?«

Bei dieser Frage hatte ich das Gefühl, mich übergeben zu müssen. Sie machte mir klar, wie weit ich in diese Sache mit Max hineingeraten war.

»Ich weiß es nicht«, flüsterte ich.

Während der nächsten halben Stunde schob ich meinen Salat mit der Gabel auf dem Teller hin und her. Ich konnte nicht essen. Ich konnte nicht klar denken. Es fiel mir sogar schwer zuzuhören bei den vielen Gedanken, die mir durch den Kopf gingen. Gabriel versuchte, eine ungezwungene Unterhaltung zu führen, aber als die Kellnerin kam, um unsere Teller abzuräumen, hätte ich keine einzige Sache nennen können, über die wir gesprochen hatten.

»Ich nehme heute Abend einen Nachtflug. Heute war Feiertag in England, deshalb ist die Universität geschlossen, aber bis zum Unterrichtsbeginn morgen muss ich wieder zurück sein.«

Ich nickte. »Okay.«

»Meinst du, wir können heute zusammen zu Abend essen?«

Ich hatte zwar ein schlechtes Gewissen, weil er diesen weiten Weg gekommen war, aber ich schüttelte den Kopf. »Ich brauche etwas Zeit, um das alles zu verarbeiten.«

Er versuchte, sich zu einem Lächeln zu zwingen, als er nickte, scheiterte aber kläglich. Nachdem er die Rechnung bezahlt hatte, standen wir verlegen draußen vor dem Restaurant.

Gabriel nahm meine Hand. »Ich muss dir noch ein paar Sachen sagen, weil sie persönlich ausgesprochen werden müssen und ich nicht weiß, wann wir uns das nächste Mal sehen werden.«

»Okay ...«

»Eine Zeit lang war ich verloren. Der Verlust von Jason, herauszufinden, dass meine Eltern nicht meine Eltern sind, endlich das Buch zu veröffentlichen, nur um festzustellen, dass ich nicht das Zeug zum Schreiben habe – selbst zuzusehen, wie es mit deiner Karriere steil bergauf ging. Ich habe zugelassen, dass all diese Dinge mir ein Gefühl der Wertlosigkeit gegeben haben, und an den falschen Orten nach Bestätigung gesucht – ein neuer Job, neue Beziehungen, sogar der Umzug in ein anderes Land. Ich habe mich geschämt für den Menschen, der ich war, hatte aber auch Angst davor, dir zu sagen, was ich empfinde. Ich habe nie aufgehört, dich zu lieben, Georgia. Ich habe mich bloß mehr gehasst.«

In seinen Augen sammelten sich Tränen und ich musste schlucken, um meine eigenen unter Kontrolle zu halten.

Ich drückte seine Hand. Nichts davon half mir, mich besser zu fühlen. »Es tut mir leid, dass ich nicht erkannt habe, wie sehr du gelitten hast.«

»Es ist nicht deine Schuld. Ich habe mich ziemlich gut hinter meinem großen Ego versteckt.« Er zwang sich zu einem Lächeln. »Wäre es in Ordnung, wenn ich dich zum Abschied umarme?«

Ich nickte. »Natürlich.«

Gabriel hielt mich lange sehr fest, bevor er mich losließ. Ich spürte, dass er nur ungern gehen wollte, und es erinnerte mich daran, wie ich mich gefühlt hatte, als ich mich von ihm verabschiedete, bevor er nach London abgereist war.

»Ich werde dir etwas Zeit geben, bevor ich anrufe. Es sei denn, du willst vorher reden.«

»Danke. Pass auf dich auf, Gabriel.«

. . .

Ich hatte so lange aus dem Fenster gestarrt, dass das Licht in meinem Büro, das von einem Bewegungsmelder gesteuert wurde, sich ausgeschaltet hatte. Doch es war mir erst aufgefallen, als Maggie kreischte.

»Scheiße!« Sie legte die Hand über ihr Herz, als das Licht sich wieder einschaltete. »Ich habe nicht erwartet, dass du hier bist, weil es dunkel war. Ich bin nur gekommen, um diese Muster auf deinen Schreibtisch zu legen.«

»Entschuldige.«

Sie sah mir ins Gesicht. »Was ist los? War deine Reise nicht gut? Als wir am Wochenende SMS geschrieben haben, klang es so, als hättest du sehr viel Spaß.«

»Nein, meine Reise war in Ordnung.«

»Gibt es hier bei der Arbeit Probleme?«

Ich schüttelte den Kopf. »Gabriel ist hier.«

Maggie bekam große Augen. »Du meinst hier in New York?«

Ich nickte.

»Hast du ihn gesehen?«

»Er war in meiner Wohnung, als ich gestern Abend nach Hause kam. Er hat auf mich gewartet. Max war bei mir.«

Ihr klappte die Kinnlade herunter. »Brauchst du Hilfe dabei, die Leiche zu verscharren, die Max hinterlassen hat?«

Ich schüttelte den Kopf. »Einen Moment lang dachte ich, dass die Situation kippen könnte. Ich konnte die Wut spüren, die von Max ausging. Aber er hat sich wie der Mann verhalten, der er von Anfang an war – rücksichtsvoll und aufmerksam. Wir haben uns unter vier Augen unterhalten. Ich wollte Max nicht bitten zu gehen, während Gabriel sich in meiner Wohnung aufhielt, also bat ich sie beide, mich allein zu lassen, und traf mich mit Gabriel heute in einem Restaurant zum Mittagessen.«

»Warum hast du mich nicht angerufen?«

»Als ich ins Büro kam, warst du in einer Besprechung, und ich war mir nicht einmal sicher, wieso er hier war.«

»Also dann, was wollte er?«

»Er will unsere offene Beziehung schließen.«

Maggie rollte mit den Augen. »Natürlich will er das. Denn *offene Beziehung* bedeutet, dass andere Frauen die Beine für ihn breit machen, du deine aber geschlossen hältst.«

Ich seufzte. »Natürlich ist das der Grund für seinen Sinneswandel. Aber die Entscheidungen, die Gabriel in letzter Zeit getroffen hat ... Selbst wenn ich wollte, löschen sie nicht das aus, was wir miteinander hatten, als es zwischen uns gut lief. Er hat mich verletzt, daran besteht kein Zweifel, aber ich habe ihn geliebt, Mags. Ich hatte beschlossen, dass er der Mann für mich ist.«

»Was hast du ihm gesagt?«

»Ich sagte, dass ich Zeit bräuchte. Gabriel und ich haben eine lange Vergangenheit. Und der Großteil davon war schön. Er ist mir wichtig.«

»Das weiß ich.«

Ich schüttelte den Kopf. »Aber dann ist da Max, nach dem ich verrückt bin. Ich weiß nicht, was an ihm es ist, aber er gibt mir das Gefühl, *mehr* leben zu wollen. Ich will plötzlich in den Park gehen und Sex haben, während ich mir fünf Millionen Dollar teure Häuser in den Hollywood Hills ansehe und die Maklerin draußen wartet, und mich in einem Hotel verstecken und mir eine Auszeit von der Welt nehmen. Er gibt mir das Gefühl, *lebendig* zu sein.«

»Ähh ... können wir auf den Sex zurückkommen, bei dem die Maklerin draußen wartet?«

Ich lächelte traurig. »Aber Max ist nur vorübergehend. Er zieht am Ende des Sommers weg. Ich schätze, Fernbeziehungen sind schwierig, nicht unmöglich, aber er hat sich nur dem verschrieben, was wir derzeit miteinander haben.«

»Wenn Max nicht wegziehen würde und eine monogame Beziehung mit dir haben wollte, was würdest du tun?«

Wie konnte ich mir an diesem Punkt über irgendetwas sicher sein? Ich brauchte Zeit zum Nachdenken. Ich legte den Kopf in die Hände. »Oh Gott. Ich weiß nicht einmal, was ich wegen Gabriel machen soll. Du kannst mir nicht so eine Frage stellen.«

Maggie lachte. »Tut mir leid. Ich dachte, ich würde helfen.«

»Ich habe das Gefühl, dass die Entscheidung für oder gegen Gabriel nicht von Max abhängig sein sollte. Entweder will ich mit Gabriel zusammen sein oder ich will es nicht. Zum Beispiel, wenn ich zu Max ginge und ihn fragte, ob er eine Fernbeziehung versuchen wolle, und er Nein sagte. Und wenn ich dann zu Gabriel zurückginge und ihm sagte, ja, lass uns wieder zusammenkommen, würde ich nur bei Gabriel bleiben, weil Max keine Option wäre. Ich sollte mit der Person zusammen sein, die ich liebe, ungeachtet der Möglichkeiten, die ich eventuell dort draußen habe, verstehst du?«

Maggie nickte. »Das ergibt sehr viel Sinn ... Aber spinnen wir diesen Gedanken mal weiter. Was, wenn du dich entscheidest, dass du nicht mit Gabriel zusammen sein willst, weil du Gefühle für Max hast, ohne zu wissen, was Max will. Dann beendest du die Beziehung mit ihm, nur um herauszufinden, dass Max die Sache mit euch nach seiner Abreise nicht fortführen will. Und was ist dann mit dir?«

Ich atmete tief durch. »Das wäre natürlich scheiße. Aber wenn ich bereit wäre, die Sache mit Gabriel zu beenden, um dieses Risiko einzugehen, dann wäre meine Beziehung mit ihm sowieso dem Untergang geweiht gewesen.«

»Geht es bei Gabriel um alles oder nichts? Hat er dir ein Ultimatum gestellt – hör auf, dich mit anderen Männern zu treffen, oder es ist vorbei?«

Ich zuckte mit den Schultern. »Die Frage habe ich ihm nicht gestellt. Aber ich denke, wenn ich mit ihm keine monogame Beziehung mehr führen möchte und er sich endgültig von mir trennt, dann ist es eben so.«

Maggie schüttelte den Kopf. »Auf eine seltsame Art war es einfacher, dass Aaron mich betrogen hat. Er hat die Entscheidung für uns getroffen. Ich brauchte nur darüber nachzudenken, mit welchen seiner Freunde und Geschäftspartner ich zuerst in die Kiste steige.«

Das war vielleicht das erste Mal seit gestern Abend, dass ich wirklich lächeln musste. Aber dann vibrierte mein Telefon auf dem Schreibtisch. Ich starrte es an, als könnte es explodieren, wenn ich es berührte. Maggie sah mein Gesicht und kicherte, dann beugte sie sich nach vorn und nahm es in die Hand.

Sie sah einen Moment darauf, dann drehte sie das Handy so, dass ich es sehen konnte.

»Es ist Max. Er will wissen, wie es dir geht.«

—— Kapitel 21 ——

Max

»Bleibst du heute Nacht in Rhode Island?« Breena, die Visagistin, tupfte mir noch mehr Mist auf die Stirn.

»Ich habe Verwandte in Boston und fahre dorthin, wenn wir hier fertig sind.«

Mein Telefon vibrierte in meiner Tasche. Ich nahm es heraus, um nachzusehen, ob es Georgia war, doch es handelte sich um eine Nummer mit der Vorwahl von Kalifornien. Schon wieder. Allerdings war dies eine andere Nummer als die der Arztpraxis, die mich einige Male angerufen hatte. Der Neurologe, bei dem ich letzte Woche in L. A. war, hatte mir einige Nachrichten hinterlassen, ich war jedoch noch nicht dazu gekommen, ihn zurückzurufen. Ich leitete den Anruf auf die Mailbox um und überprüfte meine Anrufliste, um mich zu vergewissern, dass ich nicht vielleicht einen Anruf von Georgia verpasst hatte. Natürlich war das nicht der Fall.

Breena sah mich im Spiegel an und lächelte. »Wie schade. Ich hätte dir die Stadt zeigen können.«

Sie war hübsch, doch ich hatte null Interesse an irgendeiner anderen Frau als der, die mich seit zwei Tagen mied. »Danke. Vielleicht ein anderes Mal.«

Seit zehn Uhr heute Morgen wurden Fotos von mir gemacht. Wir hatten gerade erst unser Mittagessen beendet und der Fotograf hatte gesagt, es solle nicht mehr länger als eine oder zwei Stunden dauern, sobald wir erst wieder angefangen hätten. Wie gut, dass sie mich für diese Kampagne nicht lächelnd, sondern stattdessen *nachdenklich* haben wollten, denn nachdenklich war die einzige verdammte Stimmung, in der ich mich befand, seit ich Sonntagabend Georgias Wohnung betreten hatte.

Ich wusste, dass sie sich gestern mit ihrem Ex zum Mittagessen getroffen hatte – so viel hatte sie mir erzählt. Und dass er mittlerweile wieder in London war. Aber ich hatte keine Ahnung, was in ihrem Kopf vorging. Zweifellos überanalysierte sie alles zu Tode. Und ich war nicht der Meinung, dass es zu meinen Gunsten wäre, da wir ein Verfallsdatum hatten. Es war scheiße, aber ich hatte kein Recht, um sie zu kämpfen, wenn ich mir nicht sicher war, was ich ihr langfristig bieten konnte.

Lyle, der Fotograf, kam herein und unterbrach meine Grübelei. Er hatte Vier auf dem Arm, wie er es praktisch die ganze Zeit getan hatte, seit ich heute Morgen mit den Hunden angekommen war. »Was hältst du davon, mit diesem kleinen Kerl Fotos zu machen?«

Ich sprach mit seinem Spiegelbild, da Breena immer noch Mist auf mein Gesicht auftrug. »Er wird vermutlich alles ablecken, was auch immer sie mir gerade auf die Haut malt.« Ich zuckte mit den Schultern. »Aber sicher, wenn es das ist, was du willst. Ich weiß es zu schätzen, dass ich die Hunde heute mitbringen durfte.«

»Super. Ich denke, wir haben heute Vormittag alles gekriegt, was der Kunde haben wollte. Normalerweise verbringe ich die Hälfte der Zeit damit, das zu machen, was die Kunden *glauben* zu wollen, und die andere Hälfte damit, das zu fotografieren, von dem ich der Meinung bin, dass es besser funktioniert. In neun von zehn Fällen entscheiden sie sich für etwas, das ich improvisiert habe.« Er hob seine freie Hand und machte eine Geste, als könnte er etwas Geschriebenes in der Luft sehen. »Unwiderstehlich, selbst für die wilde Bestie«, sagte er. »Ich denke, das wäre eine lustige Werbung. Und mit deinem Gesicht wird es trotzdem sexy wirken.«

Ich zuckte mit den Schultern. »Wenn du das sagst.«

»Sag mal, hat er ein Lieblingsfressen? Ich würde gern einige Fotos davon machen, wie du auf einem Plüschteppich liegst und der Hund dich ableckt. Es könnte am besten funktionieren, wenn wir einen Köder an deinem Nacken verstecken. Einen Block entfernt gibt es einen Supermarkt, zu dem ich meine Assistentin schicken kann.«

»Er mag Cheerios.«

»Perfekt! Ich werde eine Packung holen.«

Zwei Stunden später waren meine Hunde und ich endlich damit fertig, fotografiert zu werden. Breena gab mir einige Reinigungstücher, um mir den Mist abzuwischen, den sie in meinem Gesicht verteilt hatte. Als ich fertig war, reichte sie mir ihr Telefon. »Ich habe von dir und den Hunden ein paar Fotos gemacht, als ich hinter Lyle stand. Sie sind bezaubernd geworden. Schau sie dir mal an.«

Ich betrachtete die Bilder und lächelte. Sie waren tatsächlich richtig gut. Es sah aus, als würde Vier versuchen, an meinem Hals zu riechen. »Würde es dir etwas ausmachen, mir eins oder zwei zu senden? Meine Nichten fänden das klasse.«

»Kein Problem, speichere deine Nummer ein, dann schicke ich sie dir zu.«

»Danke.«

Nachdem ich mich verabschiedet und meine Hunde in ihrer Hängematte auf dem Rücksitz meines Wagens untergebracht hatte, gab mein Handy den Signalton einer eingehenden SMS von sich. Sie war von Breena, die mir einen Haufen Fotos geschickt hatte, zusammen mit einer Nachricht darunter.

Breena: Wenn du auf dem Rückweg Zeit hast, ruf mich an. Ich werde dir Providence zeigen. Oder … du könntest einfach zu mir nach Hause kommen.

Sie beendete die Nachricht mit einem Zwinker-Smiley.

Anstatt zu antworten, leitete ich eins der Bilder, auf dem Vier mein Gesicht ableckt, an Georgia weiter.

Max: Vom heutigen Fototermin. Ich glaube, meine Hunde brauchen bald ihren eigenen Agenten.

Ich wartete einige Minuten und sah zu, wie der Nachrichtenstatus sich von *Zugestellt* zu *Gelesen* veränderte. Ich wurde noch aufgeregter, als ich es in den letzten achtundvierzig Stunden gewesen war, als ich sah, dass die Punkte herumhüpften. Doch dann setzte Enttäuschung ein, als ihre Antwort eintraf.

Ein normaler Smiley.

Nichts weiter.

Missmutig schmiss ich mein Telefon in die Mittelkonsole und machte mich auf den Weg nach Boston.

• • •

»Was ist los, Messdiener?« Mein Bruder Tate reichte mir ein Bier und hielt mir seins zum Anstoßen hin.

Ich stand auf seiner Terrasse am Geländer und blickte auf ... den Rasen, glaube ich. »Nicht viel. Bei dir?«

»Ich habe einen kleinen Kater«, sagte er.

»An einem Dienstag?«

»Ich habe ein paar Biere getrunken, als Cass gestern Abend unterwegs war. Sie war beim Buchklub. Ich ziehe übrigens in Erwägung, einen zu gründen.«

»Du? Lesen?«

»Sie verlässt das Haus mit zwei Flaschen Wein und einem Buch und kommt betrunken zurück. *Buchklub* ist nur ein Codewort für *Mädelsabend der verheirateten Frauen.*« Er trank sein Bier. »Ich denke, in meinem Männer-Buchklub werden wir historische Erzählliteratur lesen – du weißt schon, *Playboy*-Hefte aus den fünfziger Jahren, in denen Artikel darüber stehen, wie du deine Frau dazu bringst, es dir oral zu besorgen, nachdem ihr verheiratet seid – und unsere Treffen werden am Tresen stattfinden.«

Ich lachte. »Lass mich wissen, wie das bei Cass ankommt.«

Tate beugte sich über das Geländer. »Erzähl, was bedrückt dich?«

»Wer sagt, dass mich etwas bedrückt?«

»Nun, erstens hatte ich dich in weniger als dreißig Sekunden im Schwitzkasten. Das ist nicht mehr passiert, seit du zwölf warst. Zweitens, beim Abendessen hat Cassidy angesprochen, dass ich einen Termin habe, um mich sterilisieren zu lassen, und du hast nicht einmal einen Witz darüber gemacht, dass meine Eier schon vor langer Zeit abgeschnitten wurden, und drittens hast du in den zwei Stunden, die du hier bist, vierzigmal auf dein Handy geguckt.« Er schwieg kurz. »Frauenprobleme?«

Ich seufzte und nickte.

»Georgia?«

»Es kann keine andere sein, da ich seit dem Tag, an dem ich an dieser Bar vorbeiging und sie lächeln sah, keine andere Frau wahrgenommen habe.«

»Was ist los?«

Ich hatte Tate keine Einzelheiten meiner Beziehung zu Georgia erzählt. Und ich war normalerweise nicht der Typ, der über Probleme mit den Frauen sprach, mit denen ich zusammen war, aber rückblickend denke ich, dass es vielleicht mehr daran gelegen hatte, dass ich keine hatte, und nicht, weil ich nicht darüber sprechen wollte.

»Kurz gesagt, sie war verlobt. Er hat sich von ihr getrennt und ist für ein Jahr nach London gezogen. Er hat ihr gesagt, dass er eine offene Beziehung möchte. Ich wusste das, als ich mich auf sie einließ. Sie war in Bezug auf ihre Situation ehrlich. Ich dachte, es sei das perfekte Szenario. Ich ziehe in ein paar Monaten weg und sie war nicht auf der Suche nach etwas Ernstem, da sie sich nicht sicher ist, wo sie mit ihrem Ex steht. Und wir waren total heiß aufeinander, was bei meiner Vergangenheit normalerweise heißt, dass es auch ziemlich schnell wieder abkühlt.«

»Aber ... es hat sich nicht abgekühlt? Du hast dich in sie verliebt?«

Ich nickte und trank einen Schluck von meinem Bier. »Ihr Ex ist neulich unangemeldet aufgetaucht. Er hat ihr gesagt, dass er sie zurückwill.«

»Scheiße.« Tate schüttelte den Kopf. »Das tut mir leid, Mann. Ich gehe davon aus, dass sie ihn zurücknimmt?«

Ich zuckte mit den Schultern. »Ich weiß es nicht. Sie sagte, sie brauche Zeit, um über alles nachzudenken.«

»Aber hast du ihr gesagt, was du für sie empfindest?«

Ich schüttelte den Kopf.

»Warum um alles in der Welt nicht? Das sieht dir nicht ähnlich. Normalerweise rast du mit einer Geschwindigkeit von fünfhundert Stundenkilometern der Sache hinterher, die du willst. Wir haben Angst, uns dir in den Weg zu stellen, weil wir von dir überrollt werden. Wie lautet der Rest der Geschichte, die du mir nicht erzählst?«

Ich sah meinem Bruder in die Augen. »Sie weiß es nicht.«

Tate senkte den Kopf. »Ich dachte, du hättest gesagt, dass du es ihr erzählen würdest.«

»Es schien ... einfach nie der richtige Zeitpunkt zu sein.«

Mein Bruder schwieg sehr lange. Schließlich nickte er. »Und jetzt denkst du, du solltest einfach abhauen, weil sie mehr verdient, als du ihr versprechen kannst.«

Ich stand allen meinen Brüdern nahe, aber Tate kannte mich am besten. Ich nickte.

»Scheiße.« Er atmete lange aus und schüttelte den Kopf. »Ich verstehe dich, Mann. Das tue ich wirklich. Ich würde alles tun, um Cass nicht wehzutun. Aber du musst wissen, dass Georgia die Wahrheit verdient. Wir sind keine Kinder mehr. Was willst du tun? Jedes Mal weglaufen, wenn du dich in einer Beziehung befindest, die dir etwas bedeutet?« Tate sah mich an. Als ich nichts entgegnete, schüttelte er den Kopf. »Meine Güte, wirklich? Du verarschst mich. Das ist dein Plan? Das kann nicht dein Ernst sein.«

Er stand auf. »Weißt du was? Ich werde dir keinen Vortrag halten, denn es ist dein Leben. Aber ich erinnere mich an einen Kerl, zu dem ich einmal aufgeschaut habe und der jemand anderem einen richtig guten Ratschlag erteilt hat. *Wenn du nicht so leben kannst, wie du willst, dann stirbst du bereits.*«

Ich schüttelte den Kopf. »Ja, und sieh dir an, wo er damit gelandet ist.«

—— Kapitel 22 ——

Max

Zehn Jahre zuvor

»Was zur Hölle?« Ich reichte meinem Bruder einen roten Einwegbecher. »Magst du meine Freundin nicht oder was ist los?«

»Wovon redest du?«

Ich zeigte mit dem Daumen über meine Schulter. »Teagan ist gerade gegangen. Sie schien geknickt zu sein. Ich habe euch beide gesehen, als ich festsaß und mit dem Trainer sprechen musste. Es sah aus, als hättet ihr gestritten.«

Es war die Grillparty der Universität von Boston zum Abschluss der Eishockeysaison und ich hatte sowohl Austin als auch Teagan eingeladen. Sie musste später ins Krankenhaus, sagte aber, sie könne für ein oder zwei Stunden kommen, bevor ihre Schicht anfing. Trotzdem verschwand sie bereits nach zwanzig Minuten, nachdem mein Bruder sein Gespräch mit ihr beendet hatte.

Er trank sein Bier. »Wir haben nicht gestritten.«

»Worüber habt ihr dann gesprochen?«

»Worüber wir gesprochen haben?«

Ich sah mich um. »Gibt es hier ein Echo? Ja. Was war der Gegenstand eurer Unterhaltung?«

Austin wandte den Blick ab und zuckte mit den Schultern. »Nichts.«

»Nun, eure Münder haben sich bewegt, deshalb bin ich mir ziemlich sicher, dass *einige* Worte gesprochen wurden.«

Mein Bruder schüttelte den Kopf. »Ich weiß es nicht. Ich schätze, wir haben über die Uni geredet.«

»Und was?«

»Ich erinnere mich nicht. Und warum werde ich verhört?« Mein Bruder hob die Arme in die Luft. »Du hast bloß schlechte Laune, weil du heute Morgen dein letztes Spiel verloren hast.«

»Tu das nicht.«

»Was soll ich nicht tun?«

»Versuchen, es auf mich zu schieben. Wir hatten eine tolle Saison. Es war bloß ein schlechtes Spiel, weil wir am Ende des Jahres viele verletzte Spieler haben. Ich habe es abgehakt. Ich hatte eigentlich gute Laune – ich dachte, es sei schön, mit meinem Bruder abzuhängen, der den Eindruck macht, mich während der letzten sechs Wochen gemieden zu haben. Und das ist komisch, denn sechs Wochen ist zufällig *ebenfalls* die Zeit, die ich mit meiner neuen Freundin zusammen bin – du weißt schon, die, bei der ich gerade gesehen habe, wie sie von meinem Bruder angeschrien wurde, er aber versucht, so zu tun, als sei das nie passiert.«

Austin sah zwischen meinen Augen hin und her. »Es war gar nichts, okay?«

»Warum zur Hölle kannst du mir dann nicht sagen, was ›gar nichts‹ war?«

Austin rieb sich den Nacken. »Ich weiß nicht. Ich glaube, wir haben auch über Politik geredet.«

»Politik?«

»Ja, ich bin für eine allgemeine Gesundheitsversorgung und sie ist dagegen. Die Gehälter für Ärzte werden dadurch gesenkt.«

Ich suchte sein Gesicht ab. »Ernsthaft? Warum hast du das vorher nicht gesagt?«

»Ich weiß es nicht. Es war mir entfallen.«

»Es war dir entfallen?«

»Ja. Kannst du bitte aufhören, alles zu wiederholen, was ich sage?«

Ich sah Austin ins Gesicht. Irgendetwas war seltsam, aber vielleicht war er in letzter Zeit bloß missmutig und hatte kein Problem mit Teagan. »Ist irgendwas mit dir, Bruder? Du machst den Eindruck, dass etwas nicht stimmt.«

»Mir geht es gut. Ich stehe bloß unter großem Druck. Das duale Architektur- und Architekturtechnikstudium ist sehr anstrengend, ganz besonders am Jahresende, wo die Abschlussprüfungen und Projektabgaben anstehen.«

Ich nickte. »In Ordnung. Tut mir leid. Es ist schönes Wetter, das Essen ist kostenlos und das Bier ist kalt. Amüsieren wir uns einfach.«

Austin lächelte, aber ich spürte immer noch etwas Seltsames zwischen uns. Nichtsdestotrotz gelang es uns, das Gespräch hinter uns zu lassen und den Nachmittag zu genießen. Später am Abend fuhr ich nach Hause und Teagan kam nach dem Ende ihrer Schicht zu mir. Da sie gern sofort duschen ging, hüpfte sie unter meine, weil sie direkt aus dem Krankenhaus gekommen war. Wir unterhielten uns durch die offene Tür.

»Wie war die Grillparty?«, fragte sie.

»Gut. Mein Bruder hat doch noch bessere Laune bekommen. Tut mir leid, dass er sich dir gegenüber in letzter Zeit wie ein Arschloch aufführt. Er sagte, er sei bloß gestresst.«

»Hat er gesagt ... weswegen?«

»Vorlesungen.«

Teagan schwieg kurz. »Oh ... okay.«

Wieder kehrte das seltsame Gefühl zurück – als ginge zwischen den beiden etwas vor sich. Aber ich wusste, dass mein Bruder mir so etwas nie antun würde. Die Frage stellte sich mir gar nicht erst. Und trotzdem ... da war irgendwas.

Ich stand im Türrahmen und lauschte dem Wasser, das in die Duschwanne prasselte. »Also ... äh, worüber hast du dich mit Austin unterhalten, bevor du gegangen bist? Es sah aus, als hättet ihr eine hitzige Diskussion geführt.«

»Wir, äh, haben über Sport gesprochen. Du weißt ja, wie wir gebürtigen Neuengländer sind, wenn es um unsere Teams geht.«

»Sport?«

»Ja ... Auf geht's, Pats!«

Was zum Teufel? Ich verließ das Badezimmer und setzte mich auf mein Bett. Ich hatte sehr viele seltsame Momente auf meine Fantasie geschoben, aber dass diese beiden nur Scheiße erzählten, bildete ich mir nicht ein. Als Teagan aus dem Bad kam, hatte sie ein Handtuch um sich geschlungen. Normalerweise wäre das ausreichend gewesen, damit ich alles vergaß, aber nicht bei der Art, wie ich mich fühlte.

Sie legte den Kopf zur Seite und lächelte. »Soll ich mich anziehen?«

»Ja, sollst du.«

Sie machte ein langes Gesicht. »Oh.«

Ich sagte kein Wort, während sie ihre Kleidungsstücke zusammensuchte und zurück ins Bad ging, um sich anzuziehen. Als sie heraustrat, stand ich auf. »Fickst du mit meinem Bruder?«

»Was? Nein!«

Ich sah ihr direkt in die Augen. »Was zum Teufel ist dann los, Teagan? Denn ihr beide habt über irgendetwas gestritten. Und es war weder Sport noch allgemeine Gesundheitsversorgung – wie mein Bruder behauptet hat.«

Sie schloss die Augen. »Wir schlafen nicht miteinander und haben es auch nie getan. Aber du musst mit ihm darüber sprechen, was los ist.«

»Was meinst du damit, *was los ist*? Willst du mir sagen, dass du etwas weißt, von dem ich keine Ahnung habe?«

Sie starrte mich an.

Ich ging einen Schritt auf sie zu. »Teagan, sprich mit mir.«

»Ich kann nicht.«

»Warum nicht?«

Sie atmete tief durch. »Denk mal nach. Was ist die eine Sache, über die ich mit dir nicht sprechen kann?«

»Keine Ahnung. Sachen über die Arbeit? Ärztesachen?«

Teagan starrte mich einfach nur weiter an.

Ich schloss die Augen. *Scheiße.* Ich war solch ein Idiot. Als die beiden sich das erste Mal begegneten, dachte sie, er käme ihr bekannt vor, und fragte ihn später, ob er im Krankenhaus gewesen sei. Seitdem führte er sich ihr gegenüber wie ein Arschloch auf. Die Erkenntnis fühlte sich an wie ein Tritt in den Magen. Ich öffnete die Augen.

»Ist er okay?«

»Sprich mit deinem Bruder, Max.«

...

»Was soll der Scheiß?« Mein Bruder rieb sich die Augen. »Bist du betrunken? Es ist zwei Uhr morgens.«

Ich schob mich an ihm vorbei und betrat seine Wohnung.

»Sag mir, was los ist.«

Er schüttelte den Kopf. »Nicht schon wieder dieser Mist.«

»Ich mache keine Witze, Austin. Ich weiß, dass mit dir irgendetwas los ist, und weil Teagan es mir nicht sagen will, heißt das, es hat etwas mit deiner Gesundheit zu tun.« Ich verschränkte die Arme vor der Brust. »Ich gehe nicht eher, bis ich die Wahrheit weiß. Deshalb kannst du es auch gleich hinter dich bringen und anfangen zu reden.«

Das Gesicht meines Bruders nahm einen resignierten Ausdruck an. »Setz dich.«

Er ging zum Schrank und nahm eine Flasche Wodka und zwei Schnapsgläser heraus. Nachdem er beide gefüllt hatte, hielt er seins in die Höhe, bevor er es in einem Zug leerte. Ich tat es ihm gleich. Austin schenkte erneut ein, doch dieses Mal füllte er nur sein Glas.

»Ich hatte eine Zeitlang Rückenschmerzen. Ich dachte, ich hätte mir etwas gezerrt. Aber es wurde nicht besser. Dann hatte ich Schwierigkeiten zu joggen. Nach einem halben Block war ich schon außer Atem, dabei konnte ich vorher fünfzehn Kilometer laufen, ohne in Schweiß auszubrechen. Eines Abends nahm ich eine Flasche Wasser aus dem Kühlschrank und im nächsten Moment wachte ich auf dem Boden auf. Ich war ohnmächtig geworden. Also fuhr ich in die Notaufnahme.«

»Warum hast du mich nicht angerufen?«

»Du warst unterwegs bei einem Eishockeyspiel. An diesem Abend habe ich Teagan getroffen. Ich konnte mich zuerst nicht an sie erinnern. Sie hat nicht viel gesagt, ist nur bei dem Arzt mitgelaufen, als er von Patient zu Patient ging. Erst als ich sie in ihrer Krankenhausuniform sah, erinnerte ich mich wieder. Ich denke, sie in diesem Zusammenhang zu sehen hat meinem Gedächtnis auf die Sprünge geholfen.«

»Okay ... aber was ist im Krankenhaus passiert?«

»Sie haben einige Tests durchgeführt, Röntgenaufnahmen und einen Ultraschall gemacht. Als die Ergebnisse vorlagen, sagte der Arzt, ich hätte ein abdominales Aortenaneurysma.«

Ich bekam große Augen. »Wie Dad?«

Austin nickte. Er nahm das Schnapsglas vom Tisch und trank es zum zweiten Mal in einem Zug aus.

Ich fuhr mir mit der Hand durchs Haar. »Was können sie dagegen tun?«

»Sie können es operativ entfernen. Aber es besteht immer das Risiko, dass es während des Eingriffs platzt.«

Das war genau das, was unserem Vater passiert war, und er war auf dem OP-Tisch gestorben. Dieses Mal goss ich die Schnapsgläser voll. Nachdem wir beide jeweils einen weiteren getrunken hatten, schüttelte ich den Kopf.

»Warum hast du es mir nicht erzählt?«

»Weil du mir gesagt hättest, dass ich jung und gesund bin und meine Chancen deshalb besser sind als die von Dad. Und dass ich den Eingriff einfach durchführen lassen solle, um das Risiko zu verringern, dass es von allein platzt.«

»Empfiehlt das der Arzt?«

Austin nickte. »Er sagte, wenn ich mich nicht bald darum kümmere, wird das Gehen vermutlich schwierig werden. Ich bin schon außer Atem, wenn ich nur von meinem Wagen in den Hörsaal gehe. Ich fühle mich wie ein achtzigjähriger Mann.«

»Nun, es klingt, als hättest du keine große Wahl. Wenn du nicht so leben kannst, wie du willst, dann stirbst du bereits.«

»Ich habe eine Scheißangst, Max.«

»Natürlich hast du Angst. Aber du musst darüber sprechen, wenn du diese Sache überwinden willst. Wenn du dich ihr nicht stellst, verleihst du deinen Ängsten nur noch mehr Kraft. Du darfst diesen Mist nicht an dir nagen lassen.«

Mein Bruder runzelte die Stirn. »Ich will nicht sterben, verdammt.«

»Du wirst nicht sterben. Hast du schon eine zweite Meinung eingeholt?«

Er schüttelte den Kopf.

»In Ordnung. Genau dort fangen wir an. Weiß Mom Bescheid?«

»Nein. Und du wirst es ihr auch nicht sagen. Sie ist kaum über Dads Tod hinweg.«

»Na und? Hast du vor, dich einfach operieren zu lassen und niemandem etwas zu sagen? In dem Fall wirst du definitiv sterben, selbst wenn der Eingriff erfolgreich ist. Denn Tate wird dich umbringen.«

Austin lächelte traurig. »Jetzt noch nicht, okay? Ich will nicht, dass es noch jemand erfährt – zumindest nicht, bis ich mich entschieden habe, was ich tun werde.«

»Aber du wirst eine zweite Meinung einholen und dich von mir begleiten lassen?«

Austin nickte. »Einverstanden. Aber versprich mir, dass du nichts erzählen wirst.«

»Ich weiß was Besseres. Ich werde nichts erzählen *und* ich verspreche dir, dass ich dich nicht sterben lassen werde.«

Kapitel 23

Georgia

»Ich bin in Max verliebt.«

Maggie sah zu mir und dann wieder auf die Straße. »Nun, das ist schön zu wissen. Aber wo zum Teufel kommt das plötzlich her? Wir sind zusammen, seit ich dich um sechs Uhr heute Morgen abgeholt habe, um zum Lagerhaus zu fahren. Ich habe etwa ein halbes Dutzend Mal versucht, dich dazu zu drängen, über die Sache zu reden. Und du beschließt, dass *jetzt* der Zeitpunkt ist, um es mir mitzuteilen? Nach einem Fünfzehnstundentag um neun Uhr abends, wenn wir fünf Minuten von deiner Wohnung entfernt sind?«

Ich lächelte. »Tut mir leid. Ich hatte einige lange Tage, in denen ich nicht gut geschlafen habe. Ich bin wirklich müde und normalerweise, wenn ich erschöpft bin, will ich nur in mein eigenes Bett kriechen und sofort einschlafen. Gabriel und ich haben uns deshalb mehr als einmal gestritten. Weißt du noch, als wir unsere neuen Produkte auf den Markt gebracht haben und ich jeden Abend bis spät gearbeitet habe? Er sagte mir, ich solle zu ihm kommen und bei ihm übernachten, aber das wollte ich nicht, weil ich in meinem eigenen Bett schlafen wollte. Ich bin gerade erschöpft, aber ich würde lieber zu Max' Wohnung fahren, mich an ihn kuscheln und mit ihm und seinen beiden schnarchenden Hunden schlafen, als mein gesamtes Bett für mich allein zu haben. Und mir wurde klar, dass eine Nacht mit Max, in der ich schlecht schlafe, besser ist als eine Nacht, in der ich gut schlafe, aber allein bin, und das liegt daran, dass ich in ihn verliebt bin.«

»Das freut mich für dich. Ich kenne Max zwar nicht gut, aber ich mag ihn sehr und ich hatte bei euch beiden von Anfang an ein gutes Gefühl. Du verstehst vielleicht nichts von Eishockey und er hat keine große Ahnung davon, wie man ein Unternehmen führt, wie du es tust, aber ihr habt viele der wichtigen Dinge gemeinsam, wie Selbstbewusstsein und Ehrgeiz. Gabriel dachte immer, er sei ehrgeizig, aber es gibt einen großen Unterschied zwischen dem Wunsch, im Leben etwas zu erreichen, und der Bereitschaft, sich dafür einzusetzen, verstehst du?«

Ich nickte. »Max würde sich niemals darüber aufregen, wenn ich sechzig Stunden in der Woche arbeiten will. Er würde versuchen, mich bestmöglich abzulenken, aber er wäre auch begeistert zu hören, woran ich arbeite.«

Wir fuhren bei meinem Gebäude vor und Maggie parkte in der zweiten Reihe. »Was bedeutet das für die Beziehung mit Gabriel?«

Ich seufzte. »Ich habe Gefühle für ihn, das kann ich nicht leugnen. Wir haben eine lange gemeinsame Vergangenheit und es gab mal eine Zeit, in der ich mir sicher war, dass er der Richtige für mich ist. Aber jetzt weiß ich, dass ich lieber der Sache mit Max eine Chance geben würde, als mit Gabriel zusammen zu sein, selbst wenn er bereit ist, mir treu zu sein, und in sechs Monaten nach Hause kommt *und* Max viertausend Kilometer weit wegzieht.«

»Nun, du kennst ja das alte Sprichwort: Wenn du etwas liebst, lass es frei. Wenn es zurückkommt, gehört es dir. Wenn nicht, fick dich, denn du warst ein Idiot, es überhaupt erst freigelassen zu haben.«

Ich lachte. »Ich denke, das sollte eine Nachrichtenoption für eine unserer Karten sein.«

»Verdammt richtig. Ich bin poetisch.« Sie lächelte. »Also dann, wie lautet dein Plan? Ich weiß, dass du einen hast. Denn Gott bewahre du triffst eine Entscheidung, ohne einen detaillierten, zwölfseitigen Arbeitsplan im Kopf zu haben, in dem steht, wie du das Ganze angehen wirst.«

»Ich muss zuerst mit Gabriel sprechen – ihm sagen, dass wir nicht auf der gleichen Wellenlänge sind und dass ich weder eine offene noch monogame Beziehung mit ihm führen möchte.«

»Und Max?«

»Ich bete, dass er und ich auf der gleichen Wellenlänge sind. Wir müssten natürlich jede Menge logistische Fragen klären. Aber vielleicht kann er in der Nebensaison bei mir bleiben und während der Spielzeit können wir uns mit Besuchen abwechseln.«

»Ich will kein Spielverderber sein, aber als Co-Pilot ist es mein Job, dafür zu sorgen, dass wir startklar sind. Was passiert, wenn du dich von Gabriel trennst und Max dir sagt, dass er nicht glaubt, dass eine Fernbeziehung funktionieren wird?«

Ich schüttelte den Kopf. »Ich werde zu einer arbeitssüchtigen Jungfer?«

Maggie grinste. »Eine gute Absicherung.«

Ich griff nach dem Türöffner. »Danke, dass du heute gefahren bist. Ich brauchte Zeit, um meine Gedanken schweifen zu lassen.«

»Kein Problem. Meine Gedanken schweifen ab, während ich fahre. Ich erinnere mich nicht einmal daran, wie ich auf die Brücke gekommen bin.«

Ich lachte. »Morgen werde ich vermutlich etwas später kommen, damit ich Gabriel von zu Hause aus anrufen kann. Das wird kein einfaches Gespräch werden.«

»In Ordnung. Ich werde die Stellung halten. Komm zu mir ins Büro, wenn du da bist, und lass mich wissen, wie es gelaufen ist.«

. . .

»Was, wenn wir die Sache so belassen, wie sie war? Wir können einfach weiter eine offene Beziehung führen und sehen, wie wir zueinander stehen, wenn ich wieder zurück bin. Ich werde mich mit keinen anderen Frauen treffen, wenn du das nicht willst.« Gabriel schwieg kurz. »*Bitte*, Georgia. Gib mir noch eine Chance. Ich weiß, dass ich Scheiße gebaut habe.«

Die Emotion in seiner Stimme ließ mich innerlich zusammenzucken. Aber ich musste standhaft bleiben, um fair zu uns beiden zu sein. Es wäre einfach gewesen zu sagen: *Sicher, lass uns die offene Beziehung fortführen*, und Gabriel dann kaltstellen, während ich herausfand, wie die Sache mit Max sich entwickelt. Aber ich musste in der Sache mit Max alles geben, und das bedeutete, dass ich alles von mir haben musste, um es geben zu können.

»Es tut mir leid, Gabriel. Wirklich. Aber an diesem Punkt ist es das Beste, wenn wir einen Schlussstrich ziehen.«

»Liebst du ... liebst du mich denn nicht mehr?« Seine Stimme war brüchig.

»Du wirst immer einen Teil meines Herzens haben, weil ich ihn dir gegeben habe. Aber Liebe kann sich verändern.«

»Oh Gott, ich habe es wirklich versaut. Wenn ich nicht gegangen wäre ...«

»Ich weiß nicht, ob das stimmt. Ich glaube, dass jede Liebe, in der das Wort *hätte* vorkommt, nicht die Art von Liebe ist, die dauerhaft ist. Wahre Liebe sollte immer *obwohl* oder *trotz allem* sein und niemals *hätte ich nicht*.«

»Hat dieser Eishockeyspieler dich vor die Wahl gestellt?«

»Max weiß nicht einmal, dass ich eine Entscheidung treffe.«

Gabriel wurde still. »Ich weiß nicht, was ich noch sagen soll, aber ich will mich nicht verabschieden, weil ich das Gefühl habe, vielleicht nie wieder mit dir zu sprechen.«

Er hatte nicht unrecht. Wir trennten uns. Die Menschen sagten immer, sie würden in Kontakt bleiben, aber das passierte nur selten. »Es tut mir leid, Gabriel. Wirklich.«

»Versprichst du mir etwas?«

»Was?«

»Wenn du Single bist, wenn ich zurückkomme, lässt du dich von mir zum Abendessen einladen, selbst wenn wir nur Freunde sind?«

Ich seufzte. »Sicher.«

»Ich liebe dich, Georgia.«

»Tschüss, Gabriel.

...

Ich wartete bis zum frühen Nachmittag, bevor ich Max anrief.

Als ich das Gespräch mit Gabriel beendet hatte, fühlte mein Herz sich schwer an und ich brauchte etwas Zeit, um dieses traurige Gefühl abzuschütteln. Aber während die Stunden verstrichen, veränderte sich meine Stimmung von traurig zu *verdammt* nervös. Ich hatte die Beziehung zu einem Mann beendet, der mir wichtig war, um etwas mit einem anderen zu riskieren, von dem ich mir nicht einmal sicher war, ob er die gleichen starken Gefühle für mich hatte wie ich für ihn.

Irgendwann machte sich in mir aber auch die Aufregung darauf breit, welche Perspektive ich mit Max haben könnte, aber ich stellte mir vor, es war die Art Aufregung, die ein Trapezkünstler empfinden könnte, wenn er ohne Sicherheitsnetz auf das Hochseil steigt.

Dennoch fühlte ich mich so lebendig wie seit Jahren nicht mehr, als ich das Telefon zur Hand nahm, um Max anzurufen.

»Hey, meine Schöne.« Seine tiefe, raue Stimme schlang sich wie eine warme Decke um mich.

Ich seufzte. »Wäre es seltsam, wenn ich dich bitte, das aufzunehmen, damit ich es mir immer vorspielen kann, wenn ich traurig bin?«

»Wie wäre es, wenn du einfach anrufst und es dir in echt anhörst, wenn du es brauchst? Es ist schon ein paar Tage her ...«

»Ja, das tut mir leid. Ich brauchte Zeit, um mir über einige Dinge klar zu werden.«

»Hat es funktioniert? Fühlst du dich besser?«

»Ja, tue ich.«

»Gut. Freut mich zu hören. Willst du darüber sprechen?«

»Will ich. Aber ich hatte gehofft, wir könnten uns persönlich unterhalten. Hast du heute Abend etwas vor?«

»Ja, habe ich.«

»Oh ... okay. Vielleicht morgen?«

»Bis dahin bin ich noch nicht wieder zurück. Ich fliege für ein paar Tage nach Kalifornien. Ich reise heute Abend ab.«

»Mir war nicht klar, dass du schon so schnell eine weitere Reise geplant hast.«

»Es war in gewisser Weise eine spontane Sache.«

»Wann bist du wieder zurück?«

»Samstag.«

Normalerweise war Max ein offenes Buch. Aber er gab mir keinerlei Informationen über diese Reise. »Ist mit deinem neuen Team alles okay?«

»Ja. Ich muss mich dort nur um ein paar Sachen kümmern.«

Seine unkonkreten Aussagen bereiteten mir ein flaues Gefühl im Magen, aber ich versuchte, es auf meine Aufregung zu schieben. Außerdem hatte ich Max bislang noch keinen Hinweis darauf gegeben, wie es zwischen Gabriel und mir aussah, deshalb machte es Sinn, dass er selbst etwas in sich gekehrt war. Das konnte es ebenfalls sein.

Also sprach ich weiter. »Meinst du, du hättest Lust, essen zu gehen, wenn du Samstagabend zurückkommst?«

»Klar. Ich habe einen Morgenflug, aber mit der

Zeitverschiebung denke ich, dass ich gegen sechzehn Uhr landen werde.«

»Okay. Wie wäre es dann, wenn du zu mir kommst und ich uns etwas koche? Dann müssen wir uns keine Sorgen um die Zeit machen, falls dein Flug Verspätung haben sollte.«

»Klingt gut.«

»Perfekt. Ich habe heute etwas später angefangen zu arbeiten, deshalb muss ich jetzt Schluss machen. Gute Reise. Wir sehen uns am Wochenende.«

—— Kapitel 24 ——

Georgia

Dies waren die längsten Tage, an die ich mich erinnern konnte.

Als es endlich Samstag war, war ich ein Nervenbündel. Seit Max und ich uns kennengelernt hatten, hatten wir uns fast jeden Tag entweder gesehen oder SMS geschrieben, doch während er in Kalifornien war, herrschte von seiner Seite aus Funkstille. Natürlich war ich es gewesen, die gesagt hatte, sie bräuchte Zeit, nachdem Gabriel aufgetaucht war, und Max war respektvoll gewesen und hatte sie mir zugestanden. Aber selbst da hatte er mir jeden Tag eine einfache SMS geschickt, um sich nach mir zu erkundigen. Während der letzten Tage aber hatte ich nichts von ihm gehört.

Deshalb ergriff ich schließlich die Initiative und schickte ihm gestern eine Nachricht, in der ich ihn fragte, wie seine Reise verliefe, in der Hoffnung, die Dinge zwischen uns zu öffnen. Seine Antwort war höflich, aber kurz und hinterließ bei mir den Eindruck, ich solle nicht darauf drängen, die Unterhaltung fortzuführen.

Jetzt hatte sich das ungute Gefühl, das ich bei unserem letzten Telefonat gehabt hatte, in ausgewachsene Angst verwandelt.

Als er um neunzehn Uhr an meine Tür klopfte, waren meine Handflächen schweißnass.

»Hey.«

Max küsste mich auf die Lippen, als er eintrat, was meine Nervosität deutlich verringerte.

»Wie war dein Flug?«

»Eintönig.«

»Möchtest du ein Glas Wein?«

»Wenn du mittrinkst.«

Oh, ich würde definitiv etwas trinken. Momentan wollte ich allerdings nicht unbedingt teilen. Ich hätte am liebsten direkt aus der Flasche getrunken.

Max folgte mir in die Küche. Er nahm auf einem Stuhl an der Kücheninsel Platz, während ich die Gläser aus dem Schrank und den Wein aus dem Kühlschrank nahm.

»Hast du bei deiner Reise alles geschafft, was du erledigen musstest?«

»Habe ich.«

Es störte mich ungemein, dass er mir nicht von sich aus erzählte, warum er schon so bald wieder dorthin hatte fliegen müssen. Aus irgendeinem Grund musste ich es einfach wissen. Aber da ich von Natur aus niemand war, der die Nase in anderer Leute Angelegenheiten steckte, fühlte ich mich nicht wohl damit, ihn zu drängen. Ich füllte eins der Gläser, schob es Max über die Arbeitsfläche zu und sah ihm in die Augen.

»Was wollte die Mannschaft von dir, dass du so schnell schon wieder nach Kalifornien reisen musstest?«

Er schaute in sein Weinglas. »Nichts. Ich hatte nur einige Sachen zu erledigen. Ich habe einen Ort gefunden, an dem ich wohnen werde.«

Ich erstarrte mit dem Weinglas auf halbem Weg zu meinem Mund. »Du hast eine Immobilie gekauft?«

Er schüttelte den Kopf. »Nein. Ich habe beschlossen, eine Weile zur Miete zu wohnen, um die Umgebung kennenzulernen und zu entscheiden, wo ich leben will.«

Als wir zusammen in Kalifornien waren, hatte Max gefragt, ob ich ihn nächsten Monat begleiten möchte, um ihm bei der Wohnungssuche zu helfen. Hatte er seine Meinung geändert und wollte nun nicht mehr wissen, was ich denke? Vielleicht waren die Besichtigungen spontan gewesen. Wieder versuchte ich, mein ungutes Gefühl abzuschütteln.

»Erzähl mir davon. Ist es eine Wohnung oder ein Haus?«

»Es ist ein Haus. In den Hollywood Hills. Es ist hübsch. Es hat drei Schlafzimmer und ein Schwimmbecken mit schöner Aussicht. Es gehört irgendeiner Schauspielerin, die zwei Filme in Europa drehen wird, deshalb vermietet sie es möbliert. Und der Mietvertrag geht nur über ein Jahr, danach kann ich mir also etwas Dauerhafteres suchen.«

Etwas Dauerhafteres. Mein Hals fühlte sich an, als hätte jemand hineingegriffen und einen Knoten hineingemacht. Ich zwang mich zu einem Lächeln. »Das klingt toll. Wann beginnt der Mietvertrag?«

»Am ersten Juli.«

Mir wurde flau im Magen. »Oh wow. Das ist schon sehr bald.«

Er sah nach unten und nickte. »Ja.«

Der Ofen piepste und ließ mich wissen, dass die Vorheiztemperatur erreicht war. Ich war froh über die kurze Ablenkung und die Chance, meine Emotionen zu verbergen, die vermutlich wie ein Neonschild auf meinem Gesicht blinkten. Ich drehte mich um, nahm das Blech mit dem Hühnchen von der Arbeitsplatte und schob es in den Ofen, dann drehte ich an den Knöpfen, um mehr Zeit zu schinden, bevor ich Max wieder ansehen musste. »Ich habe Hühnchen Milanese und Risotto gemacht«, sagte ich zu ihm. »Das Hühnchen muss nur noch zum Aufwärmen in den Ofen.«

Als ich nicht mehr weiterwusste, trank ich meinen Wein aus und schenkte mir ein zweites Glas ein. »Warum setzen wir uns nicht ins Wohnzimmer, während wir warten?« Ohne auf eine Antwort zu warten, setzte ich mich in Bewegung, doch Max ergriff meine Hand.

»Hey.« Er sah mich vorsichtig an. »Bist du okay?«
Ich nickte.

»An dem Abend, an dem wir uns zum ersten Mal begegnet sind, hast du mir erzählt, dass du nicht gut lügen kannst, weil dein Gesicht dich verrät. Ich schätze, bis jetzt hast du nicht gelogen, denn du bist wirklich eine beschissene Lügnerin.« Er zog mich an sich und strich mir eine Haarsträhne aus dem Gesicht. »Komm her. Was ist los?«

»Es war nur ...« Ich schüttelte den Kopf. »Eine emotionale Woche, glaube ich. Und die Vorstellung, dass du schon so bald wegziehst ... Na ja, das ist scheiße.«

Max lächelte freundlich. »Was ist in dieser Woche passiert?«

Ich war mir nicht sicher, warum es mir unangenehm war, ihm zu erzählen, dass ich mich von Gabriel getrennt hatte, aber so war es. Vielleicht lag der

Grund darin, dass die Dinge zwischen uns ohne diese Barriere im Weg anders waren. Ich hoffte, dass es eine Veränderung zum Guten wäre, holte aber trotzdem tief Luft, bevor ich antwortete.

»Gabriel sagte, er hätte einen *Fehler* begangen. Er wollte, dass wir wieder eine monogame Beziehung führen.«

»Okay ...«

»Ich habe ihm gesagt, dass ich das nicht will. Dann hat er angeboten, die Dinge so zu belassen, wie sie waren, aber ich sagte ihm, die Dinge hätten sich für mich verändert und ich wolle einen Schlussstrich ziehen.«

Max lockerte den Griff um meine Taille. Er sah aus, als hätte ich ihn überrumpelt. Was vielleicht auch stimmte, dennoch hatte ich mir eine fröhlichere Reaktion erhofft. Auf seinem Gesicht war nicht einmal der Anflug eines Lächelns zu finden. Während ich ihn beobachtete, schien er fast schon finster dreinzublicken.

»Bist du dir sicher, dass du das willst?«, fragte er schließlich.

Ich nickte. »Er ist mir wichtig. Aber ich verdiene mehr, als er mir geben konnte. Mir ist endlich klar geworden, dass etwas gefehlt hat – lange bevor er getan hat, was er getan hat, und nach London verschwunden ist.«

Max war immer noch so verdammt still. Er starrte mich bloß an, was mich innerlich durchdrehen ließ. Ich ertrug es nicht länger, wie auf Eierschalen zu gehen, und beschloss daher, alle meine Karten offen auf den Tisch zu legen. »*Du* warst es, der mir klargemacht hat, dass etwas fehlt. Die Zeit, die wir zusammen verbracht haben, und wie sehr du mir ans Herz gewachsen bist, das war so unerwartet. Aber ich denke, manchmal passiert das eben genau so.« Ich atmete tief durch. »Ich will nicht, dass die Sache zwischen uns vorbei ist, wenn du New York verlässt, Max.«

Er ließ seine Arme, die nur noch locker um mich geschlungen waren, vollständig sinken.

Oh mein Gott. Er will nicht das Gleiche wie ich.

Ich sagte ihm, dass ich mich in ihn verliebt hätte, und seine Reaktion darauf war, mich *loszulassen*? Bevor mein Herz oder Verstand begreifen konnte, setzte mein innerer Selbstschutzmechanismus ein. Ich wich zurück. »Oh Gott. Du empfindest nicht das Gleiche.«

»Georgia ...« Max streckte die Arme nach mir aus, doch ich hob die Hände.

»Schon in Ordnung. Ich verstehe. Wirklich, es ist okay.« Ich eilte zum Ofen, griff nach den Topflappen und nahm das Hühnchen heraus. Selbstverständlich war es erst zwei Minuten drin gewesen und hätte noch fünfzehn Minuten länger gebraucht, aber ich musste *irgendetwas* tun.

Max trat von hinten an mich heran. Er legte mir die Hände auf die Schultern, aber ich befreite mich aus seinem Griff, ging zum Kühlschrank und nahm wahllos Sachen heraus – eine Flasche Wein, obwohl noch mehr als eine halbe Flasche auf der Arbeitsplatte stand, geriebenen Käse, Salatsoße, einen Kopfsalat, Butter. Nichts davon benötigte ich.

Max sah mir zu und blieb neben dem Ofen stehen, wo ich ihn zurückgelassen hatte.

»Ich habe keinen Salat gemacht. Ich sollte einen Salat machen.«

»Georgia, sprich mit mir, Süße.«

Süße. Aus irgendeinem Grund machte dieses Wort mich wütend. Ich hielt abrupt an. »Nenn mich nicht so.«

Max fuhr sich mit der Hand durchs Haar. »Können wir uns einfach nur kurz unterhalten?«

»Was gibt es noch zu reden? Ich denke, dein Gesicht hat bereits alles gesagt.«

»Nein, hat es nicht. Wie wäre es, wenn du mir Gelegenheit gibst, tatsächlich etwas zu sagen?«

»Also gut.«

Er packte mich an den Hüften und bevor ich verstehen konnte, was passiert, befand ich mich in der Luft und wurde auf einen Stuhl an der Kücheninsel gesetzt. Max nahm mein Gesicht in beide Hände und plötzlich hatte ich meine Gefühle nicht mehr unter Kontrolle. Tränen stiegen mir in die Augen.

»Ich habe mit dir ebenfalls nicht gerechnet, Georgia. Ich mag dich. Sehr. Genauer gesagt fällt mir keine einzige Sache ein, die ich an dir nicht mag. Das Einzige, das dich davon abgehalten hat, perfekt zu sein, war dieser Idiot, der dich zur Freundin hatte. Aber jetzt ...« Er schüttelte den Kopf. »Jetzt kann ich *nichts* finden, das ich nicht mag. Du bist klug, hübsch, weißt ganz genau, wer du bist und was du willst, und du hast den Mut, alles erreichen zu wollen. Das finde ich vermutlich am attraktivsten an dir – dass du furchtlos bist. Nackt bist du unheimlich sexy, aber du brauchst die Nacktheit nicht, um sexy zu sein.«

Obwohl sich das alles toll anhörte, wusste ich, dass darauf eine Hiobsbotschaft folgen würde.

Max schluckte und sah zu Boden. »Aber diese Sache sollte nur für den Sommer sein.«

»Und ich hätte im Frühling heiraten sollen. Dinge passieren. Dinge verändern sich. Was vor einigen Monaten die richtige Antwort war, ist es heute vielleicht nicht mehr. Mir wird jetzt erst klar, wie wichtig es ist, sich nicht für immer hinter einer Entscheidung wegzuschließen.«

»Es tut mir leid, wenn ich bei dir den Eindruck erweckt habe, dass die Sache mit uns mehr war.«

Ich schüttelte den Kopf. »Ich verstehe nicht, Max. Warum kann sie nicht mehr sein? Wenn alles stimmt, was du gerade gesagt hast, wenn deine Gefühle wirklich so stark sind, wie du behauptest, warum kann es dann nicht mehr sein, als wir anfangs geplant hatten?«

Wieder sah er mir nicht in die Augen. »Ich kann einfach nicht, Georgia.«

»Kannst du mich bitte ansehen?«

Max hob den Kopf und unsere Blicke trafen sich. Ich war mir nicht sicher, was ich in seinen Augen finden wollte, vielleicht etwas, das ich übersehen hatte – dass er nicht die gleichen Gefühle für mich hatte wie ich für ihn. Aber ich sah das genaue Gegenteil. Sein Blick war voller Liebe, aber auch Trauer, Schmerz und Wut.

Was mich nur noch mehr verwirrte.

»Bist du sauer auf mich, weil ich dich an dem Abend, an dem Gabriel aufgetaucht ist, gebeten habe zu gehen?«

»Nein.«

»Denn zwischen uns ist nichts passiert. Wir haben am nächsten Tag in einem Restaurant zu Mittag gegessen und geredet. Das ist alles.«

»Ich bin nicht sauer. Ich weiß, dass nichts passiert ist.«

»Woher? Woher weißt du, dass nichts passiert ist?«

Er sah mir in die Augen. »Wie hätte etwas passieren können?«

Das wirkte wie eine Nicht-Antwort, es war aber auch die reine Wahrheit. Wie hätte etwas zwischen einem von uns und jemand anderem passieren können, wenn wir das hatten, was wir hatten? Es erschien wie eine körperliche Unmöglichkeit.

»Hast du Gefühle für mich?«, flüsterte ich.

»Selbstverständlich.«

»Dann sag mir *warum*, Max. Ich brauche einen Grund. Ich habe das Gefühl, mir fehlt ein Puzzleteil, und du weißt, wie ich bin. Ich werde eine Ewigkeit damit verbringen zu versuchen dahinterzukommen.«

Max schwieg sehr lange. Schließlich atmete er tief durch, schüttelte den Kopf und sah zu Boden. »Ich will nicht mehr als das, was wir haben.«

»Sieh mich an, Max. Sag das noch mal.« Ich streckte die Hand aus, berührte sein Gesicht und zwang ihn, mir in die Augen zu schauen.

Er hielt meinem Blick stand, bevor er endlich sprach. »Ich will nicht mehr von dir, Georgia. Es tut mir leid.«

Es fühlte sich an, als hätte mir jemand ins Gesicht geschlagen. Ich sprang vom Stuhl auf und stolperte von der Wucht nach hinten. Max streckte die Arme aus, als wollte er mich festhalten.

Ich hob die Hände. »*Lass das.*«

»Georgia ...«

Ich spürte, wie sich Tränen ansammelten, als würde ein Sturm aufziehen. Aber ich weigerte mich, sie zuzulassen. Stattdessen schluckte ich und stellte mich aufrecht hin. »Es ist in Ordnung. Setz ... setz dich einfach hin. Gib mir eine Minute, dann kümmere ich mich um das Abendessen.«

»Wäre es dir lieber, wenn ich gehe?«, fragte Max leise.

Ich schüttelte den Kopf. »Ich komme schon klar. Ich brauche gerade nur etwas Abstand.«

. . .

Das Abendessen war unangenehm, um es gelinde auszudrücken. Ich antwortete, wenn Max etwas sagte, hatte aber keine Kraft, ein echtes Gespräch aufrechtzuerhalten. Danach räumten wir in weiterer Stille auf. Ich stand an der Arbeitsplatte in der Küche und füllte mein Glas, während Max noch mehr Wein ablehnte.

»Danke, dass du gekocht hast.«

»Gern geschehen.« Ich starrte in meinen Wein. »Willst du, dass wir uns weiterhin treffen, bis du in einigen Wochen abreist?«

Max runzelte die Stirn. »Das egoistische Arschloch in mir will Ja sagen, aber ich will es dir nicht noch schwerer machen. Ich werde tun, was immer du willst.«

Ich war mir nicht sicher, ob es einen Unterschied machte, sich heute oder in einem Monat voneinander zu verabschieden. Das Kind war bereits in den Brunnen gefallen. Ich hatte mich in ihn verliebt. »Ich glaube, ich würde gern die Zeit genießen, die uns noch bleibt.«

Max atmete hörbar aus. Er sah körperlich erleichtert aus. »Darf ich dich in den Arm nehmen?«

Ich nickte.

Er kam zögernd auf mich zu, fast so, als wartete er darauf, dass ich es mir anders überlege. Dann sah er mir in die Augen und bat still um Erlaubnis, die Arme um mich schlingen zu dürfen. Ich drückte den Kopf an seine Brust, direkt über seinem Herzen. So verrückt es auch war, in seinen Armen zu sein gab mir das Gefühl, dass es okay sein würde, obwohl er es war, der den Schmerz überhaupt erst verursacht hatte. Für den Augenblick konnte ich zulassen, mich durch ihn besser zu fühlen, und schob den Tag beiseite, an dem nichts helfen könnte, weil er nicht mehr hier wäre.

Später an dem Abend gingen wir vielleicht zum ersten Mal wie normale Menschen ins Bett. Üblicherweise fielen wir stolpernd hinein, während wir an der Kleidung des anderen zerrten, um sie ihm auszuziehen. Aber heute Abend zog Max sich selbst aus und ich zog mich im Badezimmer um, wie ich es getan hätte, wenn ich allein gewesen wäre. Ohne diese Leidenschaft ins Bett zu gehen erinnerte mich tatsächlich sehr an die Jahre, die ich mit Gabriel verbracht hatte.

Ich drehte mich auf die Seite, wandte Max den Rücken zu und er kuschelte sich hinter mich. Obwohl mein Verstand mir sagte, ich solle einfach nur einschlafen, betrog mein Körper mich, weil Max' harter Oberkörper so dicht an mich gedrückt war. Meine Haut kribbelte und meine Brustwarzen verhärteten sich, als sein warmer Atem mich im Nacken kitzelte. Ich blieb still mit geschlossenen Augen liegen und versuchte, das Bedürfnis zu ignorieren, mich umzudrehen und ihm meine Fingernägel in den Rücken zu bohren. Aber als ich spürte, dass Max an meinem Hintern eine Erektion bekam, wurde es fast unmöglich. Ich atmete tief ein und entließ einen frustrierten Seufzer.

»Tut mir leid«, flüsterte er. »Ich versuche nichts, ich schwöre. Ich dachte, ich hätte es unter Kontrolle, aber anscheinend habe ich so viel Selbstbeherrschung wie ein Zwölfjähriger.«

Ich lächelte traurig. »Schon okay.«

Max legte die Stirn an mein Schulterblatt. »Ich werde ... schnell duschen gehen. Die Sache unter Kontrolle bringen.«

Großartig. Jetzt wurde ich von einem unfassbar sexy Körper umschlungen, mir drückte ein Stahlrohr gegen den Hintern und ich stellte mir vor, wie Max sich in meiner Dusche einen runterholte. Schon möglich, dass er dadurch Erleichterung erfahren würde, ich jedoch ganz sicher nicht. »Oder ...« Ich drückte ihm meinen Po entgegen. »Wir könnten hier eine Lösung dafür finden.«

Max stöhnte. »Verdammt, Georgia. Bist du sicher?«

War ich nicht. Aber frustriert hier zu liegen gab mir ebenfalls kein besonders gutes Gefühl. Also antwortete ich, indem ich meine Schlafanzughose mitsamt meinem Slip herunterzog.

Max küsste mich im Nacken und versuchte sanft, mich auf den Rücken zu drehen, aber das wollte ich nicht.

Ich schüttelte den Kopf. »Von hinten. Genau so.«

Er hielt inne. »Warum?«

Ich wollte weder den Grund analysieren noch wollte ich darüber reden. Ich wollte einfach, was ich wollte. Und es nervte mich, dass er nicht seine Kleidung auszog und loslegte. Das war doch alles, was er von unserer Beziehung erwartete, oder nicht?

»Können wir bitte nicht reden? Kannst du mich nicht einfach so ficken, wie ich es will?«

Max bewegte sich nicht und sagte kein Wort.

Nach etwa dreißig Sekunden dachte ich, er würde sich mir vielleicht verweigern. Aber dann zog er die Hose aus. Er griff vorn um mich herum, fand meine

Klitoris und begann, sie in kleinen Kreisbewegungen zu reiben. Aber das wollte ich auch nicht. Ich nahm seine Hand zwischen meinen Beinen weg und führte sie an meinen Hals. »Ich nehme die Pille und ich will weder ein Vorspiel noch ein Kondom. Ich bin gesund und ich vertraue dir, wenn du mir das Gleiche sagst, okay?«

Wieder folgte eine lange Pause, bevor er den Griff an meinem Hals verstärkte. Aber dann spürte ich, wie er mit der anderen Hand zwischen uns glitt und seinen Schwanz an meine Öffnung führte. »Mach die Beine breit«, sagte er ernst. »Leg eins auf meins drauf.«

Das tat ich, und bevor ich überhaupt meine ursprüngliche Position eingenommen hatte, drückte Max sich bereits in mich hinein. Mein Körper wollte ihn, aber weil er nicht vollständig vorbereitet war, brannte es ein wenig, als er in mich eindrang. Es war aber genau das, was ich wollte – einen kleinen Schmerz spüren. Zärtlich und liebevoll hätte mich in diesem Moment umgebracht.

Allerdings war Max immer noch zu vorsichtig. Er drang einige Zentimeter in mich ein und zog sich wieder zurück in dem Versuch, langsam in mich hineinzugleiten, dabei wollte ich das genaue Gegenteil. Als er das nächste Mal in mich eindrang, drückte ich mich mit aller Kraft zurück und sorgte dafür, dass er bis zur Wurzel in mich hineinstieß.

Max zischte. »Scheiiiße.«

»Fester.«

Er zog sich zurück und stieß etwas kraftvoller zu.

»Mehr.«

Wir wurden wild. Jedes Mal wenn er sich zurückzog, forderte ich mehr, bis wir ineinander stießen. Meine Brust war vor Emotion zugeschnürt und es fühlte sich an, als könnte nur ein Orgasmus, der kraftvoll genug war, um meinen Körper zum Zittern zu bringen, diese Anspannung lösen. Das Bett wackelte, ich warf mich hin und her und unsere Körper waren schweißnass.

»Mehr.«

»Scheiße, Georgia. Ich komme.«

»Wage es nicht! Noch nicht.«

Er stöhnte und zog den Schwanz raus. Ich dachte, er würde aufhören, aber dann drehte er mich plötzlich auf den Bauch. Max schob eine Hand unter meinen Bauch und zog meinen Hintern nach oben. Als ich mich auf den Ellbogen abstützte und auf alle viere gehen wollte, spreizte er die Finger und drückte mich wieder nach unten. »Nein. Du willst nicht, dass ich dich ansehe. Also Arsch nach oben und Gesicht ins Kissen.«

Max kniete sich hinter mich, packte meine Hüften und hämmerte von hinten in mich hinein. Als er nach vorn griff und meine Klitoris berührte, fühlte es sich an, als würde in meinem Inneren eine Bombe explodieren. Meine Muschi zog sich um seinen Schwanz zusammen und mir entfuhr ein lautes Stöhnen, wenngleich es durch das Kissen unterdrückt wurde.

Max stieß noch zweimal in mich hinein und stieß ein wildes Brüllen aus, als er sich in mir vergrub und abspritzte.

Danach rollte er auf den Rücken und lag keuchend neben mir. Ich drückte weiterhin mein Gesicht in das Kissen, damit er nicht die Tränen sah, die mir kamen, nachdem der Damm gebrochen war.

Kapitel 25

Max

»Arbeitest du tatsächlich hier? Oder bist du bloß hier, um von deiner Frau wegzukommen?«

Otto schüttelte den Kopf und kritzelte etwas auf einen kleinen Block. »Ich überprüfe die Sitze, Schönling. Jeder einzelne von ihnen wird zweimal pro Jahr getestet.«

»Sicher, genau das tust du.«

»Wo ist dein hübschen Mädchen heute? Ist sie zur Vernunft gekommen und hat dich in die Wüste geschickt?«

Ich lachte. »Freut mich zu sehen, dass du schon wieder so gute Lane hast.«

Er stand von einem Sitz auf und nahm auf dem nächsten Platz. »Pflanz deinen Hintern auf E vierundvierzig«, sagte er und zeigte darauf. »Die Schrauben sind abmontiert. Wenn du dich hinsetzt, landest du auf dem Boden. Dir wird guttun, dich an die beschissenen Plätze zu erinnern, für die die Menschen, die darauf sitzen und deinen Namen schreien, zweihundert Dollar hinblättern.«

Otto war acht oder neun Reihen entfernt, deshalb ging ich zu ihm hinauf und setzte mich auf den Gangplatz auf der anderen Seite der Treppe, damit er Platz zum Arbeiten hatte.

»Wie fühlst du dich?«, fragte ich.

»Gut. Ich habe meine Therapie beendet und komme wieder zu Kräften.« Er streckte die Hände. »Das Kribbeln ist immer noch da, aber das halte ich aus, wenn es bedeutet, dass ich dadurch etwas mehr Zeit bekomme. Ich habe allerdings beschlossen, hier aufzuhören. Gestern habe ich meine Kündigung eingereicht. Nächsten Monat bin ich weg.«

»Hast du irgendwo anders einen Job?«

»Nein. Meine Frau hat mich dazu überredet, eine Autoreise zu machen, über die wir bereits vor unserer Hochzeit gesprochen haben. Ihr Bruder hat ein Wohnmobil, das er nie benutzt. Wir werden über die Nord-Route von hier nach Kalifornien fahren und durch den Süden wieder zurück. Es könnte drei Wochen oder drei Monate dauern. Wir werden sehen.«

»Gut für dich. Das klingt fantastisch.«

»Ich wollte so viel arbeiten wie möglich und mein Geld für Dorothy zurücklegen, für die Zeit, wenn ich nicht mehr da bin. Aber sie sagt, sie würde lieber Zeit mit mir verbringen, als zusätzliches Geld zu haben.« Er schüttelte den Kopf. »Ich war stur, aber als sie mich fragte, was ich wollen würde, wenn sie in meiner Situation wäre, wurde mir klar, dass das Geld nicht wichtig ist.« Er reckte das Kinn in die Höhe und sah mich an. »Was ist mit dir? Kommst du an einem Mittwoch hierher, obwohl du freihast, um mir

Neuigkeiten zu überbringen? Willst du mir vielleicht von deinem Wechsel zu den Blades erzählen oder muss ich irgendwann in der Zeitung davon lesen?«

Ich lächelte. »Ehrlich gesagt ist genau das der Grund, warum ich hier bin. Der Wechsel ist inzwischen in trockenen Tüchern, deshalb werde ich vermutlich nächste Woche rüberfliegen, um den Vertrag zu unterschreiben, und dann wollen sie eine Pressekonferenz abhalten.«

»Bist du glücklich? Hast du bekommen, was du wolltest?«

Vor drei Monaten hätte ich nicht gezögert, Ja zu sagen. Aber während der letzten paar Wochen hatte ich das Gefühl, dass keine Geldsumme und kein Ruhm mir das geben konnten, was ich im Leben wollte. Trotzdem nickte ich. »Es ist ein großartiger Vertrag.«

»Das freut mich zu hören. Und wie geht es deinem klugen Mädchen?«

Ich lächelte. »Georgia geht es gut.«

»Zieht sie mit dir nach Kalifornien oder werdet ihr eins dieser schicken Paare, die an beiden Küsten wohnen?«

Mein Gesicht gab die Antwort, bevor ich es tat.

»Oh, Herrgott. Ihr werdet doch wohl nicht eine dieser Fernbeziehungen versuchen, oder? Ich bin vielleicht altmodisch, aber ein Paar sollte nachts im selben verdammten Bett schlafen.«

Ich schüttelte den Kopf. »Wir hatten während des Sommers bloß ein wenig Spaß.«

Er zog seine buschigen Brauen zusammen, was sie wie eine Raupe aussehen ließ. »Dann bist du nicht in dieses Mädchen verliebt?«

»Es ist kompliziert.«

»Oh.« Er nickte. »Kompliziert? Ich verstehe. Das ist Jugendsprache für *einen Rückzieher machen*.«

»Manchmal ist es das Beste, einen Menschen, den man liebt, gehen zu lassen.«

Otto schnaubte. »Hast du diesen Mist auf einer Glückwunschkarte gelesen? Mir war nicht klar, dass du so weich bist.«

»Weich? Bring mich nicht dazu, aufzustehen und einem alten Mann in den Hintern zu treten.«

Er winkte ab und murmelte etwas, das ich nicht verstand.

»Also, was hältst du von dem Radiski-Wechsel?« Ich wusste, das würde das Gespräch auf etwas anderes lenken. Otto hielt Radiski für den überbewertetsten Torhüter in der Liga und er hatte sich erst vor Kurzem einen exzellenten Mehrjahresvertrag gesichert.

Während der nächsten anderthalb Stunden folgte ich Otto von Reihe zu Reihe, während dieser jeden Sitz testete, und wir redeten Blödsinn über die geschäftige Wechselsaison. Als es Zeit für seine Mittagspause war, dachte ich mir, ich sollte gehen.

Wir gingen zusammen zur Tür und ich streckte ihm meine Hand hin. »Ich komme noch einmal vorbei, bevor du aufhörst.«

»Klingt gut.« Wir gaben uns die Hand, aber Otto ließ meine nicht los. Stattdessen nutzte er den Griff, um meine Aufmerksamkeit zu halten, und sah mir in die Augen. »Mach einem sterbenden alten Mann eine Freude und lass mich dir einen Ratschlag geben.«

»Und der wäre?«

»Was auch immer du für kompliziert hältst, ist es nicht. Warte nicht, bis du siebzig und krank bist, um herauszufinden, dass das Leben ziemlich simpel ist.

Umgib dich mit den Menschen, die du liebst, und dein Leben wird sich am Ende vollkommen anfühlen, wann auch immer dieser Zeitpunkt kommen mag.«

• • •

Nach dem Abend, an dem wir unser Gespräch geführt hatten, war es zwischen Georgia und mir einfach nicht mehr so wie vorher. Wir verbrachten weiterhin Zeit zusammen und den meisten Menschen wäre die Veränderung von außen gar nicht aufgefallen, aber ich spürte sie. Nun existierte eine Mauer, die zuvor nicht da gewesen war, etwas, das es mir unmöglich machte, mich ihr wirklich nahe zu fühlen. Ich verstand das natürlich. Aber es war immer noch nicht einfach zu akzeptieren. Jede Faser meines Körpers schrie, ich solle zurücknehmen, was ich zu ihr gesagt hatte, und ihr mitteilen, dass ich alles tun würde, was nötig war, damit die Sache zwischen uns funktionierte. Aber das tat ich nicht, denn tief im Inneren wusste ich, dass ich für sie das Richtige tat.

Am kommenden Samstag holte ich sie ab, um mit ihr Abendessen zu gehen. Da unser Tisch noch nicht bereit war, warteten wir an der Bar und bestellten etwas zu trinken. Während wir dort saßen, wurde ich von zwei Frauen erkannt, die nicht alt genug aussahen, um die Getränke in ihren Händen zu konsumieren.

»Oh mein Gott! Du bist Max Yearwood, nicht wahr?«, fragte eine von ihnen.

Ich lächelte höflich und nickte.

Sie standen von ihren Stühlen auf der anderen Seite von Georgia auf und stellten sich vor mich. »Ich liebe dich so sehr. *Bitte* sag, dass du nach Kalifornien kommst. Wir sind nur zu Besuch in New York. Wir wohnen in Santa Barbara.«

Die offizielle Verkündung war in wenigen Tagen, ich hatte aber nicht vor, meinen Wechsel über die Seite eines Fans in den sozialen Medien durchsickern zu lassen.

»Wir befinden uns noch in Verhandlungen«, sagte ich.

Die Größere der beiden bedeckte ihr Herz mit der Hand. »Oh Gott, in echt siehst du sogar noch besser aus.«

Ich warf Georgia einen Blick zu und schaute wieder zu den Frauen. »Das ist sehr nett von dir, aber ich habe gerade eine Verabredung.«

Zum ersten Mal schien den Frauen aufzufallen, dass jemand neben mir saß. Sie musterten Georgia von oben bis unten. »Sind Sie seine Frau?«, fragte eine von ihnen.

Georgia schüttelte den Kopf.

»Freundin?«

Wieder erhaschte ich Georgias Blick. Sie runzelte die Stirn und schüttelte den Kopf.

Die Forschere, Größere der beiden griff in ihre Handtasche. Sie nahm eine Visitenkarte heraus und reichte sie mir. »Wenn du tatsächlich nach L. A. kommst und jemanden haben möchtest, der dir alles zeigt, würde ich mich freuen.«

Ich hob die Hand. »Schon in Ordnung, danke.«

Die Frau zuckte mit den Schultern. »Kann ich zumindest ein Selfie mit dir machen?«

»Lieber nicht. Wie ich bereits sagte, ich habe eine Verabredung.«

Zum Glück kam die Hostess zu uns und unterbrach das Gespräch. »Ihr Tisch ist nun bereit, Mr. Yearwood.«

»Danke.« Ich nickte den Damen kurz zu, bevor ich Georgia meine Hand hinhielt. »Es war nett, euch zu treffen.«

Nachdem wir Platz genommen hatten, war Georgia schweigsam.

»Was eben passiert ist, tut mir leid.«

Sie legte sich die Serviette auf den Schoß. »Schon gut. Du hättest ihre Karte nehmen sollen. Sie waren beide hübsch.«

Ich runzelte die Stirn. »Das würde ich nicht tun.«

Georgia malte Achten in das Kondenswasser ihres Wasserglases. »Erinnerst du dich daran, als wir uns zum ersten Mal begegnet sind und ich dir gesagt habe, dass ich unter anderem daran arbeiten will, nicht alles zu überanalysieren?«

»Ja, natürlich.«

»Also, ich habe diese gesamte Woche damit verbracht, mir über etwas den Kopf zu zerbrechen, und ich glaube, ich bin zu einer Entscheidung gelangt.«

In Anbetracht der Umstände, wie dieses Gespräch begonnen hatte – mit zwei Frauen, die in Kalifornien wohnten und versucht hatten, mir ihre Nummer zu geben –, hatte ich kein gutes Gefühl. »Eine Entscheidung worüber?«

Sie sah auf. »Ich glaube, wir müssen uns jetzt verabschieden, Max.«

Mein Herz schlug mir bis zum Hals. »Was? Warum? Wegen dieser Frauen?«

Georgia schüttelte den Kopf. »Nein, ich habe die ganze Woche darüber nachgedacht. Es ist nur ... Es ist schwer für mich, ein bisschen so, als würde man das

Pflaster auf einer Wunde Stück für Stück abziehen. Ich muss es jetzt mit einem Ruck abreißen und anfangen zu heilen.«

Scheiße. Ich zwang mich dazu, ihr in die Augen zu sehen, war aber nicht auf das vorbereitet, was ich darin erblickte. Ihre wunderschönen grünen Augen waren voller Herzschmerz und ich weiß nicht, wie ich es bis zu diesem Moment übersehen hatte, aber unter ihnen befanden sich auch dunkle Ringe, die durch eine Schicht Make-up hindurchschienen. Normalerweise trug sie nicht einmal Make-up. Ich hatte das Gefühl, mich übergeben zu müssen.

Ich wollte sie einzig davon überzeugen, bis zum Ende durchzuhalten. Es waren sowieso nur noch ein paar Wochen. Vielleicht war es das riesige Ego, von dem alle immer behaupteten, ich hätte es, aber ich war überzeugt, ich könnte es ihr ausreden, wenn ich mich nur genügend anstrengte. Aber ... das wäre egoistisch.

Scheiße. Scheiße. Scheiße.

Mir blieb keine andere Wahl, als zuzustimmen. Ich konnte es ihr zumindest einfacher machen. Deshalb schluckte ich den Kloß im Hals herunter und nickte. »Okay. Ich verstehe.« Ich wartete ein wenig. Als sie immer noch schwieg, fragte ich: »Möchtest du gehen? Wir brauchen nicht zu essen.«

»Nein, schon gut. Wir sind hier. Und ich genieße deine Gesellschaft.«

Gott sei Dank. »Okay.«

»Meinst du, wir können einfach nicht darüber sprechen und ein nettes Abendessen miteinander einnehmen?«

»Sicher.«

Während der nächsten Stunde unterhielten wir

uns über meine Reise nach Kalifornien, eine neue Linie von Außenprodukten, die sie entwickeln wollte, und wie die Frauen, die auf meine Hunde aufpassten, nach meinem Umzug meine Wohnung nutzen würden, um ihre Hundeleckerlis zu backen, da mein Mietvertrag noch sechs Monate lief.

Die gesamte Zeit über fühlte ich mich, als würde ich auf einer Laufplanke stehen und darauf warten, hinunterzufallen und zu ertrinken. Als die Kellnerin zu uns kam und fragte, ob wir die Dessertkarte sehen möchten, tauschten wir ein geheimes Lächeln aus und sagten beide Ja. Keiner von uns war bereit, den Abend enden zu lassen.

Aber irgendwann wurden die Restaurantgäste weniger und als die Kellnerin, nachdem wir unseren Nachtisch aufgegessen hatten, zum dritten Mal kam, um nach uns zu sehen, gaben wir schließlich nach.

Wir waren nur wenige Blocks von Georgias Wohnung entfernt und ich war froh, dass sie sich von mir nach Hause bringen ließ. Aber in der Eingangshalle ihres Gebäudes drückte sie auf den Aufzugknopf und drehte sich dann zu mir um.

»Ich denke, wir sollten uns hier verabschieden.«

Mir wurde flau im Magen, aber ich nickte und tat mein Bestes, um zu lächeln. »Okay.«

Georgia nahm meine Hände und ihre Augen waren voller Tränen. »Ich wollte nur sagen, dass es momentan zwar wehtut, ich unsere gemeinsame Zeit aber nicht bereue.«

Ich schluckte den riesigen Kloß im Hals hinunter und legte ihr die Hand an die Wange. »Das Einzige, das ich jemals an der Sache mit uns bereuen könnte, ist das Ende, Süße.«

Tränen liefen Georgia über das Gesicht, als der Aufzug ankam und die Tür sich öffnete. Sie legte ihre Hand über meine an ihrem Gesicht und drehte sie, um meine Handfläche zu küssen. »Auf Wiedersehen, Max.«

Ich neigte den Kopf und berührte ihre Lippen sanft mit meinen. »Auf Wiedersehen, Georgia.«

Sie trat in den wartenden Aufzug, doch ich brachte es nicht fertig, mich umzudrehen und wegzugehen. Also schloss ich stattdessen die Augen und ließ sie gehen.

Kapitel 26

Max

In den nächsten Wochen passierte eine Menge. Ich unterschrieb einen Monster-Vertrag, um für ein Team mit echtem Playoff-Potenzial zu spielen, flog nach Kalifornien für eine Live-Pressekonferenz, bei der mein Wechsel verkündet wurde, gefolgt von einer zweitägigen Pressereise, und ich packte die Sachen aus meiner Wohnung in New York ein. Ich hatte immer noch viel Zeit, bis das Training begann, aber da mich hier nichts mehr hielt, sagte ich *scheiß drauf* und heuerte ein Umzugsunternehmen an, um meine Sachen abholen zu lassen. Dann kaufte ich mir online ein einfaches Ticket nach Kalifornien für einen Flug in fünf Tagen.

Bei all meinem Glück hätte ich überglücklich sein sollen. Die meisten Menschen arbeiteten ihr gesamtes Leben, um das zu verdienen, was ich in einem Jahr bekommen würde, und alles, wovon ich jemals geträumt hatte, seit ich mein erstes Paar Schlittschuhe geschnürt hatte, war zum Greifen nahe. Trotzdem war ich unglücklich. *So verdammt unglücklich.*

Meine Mutter hielt sich derzeit in Boston auf, um meinen Bruder und die Kinder zu besuchen, und ich sollte eigentlich dorthin fahren und sie treffen. Aber da ich mich kaum selbst ertragen konnte, durfte ich nicht davon ausgehen, dass irgendjemand anderes meine schlechte Laune aushalten würde. Also rief ich sie an und teilte ihr mit, dass ich in New York noch sehr viel zu erledigen hätte und stattdessen nach Washington käme, sobald ich mich ab nächster Woche an der Westküste eingelebt hätte.

Dann beschloss ich, joggen zu gehen.

Ich war etwa anderthalb bis zwei Kilometer von zu Hause entfernt, als es anfing zu regnen. Und es war nicht nur Sprühregen, es schüttete wie aus Kübeln. Aber es fühlte sich irgendwie richtig an. Auf dem Rückweg kam ich am Garden vorbei. Glenn, einer der Sicherheitsbeamten, mit dem ich mich gut verstand, stand zufällig draußen unter dem Überhang und rauchte eine Zigarette. Er hatte an dem Abend Dienst gehabt, an dem ich Georgia getroffen hatte. Er winkte mir zu und ich hielt an.

»Yearwood, du Verräter.« Er lächelte. »Ich dachte, du bist schon an der Westküste und lässt es bei Partys mit Filmstars und Sternchen krachen.«

»Demnächst.« Ich stützte die Hände auf den Knien auf und bückte mich, um zu Atem zu kommen. »Was tust du hier? Ich dachte, du würdest ausschließlich nachts arbeiten.«

»Für die Tagesschicht ist endlich eine Position frei geworden. Erinnerst du dich an Bernie, den Kerl mit dem seltsamen roten Spitzbart, der aber weiße Haare hat?«

»Ja, ich kenne Bernie.«

»Er hat einen Job im Betriebsbereich bekommen. Hat Ottos Stelle übernommen.« Er schüttelte den Kopf. »So schade um den Kerl, nicht wahr?«

»Um wen ist es schade?«

»Otto. Ich dachte, du wüsstest Bescheid. Die Mannschaft hat eine E-Mail bekommen.«

»Ich bin nicht mehr in der Mannschaft. Was ist mit Otto passiert?«

»Er hatte einen Husten, der letzte Woche angefangen hatte. Einige Tage später lag er mit einer Lungenentzündung im Krankenhaus. Gestern mussten sie ihn an die Beatmungsmaschine anschließen. Die Antibiotika wirken nicht und sein Immunsystem ist von der Krebstherapie angeschlagen.«

Scheiße. »Weißt du, in welchem Krankenhaus er ist?«

»St. Luke's.«

»Danke. Ich muss los. Es war schön, dich zu treffen, Glenn. Pass auf dich auf.«

•••

»Hi. Ich bin auf der Suche nach Otto Wolfman.«

Die Krankenschwester deutete zu einem der verglasten Zimmer auf ihrer linken Seite. »Er liegt in Bett vier.«

Die Intensivstation war ein großer Bereich mit der Krankenschwesterstation in der Mitte und kleinen verglasten Einzelzimmern, die sich außen herum befanden. Die Schiebetür zu Ottos Zimmer war geöffnet und eine Frau saß neben seinem Bett. Als sie mich sah, erhob sie sich und trat nach draußen.

»Hallo. Sind Sie Mrs. Wolfman?«, fragte ich.

355

»Das bin ich.«

»Ich bin Max Yearwood, ein Freund Ihres Mannes aus dem Garden.«

Sie lächelte. »Ich weiß, wer Sie sind. Otto spricht ständig von Ihnen und verpasst keins Ihrer Spiele. Er verehrt Sie.«

Ich lächelte zurück. »Sind Sie sicher, dass Sie von dem richtigen Mann sprechen? Er nennt mich Idiot.«

Mrs. Wolfman lachte leise. »So wissen Sie, dass er Sie mag – wenn er Ihnen Schimpfnamen gibt.«

Ich schaute über ihre Schulter zu Otto. Er war an allerlei Geräte und Infusionen angeschlossen. »Ich habe gerade erst erfahren, was passiert ist. Wie geht es ihm?«

Sie schüttelte den Kopf. »Nicht allzu gut, fürchte ich. Er hat nun eine Blutvergiftung, vermutlich von der Lungenentzündung.«

»Ich habe ihn erst vor Kurzem gesehen. Er machte den Eindruck, als ginge es ihm ziemlich gut.«

»Das tat es. Die Lungenentzündung kam für uns überraschend. Er hat Lungenkrebs, deshalb ist ein Husten nicht ungewöhnlich. Wir hatten es auch nicht für mehr gehalten, bis er plötzlich hohes Fieber bekam. Es hat sich schnell ausgebreitet, weil sein Immunsystem von der Chemotherapie angeschlagen ist.«

»Wäre es in Ordnung, wenn ich ihn einige Minuten besuche?«

Mrs. Wolfman lächelte. »Ich glaube, das würde ihm gefallen. Ich wollte sowieso gerade nach unten, um mir einen Kaffee zu holen. In der Eingangshalle gibt es einen Starbucks. Ich werde Sie beide ein paar Minuten allein lassen.«

Ich nickte. »Danke.«

»Soll ich Ihnen einen Kaffee mitbringen?«

»Nein danke.« Ich lächelte. »Otto ist vollkommen gegen Starbucks.«

»Oh, als wüsste ich das nicht. Aber mir schmeckt er hervorragend. Ich werde Ihnen ein kleines Geheimnis verraten.« Sie bedeutete mir, näher zu kommen. »Ich habe einen Stapel weißer Styroporbecher im Schrank. Manchmal hole ich Kaffee bei Starbucks und gieße ihn in einen dieser Becher, damit ich mir nicht eine halbe Stunde lang anhören muss, dass dieser Laden überteuert ist.«

Ich lachte. »Ein Klassiker.«

Sie klopfte mir auf die Schulter. »Ich bin in einigen Minuten wieder zurück.«

Nachdem Mrs. Wolfman gegangen war, stand ich im Türrahmen, unsicher, was ich sagen oder tun sollte. Eine Krankenschwester kam herein, um einen weiteren Beutel mit Flüssigkeit an Ottos Infusionsständer zu hängen. Während sie damit beschäftigt war, sprach sie laut und erzählte ihm, was sie tat. Auf ihrem Weg nach draußen hielt ich sie auf.

»Kann er Sie hören?«

Sie hatte ein freundliches Lächeln. »Vielleicht. Viele Patienten wachen auf und erinnern sich an die Gespräche, die die Besucher geführt haben, aber es ist von Fall zu Fall unterschiedlich. Ich gehe gern davon aus, dass sie hören können, und lasse sie einfach wissen, was ich gerade tue. Es gab Studien, die gezeigt haben, dass Patienten von dem vertrauten Klang der Stimmen ihrer geliebten Menschen profitieren. Sie glauben, dass es helfen kann, das Gehirn zu wecken und die Heilungszeit zu verringern.« Sie nickte in Ottos Richtung. »Gehen Sie nur hinein. Am Anfang fühlt es sich vielleicht seltsam an, aber erzählen Sie ihm einfach von Ihrem Tag.«

Ich nickte. »Okay, danke.«

Ich nahm neben Ottos Bett Platz und sah zu all den Kabeln und Monitoren auf.

»Hey, alter Mann.« Ich lächelte traurig. »Ich wollte dich besuchen und mich von dir verabschieden, bevor ich abreise. Du hättest das alles nicht tun müssen, nur damit ich meinen Hintern in Bewegung setze. Die Krankenschwester sagt, es könnte sein, dass du Stimmen erkennst. Ich denke, wenn ich zu nett bin, verwirrt es dich vielleicht, deshalb werde ich einfach so charmant sein wie üblich.«

Ich hielt inne und dachte daran zurück, wie Otto und ich uns vor sieben Jahren zum ersten Mal begegnet waren. »Ich werde dir etwas erzählen, aber falls du dich daran erinnerst, wenn du aufwachst, werde ich leugnen, dass ich es jemals gesagt habe. Also ... ich habe mich jeden Tag nach dem Training darauf gefreut, dich zu sehen. Du hast mich immer an meinen Vater erinnert. Er war mein größter Unterstützer, hat sich aber nie gescheut, mir eine Dosis Realität zu verpassen. In meinem ersten Jahr kam ich mit einem Komplex in die Mannschaft. Ich dachte, das Team sei erfreut, mich verpflichtet zu haben, und dass ich meinen Wert durch meine Statistik auf dem College und das Gehalt des fetten Vertrags, den ich unterzeichnet hatte, bewiesen hatte. Ich verstand nicht, dass einige der Jungs schon zehn oder fünfzehn Jahre lang spielten und mehr als einen Neuling gesehen hatten, der sich als Enttäuschung herausstellte. Da war ein Kerl namens Sikorski, der es mir in diesem ersten Jahr sehr schwer machte, und wir fingen an, unsere Fehden auf dem Eis auszutragen. Einmal saß ich nach dem Training auf der Strafbank und regte mich darüber auf, dass wir wieder aneinandergeraten waren. Du fegtest gerade und fragtest mich, ob ich vorhätte, Sikorski zu heiraten. Ich sah dich an, als wärst du verrückt, und sagte, er sei nicht mein Typ. Und dann sagtest du etwas, das mir bis heute im Kopf geblieben ist: ›*Nicht jede Schlacht ist den Kampf wert.*‹ Du sagtest mir, ich solle aufhören, meine Zeit mit dem Mist zu verschwenden, der sich zwischen mich und mein Schicksal stellt.« Ich schüttelte den Kopf. »Irgendetwas machte einfach klick. Ich leitete all meine Energie in einen Kampf, den ich nicht gewinnen musste. Und das hat mich von den Dingen abgelenkt, die wirklich wichtig waren, wie zum Beispiel, mein Spiel zu verbessern.«

Ich starrte eine Weile die Zahlen auf dem Monitor über mir an und beobachtete Ottos Herzschlag. »Übrigens, ich habe vor einigen Minuten endlich Mrs. Wolfman kennengelernt. Ich denke, ich muss dir nicht sagen, dass sie für deinen missmutigen Hintern viel zu hübsch ist.«

Ich hörte ein Kichern hinter mir, drehte mich um und sah Ottos Frau in der Tür stehen.

Sie hielt zwei Kaffeebecher in der Hand. »Danke. Jetzt kann ich verstehen, warum Sie beide befreundet sind. Das klang genau wie etwas, das er sagen würde.«

»Entschuldigen Sie. Ich hatte nicht beabsichtigt, dass Sie es hören.«

Sie lächelte. »Schon gut. Otto hätte genau das gewollt – dass Menschen echt sind.« Sie betrat das Zimmer und reichte mir einen Kaffee. »Ich weiß, Sie haben gesagt, Sie wollen keinen, aber weil Sie ihm immer Kaffee mitgebracht haben, fühlte es sich richtig an, den Gefallen zu erwidern.«

Ich nickte. »Danke.«

Während der nächsten zwei Stunden tauschten Mrs. Wolfman und ich lustige Geschichten über Otto aus. Sie erzählte mir, dass ihre Tochter der einzige Mensch sei, der jemals die sanfte Seite ihres Mannes erlebt hatte. Anscheinend hatte sie ihn um den kleinen Finger gewickelt und konnte ihn dazu bringen, alles für sie zu tun. Wie zum Beispiel, als sie in der siebenten Klasse Probleme mit Algebra hatte und Mrs. Wolfman zu Otto sagte, ihre Tochter dürfe nicht eher rausgehen und spielen, bis sie ihre gesamten Hausaufgaben erledigt hätte. Er kam vor seiner Frau nach Hause und musste dafür sorgen, dass die Regeln eingehalten werden. Es hatte den Anschein gehabt, als würde er das tun, bis eines Tages der Lehrer besorgt anrief, weil die Qualität der Hausaufgaben ihrer Tochter sichtlich schlechter geworden war. Selbst ihre Handschrift war nachlässiger geworden. Es stellte sich heraus, dass Otto ihre Mathehausaufgaben erledigte, während sie zum Spielen rausging. Und er war sogar noch schlechter in Algebra als ihre Tochter.

Ich war wirklich froh, dass ich gekommen war. Mrs. Wolfman schien es zu gefallen, sich gegenseitig Geschichten zu erzählen. Aber als die Krankenschwester uns bat, nach draußen zu treten, damit sie Otto waschen konnte, beschloss ich, dass es für mich Zeit war zu gehen.

»Würde es Ihnen etwas ausmachen, wenn ich Ihnen meine Nummer gebe, damit Sie mich anrufen können, für den Fall, dass sich irgendetwas ändert?«, fragte ich sie. »Ich ziehe in wenigen Tagen um, aber ich werde vorher noch einmal vorbeikommen, wenn Sie damit einverstanden sind.«

»Das fände ich großartig. Danke, Max.«

Nachdem ich meine Nummer in ihrem Telefon abgespeichert hatte, verabschiedete ich mich, drehte mich aber noch einmal um. »Mrs. Wolfman?«

»Ja?«

»Als er mir vor ein paar Tagen erzählte, dass er den Garden verlässt, um mit Ihnen durchs Land zu fahren, sagte er mir, dass sein Leben sich immer vollkommen angefühlt hätte, weil er mit dem Menschen zusammen war, den er liebte. Es war nicht nur Ihre Tochter, für die Otto eine Schwäche hatte.«

Sie lächelte. »Ich glaube, ein bestimmter Eishockeyspieler könnte sich ebenfalls in dieser Kategorie befunden haben. Er hat es Sie nur niemals wissen lassen.«

· · ·

Zwei Tage später rief Mrs. Wolfman mich an, um mir zu sagen, dass Otto verstorben sei.

—— Kapitel 27 ——

Georgia

Am Freitagabend zwang Maggie mich dazu auszugehen. Mindestens drei Wochen waren vergangen, seit ich Max gesehen hatte, und ich hatte immer noch null Interesse daran, irgendetwas zu unternehmen. Aber meine beste Freundin war kein Mensch, der ein Nein als Antwort akzeptierte. Sie hatte mir gesagt, wir würden in eine Kunstausstellung gehen, was in meiner Vorstellung weitaus besser war als eine Single-Bar, aber als wir an der Galerie ankamen, wurde mir klar, dass sie mich reingelegt hatte.

An den Wänden hingen zwar Kunstwerke, aber der Ort war ebenfalls eine Bar – eine, in der sich viele Menschen drängten. »Ich dachte, du sagtest, dies sei eine Kunstgalerie.«

Maggie streckte die Hände aus. »Das ist es auch. Jeden Monat findet eine andere Ausstellung statt. Also dann, was willst du trinken?«

Ich runzelte die Stirn. »Bloß ein Wasser.«

»Ein Lemon Drop Martini, kommt sofort. Gute Wahl.« Sie zwinkerte und verschwand.

Ich seufzte. Da an der Außenseite des Raumes tatsächlich Kunstwerke hingen, trat ich näher an das Bild heran, das sich direkt vor mir befand. Es war ein abstraktes Gemälde einer Frau. Während ich es betrachtete, kam ein Mann zu mir und stellte sich neben mich.

Er deutete mit einem Bier auf die Leinwand. »Nun ... was denkst du?«

»Ich kenne mich mit Kunst nicht besonders gut aus.«

Er lächelte. »Wie fühlst du dich, wenn du es betrachtest?«

Ich starrte das Bild noch etwas länger an. »Irgendwie traurig.«

Er nickte und zeigte auf das Gemälde daneben. »Was ist mit dem hier?«

»Das Gleiche.«

»Verdammt.« Er lachte leise. »Das hier trägt den Titel *Glücksgefühl.*« Er streckte seine Hand aus. »Ich bin Scott Sheridan und dies sind meine Bilder.«

»Ach du meine Güte, das tut mir sehr leid. Ich hatte nicht vor, deine Arbeit zu beleidigen. Es liegt vermutlich bloß an meiner Stimmung. In letzter Zeit bin ich etwas niedergeschlagen.«

Er lachte. »Ich bin nicht beleidigt. Kunst bringt unterschiedliche Menschen dazu, unterschiedliche Dinge zu empfinden. Solange ich dafür gesorgt habe, dass du etwas empfindest, habe ich meinen Job getan.« Er deutete zur Theke. »Darf ich dich auf ein Getränk einladen? Um ganz ehrlich zu sein, einer der Vorteile, seine Kunst hier auszustellen, ist, dass der Alkohol kostenlos ist, ich werde also nicht dafür bezahlen müssen.«

Ich lächelte. »Nein danke. Meine Freundin ist gerade losgegangen, um mir einen Drink zu besorgen.«

»Also dann, schauen wir mal. Bis jetzt habe ich dich gefragt, ob du meine Kunst magst, und dir angeboten, dich auf ein Getränk einzuladen. Sollte ich den Klischee-Hattrick abziehen und dich fragen, ob du aus der Nähe stammst?«

»Ich wohne in der Stadt. Und du?«

»L. A. Ich bin bloß zu Besuch hier.«

Ich machte ein langes Gesicht. *L. A.* Es war mir gelungen, mindestens ganze zwei oder drei Minuten nicht an Max zu denken. Zum Glück kam Maggie mit unseren Getränken zurück und ich musste das Gespräch nicht ohne Unterstützung fortsetzen.

»Wer ist das?« Sie reichte mir den Cocktail und nickte zu Scott.

»Scott ist einer der Künstler, die heute Abend ihre Werke ausstellen.«

»Freut mich, dich kennenzulernen, Scott.« Maggie legte den Kopf zur Seite und lächelte anzüglich. »Die hilfsbereite Barkeeperin hat mich tatsächlich gerade auf dich aufmerksam gemacht und mir geraten, mich von dir fernzuhalten. Sie sagte, du würdest ständig hierherkommen und vorgeben, einer der Künstler zu sein, der nicht in der Stadt wohnt, dabei bist du in Wirklichkeit ein Barista im Café Europa auf der achtundsechzigsten Straße.«

Der Kerl blickte finster drein, drehte sich auf dem Absatz um und entfernte sich.

Mir blieb der Mund offen stehen. »Ernsthaft? Was zur Hölle?«

Maggie schüttelte den Kopf. »Widerling. Ich verstehe manche Männer nicht. Haben die noch nichts von Tinder gehört? Dort gibt es Frauen, die ausschließlich nach einer Affäre suchen. Warum muss man dann solche Spielchen spielen?«

Ich schüttelte den Kopf. »Ich werde nie wieder mit irgendjemandem ausgehen. Ich hatte nicht im Geringsten Interesse an dem Kerl und trotzdem habe ich ihm geglaubt, dass er der Künstler ist und in L. A. lebt. Bin ich so gutgläubig?«

»Nein, er ist einfach nur ein Riesenarschloch.«

Ich seufzte und nippte an meinem Getränk. »Ich vermisse Max.«

»Ich weiß, Liebes.«

»Vielleicht habe ich einen Fehler gemacht, als ich ihm sagte, ich könne mich nicht mehr mit ihm treffen, bevor er am Ende des Sommers umzieht. Ich sollte mich betrinken und ihn anrufen, um Sex zu haben.«

Maggie zog eine Grimasse. »Er ist nicht mehr da. Ich bin mir ziemlich sicher, dass er heute früh abgereist ist.«

Ich zog die Augenbrauen zusammen. »Woher weißt du das?«

Sie kaute auf ihrer Unterlippe. »Ich wollte eigentlich nichts sagen, weil es den Anschein hatte, dass es dir jeden Tag ein wenig besser geht, aber ich habe ihn gestern gesehen.«

»Du hast ihn gesehen? Wo?«

»Auf der anderen Straßenseite von unserem Büro.«

»Was hat er auf der anderen Straßenseite gemacht?«

Maggie nahm einen Schluck von ihrem Getränk. »Unser Gebäude angestarrt.«

»Wovon redest du?«

Sie seufzte laut auf. »Ich habe um elf das Büro verlassen, um zur Druckerei zu gehen, erinnerst du dich?«

»Ja.«

»Nun, als ich nach draußen trat, fiel mir ein Mann auf der anderen Straßenseite auf. Er trug eine Baseballkappe und eine Sonnenbrille, aber ich hatte den Eindruck, er sieht aus wie Max. Ich dachte mir, ich würde es mir nur einbilden. Als ich eine halbe Stunde später zurückkam und um die Ecke bog, sah ich auf die andere Seite und der Typ stand immer noch dort und beobachtete einfach nur unser Gebäude. Also überquerte ich die Straße, bevor er mich bemerkte, um einen besseren Blick auf ihn zu werfen. Und tatsächlich, es war Max.«

»Ich verstehe nicht. Er stand einfach nur da?«

Sie nickte. »Ich sagte Hallo und fragte ihn, was er täte. Ich glaube, er wollte lügen, aber dann sagte er, er warte darauf, dass du herauskommst, um Mittagessen zu gehen. Ich sagte ihm, er solle reingehen und mit dir sprechen, weil wir Essen bestellt hätten. Aber er meinte, er wolle dich nicht stören und dass er nicht vorgehabt hätte, dich anzusprechen, wenn du irgendwann herausgekommen wärst. Er wollte dich nur noch einmal sehen, bevor er abreist.«

»Dann wollte er also einfach nur dort stehen und was tun? Mich wie ein Stalker heimlich beobachten?«

Maggie nickte.

Diese Geschichte ergab keinen Sinn. »Das ist alles, was er gesagt hat?«

»Ich fragte ihn, warum er nicht einfach reingeht und sich persönlich verabschiedet, woraufhin er antwortete, dass er es dir so nur noch schwerer machen würde. Ehrlich gesagt dachte ich, dass er recht hätte, und deshalb habe ich auch nichts gesagt, weil du gerade erst angefangen hattest, morgens nicht mehr mit verquollenen Augen zur Arbeit zu erscheinen.«

Ich schüttelte den Kopf. »Genau das verstehe ich nicht. Wenn ich ihm wichtig genug bin, um stundenlang vor unserem Gebäude zu stehen, nur um mich aus der Ferne zu sehen, wie kann er dann nicht zumindest *versuchen*, der Sache zwischen uns eine Chance zu geben?«

»Ich weiß es nicht. Ich wünschte, ich könnte dir eine Antwort geben.«

»War das alles? Weiter hat er nichts gesagt?«

»Ich fragte ihn, wann er abreist, und er sagte heute. Er hätte sein Abreisedatum vorverlegt und murmelte etwas von einem Benefizspiel in einigen Wochen, bei dem er zugesagt hatte zu spielen – als sei das der Grund dafür, dass er die Stadt verlässt.« Sie schüttelte den Kopf. »Daraufhin sagte ich ihm, dass er ein Feigling sei, der seinen Arsch nicht hochbekommt, und ließ ihn stehen.«

Ich lächelte traurig. Damit hatte sie recht.

»Bist du böse, weil ich nichts gesagt habe?«

»Nein. Ich verstehe, warum du es nicht getan hast. Ich weiß, dass du immer hinter mir stehst.«

Sie legte den Arm um meine Schultern. »Gut. Und jetzt trink aus. Denn heute Abend werden wir uns betrinken und jedem Mann einen Korb geben, der versucht, uns nahe zu kommen.«

Drei Stunden später hatten wir die Mission erfüllt. Es war kaum Mitternacht – die meisten jungen Leute gingen jetzt erst aus –, und ich lallte bereits und war bereit, schlafen zu gehen. Maggie begleitete mich zu meiner Wohnung, um sicherzugehen, dass ich gut nach Hause kam, und beschloss, auf meinem Sofa zu schlafen, anstatt zu ihrer eigenen Wohnung zu fahren, die auf der anderen Seite der Stadt lag. Sie nahm meine Lieblingsjogginghose und ein T-Shirt aus meiner Schublade und brachte mich, nachdem ich mich umgezogen hatte, wie ein Kind ins Bett.

»Bist du in Ordnung? Du wirst mich nicht ankotzen, oder? Brauchst du einen Eimer oder so?«

»Nur für meine Tränen.«

Sie grinste. »Glaubst du, dass deine Tränen von den ganzen Margaritas extra salzig wären?«

»Nein, denn ich habe Lemon Drop Martinis getrunken.«

»Scheiße, stimmt.« Sie kicherte. »Die hatten Zucker am Rand, kein Salz.«

»Kann ich dich etwas fragen, Mags?«

»Alles.«

»Glaubst du, dass Max seine Ex-Freundin liebt?«

Maggie verzog das Gesicht. »Wo kommt das denn auf einmal her? Du hast nie von einer seiner Ex-Freundinnen gesprochen. Hatte er vor Kurzem eine ernsthafte Beziehung?«

»Nein, nicht in letzter Zeit. Er war vor ein paar Jahren achtzehn Monate lang mit einer Frau zusammen. Aber ich habe versucht zu verstehen, warum er mir keinen Grund nennen wollte, warum er uns keine Chance geben will. Mir fiel nichts weiter ein, als dass er mich nicht verletzen will. So ähnlich wie du mir nicht erzählen wolltest, dass er gestern vor unserem Büro aufgetaucht ist. Wenn jemand dir wichtig ist, willst du ihm nicht unnötig wehtun. Vielleicht liebt er ja jemand anderen.«

Maggie runzelte die Stirn. »Ich bin mir nicht sicher, warum er nicht mit dir zusammen sein will. Aber eins weiß ich. Er hat das Beste verloren, das er jemals hatte.«

Meine Augen füllten sich mit Tränen. »Danke, Maggie.«

— Kapitel 28 —

Max

Zehn Jahre zuvor

»Ihr Jungs wollt mich wohl auf den Arm nehmen.« Meine Mutter betrat die Arztpraxis, warf einen Blick auf die blutigen Papiertücher, die ich mir an die Nase drückte, und schüttelte den Kopf.

Ich zeigte auf Austin. »Er hat angefangen.«

Austin sah Mom mit kranken Hundeaugen an. »Ich habe nicht einmal die Kraft, einen Streit anzufangen.«

»Oh, Liebling.« Mom streichelte Austin über den Rücken. »Fühlst du dich okay?«

»Ich bin der mit der blutigen Nase!«

Austin grinste mich hinter dem Rücken meiner Mutter an. *Was für ein Arschloch.*

Dr. Wallace betrat mit einem Klemmbrett in der Hand das Sprechzimmer. »Tut mir leid, dass ich Sie habe warten lassen.«

Mom setzte sich auf den Platz zwischen Austin und mich. Wir waren vor einigen Tagen nach Kalifornien geflogen, um wegen Austins Aneurysma eine zweite Meinung einzuholen. Ich war mitgekommen, um Austin Gesellschaft zu leisten, obwohl Mom die Sache in die Hand genommen hatte, nachdem ich ihn endlich davon überzeugen konnte, ihr zu erzählen, was los ist.

»Danke, dass Sie uns so kurzfristig einen Termin gegeben haben, Dr. Wallace«, sagte Mom.

»Selbstverständlich.« Er nahm hinter seinem Schreibtisch Platz. »Kommen wir doch gleich zur Sache, da Sie den langen Weg auf sich genommen haben und ich Sie schon habe warten lassen. Ich habe die Unterlagen durchgesehen, die Ihr Arzt in Boston mir geschickt hat, und ebenfalls einen Blick auf die CT-Bilder von letztem Monat und heute Morgen geworfen.« Dr. Wallace sah meinen Bruder direkt an. »Ich fürchte, ich stimme dem Befund von Dr. Jasper zu, mein Sohn. Dieses Aneurysma sollte entfernt werden.«

Mein Bruder runzelte die Stirn. »Was passiert, wenn ich nicht operiert werden will?«

Dr. Wallace öffnete seine Schublade und nahm etwas heraus, das aussah wie ein Strohhalm, an dem etwas herunterhing. Er lächelte. »Entschuldigen Sie die simple Demonstration. Meiner Erfahrung nach fühlen die Patienten sich überfordert, sobald ich das iPad nehme und anfange, die echte Anatomie zu zeigen. Manchmal funktioniert altmodische Einfachheit am besten. Ich hole diese Strohhalme bei McDonald's. Sie sind lang und dick und machen es mir einfach, meinen Ballon hindurchzufädeln.« Er hielt den Strohhalm waagerecht, wobei ein kleines Stück Latex aus einem Schnitt in der Mitte heraushing. Er deutete darauf. »Das ist die Arterie, die zu Ihrem Herzen führt.« Er zeigte auf das Latex, das herausschaute. »Das ist ein

Aneurysma.« Er hielt ein Ende des Strohhalms zu und führte das andere Ende an seinen Mund. »Mein Atem ist unser zirkulierendes Blut.« Als er in den Strohhalm blies, wurde der winzige Zipfel des heraushängenden Ballons größer. Er hielt die Luft im Halm, als er etwa die Größe einer Rosine hatte. »Das ist ein normaler Blutfluss. Aber jetzt sehen Sie, was passiert, wenn Sie anfangen, sich zu bewegen, und Ihr Blutdruck steigt.« Er blies fester in den Strohhalm und der Ballon wuchs auf die Größe eines Golfballs an. »Irgendwann dehnt dieser Ballon sich so weit aus, dass er zu dünn wird und platzen kann. Dann haben Sie nichts mehr, was das Loch verschließt, und das Blut fließt in den umliegenden Bereich Ihrer Herzkammern. Ich versuche nicht, Ihnen Angst zu machen, aber wenn das Aneurysma von allein platzt, wird es kompliziert und Ihre Chancen sind nicht annähernd so gut, wie wenn wir es sauber entfernen.«

»Wird es definitiv platzen?«

»Das können wir nicht sicher sagen. Einige Menschen verbringen ihr gesamtes Leben damit, nicht einmal zu wissen, dass sie ein Aneurysma haben. Viel ist von der Größe abhängig und davon, wie schnell es wächst. Wenn Ihres klein wäre, würde ich Ihnen vielleicht raten abzuwarten. Aber Ihres ist nicht klein. Es ist sehr groß. Und in dem Monat seit Ihrem ersten CT-Scan ist es noch größer geworden, mein Sohn.«

Austin sah Mom an. »Wie groß war das von Dad?«

Sie runzelte die Stirn. »Ich weiß es nicht.«

Er schaute zurück zum Arzt. »Wie lange beträgt die Genesungszeit?«

»Sie wären einige Tage im Krankenhaus. Die meisten Patienten können in vier bis sechs Wochen wieder normale Aktivitäten aufnehmen, es dauert aber zwei bis drei Monate, um vollständig zu genesen.«

Austin atmete tief ein. »Welche Risiken gibt es?«

»Die größten sind Blutungen und Entzündungen. Bei der Narkose besteht immer ein kleines Risiko, aber für jemanden Ihres Alters, der sich guter Gesundheit erfreut, ist das Risiko heutzutage relativ gering. Wir führen viele dieser Eingriffe durch.«

Mein Bruder sah zu mir hinüber. »Was würdest du tun?«

»Das habe ich dir schon gesagt. Ich würde es tun. Du willst nicht, dass es noch größer wird und dann während der Operation platzt, wie es bei Dad der Fall war. Und du hast bereits Schwierigkeiten, dich zu bewegen. Willst du so leben?«

»Nein, aber ich will *leben*.«

Ich schüttelte den Kopf. »Du kennst meine Meinung. Wenn du nicht so leben kannst, wie du willst, dann stirbst du bereits.«

Austin sah mich sehr lange an, bevor er nickte und sich wieder dem Arzt zuwandte. »Wie schnell können Sie den Eingriff durchführen?«

Dr. Wallace lächelte. »Ich werde mit der Schwester sprechen, die für die Planung zuständig ist, und Ihnen mitteilen, wann der nächste verfügbare Termin ist.«

»Vielen Dank, Dr. Wallace«, sagte Mom.

Er nickte. »Oh, eine Sache noch. Ich weiß nicht, ob Dr. Jasper mit Ihnen darüber gesprochen hat, aber Max und alle anderen Kinder sollten ebenfalls untersucht werden.«

»Ein CT-Scan für abdominale Aortenaneurysmen?«

Dr. Wallace nickte. »Aneurysmen im Allgemeinen. Ihr Mann hatte eins und nun auch Austin. Wenn zwei oder mehr Verwandte ersten Grades ein Aneurysma haben, empfehlen wir der gesamten Familie – Eltern und Kindern –, sich untersuchen zu lassen. Es besteht ein erhöhtes Risiko, dass andere Familienmitglieder etwas haben, das wir familiäre Aneurysmen nennen.«

Kapitel 29

Max

»Ich habe Karten für das Benefizspiel nächste Woche gekauft, bei dem du dabei bist«, sagte Mom. »Ich dachte mir, ich fliege einen Tag vorher und bleibe ein paar Tage in Kalifornien, um mir deine neue Bleibe anzusehen.«

»Ich habe dir doch gesagt, dass ich Freikarten bekommen habe. Ich habe nur vergessen, die E-Mail an dich weiterzuleiten.«

»Es ist für einen guten Zweck. Ich wollte dafür bezahlen.«

Ich nickte und stocherte in dem Schweinebraten herum, den sie jedes Mal kochte, wenn ich zu Besuch kam. Normalerweise war es mein Lieblingsessen.

»Bist du okay, Max?«

»Ja, es geht mir gut.«

Meine Mutter warf mir einen Blick zu, den meine Brüder und ich den *Mom-Blick* genannt hatten, als wir noch jünger waren. Er war besser als ein Wahrheitsserum. Keiner von uns wusste, wie sie es machte, aber mit einem Blick gelang es ihr, das aus uns herauszubekommen, was uns bedrückte. Es war, als kannte sie die Wahrheit und wartete nur geduldig darauf, dass wir damit herausrückten.

Ich seufzte und fuhr mir mit der Hand durchs Haar. »Ich vermisse Georgia.«

Mom tätschelte meine Hand. »Was ist passiert? Ich dachte, zwischen euch liefe es so gut und ihr hättet etwas Besonderes.«

Ich zuckte mit den Schultern. »Hatten wir.«

»Warum vermisst du sie dann? Steig in ein Flugzeug und besuche sie. Es dauert noch eine Weile, bis das Training beginnt, oder?«

»Ja. Aber sie will mich nicht sehen.«

»Hattet ihr beide Streit?«

Ich schüttelte den Kopf. »Nein, nichts dergleichen.«

»Was ist es dann?«

Ich runzelte die Stirn und sah zu meiner Mutter auf. »Ich will sie nicht verletzen. Wenn ... du weißt schon.«

Verständnis machte sich auf ihrem Gesicht breit. »Oh nein, Max. Hast du es mit ihr besprochen?«

Ich brauchte nicht einmal zu antworten. Ich sah meine Mutter bloß an und sie schloss die Augen.

»Max.« Sie schüttelte den Kopf. »Warum hast du es ihr nicht erzählt?«

»Weil Georgia unheimlich loyal und stur ist. Sie würde darauf bestehen, dass es keine Rolle spielt. Aber das würde es ... *falls*.«

»Dann hast du also die Entscheidung für sie getroffen?«

»Es war zu ihrem Besten.«

»Scheißdreck.«

Ich blinzelte ein paarmal. Meine Mutter fluchte *nicht*.

»Ich habe deine Entscheidung unterstützt, den Eingriff nicht durchführen zu lassen, weil es dein Körper ist und du es selbst wissen musst. Ich habe hinter deiner Entscheidung gestanden, weiter Eishockey zu spielen – obwohl es das Dümmste ist, was du tun kannst, weil du hundertmal pro Saison einen Schlag auf den Kopf bekommst und das problemlos einen Riss verursachen und dich umbringen könnte –, weil Eishockey die Liebe deines Lebens ist, seit du sprechen kannst. Aber ich werde nicht hier sitzen und tolerieren, dass du aus einem falschen Gefühl der Ritterlichkeit heraus einer Frau den Rücken kehrst, die du liebst, weil du sie beschützen willst. Liebst du Georgia?«

Ich nickte und ließ den Kopf hängen.

»Wie kannst du dann keine Rücksicht auf ihre Bedürfnisse nehmen? In eurer Beziehung gab es zwei Menschen, aber du verhältst dich, als seist du der einzige gewesen.«

»Ich versuche, das Richtige zu tun, Ma. Ich will das Beste für sie.«

Sie setzte sich wieder hin und atmete tief durch. »Ich verstehe, dass du ehrenhafte Absichten hast, aber es steht dir nicht zu, zu entscheiden, was das Beste für jemand anderen außer *dir* ist. Glaubst du, ich wollte nicht entscheiden, dass du kein Eishockey mehr spielen darfst, weil es zu riskant ist? Was, wenn ich zu deiner Mannschaft gegangen wäre und ihr von deinem Zustand erzählt hätte? Sie hätten dich vom Spiel ausgeschlossen. Du weißt, sie würden –«

»Das ist etwas anderes.«

»Warum?«

»Weil das, was ich tue, nur mir selbst wehtut.«

Meine Mutter starrte mich an. »Wirklich? Wenn du

also nach einem Stockschlag auf den Kopf tot auf dem Eis umfällst, wärst du der Einzige, dem es wehtut?«

Ich seufzte. Seit ich New York verlassen hatte, war ich vollkommen durcheinander. Ich hatte Georgia verloren und dann war Otto gestorben – gerade als er endlich beschlossen hatte, die Arbeit zu verlassen und Zeit mit seiner Familie zu verbringen. Mir ging der Gedanke nicht aus dem Kopf, dass er nie die Chance bekommen hatte, weil er zu lange gewartet hatte, und ich tat im Grunde genommen das Gleiche. Seit Austins Tod hatte ich nicht einmal infrage gestellt, ob ich die richtige Entscheidung traf. Bis vor Kurzem.

Ich sprach leise. »Vielleicht sollte ich den Eingriff einfach durchführen lassen.«

Die Augen meiner Mutter füllten sich mit Tränen. »Meinst du das ernst?«

Ich nickte. »Ich habe in letzter Zeit sehr viel darüber nachgedacht. Selbst wenn ich meine Karriere irgendwann beende, wird diese Ungewissheit weiterhin über mir schweben. Und es ... es ist größer geworden.«

Meine Mutter bekam große Augen. »Oh mein Gott, Max. Woher weißt du das?«

»Als ich vor etwa einem Monat in Kalifornien war, habe ich mich erneut untersuchen lassen. Ich bin zu demselben Arzt gegangen, der Austin operiert und alle unsere CT-Scans gemacht hat.«

»Seit deiner Diagnose war das der erste Besuch bei einem Arzt?«

Wieder nickte ich.

»Hast du Symptome?«

Ich schüttelte den Kopf. »Ich dachte bloß ... ich weiß nicht, was ich gedacht habe. Vielleicht habe ich gehofft, dass es verschwunden ist oder so. Aber ich wollte es wissen.«

Meine Mutter lächelte traurig. »Du wolltest es wegen Georgia wissen.«

»Vielleicht. Kann sein. Möglich.« Ich schwieg, weil sich in meinem Kopf ein Gewirr aus Gedanken befand. »Ich komme mir wie ein Feigling vor. Ich habe Austin überredet, sich operieren zu lassen, aber ich habe zu viel Angst, mich selbst unters Messer zu legen.«

Meine Mutter schüttelte den Kopf. »Wovon redest du? Du hast Austin dazu überredet?«

»Als Austin die Diagnose bekam, fragte er mich, was ich an seiner Stelle tun würde.« Ich schluckte und schmeckte Salz im Mund. »Ich sagte ihm, dass ich mich operieren lassen würde. Und ich hatte ihm versprochen, dass er nicht sterben wird.«

Mom musterte mein Gesicht. »Oh mein Gott. Und du trägst das alles seit Jahren mit dir herum? Warum hast du nichts gesagt?«

»Was sollte ich denn sagen? Hey, Ma, Austin ist meinetwegen gestorben?«

»Dein Bruder war sehr intelligent und er war zum Zeitpunkt seiner Operation außerdem einundzwanzig Jahre alt. Er hat die Entscheidung ganz allein getroffen. Ich weiß, dass er sich damit schwergetan hat, und wir haben sehr viel darüber geredet. Er hat seinem Arzt die gleiche Frage gestellt wie dir und sein eigener Arzt hat ihm gesagt, dass er den Eingriff durchführen lassen würde, wenn er in der gleichen Lage wäre.«

»Aber er hat mir vertraut.«

»Liebling, Austins Tod ist nicht deine Schuld. Das weißt du, nicht wahr?«

Als ich nicht antwortete, streckte meine Mutter den Arm aus und nahm meine Hand. »Austin war schon vom normalen Gehen außer Atem. Er beschloss, die Operation durchführen zu lassen, weil er nicht das Gefühl hatte, in dem Zustand, in dem er war, ein erfülltes Leben führen zu können. Ich weiß, dass ihr beide euch nahestandet, aber er hat diese Entscheidung *nicht* deshalb getroffen, weil du irgendetwas gesagt hast. Und niemand hätte voraussehen können, dass er bei seiner ersten Narkose eine seltene Reaktion auf das Betäubungsmittel haben würde.«

Ich schüttelte den Kopf. »Ich habe vielleicht keine Symptome, wie Austin sie hatte, aber der Verlust von Georgia gibt mir das Gefühl, als könne ich kein erfülltes Leben mehr führen.«

»Erzähl mir, was der Arzt dir dieses Mal gesagt hat.«

»Hauptsächlich das Gleiche wie vor zehn Jahren. Dass jede Operation Risiken birgt, aber dass das Risiko zu sterben ziemlich gering ist, da es sich heutzutage um einen Routineeingriff handelt und die Chancen rar seien, dass ich eine Reaktion wie Austin habe, weil ich zuvor bereits in Narkose war und keine Probleme hatte. Das Risiko für mich besteht darin, dass mein Aneurysma sich in dem Teil des Gehirns befindet, das für die Kontrolle der motorischen Fähigkeiten zuständig ist, wenn also eine Blutung auftritt, könnte es sein, dass ich Probleme mit meiner Stärke und Koordination bekomme.«

»Beim letzten Mal wurde dir gesagt, das sei nur vorübergehend.«

Ich nickte. »Ja, es hieß, dass ich es mittels Therapie wieder rückgängig machen könnte, sollte es passieren.

Aber sehen wir den Tatsachen doch ins Auge, ich bin neunundzwanzig. Die Wahrscheinlichkeit, dass ich es im Eishockey wieder dorthin schaffe, wo ich heute bin, ist gering. Der Unterschied in Geschwindigkeit und Beweglichkeit zwischen mir und dem nächsten Kerl, der meinen Job will, ist nicht besonders groß.«

»Was ist mit dem Risiko einer Ruptur?«

»Es ist erhöht, weil das Aneurysma gewachsen ist, aber in meinem Fall wird das Risiko dennoch nur als moderat eingestuft.«

»Moderat für normale Menschen, deren Blutdruck nicht jeden Tag beim Training in die Höhe getrieben wird, und für Menschen, die keine Stockschläge auf den Kopf erhalten.«

Ich antwortete nicht, denn natürlich hatte sie recht. Ich hatte schon immer gewusst, dass ich wegen meines Berufs dem erhöhten Risiko einer Ruptur ausgesetzt war. Aber Eishockey war mein Leben, deshalb hatte ich meine Entscheidung niemals infrage gestellt. Ich hätte alles riskiert, um zu spielen. Nur fühlte sich Eishockey in letzter Zeit nicht mehr wie die wichtigste Sache auf der Welt an.

Ich schüttelte den Kopf. »Ich weiß nicht, was ich tun soll. Ich kann mir nichts mit Georgia aufbauen, wenn ich weiß, dass ich mich jeden Tag einem Risiko aussetze. Das werde ich ihr nicht antun. Aber wenn ich mich operieren lasse, könnte es sein, dass ich vielleicht nie wieder professionell Eishockey spielen werde.«

Meine Mutter runzelte die Stirn. »Klingt ganz so, als hättest du eine ernsthafte Entscheidung zu treffen. Was ist dir wichtiger?«

• • •

Während der nächsten paar Tage ließ ich mich treiben. Ich hatte meinen Wagen von New York nach L. A. bringen lassen, doch er war noch nicht eingetroffen. Also mietete ich mir einen Jeep und fuhr mit meinen Hunden auf der Suche nach etwas an der Küste entlang. Wonach ich suchte? Das wusste ich nicht. Vielleicht suchte ich nach einer Lösung, einer Art Zeichen, das mir sagte, was ich tun sollte. Bis jetzt war mir aber noch nichts ins Auge gefallen.

Jeden Tag fuhr ich ohne jeglichen Plan los, so lange, bis ich etwas sah, das mich interessierte. Bis jetzt war ich in Malibu, im Sequoia Nationalpark und auf dem Santa Monica Pier gewesen. Ich konnte mir den Gedanken nicht verkneifen, dass Georgia und ich einige dieser Orte bei unserem nächsten Stadturlaub besuchen würden, wenn wir hier draußen zusammenleben würden.

Heute Morgen war ich nach Süden gefahren. Ich war mir nicht sicher, welche Stadt ich besuchen würde, aber als ich Schilder zu *Rosie's Hundestrand* sah, dachte ich mir, dass ich dieses Zeichen nicht ignorieren kann. Deshalb verbrachten die Jungs und ich den Nachmittag damit, am Wasser spazieren zu gehen, wo es erlaubt war, sie ohne Leine laufen zu lassen. Da sich nicht weit entfernt eine Einkaufsmeile befand, hielt ich im Anschluss daran dort an, um zu sehen, ob ich für die Hunde etwas Wasser und für mich etwas zu essen finden könnte.

Einen halben Block von meinem Parkplatz entfernt machte ich ein Hühnchenrestaurant mit Sitzgelegenheiten im Außenbereich ausfindig und nahm an einem Tisch Platz. Doch als wir nach unserer Mahlzeit aufstanden, sah ich zwei Geschäfte weiter einen Laden, der mich zweimal hinschauen ließ.

Eternity Roses.

Ernsthaft?

Wie groß war die Chance, dass ich direkt auf eins von Georgias Geschäften stoßen würde? Ich ging dorthin, starrte eine Zeit lang ins Schaufenster und sah mir die Ausstellungsstücke an, ohne sie allerdings tatsächlich wahrzunehmen, bevor ich eintrat.

»Ist es in Ordnung, wenn meine Hunde mit rcinkommen?«

Das Mädchen hinter dem Tresen lächelte. »Nur wenn ich mit ihnen spielen darf.«

»Abgemacht.«

Sie trat hinter dem Tresen hervor und Frick und Frack stürzten sich praktisch auf sie. Vier leckte ihr übers Gesicht und um sich nicht ausstechen zu lassen, lief Fred schnell im Kreis umher und jagte seinen Schwanz.

Die Verkäuferin lachte. »Ach du meine Güte, die sind ja zu süß.«

»Danke.«

»Kann ich Ihnen behilflich sein?«

Ich wollte nicht erklären, warum ich hereingekommen war, und dachte mir deshalb, ich könnte vielleicht meiner Mutter Blumen schicken, weil sie sich mein Gejammer neulich angehört hatte. »Ich werde mich erst einmal nur umsehen, wenn das in Ordnung ist. Ich möchte meiner Mutter Blumen schicken, bin mir aber noch nicht sicher welche.«

»Natürlich. Lassen Sie sich Zeit. Ich beschäftige diese zwei gern, während Sie einen Blick auf alles werfen.« Sie deutete auf eine Wand mit Glasregalen, auf denen verschiedene Gestecke ausgestellt waren. »Das sind allesamt Lagerstücke, die in allen Farben gefertigt werden können, die Sie wünschen. Aber wenn Sie etwas Spezielles im Sinn haben, können wir ebenfalls ein individuelles Gesteck anfertigen. Die Produktion dauert bloß zwei bis drei Tage länger. Ist es für einen speziellen Anlass, wie ein Geburtstag oder zur Genesung?«

»Vielmehr ein Danke-dass-du-es-mit-mir-aushältst-Geschenk.«

Sie lächelte. »Die sind immer toll. Am vorderen Tresen befindet sich auch ein iPad, wo Sie sich Anregungen bei den individuellen Bestellungen anderer Kunden holen können, und eine lustige Datenbank mit Botschaften, die von poetisch über süß bis hin zu komisch alles enthält.«

Ich erinnerte mich daran, dass Georgia sagte, es hätte ihr Freude bereitet, diese Nachrichten zu schreiben, als sie das Unternehmen gründete, und fühlte mich nach einem kurzen Blick durch den Laden zum iPad hingezogen.

Ich scrollte zu den Vorschlägen mit dem Titel *Einfach so*, klickte darauf und fing an zu lesen. Einige waren lustig, einige schmutzig und andere einfach nur kitschig. Ich lachte, als ich bei einer ankam, die von Maggie P. geschrieben war.

Beste Freunde sind so, wie sich in die Hose zu pinkeln.
Alle sehen es, aber nur du spürst die Wärme.

Das musste die Maggie sein, die ich kannte. Nach einer Weile hörte ich auf, die Nachrichten zu lesen, und scrollte einfach nur durch die Namen, um zu sehen, wer sie geschrieben hatte. Ich schätze, ich hatte gehofft, eine zu finden, die von Georgia verfasst worden war. Ich fand keine, aber als ich am Ende von Hunderten von Nachrichten angelangt war und eine von F. Scott Fitzgerald sah, erinnerte ich mich, wie Georgia gesagt hatte, dass sie seine Bücher mit Anmerkungen in der Nähe der Kasse ausgelegt hatte, weil seine Zitate für sie die Liebe einfach zusammenfassten.

Du warst

es

immer.
F. Scott Fitzgerald

Ich las es ein Dutzend Mal, wieder und wieder. Ich war mir nicht sicher, ob es das schillernde Zeichen war, nach dem ich gesucht hatte, aber es war ganz sicher die einfache Wahrheit. *Es war immer Georgia.* Und am Ende, *wann auch immer* dieser Tag kommen möge, wollte ich nicht reuevoll zurückblicken. Vielleicht waren diese vier einfachen Worte tatsächlich ein Zeichen.

Als ich später ins Auto stieg, um nach Hause zu fahren, beschloss ich, Georgias Ratschlag zu befolgen. Ich nahm mein Telefon zur Hand und scrollte durch meine Kontakte, bis ich bei einem der letzten ankam, dann tippte ich auf *Anrufen.*

»Hi. Hier ist Max Yearwood. Ich würde gern einen Termin bei Dr. Wallace machen.«

• • •

Einige Tage später fand das Benefiz-Eishockeyspiel statt. Ich hatte es als Ausrede benutzt, um meine Brüder dazu zu bringen, nach Kalifornien zu fliegen, und da meine Mutter gestern angekommen war, hielten wir uns alle unter einem Dach auf. Das passierte nur selten, außer an Weihnachten. Das Benefizspiel fing erst um neunzehn Uhr an und ich hatte geplant, allen meine Neuigkeiten beim Frühstück zu erzählen, war aber erneut mit pochenden Kopfschmerzen aufgewacht. Die letzten paar Tage waren stressig gewesen und mein Gehirn rächte sich dafür an mir. Also nahm ich einige Ibuprofen und verschob meine Ankündigung bis zum Mittagessen.

Als die Sandwiches und Salate, die ich bestellt hatte, geliefert wurden, versammelten sich alle um die Kücheninsel.

»Also ...« Ich räusperte mich. »Ich wollte mit euch sprechen, während ihr hier seid.«

»Du bist homosexuell, stimmt's?«, fragte mein Bruder Will und lehnte sich auf seinem Stuhl zurück. »Ich wusste es.«

»Was? Nein.«

»Wenn du wieder Glücksspiel betreibst, wirst du der Einzige sein, der lädiert *ins* Eishockeyspiel geht«, sagte Tate.

»Ich hoffe, du bist nicht in irgendeinen Belästigungsscheiß verwickelt«, sagte Ethan.

»Sexvideo.« Mein Bruder Lucas nickte. »Es ist definitiv ein Sexvideo. Ich will wirklich nicht, dass dein Gehänge überall in den Nachrichten gezeigt wird, Alter.«

Ich schüttelte den Kopf. »Was zum Teufel stimmt mit euch allen nicht?«

»Ich weiß, dass Will mir einmal entglitten und auf den Kopf gefallen ist«, sagte meine Mutter, »aber der

Rest von euch hat keine Entschuldigung. Lasst euren Bruder sprechen.«

Ich lachte. »Danke, Mom.«

In der Küche wurde es still und alle Blicke waren auf mich gerichtet. *Verdammt. Das hier ist nicht so einfach, wie ich dachte.*

Ich holte tief Luft. »Ich lasse mich nächsten Dienstag operieren.«

Weil meine Mutter besser Bescheid wusste als die anderen, verstand sie, bevor ich weitere Erklärungen lieferte. Sie kam zu mir und tätschelte meine Hand.

»Was für eine Operation?«, fragte Will. »Penisvergrößerung?«

»Nein, Blödmann. Die Art, die sie bei dir nicht durchführen können, weil dir das Organ fehlt. Eine Gehirnoperation. Ich habe beschlossen, das Aneurysma entfernen zu lassen. Es ist gewachsen und ich denke, es wird Zeit.«

»Oh Scheiße«, sagte Tate. »Bist du okay?«

Ich nickte. »Es geht mir gut.«

»Weiß dein neues Team schon Bescheid?«, fragte Ethan.

»Noch nicht. Ich werde es meinem Agenten morgen sagen. Ich dachte mir, er hat bestimmt einen guten Rat, wie ich damit am besten verfahre.«

»Was hat der Arzt dazu zu sagen?«, fragte Tate.

»Wer operiert dich?«, wollte Will wissen.

»Wie lange dauert die Genesung?«, meldete Ethan sich zu Wort.

Während der nächsten Stunde aßen wir zu Mittag und ich erzählte ihnen alles, was der Arzt gesagt hatte, und beantwortete alle ihre Fragen. Als meine gesamte Familie einen zufriedenen Eindruck machte, entschuldigte ich mich und ging ins Badezimmer, um mir noch mehr Ibuprofen zu holen. Dann stand ich draußen auf dem Balkon, wo ich in Ruhe frische Luft schnappte.

Mein Bruder Tate folgte mir nach draußen und sah zu, wie ich die Tabletten nahm.

»Was ist das?«

»Ibuprofen. Ich habe seit ein paar Tagen Kopfschmerzen, die einfach nicht weggehen.«

Er nickte. »Der Stress macht das mit dir.«

Ich trank eine Flasche Wasser aus. »Ich muss dich um einen Gefallen bitten«, sagte ich.

»Sprich.«

»Wenn etwas schiefgeht und ich es nicht ... du weißt schon. Du musst mir versprechen, dass du Georgia persönlich davon unterrichtest, bevor es an die Presse gerät.«

»Es wird nichts schiefgehen. Aber ja, natürlich. Du hast mein Wort.«

Ich atmete tief durch und nickte. »Danke.«

»Was, wenn alles glattgeht? Was wird dann aus euch beiden? Wirst du dann endlich den Arsch hochkriegen und versuchen, dein Mädchen zurückzugewinnen?«

Ich lächelte. »Versuchen? Du meinst wohl, du kannst versuchen, mich *aufzuhalten*.«

Tate legte mir seine Hand auf die Schulter. »Weißt du, wann du weißt, dass es echt ist?«

»Wann?«

»Wenn der Gedanke daran, ohne sie zu sein, dir nicht halb so viel Angst bereitet wie eine Gehirnoperation.«

—— Kapitel 30 ——

Georgia

Um sechs Uhr morgens öffnete ich die Tür zu meiner Wohnung und Maggie stürmte herein. »Hast du heute früh die Nachrichten gesehen?«

Sie trug eine Schlafanzughose mit großen roten Herzen und ein T-Shirt, auf dem *V steht für Valentinstag* stand, nur war das Wort *Valentinstag* durchgestrichen und darunter stand das Wort *Vodka*. Ihr Haar war auf dem Kopf aufgetürmt und das, was aussah wie die Wimperntusche von gestern Abend, war unter ihren Augen verschmiert.

»Nein, warum?«, fragte ich. »Und bist du so U-Bahn gefahren? Du siehst ein bisschen verrückt aus.«

Sie nahm ihr Telefon zur Hand. »Max wurde gestern verletzt.«

Mein Herz setzte aus. »Was? Wovon redest du?«

Sie tippte etwas ins Handy und reichte es mir. Eine Nachrichtensendung zeigte eine Eishockeyhalle, in der einige Spieler knieten, während Notärzte sich um einen Spieler kümmerten, der auf dem Eis lag.

»Während des heutigen Benefizspiels für die Alzheimerstiftung«, sagte der Reporter, »ist Max Yearwood, das neueste Mitglied der *LA Blades*, gestürzt. Er ging während des zweiten Drittels zu Boden, als er einen Schlagschuss ausführen wollte. Es gab keinen Kontakt mit einem anderen Spieler und soweit wir sehen können, war der Vorfall nicht verletzungsbedingt. Er wurde in die *Cedars Sinai* Klinik gebracht, wo er sich Angaben zufolge in ernstem, aber stabilem Zustand befindet. Bis jetzt gibt es noch keine Informationen darüber, was dazu geführt hat, dass der All Star das Bewusstsein verloren hat.«

»Oh mein Gott. Ernst, aber stabil? Was bedeutet das?«

»Ich habe es auf dem Weg hierher gegoogelt. Es heißt, dass er wegen seines Zustands vermutlich auf der Intensivstation liegt, seine Werte aber stabil sind.«

Ich war verzweifelt. »Intensivstation? Was kann nur passiert sein?«

»Ich habe keine Ahnung. Aber du hast heute Vormittag ein Treffen mit der Bank in der Innenstadt und ich hatte Angst, dass du es auf dem Weg dorthin erfährst und dich aufregst. Deshalb bin ich hergekommen, um es dir zu erzählen.«

Ich setzte mich und hielt Maggie ihr Telefon hin. »Was soll ich tun? Seine gesamte Familie wohnt außerhalb von Kalifornien. Was, wenn er allein ist? Soll ich hinfliegen?«

»Ich weiß es nicht. Ich meine, ihr seid nicht mehr zusammen. Du bist also eigentlich nicht mehr für ihn verantwortlich. Und es könnte sein, dass die Nachrichten den Vorfall übertrieben darstellen. Vielleicht ist er nur ohnmächtig geworden, weil er dehydriert war oder sich den Knöchel verletzt hat, was dazu geführt hat, dass er hingefallen ist und sich den Kopf angeschlagen hat.«

»Ja, könnte sein ...« Meine Brust fühlte sich eng an, das Atmen fiel mir schwer. »Vielleicht sollte ich ihn zumindest anrufen.«

»In Kalifornien ist es drei Uhr morgens.«

»Mist.« Ich seufzte. »Stimmt. Also, meine Besprechung ist um acht, vielleicht gehe ich einfach hin und wenn ich damit fertig bin, wird es ungefähr zehn sein, das heißt sieben Uhr dort, und dann werde ich anrufen und mich erkundigen, was los ist.«

»Okay.«

»Kann ich dein Telefon noch einmal sehen? Ich will mir das Video noch mal anschauen.«

Dieses Mal zoomte ich auf Max, der auf dem Eis lag, und ignorierte den Reporter. Er bewegte sich nicht. Er lag bloß da, vollkommen regungslos, während die Ärzte sich um ihn kümmerten. Das hinterließ bei mir ein schlimmeres Gefühl als zuvor. Wir waren vielleicht kein Paar mehr, aber ich hätte es mir nie vergeben, wenn etwas passierte. Es war meine Schuld, dass er überhaupt schon in Kalifornien war.

• • •

»Verdammt.« Ich fluchte leise vor mich hin, als ich die Treppe aus dem U-Bahnschacht hinaufstieg.

Max ging nicht an sein Telefon. Ich hatte ihn unmittelbar nach dem Ende meiner Besprechung vor zwanzig Minuten angerufen. Beide Male klingelte und klingelte es, nur um irgendwann an die Mailbox weitergeleitet zu werden. Beim ersten Mal hatte ich keine Nachricht hinterlassen, aber jetzt dachte ich, ich sollte es tun.

»Hi, Max. Hier ist Georgia. Ich habe heute Morgen in den Nachrichten gesehen, dass du auf dem Eis ohnmächtig geworden bist oder so. Es hieß, dein Zustand sei ernst, aber stabil. Ich will nur hören, wie es dir geht. Könntest du mich bitte zurückrufen oder mir eine SMS schreiben, wenn es dir möglich ist?« Ich machte eine kurze Pause. »Ich hoffe, es geht dir gut.«

Bis zu meinem Büro waren es zu Fuß zwei Blocks. Seit heute früh hatte ich einen Klumpen im Magen und dass Max nicht ans Telefon ging, machte alles nur noch schlimmer. Ich ging wie benebelt über den belebten Bürgersteig und erinnerte mich nicht an die Strecke von der U-Bahn zum Büro, als ich ankam. Während der dreißigsekündigen Aufzugfahrt zog mein Magen sich vor Angst zusammen. Ich hatte hier keinen Empfang und wollte Max' Anruf nicht verpassen, falls er sich melden sollte. Sobald die Tür sich öffnete, stürzte ich hinaus und überprüfte aufgeregt mein Handy – und genau das tat ich auch immer noch, als ich, ohne aufzublicken, an der Rezeption vorbeiging.

»Georgia?«

Die Stimme kam mir bekannt vor, ich konnte sie aber erst zuordnen, als ich mich umdrehte. »Tate?«

Zunächst war ich erleichtert, Max' Bruder zu sehen. Er würde mir Auskunft darüber geben können, was passiert war und wie es Max ging. Aber diese Erleichterung schwand, als mir bewusst wurde, wie Tate aussah. Sein normalerweise ordentlich frisiertes Haar war vollkommen zerzaust und an den Seiten war es so aufgebauscht, dass ich mir vorstellte, er hätte Stunden damit verbracht, an den Strähnen zu zerren. Unter seinen Augen waren dunkle Ringe und seine gebräunte Haut hatte eine fahle, graue Farbe. Mir wurde schlecht.

»Können wir reden?«

»Ist er okay? Ist Max okay?«

Tate runzelte die Stirn. Er sah zu der Rezeptionistin, die uns anstarrte. »Hast du ein Büro oder einen anderen Ort, an dem wir uns unter vier Augen unterhalten können?«

Meine Antwort kam verzögert, doch schließlich nickte ich. Ich musste mich sehr konzentrieren, um einen Fuß vor den anderen zu setzen und ihn in mein Büro zu führen. Als wir drinnen waren, schloss er die Tür hinter uns und ich drehte mich sofort um.

»Ist Max okay?«

»Können wir uns bitte setzen?«

Ich schüttelte den Kopf. »Du machst mir Angst, Tate. Ist Max okay?«

Er atmete zitternd aus und schüttelte den Kopf. »Er wird gerade operiert. Aber es sieht nicht besonders gut aus.«

Das Zimmer fing an, sich zu drehen, und ich hatte das Gefühl, ohnmächtig zu werden. Tate hatte recht gehabt. Ich musste mich setzen. Mit vor dem Bauch verschränkten Händen nahm ich in einem der Gästestühle vor meinem Schreibtisch Platz. »Was ist passiert?«

»Er hatte ein Aneurysma. Es ist geplatzt.«

Ich schlug die Hand vor den Mund. »Oh mein Gott. Ein Aneurysma wie Austin. Und euer Vater.«

Tate nickte und setzte sich auf den Stuhl mir gegenüber. »Ja. Aneurysmen können familiär bedingt sein. Nachdem wir erfahren hatten, dass Austin ein abdominales Aortenaneurysma hat, empfahl unser

Arzt, wir sollten uns alle untersuchen lassen. Max war der Einzige von uns, der auch eins hatte.«

»Als ihr herausfandet, dass Austin eins hatte, habt ihr euch alle einem Scan unterzogen? Max wusste also seit *zehn Jahren* davon?«

Tate nickte.

»Seins ist in seinem Gehirn. Es liegt in einem Bereich, der die motorischen Fähigkeiten kontrolliert. Hätte er es entfernen lassen, hätte das Risiko bestanden, dass er Schaden davonträgt ... und kein Eishockey mehr spielen kann.« Tate schüttelte den Kopf. »Das Verrückte ist, dass er es während der letzten zehn Jahre vermieden hat, einen Arzt aufzusuchen oder einen Scan machen zu lassen. Vor einem Monat hat er sich endlich dazu entschieden, einen neuen Scan durchführen zu lassen. Letzte Woche hat er einen Termin für die Operation gemacht. Am Dienstag hätte es ihm entfernt werden sollen. Aber das Aneurysma ist ihm gestern Abend während des Spiels geplatzt. Er litt die letzten paar Tage an Kopfschmerzen, hat es aber auf den Stress wegen der Operation geschoben. Es stellte sich heraus, dass es bereits blutete und die Kopfschmerzen Alarmzeichen waren.«

»Können die Ärzte es mit der Operation beheben?«

»Sie versuchen es. Die ersten vierundzwanzig Stunden sind die kritischsten. Die Ärzte sagten, seit es geplatzt ist, besteht eine vierzigprozentige Chance, dass er es nicht überlebt, und falls er es doch schafft, besteht eine fünfundsechzigprozentige Chance, dass er Schäden davonträgt – dabei kann es sich um eingeschränkte motorische Fähigkeiten handeln oder ... Schlimmeres.«

Ich erhob mich. »Fliegst du hin? Ich will ihn sehen.«

»Ich habe heute Morgen den ersten Flug genommen, um herzukommen und mit dir zu sprechen. Aber ich fahre danach sofort wieder zurück zum Flughafen.«

»Du bist den ganzen weiten Weg nur gekommen, um es mir zu erzählen?«

Tate nickte. »Als Max sich entschied, den Eingriff durchführen zu lassen, habe ich ihm das Versprechen gegeben, dass ich es dir persönlich sagen werde, falls es nicht gut laufen sollte. Du bist der Grund, dass er sich überhaupt für die Operation entschieden hat.«

»Ich? Aber wir sind nicht mehr zusammen.«

»Ich weiß. Sich operieren zu lassen bedeutete, dass er möglicherweise etwas verlieren könnte, das er liebt – Eishockey zu spielen. Jedes Mal wenn er aufs Eis gegangen ist, ist sein Blutdruck gestiegen und hat das Risiko einer Ruptur erhöht. Er wollte dich nicht in etwas hineinziehen, das so ungewiss war. Aber dann fand er etwas, das er noch mehr liebte als Eishockey – *dich*. Und er war bereit, das Risiko einzugehen, um dich nicht zu verlieren.«

Mir liefen Tränen über die Wangen. »Wir müssen gehen. Ich will dort sein, wenn er aus dem OP kommt.«

Tate nickte.

Auf dem Weg zum Flughafen suchte meine Assistentin uns den nächsten Flug, den wir nehmen konnten, und buchte uns Tickets, obwohl es knapp werden würde. Nachdem wir die Sicherheitskontrolle passiert hatten, eilten wir durch den Flughafen und versuchten, zum Gate zu gelangen, bevor die Türen geschlossen wurden. Ich glaube, keiner von uns atmete, bis wir im Flugzeug waren. Da wir in letzter Minute gebucht hatten, saßen Tate und ich nicht zusammen. Ich befand mich etwa zehn Reihen hinter ihm, aber die

Zeit, in der ich allein war, gab mir die Möglichkeit, alles zu verarbeiten, was er mir erzählt hatte.

Wie hatte ich all die Hinweise nicht deuten können? Ich hatte die Terminkarte eines Neurologen gefunden, als wir in Kalifornien waren, verdammt noch mal. Und Max hatte mir nie einen Grund nennen können, warum er der Sache mit uns keine Chance geben wollte. Jetzt ergab alles Sinn. Er wollte mich nicht verletzen, wenn er weiter Eishockey spielte und sich dabei einem Risiko aussetzte. Ich hätte erkennen sollen, dass er versucht hat, mich zu beschützen. Der Mann war eigensinnig und stur, aber auch großmütig und wunderbar. Ich konnte es nicht erwarten, ihm zu sagen, dass ich ihn liebte, fast genauso sehr, wie ich es nicht erwarten konnte, ihm für das, was er getan hatte, einen Einlauf zu verpassen.

Ich hoffte nur, dass ich die Chance bekommen würde, beides zu tun.

. . .

Das Gesicht von Max' Mutter hielt mich auf, als wir die Intensivstation betraten.

»Georgia?« Tate bemerkte einzig, dass ich nicht mehr neben ihm war, aber nicht, dass seine Mutter bleich wie ein Gespenst vor einem geschlossenen Vorhang stand. »Was ist los?«

Ich schüttelte rasch den Kopf, konnte aber keine Worte formulieren.

Er nahm meine Hand. »Es ist okay. Er hat es geschafft. Jetzt müssen wir einen Schritt nach dem anderen machen.«

Tate verfolgte meinen Blick und verzog das Gesicht, als er seine Mutter sah. »Scheiße.« Er fuhr sich mit der Hand durchs Haar. »Gib mir eine Minute.«

Ich wartete mitten in der Intensivstation, während Tate zu seiner Mutter ging. Sobald sie ihn sah, schlang sie die Arme um seine Schultern und fing an zu schluchzen.

Stille Tränen liefen mir übers Gesicht. *Er darf nicht ... Er darf einfach nicht.*

Tate löste sich aus der Umarmung und sprach mit ihr. Einmal sah er zu mir, als seine Mutter sich die Augen wischte, und hielt einen Finger hoch, bevor er hinter dem Vorhang verschwand. Als er wieder erschien, war er genauso blass wie seine Mutter. Ich beobachtete, wie er schluckte, bevor er wieder zu mir kam. Ich glaube, ich bewegte keinen einzigen Muskel, während ich wartete.

Er pustete die Wangen auf und blies die Luft aus. »Sie mussten ihn in ein künstliches Koma versetzen. Sein Gehirn schwillt an, was nach der Operation, die er hatte, normal ist, aber es war ihnen nicht möglich, es auf eine andere Weise zu stoppen. Im Grunde genommen mussten sie sein Gehirn ausschalten, damit es Zeit hat zu heilen.« Tate schnaubte. »Ich schätze, das macht Sinn. Wir konnten ihn immer nur davon abhalten, darum zu kämpfen, was er haben wollte, indem wir ihn umgehauen haben.«

»Wie lange werden sie ihn im künstlichen Koma belassen?«

»Das wissen sie nicht.«

Ich atmete tief durch und wischte mir die Tränen ab. »Kann ich ihn sehen?«

»Er sieht nicht gut aus, Georgia. Sein Gesicht ist angeschwollen und er ist an tausend Maschinen angeschlossen. Du kannst natürlich zu ihm gehen, aber du solltest dich vielleicht vorbereiten.«

Ich starrte auf den geschlossenen Vorhang, der den Mann umgab, den ich liebte. »Wie mache ich das?«

Tate runzelte die Stirn. »Ich wünschte, ich wüsste es.«

Wir gingen zu seiner Mutter. Sie lächelte und nahm mich in die Arme. »Danke, dass du gekommen bist.«

»Natürlich.«

Sie sah mir in die Augen. »Er liebt dich sehr.«

Ich lächelte traurig. »Das Gefühl beruht auf Gegenseitigkeit.«

Tate stellte sich neben mich. »Möchtest du, dass ich mitgehe?«

Ich schüttelte den Kopf. »Nein, ich brauche nur einen Moment.«

»Nimm dir alle Zeit, die du brauchst, Liebes.« Seine Mutter streichelte mir über den Rücken.

Nach einigen tiefen Atemzügen nickte ich und trat hinter den Vorhang.

Mein Herz hörte auf zu schlagen. Tate hatte mich gewarnt, aber nichts hätte mich auf diesen Moment vorbereiten können.

Max sah nicht aus wie Max. Wäre er nicht von einem Vorhang umgeben gewesen, hätte ich direkt an ihm vorbeigehen können, weiterhin auf der Suche nach dem starken, schönen Mann, den ich kannte. Seine Haut war grau und sein Gesicht war so angeschwollen. Er war mit unzähligen Schläuchen und Kabeln verbunden und sein Kopf war von den Augenbrauen aufwärts einbandagiert. Aber am meisten erschreckte mich sein ausdrucksloses Gesicht. Bis jetzt war mir nicht bewusst gewesen, wie sehr Max' Persönlichkeit sein Antlitz erhellt hatte. Ob es ein Lächeln war, ein Grinsen oder ein Stirnrunzeln, er war so lebhaft und ausdrucksstark. Jetzt sah er aus, als sei er …

Ich konnte mich nicht einmal dazu bringen, das zu denken.

Ich musste mich zusammenreißen und stark für ihn sein, bis er bereit war, allein zu kämpfen. Also trat ich ans Bett heran und nahm seine Hand.

»Hey. Ich bin's, Georgia. Du wirst gesund werden, Max. Du bist der stärkste Mensch, den ich je getroffen habe, und wir können es zusammen schaffen.« Ich holte tief Luft und drückte seine Hand. »Ich liebe dich, Max. Ich liebe dich mehr als alles andere und ich hatte nie die Möglichkeit, es dir zu sagen. Deshalb musst du dich erholen, damit ich dir in die Augen sehen und dafür sorgen kann, dass du es weißt.« Ich schüttelte den Kopf. »Außerdem muss ich dir einen Einlauf dafür verpassen, dass du mir das alles verheimlicht hast. Nur weil du eine kleine Gehirnoperation hattest, kommst du mir nicht so leicht davon. Ich bin mir sicher, das weißt du.«

Hinter mir raschelte der Vorhang. Tate trat ein. »Ich schaue nur, ob du in Ordnung bist.«

Ich nickte und sah zurück zu Max. »Bin ich. Wir werden beide in Ordnung sein.«

Während der nächsten zwölf Stunden blieben Max' Familie und ich an seiner Seite. Ärzte kamen und gingen, Krankenschwestern stellten Monitore neu ein und hingen neue Infusionsbeutel mit Medikamenten an, doch Max' Zustand blieb gleich. Es ging ihm weder besser noch schlechter. Die Ärzte sagten, sie erwarteten in Kürze keine Besserung. Es brauchte bloß Zeit, damit er sich ausruhen und gesund werden könne. Um Mitternacht versammelten Max' Brüder die ganze Familie und wir machten einen Zeitplan für die nächsten vierundzwanzig Stunden, damit immer jemand an seiner Seite wäre, aber auch jeder von uns etwas Schlaf bekäme. Tate, Max' Mutter und ich fuhren für einige Stunden zurück zu Max' Haus.

Aber als wir die Intensivstation verließen, fiel mir etwas ein. »Könnt ihr mir noch einen Moment geben?«

»Natürlich.«

Max' Bruder Will saß neben seinem Bett, als ich hinter den Vorhang trat.

»Soll ich dich eine Minute allein lassen?«, fragte er.

Ich schüttelte den Kopf und griff in meine Handtasche. »Nein, ich habe nur vergessen, das hier dazulassen.« Ich nahm Yoda heraus und stellte ihn auf den Tisch neben seinem Bett.

»Ist das eine von seinen Figuren?«

Ich nickte. »Ja, er hat sie mir an dem Abend gegeben, an dem wir uns kennengelernt haben.«

Will lachte leise. »Sollte ich Zweifel gehabt haben, dass du die Eine bist, dann hat das die Sache besiegelt. Er wusste es schon an dem Tag, an dem er dich zum ersten Mal traf.«

Ich lächelte. »Ich wusste es auch. Ich habe nur eine Weile gebraucht, um es mir einzugestehen.«

»Ich werde ein Auge auf den kleinen Kerl haben. Geh und ruh dich aus.«

»Gute Nacht, Will. Gute Nacht, Max.«

—— Kapitel 31 ——

Max

Sie schnarchte.

Das Erste, was ich sah, als ich die Augen öffnete, war Georgia. Ihr Kopf lag in meiner Halsbeuge in einem Krankenhausbett und ihr Körper lag zusammengerollt neben mir. Und sie schnarchte, verdammt.

Ich lächelte. *Das ist ab jetzt vielleicht mein absolutes Lieblingsgeräusch.*

Ich sah mich verwirrt in dem dunklen Zimmer um. Ich erinnerte mich nicht, wie ich hierhergekommen war, wenngleich ich irgendwie *wusste*, wo ich war. Erinnerungsfetzen kamen zurück.

Ich erinnerte mich, wie ich auf der Bank saß und vor dem Benefiz-Eishockeyspiel meine Schlittschuhe schnürte.

Ich erinnerte mich an Menschen, die mit mir sprachen, während ich schlief. Ich konnte sie hören, aber sie klangen sehr weit entfernt, als sprächen sie durch eine dichte Nebelwand.

Ich erinnerte mich an ein Piepsen. Und wie jemand mein Gesicht wusch. Und wie ich irgendwohin geschoben wurde. Und wie die Krankenschwestern und Georgia gelacht haben, während sie ... etwas taten. Und die Zahl sechsundneunzig. Was bedeutete sechsundneunzig?

Meine Kehle war trocken und mein Nacken tat mir weh, aber ich wollte mich nicht bewegen und Georgia aufwecken. Und ich war so verdammt müde. *So, so* müde. Ich musste für eine kurze Zeit wieder eingeschlafen sein, denn als ich aufwachte, schnarchte Georgia nicht mehr. Sie sah zu mir auf. Unsere Blicke trafen sich und ihre Augen wurden groß.

Sie setzte sich kerzengerade hin. »Heilige Scheiße! Max?«

Das Sprechen fiel mir schwer, weil meine Kehle so trocken war. »Du hast geschnarcht.«

»Machst du Witze? Du liegst seit Wochen im Koma und das Erste, was du nach dem Aufwachen sagst, ist: ›Du hast geschnarcht.‹?«

Ich lächelte. »Ich glaube, du hast auch etwas gesabbert.«

Georgia schlug sich die Hand vor den Mund und begann zu weinen. »Oh mein Gott, Max. Ich dachte, ich würde dich verlieren.«

»Pssst ... Komm her.«

»Ich denke, ich sollte die Schwester holen. Oder den Arzt. Oder beide.«

»In einer Minute. Leg dich zuerst wieder mit mir hin.«

Sie schüttelte den Kopf und weinte weiter. »Du bist tatsächlich wach. Ich kann nicht glauben, dass du wach bist. Ich habe Angst, mich hinzulegen, denn was, wenn ich träume und wieder einschlafe und das hier nicht wahr ist, wenn ich aufwache?«

»Hör auf mit dem Überanalysieren.«

»Hast du Schmerzen?«

»Ich fühle mich, als hätte mich jemand schlimm verprügelt. Aber das ist nichts Neues.«

Sie kuschelte sich wieder in meine Halsbeuge. »Ich bin so wütend auf dich. Du hättest es mir sagen sollen, Max.«

»Tut mir leid. Ich habe versucht, das Richtige zu tun. Ich werde es wiedergutmachen.«

»Oh, das wirst du, darauf kannst du dich verlassen. Die nächsten vierzig oder fünfzig Jahre.«

Ich lächelte. »Deine Version der Bestrafung ist meine Version des Paradieses, Süße.«

»Weißt du, wie lange du bewusstlos warst?«

Ich schüttelte den Kopf, erinnerte mich aber wieder an diese Zahl. »Waren es sechsundneunzig Tage?«

»Sechsundneunzig? Nein. Du warst achtzehn Tage lang bewusstlos. Wie kommst du auf sechsundneunzig?«

Ich zuckte mit den Schultern. »Ich erinnere mich daran, diese Zahl gehört zu haben.«

Georgia zog die Augenbrauen zusammen, bevor sich Verständnis auf ihrem Gesicht breitmachte. »Sechsundneunzig?« Sie deutete zum Fenster. »Du musst gehört haben, wie wir darüber gesprochen haben.«

Ich drehte den Kopf zum Fenster und kniff die Augen zusammen. Die gesamte Fensterbank war mit Action-Figuren vollgestellt. »Was ist das alles?«

»Das sind alle sechsundneunzig originale *Star Wars* Action-Figuren. Die ganz vorn ist der Yoda, den du mir an dem Abend gegeben hast, an dem wir uns kennengelernt haben. Aber alle anderen haben deine Mannschaftskameraden und Freunde dir geschickt. Einige der Ärzte haben dir auch welche mitgebracht.« Sie schüttelte den Kopf. »Ich kann nicht glauben, dass du gehört hast, wie wir uns darüber unterhalten haben, und dass du dich an das Gespräch erinnerst. Woran erinnerst du dich noch?«

Ich erzählte ihr von den Fetzen, die mir wieder eingefallen waren.

»Wow. Das ist fantastisch. Und ich kann nicht glauben, dass du wach bist, Max. Ich würde nichts lieber tun, als mich zu dir zu legen und mit dir zu kuscheln, aber ich denke wirklich, dass ich die Schwester holen sollte, um sicherzugehen, dass du okay bist. Und ich muss deine Mutter anrufen. Sie hat sich solche Sorgen gemacht. Wir alle haben das.«

Ich nickte. »Okay, aber komm zuerst her. Bring dein Gesicht näher an meins.«

Georgia beugte sich zu mir, sodass unsere Nasen sich berührten. Meine Arme fühlten sich an, als würden sie hundertfünfzig Kilo wiegen, doch es gelang mir, eine Hand an ihre Wange zu legen. Ihre Augen glitzerten vor Freude. »Ich liebe dich auch, Süße.«

Sie fasste sich an die Brust. »Du hast gehört, wie ich das zu dir gesagt habe?«

»Natürlich. Das hat mich weiterkämpfen lassen.«

• • •

Acht Tage später verließ ich endlich das Krankenhaus. Es dauerte eine weitere Woche, um meine Familie zu überzeugen, wieder nach Hause zu fahren. Ich hatte ein schlechtes Gewissen, dass alle einen ganzen Monat lang ihr Leben hinter sich gelassen hatten, aber ich konnte es ebenfalls nicht erwarten, mit Georgia allein zu sein.

Das mit dem Gehen klappte noch nicht so gut. Ich würde lange brauchen, um meine Kräfte wiederaufzubauen, und blieb deshalb auf dem Sofa sitzen, während Georgia den letzten Gast zur Tür brachte. Als sie zurückkam, war es still im Haus. Sie kam zu mir.

»Hörst du das?«, fragte ich.

Georgia blickte sich um. »Nein, was denn?«

Ich zog sie am Arm. »Das Geräusch von deinem Stöhnen.«

Sie kicherte. »Ich glaube nicht, dass ich gestöhnt habe.«

»Dann war es wohl nur eine Vorahnung.« Ich fummelte an dem Knopf ihrer Jeans herum. »Warum hast du so verdammt viele Klamotten an?«

»Ähh ... Vielleicht weil dein Bruder erst vor zwei Sekunden das Haus verlassen hat?«

Ich öffnete ihre Hose. »Ich hoffe, du hast die Tür abgeschlossen.«

»Du sollst vier bis sechs Wochen jede Anstrengung vermeiden.«

»Das bezieht sich auf vier bis sechs Wochen nach der Operation. Es sind mehr als dreißig Tage vergangen. Wir befinden uns in diesem Zeitfenster.«

Georgia biss sich auf die Lippe. »Ich will nicht, dass dir etwas passiert.«

»Wird es nicht. Weißt du wieso?«

»Wieso?«

»Weil du die ganze Arbeit machen wirst. Reite mich, Süße.«

Ich sah, wie das vertraute Feuer in ihren Augen entzündet wurde. »Okay, aber du musst mich wirklich die ganze Arbeit machen lassen. Du kannst nicht von unten in mich hineinstoßen, Max.«

Ich setzte eine unschuldige Miene auf und ergriff mit der Hand ihren Hals auf die Art, die ihr gefiel. »Wer, ich?«

Wie im Rausch entledigten wir uns unserer Kleidung. Zuerst Georgia, dann half sie mir beim Ausziehen. Ich hätte es auch selbst geschafft, aber ich liebte es, sie vor mir auf Knien auf dem Boden zu sehen, wie sie mir die Hose herunterzog. Mit den Fingernägeln kratzte sie über meine Oberschenkel, als sie mir die Boxershorts auszog, dann kletterte sie auf mich und setzte sich rittlings auf mich. Ich spürte die Feuchte ihrer Muschi an meiner Schwanzwurzel.

»Ich will dich«, stöhnte ich. »Ich *brauche* dich, verdammt.«

»Ich brauche dich auch.«

Georgia legte mir die Hände auf die Schultern und kniete sich über mich. Ich griff zwischen uns, streichelte meinen Schwanz und fuhr mit der Spitze durch ihre feuchte Öffnung. Sie lächelte und beugte sich nach vorn, um mich zu küssen, während sie sich langsam auf mich setzte. Ich musste meine ganze Willenskraft aufbringen, um nicht die Hüften nach oben zu drücken und die Kontrolle zu übernehmen. Von dem Bedürfnis, sie bis zur Besinnungslosigkeit zu vögeln, zitterten meine Arme.

Sie bemerkte es. »Bist du okay?«

»Es ging mir nie besser, Süße.«

Sie brauchte einen Moment, um sich abzustützen, dann fing sie an, vor und zurück zu schaukeln, und sie nahm mich so verdammt tief in sich auf. Es fühlte sich an, als würden Himmel und Hölle sich vereinigen. Diese Frau war die Liebe meines Lebens und es war eine Qual, sich zurückzuhalten.

Sie bog den Rücken durch, ergriff meine Knie hinter sich und kreiste mit den Hüften. Als sie meinen Namen stöhnte, verlor ich die Beherrschung. Ich drehte einfach durch. Scheiß drauf, es langsam angehen zu lassen. Wenn ich sterben würde, wollte ich genau so sterben, wie ich jetzt war – bis zur Schwanzwurzel in der Frau vergraben, mit der ich vorhatte, den Rest meines Lebens zu verbringen. Ich fing an zu stoßen, begegnete jedem Schaukeln mit einem Gegenstoß und fiel in einen Rhythmus, der nur uns gehörte.

»Max …«, schrie sie.

»Ich bin hier bei dir, Baby.«

Wir rasten gemeinsam auf den Abgrund zu. Nichts hatte sich jemals so gut angefühlt. So richtig. So echt. Georgia drückte mich fester und schob die Finger in mein Haar, während sie immer und immer wieder meinen Namen sagte. Dann rollten ihr die Augen im Kopf nach hinten und ich sah zu, wie ihr Orgasmus sie in die Tiefe riss. Als ihr Körper schlaff wurde, stieß ich ein letztes Mal nach oben und ließ los.

Danach keuchten wir beide. Es hatte vielleicht nur wenige Minuten gedauert, aber es war der verdammt beste Orgasmus meines Lebens. Georgia sackte auf meinem Schoß zusammen und ich streichelte ihr übers Haar.

»Bist du okay? Hast du Schmerzen?«, flüsterte sie.

Ich küsste sie auf den Kopf. »Es geht mir gut, ehrlich.«

Sie seufzte. »Weißt du, ich bin immer noch wütend auf dich.«

»Wenn du mir so zeigst, dass du wütend bist, werde ich dafür sorgen, dich sehr oft zu verärgern.«

Sie gab mir einen Klaps auf die Schulter. »Du hast mich sitzen lassen. Und mir das Herz gebrochen.«

»Ich weiß. Und ich verspreche dir, dass ich jeden Tag damit verbringen werde, es wiedergutzumachen.«

Mein Bruder hatte Georgia erzählt, dass ich, unmittelbar bevor alles passiert war, die Entscheidung getroffen hatte, mich operieren zu lassen. Aber mir wurde klar, dass sie vermutlich nicht wusste, wie ich zu dieser Entscheidung gelangt war.

»Hat Tate dir von meinem Ausflug nach Long Beach erzählt?«

Sie sah auf und rümpfte ihre kleine Nase. »Long Beach? Nein. Aber dort habe ich meinen Laden.«

»Ich weiß. Als ich hier ankam, hatte ich echte Schwierigkeiten. Es fühlte sich an, als hätte ich nicht die richtige Entscheidung getroffen, ich konnte aber nicht riskieren, dass du verletzt wirst. Also fing ich an, lange Autofahrten zu unternehmen, um den Kopf freizubekommen. Eines Tages fand ich mich in Long Beach wieder. Ich ging mit den Hunden am Strand spazieren, hielt an, um ihnen Wasser zu besorgen, und stieß direkt auf deinen Laden.«

»Wirklich?«

»Ja. Ich ging hinein und sah mich um. Die Dame, die dort arbeitete, zeigte mir die Gestecke und erwähnte, dass du eine Datenbank mit Nachrichtenvorschlägen für die Karten hast. Ich erinnerte mich, dass du sagtest, du hättest Zitate vorgeschlagen für die Kunden, die nicht gut darin waren, Nachrichten zu verfassen.«

»Das stimmt. In meinem ersten Laden lagen einige Bücher von F. Scott Fitzgerald aus, die ich mit einem Register versehen und darin die Zitate markiert hatte, die mir besonders gut gefielen.«

Ich nickte. »Ich bin kreuz und quer herumgefahren und habe versucht herauszufinden, was ich tun soll. Es stellte sich heraus, dass die Antwort in einem der Zitate lag, das du vor Jahren ausgesucht hast.«

»Ach ja?«

»Ja. *Du warst es immer.*«

Ihre Augen füllten sich mit Tränen, als sie lächelte. »Du warst es auch immer.«

— Epilog —

Georgia

Zwei Jahre später

Heute war ein bittersüßer Abend.

Ich stand am Fenster der Stadionloge, die dem Teambesitzer gehörte, und sah hinunter aufs Eis. Auch Max' gesamte Familie war hier und wuselte irgendwo hinter mir herum. Ich wäre lieber weiter unten gewesen, aber Celia und Miles Gibson hatten darauf bestanden, alle für den großen Abend einzuladen, und ich konnte einfach nicht Nein sagen. Streng genommen war Miles Max' Boss, aber Celia und ich waren ebenfalls gute Freundinnen geworden. Die beiden luden mich regelmäßig dazu ein, mir die Spiele mit ihnen von hier oben anzusehen, aber seit Max wieder aufs Eis zurückgekehrt war, verspürte ich das Bedürfnis, näher an der Spielfläche sein zu müssen.

Max hatte zwei schwierige Jahre mit vielen Höhen und Tiefen hinter sich. Nach seiner Operation dauerte es fast ein ganzes Jahr, bis er wieder in der Lage war,

Eishockey zu spielen. Und selbst nach zahllosen Stunden Physiotherapie und Training, um seine Kräfte wiederzuerlangen, war Max der Erste, der einem erzählte, dass er zwar fit genug sei, um sich die Schlittschuhe zu schnüren, aber nicht mehr der Spieler von früher war. Das geplatzte Aneurysma hatte einige langfristige Probleme verursacht, wovon die Schlimmsten eine Gewebeschädigung und ein Nervenschaden in seinem Hals waren, die die Regenerationszeit nach jedem Spiel länger und länger machten.

Deshalb bestritt er heute Abend sein letztes Spiel. Im reifen Alter von einunddreißig Jahren trat Schönling Yearwood in den Ruhestand. Es war seine Entscheidung gewesen, die nicht auf Drängen des Teams erfolgt war, und genau so wollte er sich auch verabschieden – nach seinen eigenen Regeln.

Er ging allerdings nicht allzu weit weg. Während des Jahres, in dem Max nicht spielen konnte, hatte er trotzdem jedes Training und Spiel besucht. Er war zu einer Art inoffiziellem Co-Trainer für die Mannschaft geworden und während dieser Zeit hatte der Trainer erkannt, dass Max Fähigkeiten besaß, die sowohl auf dem Eis als auch abseits davon wertvoll waren. Max zog sich ab heute also als aktiver Spieler zurück, aber ab September arbeitete er für die Blades als Kraft- und Konditionstrainer. Seine Aufgabe war es, die Sportler zu Höchstleistungen zu bringen – etwas, worüber er besser als irgendjemand anderes Bescheid wusste. Das Beste an dieser Veränderung war, dass er nur während des Trainings arbeiten musste und somit nicht mehr den verrückten Reiseplan eines Spielers hatte.

Was mich betraf, so hatte ich immer noch mein Büro in New York, allerdings arbeitete ich mittlerweile hauptsächlich von Kalifornien aus. Das tat ich seit dem Tag, an dem ich hierhergeflogen war, um nach Max' Operation bei ihm zu sein. Zunächst hatte ich es getan, weil er mich während seiner Genesung brauchte, aber mit der Zeit hatte ich mich ein wenig in Kalifornien verliebt. New York würde immer einen Platz in meinem Herzen haben, aber ich liebte die entspannte Atmosphäre hier so sehr. Max beinahe verloren zu haben hatte mich eine Menge über Prioritäten gelehrt. Es stellte sich heraus, dass mein Zeitplan für eine Beziehung ganz und gar nicht zu voll war, dennoch musste meine Beziehung die erste Sache sein, die ich einplante, und nicht die letzte.

Die Schlusssirene ertönte und meine Augen füllten sich mit Tränen. Da das Team nicht um einen Playoff-Platz gekämpft hatte, änderte der Sieg heute Abend nichts an ihrem Saisonergebnis – wenngleich ich mir sicher war, dass er dazu beitrug, die gute Stimmung zu erhalten. Max wurde von allen seinen Teamkameraden umringt, die hüpften und das Ende einer zehnjährigen Karriere feierten. Normalerweise verließen die Fans die Halle nach Spielende so schnell wie möglich, aber heute Abend verließ niemand seinen Platz. Alle warteten darauf, dass Max seinen Stock über den Kopf hob und eine letzte Runde drehte. Als er es tat, brachen die Zuschauer in Jubel aus und feierten ihn mit stehenden Ovationen.

Ich konnte nicht aufhören zu weinen, während ich zusah. Auf dem Großbildschirm wurde auf sein lächelndes Gesicht gezoomt, als er übers Eis glitt und winkte, und als er zu dem Bereich kam, über dem ich saß, schaute er nach oben, zwinkerte und zeigte seine Grübchen, die mir immer noch weiche Knie bereiteten. Der Kreis hatte sich tatsächlich geschlossen –

angefangen an dem Abend, an dem wir uns zum ersten Mal begegnet waren und ich sah, wie sein Gesicht diesen Bildschirm erhellt hatte, bis zum heutigen Tag, an dem seine Karriere vorbei war und das, was auch immer auf uns zukommen würde, seinen Anfang nahm. *Das beste Blind Date aller Zeiten.*

Max' Bruder Tate kam zu mir und legte mir den Arm um die Schultern.

»Hör auf, dir Sorgen zu machen. Er ist glücklich«, sagte er. »Während der ersten Monate, in denen es unklar war, ob er in der Lage sein würde, wieder aufs Eis zurückzukehren, war ich mir nicht sicher, wie er es überleben würde, nicht spielen zu können. Aber jetzt hat er damit seinen Frieden gemacht – und das hat er zu einem großen Teil dir zu verdanken, Georgia. Du hast ihm klargemacht, was wichtig ist, und er freut sich riesig darauf, Austins Idee mit den lebensgroßen Holzblöcken in die Tat umzusetzen. Er hat mir gesagt, dass du ihm helfen wirst. Mann, wenn ihr damit nur halb so erfolgreich werdet wie du mit deinen Rosen, werdet ihr Austin stolz machen.«

Ich wischte mir die Tränen ab. »Mein Make-up ist bereits ruiniert. Mach es nicht noch schlimmer, Tate.«

Er lächelte und drückte meine Schulter. Eine Minute später stand Maggie auf der anderen Seite neben mir. Sie war nun mit einem von Max' Mannschaftskameraden zusammen. Die beiden hatten sich letzten Sommer bei einer Grillparty bei uns zu Hause kennengelernt und waren seitdem unzertrennlich. Für mich war das super, weil sie dadurch viel Zeit in Kalifornien verbrachte und wir manchmal sogar zusammen zu Auswärtsspielen fuhren.

»Wie schlägst du dich?«, fragte sie.

Ich seufzte. »Genau so, wie du es erwarten würdest.«

Meine beste Freundin lächelte. »Willst du mit mir runter zum Eis gehen? Celia meinte, dass Miles einige Worte sagen wird. Du solltest dort sein, wenn Max die Spielfläche verlässt.«

Ich nickte. »Ja, lass uns das machen.«

Maggie und ich zeigten unsere Pässe, die uns Zutritt zu allen Bereichen gewährten, und begaben uns nach unten zum Eis, wo wir neben dem Ausgang warteten. Die Spieler feierten immer noch, als Teambesitzer Miles Gibson die Eisfläche betrat. Er hielt ein Mikrofon in der Hand und bedeutete allen, sich zu beruhigen, während er Max zu sich in die Mitte des Spielfeldes winkte.

»Guten Abend allerseits. Ich denke, ich muss Ihnen nicht erzählen, dass dieser Kerl heute Abend sein letztes Spiel als Profi bestritten hat. Max Yearwood geht nach einer zehnjährigen Karriere mit sechshundertzweiundsiebzig Toren vom Eis. Damit gehört er zu den Top Fünfzehn der besten Torschützen aller Zeiten und konkurriert mit Spielern, deren Laufbahn doppelt so lang war.«

Eine Frau auf den Rängen schrie: »Ich liebe dich, Schönling!«

Das löste schallendes Gelächter aus und viele andere bekundeten ebenfalls ihre Liebe. Max schüttelte den Kopf, sah zu Boden und rieb sich den Nacken, als sei es ihm peinlich. Aber ich wusste, dass sein Ego jeden Moment des Abends genossen hatte.

Irgendwann gelang es Miles, die Menge wieder unter Kontrolle zu bringen. »Meine Güte, und es wird gesagt, Männer seien schlimm.« Er lachte. »Aber in diesem Sinne möchte ich Max einfach nur für seine

Hingabe zur Mannschaft danken. Obwohl er erst seit zwei Jahren bei uns ist, ist er zu einem festen Bestandteil der Blades-Familie geworden. Und wir freuen uns sehr, Ihnen mitteilen zu können, dass Sie diesen Mann nächstes Jahr zwar nicht mehr auf dem Eis, aber dafür an der Seitenlinie sehen können. Max Yearwood verlässt uns heute als Spieler, doch er stößt in der kommenden Saison als Trainer zu uns.«

Wieder drehte die Menge durch. Miles ließ sie eine Zeit lang jubeln, dann beruhigte er sie ein weiteres Mal. »Da es den Anschein hat, als hätten die Menschen weniger Interesse an mir als an dem Mann neben mir, werde ich das Mikrofon nun an den Mann der Stunde weiterreichen. Meine Damen und Herren, hier ist Max Yearwood.«

Oh wow. Ich hatte keine Ahnung, dass Max eine Rede halten würde, und ihm ging es vermutlich ähnlich. Wenn er sich dessen bewusst gewesen war, dann hat er es nicht erwähnt. Ich wäre weiß Gott durchgedreht, wenn ich so in Verlegenheit gebracht worden wäre. Öffentliche Vorträge zu halten war die eine Sache, die ich auf meiner Zu-erledigen-Liste des Sommers, die ich Max gegeben hatte, nicht abgehakt hatte.

Aber diese Situation schien Max nicht zu stören. Er nahm das Mikrofon und winkte der Menge als der natürliche Entertainer zu, der er war. »Vielen, vielen Dank«, sagte er und fuhr sich mit der Hand durchs Haar. »Meine Güte, ich dachte, es sei einfacher. Aber es fällt mir schwer, mich von etwas zu verabschieden, das seit meinem vierten Lebensjahr mein gesamter Lebensinhalt war.« Er sah sich in der Halle um. »Ich erinnere mich immer noch an das erste Eishockeyspiel, das ich jemals besucht habe. Ich bin einer von sechs

Jungs und für gewöhnlich nahm mein Vater die älteren Kinder mit zu den Spielen, aber es war mein Geburtstag – der große vierte. Also nahm er stattdessen mich und meinen nächstälteren Bruder Austin mit.« Max hielt inne und atmete tief durch. Er blickte einige Sekunden lang hinunter aufs Eis und dachte vermutlich daran, dass beide von ihnen nicht mehr hier waren. Als er wieder aufsah, schluckte er und deutete auf den oberen Rang. »Wir saßen in der vorletzten Reihe. Ich erinnere mich, dass ich während des gesamten Spiels gespannt auf meinem Platz saß und fasziniert davon war, wie schnell die Spieler Schlittschuhlaufen konnten. An jenem Tag sagte ich zu meinem Vater, dass ich Eishockeyspieler werden wolle.« Max klopfte sich auf die Brust. »Mein Vater berührte mich hier und sagte: ›Okay. Aber das ist es, was einen Eishockeyspieler ausmacht, mein Sohn. Schlittschuhlaufen kann jeder.‹ Siebenundzwanzig Jahre sind seit jenem Tag vergangen und das sind vermutlich immer noch die wahrsten Worte, die ich je über diesen Sport gehört habe. Beim Eishockey geht es einzig um das Herz.«

Er machte eine Pause, holte erneut tief Luft und klopfte sich noch einmal auf die Brust. »Dieses Herz hat mich in diesem Jahr wieder hierhergebracht. Aber dieses Herz weiß ebenfalls, dass es Zeit ist zu gehen. Deshalb möchte ich mich heute bei Ihnen allen für die Jahre bedanken, die Sie mir geschenkt haben. Sie alle sind zu meiner Familie geworden – und deswegen ist es nur passend, dass ich meine Karriere auf dem Eis damit beende, Ihnen einen Teil meines Herzens zu schenken.«

Er drehte sich zu der Seite der Spielfläche, an der ich stand, und lächelte. »Könnte bitte jemand helfen, mein Mädchen zu mir zu bringen? Sie ist nicht besonders gut auf dem Eis, weder auf Kufen noch in den sexy Schuhen, die sie heute Abend trägt.«

Meine Augen wurden groß. Aber bevor ich in allzu große Panik ausbrechen konnte, hatte einer von Max' Mannschaftskameraden bereits die Tür zur Eisfläche geöffnet und zwei andere kamen angefahren und streckten mir helfend ihre Hände hin. Ich drehte mich hilfesuchend zu Maggie um, doch sie lächelte bloß.

»Geh und hol dir deinen Mann, Freundin.«

Bevor ich verstand, was passierte, schritt ich unter Begleitung von zwei großen Männern auf Schlittschuhen bereits über das Eis. In der Mitte der Eisfläche übergaben sie mich an Max und fuhren davon.

Max sah mir einmal ins Gesicht und lächelte. »Drehst du gerade durch?«

Ich nickte, was ihn nur zum Lachen brachte.

Ich blickte zu den Rängen auf, zu all den Augenpaaren, die mich beobachteten, und die dröhnenden Stimmen schienen alle gleichzeitig zu verstummen. In der Halle wurde es so still, man hätte eine Stecknadel fallen hören können. Ich war mir nicht sicher, ob ich es mir einbildete oder nicht, aber als ich mich wieder zu Max umdrehte, wurde mir klar, was alle zum Schweigen gebracht hatte. Max war hinunter auf ein Knie gegangen.

Oh mein Gott. Ich schlug mir meine zitternde Hand vor den Mund.

Max zog meine andere an seine Lippen und küsste sie. »Georgia Margaret Delaney, ich bin verrückt nach dir seit dem Abend, an dem ich mich in dein Blind Date eingemischt habe.«

Ich schüttelte den Kopf. »Das liegt daran, dass *du* verrückt bist.«

Max drückte meine Hand. »Das Einzige, das es mir erträglich macht, meine Eishockeykarriere zu beenden, ist, dass du auf der anderen Seite auf mich wartest. Du hast mir so viel mehr gegeben, als ich jemals für möglich gehalten hätte. Du gibst mir Kraft und Mut zur Veränderung – nicht nur in Bezug auf meine Karriere, sondern als Mann. Ich will mit dir alt werden, Georgia.«

Er hob etwas auf, das neben ihm auf dem Eis lag, eine schwarze Ringschachtel aus Samt und … einen Yoda. Max hatte mittlerweile eine ziemlich große Sammlung von Yodas, ganz besonders nach seinem Krankenhausaufenthalt, aber dem, den er in der Hand hielt, fehlte ein kleines Stückchen am Ohr. Er sah aus wie der, den ich seit unserer ersten Begegnung jeden Tag mit mir herumgetragen hatte. Max fiel auf, wie ich ihn anstarrte.

»Ja, das ist deiner. Ich habe ihn mir gestern Abend aus deiner Handtasche geborgt, als du nicht hingesehen hast. Ich dachte mir, dass ich so viel Glück gebrauchen könnte, wie ich nur kriegen kann.« Er zwinkerte. »Du brauchst das Glück nicht. Du hast bereits mich.«

Max berührte meine Wange und mir fiel auf, dass seine Hand zitterte. Trotz seines riesigen Selbstbewusstseins und dreisten Stolzes war mein großer, harter Kerl nervös. Mein Herz schmolz noch etwas mehr. Er atmete noch einmal tief ein und blies lächelnd die Luft aus, bevor er die Ringschachtel öffnete. Im Inneren befand sich ein funkelnder Diamant im Smaragdschliff.

»Georgia, du bist der Grund, dass ich jeden Morgen und jeden Abend ein Lächeln im Gesicht habe. Heute bitte ich dich, es für immer dorthin zu zaubern. Willst du das, Süße? Willst du mich heiraten und mich zum glücklichsten Mann auf der Welt machen?«

Ich beugte mich zu ihm, nahm sein Gesicht in die Hände und drückte meine Stirn an seine. »Ja! Ja, ich will dich heiraten.«

Max presste seine Lippen auf meine. Irgendwo in der Ferne hörte ich das Gebrüll der Menge.

Als wir unseren Kuss unterbrachen, flüsterte er: »Ich liebe dich, Babe. Wir haben es weit gebracht von meinem Sommer-Vorschlag bis zum echten Antrag, was?«

»Das haben wir auf jeden Fall.«

»Ich bin *wirklich* verdammt erleichtert, dass du über diese Entscheidung nicht ewig nachdenken musstest.«

Ich lächelte. »Ich muss nur über Sachen nachdenken, die unsicher sind. Bei dir habe ich nur eine einzige Frage in Bezug auf unser gemeinsames Leben: Wie schnell können wir anfangen?«

Danksagungen

Ein Dankeschön an Sie – meine *Leserinnen und Leser*. Danke, dass Sie mich auf diesem Weg treu begleiten. Ich hoffe, die Geschichte von Max und Georgia hat es Ihnen gestattet, eine kurze Weile auszubrechen, und Sie kommen schon bald wieder, um herauszufinden, wen Sie als Nächstes kennenlernen werden!

An meine großartige Facebook-Lesegruppe *Vi's Violets* – mehr als zweiundzwanzigtausend kluge Frauen (und einige großartige Männer) an einem Ort, die es lieben, gemeinsam über Bücher zu sprechen? Ich bin ein wahrer Glückspilz! Jede und jeder Einzelne von Ihnen ist ein Geschenk. Danke für all Ihre Unterstützung.

An alle Blogger – danke, dass Sie Leser inspirieren, mir eine Chance zu geben, und dafür, dass Sie immer zur Stelle sind.

Mit Liebe
Vi

—— Bücher von Vi Keeland ——

Die Verlockung eines Sommers
Das Vermächtnis der Rivalen
Perfect Chemistry: Roman
Just Business: Roman
Mr. CEO: Roman
Hot Client: Roman
Best Man: Roman
Mister West: Roman
Player: Eine Dirty Office Romance – Roman
Bossman: Roman
Fighting for you – Alles für Dich
Touchdown – Er will doch nur spielen
Herzensbrecher
Fighting for you – Nur für Dich

Biografie

VI KEELAND ist eine Nr. 1 New York Times, Nr. 1 Wall Street Journal und USA Today Bestsellerautorin. Sie hat Millionen von Büchern verkauft und ihre Veröffentlichungen standen auf über einhundert Bestsellerlisten. Momentan werden ihre Werke in fünfundzwanzig Sprachen übersetzt. Sie lebt in New York mit ihrem Mann und ihren drei Kindern, wo sie ihr eigenes Happy End mit dem Jungen erlebt, den sie im zarten Alter von sechs Jahren kennengelernt hat.

Besuchen Sie Vi im Netz!
vikeeland.com/country/germany
facebook.com/AuthorViKeeland
instagram.com/Vi_Keeland/
tiktok.com/@vikeeland
twitter.com/ViKeeland
E-Mail: vikeeland@gmail.com

9 781959 827412